青　歌

郑勐　著

陕西新华出版
太白文艺出版社·西安

图书在版编目（CIP）数据

青歌 / 郑勐著. -- 西安：太白文艺出版社, 2025.
4. -- ISBN 978-7-5513-2967-5

Ⅰ. I247.5

中国国家版本馆CIP数据核字第20253C26Q2号

青歌
QING GE

作　　者	郑　勐
责任编辑	张　笛　姚亚丽
版式设计	建明文化
封面设计	刘柏宸
出版发行	太白文艺出版社
经　　销	新华书店
印　　刷	三河市中晟雅豪印务有限公司
开　　本	787mm×1092mm　1/16
字　　数	300千字
印　　张	23.75
版　　次	2025年4月第1版
印　　次	2025年4月第1次印刷
书　　号	ISBN 978-7-5513-2967-5
定　　价	98.00元

谨以此书献给

二十世纪八十年代前后毕业的初中专生。

一曲新时代的交响乐

郑勐的《青歌》是一部工业题材的长篇小说。全书二十多万字，以稳重、清晰、饱满的叙事，讲述了一群二十世纪八十年代前后走进社会的中专毕业生，在各自工作岗位上的奋斗历程和坎坷经历。作者饱含人文情怀，用细腻的文学笔触，把书中人物的命运放在时代的大背景下，将他们的悲欢离合、喜怒哀乐和行业的兴衰、社会的变革紧密结合，展现了这一代人对国家、社会、企业的突出贡献。

《青歌》塑造了优秀的中专毕业生张仁俊、王天涛、李云鹏、赵明辉、罗亚丽，以及青年职工沈浩翔、李洁羽和大学生司马骏等几个有血有肉的青年人物。他们个个形象突出，虽然命运之路不尽相同，也经历了不一样的人生起伏、事业成败，其性格特征、思想境界也各有差异，但作者将他们置于改革开放四十年的社会现实中，对其各自的成长轨迹都有着清晰的呈现和精准的描绘。作者让一群有血、有肉、有灵魂的小人物，活灵活现地站在读者面前。特别是张仁俊艺术形象的塑造，境界高远。他热爱工作，精于专业，心地善良，忠诚无私，乐于助人，富有理想抱负，是当代文学中罕见的、具有崇高理想境界的工程技术人员形象。本文也通过他，再现了改革开放初期人们对科学的尊重和对知识的如饥似渴，讴歌了一代青年在建设四个现代化过程中的高涨热情和勇于奉献的精神。他们把自己的命运和国家的建设连在一起，正如作者在书中说的："我们是从广大农村走出来的农民的娃，为了一个铁饭碗，早早上了中专，总算把自己奋斗成一个吃'商品粮'的城里人，但骨子里还是农民。有今天的成就，是父辈的托举，也是赶上了改革开放、国家大力发展、社会繁荣进步的新时代。"

现实有时候是残酷的。在改革开放的浪潮中，这群中专生走向了不同的人生道路。王天涛头脑灵活，敢拼敢闯，但因为不能控制自己的贪欲，被狂风暴雨般的经济浪潮无情地吞没了。这既是人性、人生的悲剧，也是现实无情的真实写照。而美丽能干的李洁羽，追求美好的爱情，却接连遭遇两次不幸的婚姻，她的际遇投射出社会变革时期小人物的命运。命运多舛的李云鹏，在遭受了断手之灾、丧妻之痛后，仍能坚强地面对生活，不屈不挠。罗亚丽、赵明辉在自己的岗位上默默努力，在奉献社会的同时，成就了自己的美丽人生。通过这些小人物的命运起伏，作者挖掘了人性中的闪光点及其相反的另一面，呈现给读者一幅斑斓的人性图谱。

中专毕业生虽然都是当时学校里的佼佼者，可他们专业知识结构的欠缺是不争的事实。虽然他们都通过各种渠道再深造，但在后来的工作中，还是有不少人遭到了不公正的待遇。可他们奋斗、拼搏的脚步，一直在向前迈进。这也是这部小说传递给读者的正能量。

本书的作者有丰富的生活积累和深厚的文化底蕴，书中描写的技术革新、上夜大、集体婚礼、下岗分流、打工等事件，很接地气，具有典型的时代特征和鲜明的时代感。整部小说人物关系平衡、自然、妥帖、周到。小说中人物演绎着大大小小的故事，却没有以事压人的弊病，做到了生活真实、细节真实、情感真实、人物真实。少做作，不卖弄，不粉饰，真性情，也增加了这部小说厚重的历史感。作者笔下的中专毕业生，既是被时代"青收"的一代，也是幸运的一代。他们虽然提早走进了社会，没能经过系统的高中阶段学习，大学学业也是在业余时间进行的，但他们完成了时代赋予的使命，在国家技术人才青黄不接的历史背景下，他们用稚嫩的肩膀扛起了时代所需的技术进步的重任。他们的奋斗史是值得被书写和记录的。

《青歌》书写的内容，有热情的歌颂，也有无情的批判；有对人性闪光的褒奖，也有对本性贪婪者的揭露。它既是一幅社会变迁中人物命运的画卷，也是一曲时代的交响乐；既是一代中专生的奋斗历史，也是一曲伟大奉献精神的赞歌，更是一首温婉悠扬的时代颂歌。

2024 年 6 月 5 日草

李星

一部为中专生立传的小说

认识郑勐先生好几年了，读过他的诗歌，欣赏过他的画作，也一起喝过几次酒，读他的长篇小说却是第一次。一个学工科、教授工科课程的老师，能写出二十多万字的小说，并且让人捧起来放不下，我深感意外。

我以为，郑勐先生的长篇小说《青歌》是一部工业题材的小说，不但填补了陕西文学工业题材的空白，而且是首部描写中专生的文学作品。也许我孤陋寡闻，据统计，全国每年出版的长篇小说有四千多部，陕西每年出版的长篇小说也在几百部，可是我很少看到反映工业题材的文学作品。陕西是一个工业大省，特别是西安市，是国防工业、航空航天工业和重型汽车工业的重镇，但工业题材的文学作品却少之又少，郑勋的《青歌》，不能不说是一个突破。中专生是一个特殊的群体，在不同时期有着不同的社会地位，二十世纪八十年代前后毕业的中专生，他们的人生经历是一个时代发展变化的映射。网上不时有人替他们鸣不平，说什么的都有，但没有看到他们作为主角出现在文学作品中，郑勋的《青歌》首次将他们推送到读者面前，让人耳目一新。

郑勋的《青歌》通过对张仁俊、罗亚丽、李云鹏、王天涛、赵明辉等一群中专毕业生的工作、生活、恋爱、婚姻的描写，真实记录了二十世纪八九十年代国有企业基层技术人员的生活状况和生存状态，从不同侧面反映了当时社会的改革与发展，为广大读者展现了一幅波澜壮阔的生动画面。

改革开放初期，整个社会都活力四射、欣欣向荣，人们对知识的渴求、对科学的崇拜、对技术的钻研、对工作的热爱，都是发自内心深处的自觉行为。《青歌》里一帮年轻人废寝忘食地钻研业务，自觉自愿地革新技术，夜以继日地科研攻关，是当时工厂里的一个缩影。那时刚刚打开改革开放的大门，国外的发展状况深深刺激了有理想、有抱负的年轻人，也激发了他们奋起直追的雄心壮志，正像书中写的那样，为实现四个现代化而努力奋斗不是一句口号，而是加班加点的具体行动。而业余时间上夜大、上电大、参加自考，都是在这种大背景下很多没有机会上大学的年轻人的常规选择，也是当时社会的潮流。

二十世纪八九十年代的中专生，他们都是各个地区的学习尖子，是当时各学校真正的"学霸"。由于社会需求和其他种种原因，他们初中毕业就上了中专，毕业后，在各自的行业里发挥着作用，为国家的建设和发展做出了应有的贡献。在当时，他们是人们仰望的存在。但由于知识结构欠缺，以及后来招生制度改革、国有企业体制改革，中专生不再受重视，一大部分人受到了影响，但他们并不自怨自艾，在改革的浪潮中，仍然苦苦奋斗，奋力拼搏。

作家郑勐，出生于二十世纪六十年代，毕业于八十年代，是真正的中专毕业生。毕业后，他当过技术员，负责过单位的技术工作，出任过校办主任、校办工厂厂长，担任过中专教师、高职教师和大学教师，还担任过大学工训中心的教学院长。他与书中的人物一起经历了国有企业的体制改革、下岗分流、下海打工、自谋出路等重大历史事件。他有理论，有实践，有丰富的工作经历、生活阅历，掌握了大量的生活素材。郑勐笔下的人虽然不高大上，他所写的故事也没有大起大落、大喜大悲、曲折离奇，但是他才思敏捷、文笔朴实、书写认真，抓人物特征准确，讲的故事格外吸引人，使人感同身受，很能引起读者共鸣。例如，他书中描写的技术革新、自谋生路、招生制度改革、炒房等，都是当时社会的现状。

《青歌》中的人物个性鲜明、生动感人。特别是张仁俊、李洁羽、罗亚丽、王天涛、赵明辉、李云鹏等几个主要人物，都有呼之欲出的感觉。在《青歌》中，郑勐着力塑造的主人公张仁俊，从小爱学习、善思考，有决心和毅力，老师喜欢，同学羡慕，他顺利考入中专学校，并以优异的成绩走进了国有企业，跳出"农门"，成了城市人，可谓一路顺风。因为谦虚好学、尊敬领导和长辈，张仁俊一走进工厂就赢得了领导和师傅们的喜欢，工厂里最漂亮的姑娘也向他伸出了爱情的橄榄枝。但是张仁俊坚持初心，坚守底线，在诱惑面前一直保持着清醒的头脑。他上夜大，钻研业务，在生产中攻关克难，遇到问题不慌不乱，就是在工厂改制的关键时刻，也镇定自若。在与同学、同事的交往中，他始终保持一颗爱心，同情弱者、关心他人、扶贫帮困、乐善好施。他把工作、生活、爱情、家庭、婚姻、友谊处理得都非常好，给读者呈现出一个完美的男人形象，是二十世纪八九十年代成功中专生的典范。李洁羽是《青歌》中的女一号，她聪明、漂亮、善良，工作出色，感情专一，面对沈浩翔的疯狂追求不为所动，然而一见张仁俊就爱得难以自拔，但是这位女性很理智，在以后的工作和爱情中，她都比较好地处理了矛盾，特别是面临第一任丈夫的出轨、第二任丈夫的突然去世，她都能调整自己，快速恢复，给读者展现出一个漂亮、智慧、坚强的女性形象。作家郑勐写人物，特别是写女性，着墨不多，却都个性鲜明。比如张仁俊的妻子罗亚丽，这是一个贤妻良母的典型，但是她对护士工作的热爱绝不次于对家庭、丈夫的爱，为工作、为病人她经常加班加点，节假日甚至不休息，春节也难得回老家看望年迈的父母，在对待危重病人时不顾一切，她的事迹看似平凡，但件件打动人心。还有长相平平却很有心计的女工刘娟、看似瘦弱却勇敢追求爱情的姜小敏，以及李云鹏的"农村媳妇"山菊，郑勐用的笔墨很少，但是这几个小人物都给人留下了很深的印象。

　　《青歌》的语言朴实灵动。语言是作家表达思想、体现个性的工具。作家郑勐学的是工科，工作中多与机械打交道，他眼中的机械绝不是孤独的、冰冷的、僵死的，而是有生命，有灵性，有温度，也有感情的。他对景物的描写也一样富有活力和想象力。郑勐喜欢画画，也喜欢写古体诗词，他的语言朴实灵动而又有张力，他的文字富有画面感。

比如写人物：张仁俊第一次进车间，见到了一个女孩儿，她"高挑个头，白皙标致的脸蛋，再加上一双清澈明亮的眼睛，扑闪着像会说话一样"，几句话就把李洁羽的形象刻画出来了。

比如写太阳："火辣辣的太阳在午后的西京城上空肆无忌惮地耀武扬威。""城市就这样从沉睡中醒过来，太阳也带着威严和满面红光，慢慢从东边的树梢上登场亮相。"

比如写景物："秋风像一个才华横溢的画师，拿着它无处不在的画笔和颜料，发挥出无穷的想象，在天地间肆意挥洒，把原本葱茏茂密的山村打扮得多姿多彩。它给柿子树的叶子染上绛红色，给柿子染上大红色，再给白杨树和槐树染上黄色，使这些平淡无奇的树木在这个季节里，展现出迷人的色彩。"这种写法，可能只有懂绘画的作家才能想象出来。

还有他对民间俗语的使用，如"话过三人口，长虫倒着走""好事不出门，瞎事传万家"等等。

一部好的小说，一定是在一个特定的社会环境下描写人物，而人物的言行、遭遇、经历等，也离不开特定的时代背景。时代背景包含了社会的方方面面。《青歌》这部小说不仅写了二十世纪八九十年代中专生的工厂生活，重要的是，还比较全面地反映了当时社会的各个层面。认真读这部小说，你会发现，它不仅写了城市，还写了农村；不仅写了工人，还写了农民；不仅写了国有企业，还写了私有企业；不仅写了工厂，还写了医院和学校。可以说，它写了社会的方方面面，写了社会各个方面的人物，涉及面很宽，涵盖面很大，特别是企业改制、工人下岗、人员分流等。这些在一定程度上增加了这部小说的分量和厚度，这对后人研究这一时段的社会历史肯定有很大的参考价值。

以上是我读《青歌》的感想和体会。

周养俊

2024 年 3 月 18 日

（周养俊，笔名诗村。中国作家协会会员、中国散文诗学会理事、中国散文学会会员、中外散文诗研究会会员、中国邮政作家协会副主席，陕西省文联委员、陕西省作家协会理事、陕西省职工作家协会主席、陕西省散文学会副会长、西安市金石诗歌协会副会长。出版各类文学作品集十多部。）

目　录

第一章　踏进工厂

张仁俊人生的第一个高光时刻，是在一九八〇年七月十六日，那天他接到了初中专学校录取通知书。

此前，他也有过不少次让其他同学及其家长羡慕、嫉妒的表现，例如，获得学校的"三好学生"称号，拿全公社中学生运动会的长跑冠军，领全公社初中作文大赛第一名的奖状，参加县里举办的初中数学竞赛并获得三等奖……但都没有像这一天让他这么激动，因为他终于跳出了"农门"，摆脱像父辈一样终日面朝黄土背朝天的命运，成了一个吃商品粮的公家人。这是他咬紧牙关、为之奋斗了几年的目标。相对于参加数学竞赛、作文竞赛获得的荣誉及其他奖励，考上中专走出这山沟沟，才能最根本、最彻底地改变命运。

那时候的他，并没有多么伟大的理想和抱负，虽然在作文中经常写着要为实现四个现代化贡献青春和力量，但四个现代化在他还不成熟的思想里，仅仅是个概念，而改变一天三顿洋芋苞谷糁的生活和出门就爬坡的生存环境，倒是实实在在的理想。

他的第二个高光时刻则是现在。工厂来了一辆车，专门接他去单位报到，离第一个高光时刻刚好过了四年。

他是被西京特种油泵厂的一辆绿色帆布棚吉普车从学校接到工厂的，车上还装着他的书籍、行李等。这是他第一次坐小车，而且是当着那么多同学和老师的面，同学羡慕的眼神，让他很是自豪和得意。

今天，大部分同学都将离开学校，奔赴各自的工作岗位，开启新的人生旅程。昨天晚上，他们班的同学在一起开了最后一次班会，说是班会，其实就是一场集体告别会。无论对分配满意的同学，还是对分配不满意的同学，都对未来充满了无限的憧憬，同时也表达着难以割舍的同学情，有的甚至边说边哭。是啊，他们在十五六岁的年纪，从四面八方聚在这里，一起生活、学习了四年，那种融在骨子里的情谊，怎么能够忘记？班长一看大家说着说着都掉了眼泪，提议大家合唱《年轻的朋友来相会》，这场告别会在"再过二十年，我们来相会"的美好希望中散场。

散场后，张仁俊和王天涛、李云鹏还有赵明辉四个人，相约来到操场边乘凉聊天。在班上，他们的关系最好，学习成绩都不差，被同学们称为"四大才子"。他们都分在了西京市，要见面还是很容易的，没有必要搞得和恋人分别似的哭哭啼啼。

在校四年，他们不知道在这里相聚了多少次，有时候讨论课程问题，有时候讨论理想抱负，有时候也说说八卦。比如哪道考试题如何解，哪个课外兴趣小组明天有活动，谁又和谁谈恋爱了，等等。总之，他们无所不谈。昨晚是他们最后一次在学校操场相聚，谈的自然是今后的打算。知道明天工厂的车专门来接张仁俊，王天涛说："就你小子有面子，单位还派车来接你。我长这么大，还没坐过小车呢。等你安排好了，我们几个相约去你那看看，不过你可要管饭。"

赵明辉说："是啊，单位能派车来接你，这不光有面子，更重要的是单位重视。"

李云鹏说："单位重视了才有机会施展才能。你小子运气真好，好好干，哥们儿等你成为技术大拿的好消息。"

此刻，张仁俊坐在特种油泵厂的会议室里，回想着昨天他们说的话，听着厂长高大山正在给两个副厂长和技术科科长以及厂办主任热情地做介绍："这是张仁俊，我们厂今年才分配来的中专生，也是西京仪器工业学校的高才生。我们向市上申请了两年，今年终于争取到一个名额。小张是我托我们白主任的爱人，在他们学校今年的毕业生里特意挑选的，上学四年总评成绩排名第一，是学校的优秀毕业生。我们大家欢迎！"

在一阵热烈的掌声中，张仁俊红着脸站起来，笑着向大家打招呼。高厂长接着说："咱们厂虽然是一个国营单位，但工厂规模不大，一直缺少技术人员，所以产品研发和产品质量问题一直困扰着我们，也限制着我们的发展。"他转头对技术科科长潘安民说："你亲自指导，尽快让小张熟悉生产工艺和流程，给你们一个月时间，今天是七月十五，下个月十五号开始，派小张到外省的几个工厂调研。不能再等了，我们耽搁了太多时间，技术和工艺还是十年前的水平，再不突破，我们就没有活路了。别看我们现在的产品卖得不错，那是因为现在全国的工业都在发展壮大，对产品的需求量也在增大，如果我们再不革新，继续吃老本，迟早是要被淘汰的。"其他几个人也都点着头表示赞同。

技术科潘科长接着说："我对张仁俊同志的到来表示欢迎。咱们厂虽然小，但是产品独门，像高厂长说的那样，目前还存在产品更新换代跟不上的问题。技术科虽然叫科，目前也只有我一个人在岗，希望小张的到来，能改变我们科疲于应付日常工作的现状，在新技术、新工艺方面有所突破。"他转身又对张仁俊说："今天你先安顿好，明天开始我带你对工厂的每一个环节做详细的了解。"

其他几个人也都对张仁俊的到来表示了欢迎。欢迎会后，高厂长单独把他叫到办公室，对他说："小张啊，咱们工厂虽然不大，但生产的产品却是用在坦克上的。目前产品生产存在工艺落后、设备落后、效率太低的问题。好在如今的产品是国家统一收购、统一划拨，按计划生产。但是我们不能总是吃老本，我们要有新东西，要想办法提高质量和产量。把你从学校招来，就是希望你能发挥年轻人的优势，对技术、工艺、装备进行革新，想办法提高效率。潘科长是修理工出身，热情高但知识有限，画图水平也不高。但是，他的经验非常丰富，也给我们厂解决了很多问题。平时工作你要多和他商量。技术科虽然叫科，加上科长和你总共就三个人，另一个虽是以前的本科毕业生，但身体不好，长期休病假，根本指望不上。因此，你要尽快熟悉，尽快上手。生活上有什么困难可以直接找我。"

"谢谢高厂长。我会付出百分之百的努力，不会让您失望。"

"好，就看你的了。"

张仁俊走出厂长办公室，厂办主任指派一个小伙子帮着他拿行李，送到早就分配给他的宿舍。

生活区在工厂后面，和生产区一墙之隔，中间开了一个门，由一个老头看守。张仁俊的宿舍在生活区后面的一栋小楼的一层，面积大约十五平方米，里面有一张单人床、一张三斗桌和一个凳子。楼房只有两层高，有公共卫生间和水房，院子里还有一个开水房，定时供应开水。帮张仁俊拿行李的小伙子放下行李后走了，过了一会儿又送来了一个煤油炉子，说是办公室主任让送来的，并告诉他，工厂的食堂只供应中午饭，早饭和晚饭要自己做。张仁俊道了谢，铺好床铺，收拾好行李，锁上门，朝外面走去。

现在是下午四点多，毒辣辣的太阳还在发威，无情地炙烤着大地上的一切有生命和无生命的东西。张仁俊一个人冒着酷热在厂子里转了一圈。工厂的正中间有一条大路，路边一株株高大的法国梧桐为行人遮挡出一片阴凉。工厂的四个大车间，就分布在路的两边。最前面的一栋两层小楼是行政办公楼，刚才的欢迎会就是在那里举行的。

这个有着二十几年历史的特种油泵厂，厂房顶层边上灰黑色的水泥已经开裂，有的已经剥落。窗户上的玻璃沾满污垢，似乎长时间没有清洗过。地面看上去还算干净，但长期没有修补的水泥路面有些坑坑洼洼。张仁俊看着这饱经沧桑的厂房和粗壮茂盛的梧桐树，想到这就是自己今后要工作的地方，想到要和它们朝夕相处，心里一股豪情顿生，暗下决心，一定要干出成绩，不能辜负高厂长对自己的期望。

他拿着报到证去人事科办了入厂手续，一个白发老太太微笑着给他办了工作证，并给他讲了厂子的主要规章制度，然后鼓励他好好努力，说年轻人可是厂子的希望。

他拿着烫金字的红色工作证，心里莫名激动。他从小就有的跳出穷山村，像城里人一样上班吃商品粮、挣工资的理想，今天终于实现了。如今他是一名国企员工，一名在城里有单位、有工作的技术人员。

而此时厂长的办公室里，高厂长接过潘安民递给他的香烟，深深吸了一口说："你们技术科的担子不轻呀，原本想要一个大学生，可要了几年都没有给一个指标，但愿张仁俊是一块堪当大任的材料。"

"我看这小伙子差不离儿，只要他肯吃苦、肯动脑子就行。"

"年轻人嘛，你要给他压担子，给他派任务，逼他出成绩，宁可让他骂你，也不要让他放任自流。"

"我会训练好这个兵，希望他能扛住压力。"潘科长吐出一口烟说。

第二天早晨一上班，张仁俊来到技术科，潘科长早已在办公室等他。潘科长领着他到了隔壁的一间办公室，里面有三张桌子，潘科长指着窗户边的一张桌子说："你就坐在那里，光线好。这张桌子是蔡科长的，他基本上不来。另一张是给明年要来的人准备的。这是热水瓶，喝水到下面的开水房打水。抽屉里给你准备了常用的笔记本和钢笔、墨水，还有一套工作服，你先试试看合适不合适，不合适你去库房换一套，上班时一定要穿工作服。你再到库房领一套图板、丁字尺和绘图工具，我都给他们打过招呼了。我现在还有事要处理，十点带你去各车间先熟悉一下情况。还需要啥再说。"

"好的，谢谢潘科长。"张仁俊答应着，从心里感激。他坐下来拉开抽屉，给钢笔吸满墨水，打开笔记本，在扉页上写下自己的名字，并写下日期：一九八四年七月十六日。

十点钟，他拿着笔记本和钢笔，穿着工作服，跟随潘科长来到一车间。

一车间是粗加工车间，高大的厂房里，有两条人行安全通道，通道外安装着三排机床，每台机床旁边都堆放着各种不同形状的金属零件，有待加工的，也有加工好的。机床发出轰隆隆的声响，夹杂着刺耳的切削声，让人们不得不提高声调交流。

车间里的工人们机械地干着自己的活，看见有人来，一边和潘科长打着招呼，一边用审视的目光看着张仁俊。有人掏出烟给潘科长和张仁俊，自己也趁机抽上一根，缓解一下紧张的精神和疲劳的身体。潘科长让他把车间主任董安礼叫来，介绍双方认识。

这是一个个子不高，但很敦实的四十多岁的男人，他用工作服的袖子擦了擦脸上的汗水，伸出手笑着说："哎呀，不错呀，仪器工业学校的高才生呀！今后可要多帮帮我们车间噢！"说着使劲握了握张仁俊的手，然后拉着潘科长和张仁俊走出车间。

"潘科长，我们的车床夹具用起来很不顺手，不但效率低，而且弄不好就出废品，赶紧想想办法。再不改进，我们完成这季度的任务都困难。"出了车间，董安礼主任说。

"我最近忙得顾不上。这问题我知道了，我们抽空再研究一下，尽快找到哪里出了问题。"潘科长说着，转过头看了看张仁俊，欲言又止。

在离开一车间去往二车间的路上，潘科长告诉张仁俊，一车间主要是粗加工毛坯，刚才董主任说的车床夹具问题，他们几个人研究过很多回，也做了调整，但过一段时间还是有毛病。他让张仁俊抽空去看看，看能不能把工装重新设计，从根本上解决问题。张仁俊记下了这件事。

他们来到二车间。二车间是精加工车间，车间环境和设备明显要比一车间好，而且零件摆放得比一车间整齐得多。车间主任是一个漂亮的中年妇女，短发齐耳，白净干练。

看见潘科长和张仁俊，二车间主任就主动过来打招呼："这就是今年分来的小张呀，这么帅气的小伙子。怪不得我们家老马说，给咱厂挑了个优秀的中专毕业生。小张好好干，大姐这里可有很多问题需要你们来解决。潘科长，先把他派到我们车间实习，我亲自带。"

潘科长笑了笑对张仁俊说："这是二车间的白雪莲白主任，她可是有名的漂亮主任，不但人漂亮，而且活也干得漂亮，车间也管理得漂亮。特别是铣工，那干得叫一个绝，厂里没有人有她那两把刷子。白主任还有一个绝活就是歌唱得特别好，那可是相当有名。"

"别听潘科长胡说，一个老太婆有什么漂亮不漂亮，唱歌也是瞎胡唱。至于车间管理，那还不是上面有你们支持，下面这些兄弟姐妹给面子。"她看了看张仁俊接着说，"你才来厂，尽快熟悉情况。晚饭没地方吃就到姐家来吃，就在你们宿舍后面的家属楼，一单元三层西边。别不好意思。"

"别搞糖衣炮弹，小张可是厂里技术科的人。"

"别说得那么难听，我是关心年轻人的生活。"

"你那点心思我还不知道？你放心，小张来了以后，负责全厂的技术革新工作，你们车间的问题会很快解决。到年底，咱们厂保证会有一个彻底改变。"

"你老潘记着就好。不过说真的，小张，你赶快熟悉工作，老潘一个人忙疯了也忙不过来，我们技术上欠的账太多了。"白主任有点感慨。

"没想到这两年产品的需求太大了，计划产量不停地增加，咱们的生产能力有限啊。再不想办法，我们的任务就要被调到其他厂去了。高厂长也着急呀。下来我们再好好研究一下，先解决最棘手的问题。"潘科长说。

"小张来了就好了，你有帮手了。小张，今天晚上来我家吃饭，潘科长你也来，我家老马可是让我一定要叫你们来。"

"行，我今天晚上和小张一起去，我带一瓶酒，你准备好菜就行，也算给我们技术科的新生力量摆个欢迎家宴。"

"在我家吃饭，欢迎你们技术科的新人，这话听着怪怪的。不行，你们科欢迎新人还要到你家吃饭。这次吃饭是我欢迎老马的学生。"

"白主任真是一点亏都不吃呀。好，下次我安排时间请你、老马和小张。"

"这还差不多。"

白主任说着，领着他们在车间里走了一圈，给张仁俊重点介绍了几个最容易出废品的工段和设备，张仁俊一一做了记录。他们离开第二车间时，白主任一再叮咛让张仁俊下班到家里吃饭，并让潘科长记住时间。

他们离开二车间，进了三车间。三车间是一个以齿轮加工为主的车间，主要是齿轮加工设备，也有一些其他机床。插齿机、滚齿机、剃齿机、磨齿机、珩齿机都在飞快运转，一股润滑油的气味扑鼻而来。这里女职工比较多，劳动强度明显要小于前两个车间，机床调整好以后，只需要上下工件，大部分工人都是坐在机床前的凳子上，懒洋洋地看着机床上的零件。看到潘科长领着一个年轻英俊的小伙子进来，工人们都把目光转过来，特别是几个年轻的姑娘，更是目不转睛地看着，同时也希望小伙子能转头看自己一眼。张仁俊明显感到有一道道目光投向自己，心里一阵不自在，心跳加快，脸上发烫。

这时候，一个戴着眼镜的瘦高个过来搭话："潘科长检查工作呀，这位是？"

"这是我们今年刚分来的中专生小张，我领他到车间熟悉一下情况。小张，这是三车间的刘明进主任。"

"欢迎欢迎。"刘主任伸手和张仁俊握手。张仁俊感觉他的手冰凉冰凉的，仿佛现在不是夏天，而是长时间裸露在冬天的空气里一样。

他们在车间里转了一圈，刘主任很少说话，大部分都是潘科长在做介绍。对这些机床和工序，小张没有记下多少，但几个年轻姑娘的笑容倒是让他记忆深刻，特别是开滚齿机的那个，高挑的个头，白皙标致的脸蛋，再加上一双清澈明亮的眼睛，扑闪着像会说话一样。

"潘科长好，我还想下午去找你呢。挂轮的计算我推演了几个晚上都不对，不知道咋办呀。你下午在吗？"姑娘见他们走过来，先和刘主任打过招呼，又去和潘科长说话。

潘科长并没有接话，而是把张仁俊介绍给她："这是我们厂刚分来的中专生张仁俊。你的挂轮计算让小张帮你，他是高才生，帮你没有问题。"说完又向张仁俊介绍道："小张，这可是我们厂里的才女，也是长得最漂亮的姑娘，前年才分来的小李。她是技校毕业生，平时爱动脑筋琢磨技术问题，喜欢钻研。今后你们可以多交流交流。"

"你好，我叫李洁羽。"她伸出手。

"你好，我叫张仁俊。"他也伸出手和她握了握。他感觉那手像他妈蒸的瓢皮一样光滑柔软，让他一阵脸红心跳。

"那我下午就去找你。"李洁羽看着张仁俊的窘迫样有点好笑，大方地说。

"好的好的，我们共同探讨。"他慌忙地点点头。

他们离开了三车间，穿过林荫大道，朝四车间走去。四车间是装配车间，其环境明显比前面几个好。一张长长的工作台上，有序地摆放着各种零件。墙上固定的几个摇头电扇发出呜呜的声响，房顶上吊着的几个电扇也在飞快旋转，十几个工人穿着被汗水湿透的工作服，或叮叮当当地用榔头、木槌敲打着正在装配的零件，或用棉布清理着零件的污垢。他们俩的到来，并没有引起工人过多的反应，只有一个青年职工对潘科长大声说："潘科长，我们这老掉牙的装配车间，什么时候能装上空调呀？这温度和湿度能装配出好产品才真是出奇了。"

"能在这里装配出好产品，那才叫本事。"

"我的好科长啊！你这硬是让八十岁的寡妇生娃，没那条件啊，都是白搭。"他的话让几个同事都笑了。

潘科长也笑了，说："就你小子怪话多。高厂长比你还心急，有钱了首先改造你们车间。现在嘛，还是要自力更生，艰苦奋斗，多快好省地建设社会主义。"

"哎，你这是又给我们开空头支票呢。什么时候能有钱？上面什么时候给过钱让改善工作环境？这工厂建了多少年了，我都工作了三年了，车间还是这副德行。"

"哟，都工作三年了，那还真是老职工了，没看出来。"潘科长带着调笑的口气，夸张地说。

"那可不，老职工了。"他那副表情，立刻引起众人一阵大笑。

"行了，别贫了。这是我们厂刚分配来的技术人才，张仁俊。你们主任呢？"

"哎呀，知识分子呀，失敬失敬。我是装配车间的老职工了，我叫沈浩翔，沈阳的沈，浩荡的浩，飞翔的翔。还请你多多关照！"说着那青年职工伸出了手。

"你好，我叫张仁俊。"张仁俊和他握了手。

"你都老职工了还让人关照呀？"有人笑着说。

"术业有专攻嘛，他可是专业技术人员，一看就是天之骄子、人中龙凤。我只是一名普通劳动人民。不过厂里有谁欺负你，告诉我，我给你摆平。"众人再次哄然大笑。

"行了，别吹牛了。你们主任呢？"潘科长也笑了，又问沈浩翔。

"潘科长，我们是在主任的领导下工作，他到哪里去我们也不敢问呀，是不是？不过我看我师父早上安排过工作就急匆匆走了，估计是家里有急事。"

"那好，你们先忙，回头我再给他说。"潘科长和张仁俊出了车间。

在回办公室的路上，潘科长告诉张仁俊，四车间主任叫裴良运，是个六级钳工，技术水平是全厂最好的。他儿子在对越自卫反击战中牺牲了，他老伴常年有病，卧床不起，他女儿远嫁到上海，根本照顾不上父母，所以，他常常在上班时间需要回家照看老伴。领导让他放下厂里的事，全心照看，车间主任待遇不变，他不愿意，说离不开工厂。四车间管理基本是副主任在管，副主任昨天下午被派去出差了。

潘科长又告诉张仁俊，刚才那个沈浩翔是裴师傅的徒弟，别看他油嘴滑舌，但脑袋聪明，肯钻研技术，为人特别仗义。他父亲是区上的一名干部。

他们回到潘科长办公室后，潘科长告诉张仁俊，这是一个小厂，目前没有其他专业技术人员，所有的车间主任都是工人出身，因此他不单是厂里技术科的人，也是各车间的技术员，有什么技术问题都要处理。又给他讲了在厂子里工作要注意的安全问题：在车间里什么事情能做，什么事情不能做，以及工作的程序和对技术文件的保密等。并再次强调进车间必须穿工作服。最后潘科长语重心长地说："我们工厂是个老工厂，欠的技术账太多了，你是咱们厂这十几年来进来的唯一一个正规学校毕业的中专生，因此担子很重，要有吃苦耐劳的思想准备。高厂长对你也抱着很大的期望，底下的车间主任也都看着你，希望你不要让大家失望。"看着张仁俊一脸凝重，潘科长继续说："从现在开始，你就是技术科的一员，无论什么时候，碰到需要解决的问题，你都有责任想办法完成，不怕你犯错误，就怕你不动手。"

离开潘科长办公室，张仁俊感觉肩上压了一块沉重的石头。他坐在办公桌前开始记录刚才参观各车间时遇到的问题。

这时，办公室的门被推开了，进来的正是沈浩翔。

第二章　第一道线

沈浩翔进门后，自来熟地拉过来一把椅子，坐在张仁俊对面，笑着说："嗨，哥们儿，中午去哪里吃饭？"

"第一天来还不知道，去食堂吧。"张仁俊放下笔道。

"第一次见面，我请你去外面吃羊肉泡馍，算是给你接风洗尘。"

"那咋好意思，还是我请你吧。"

"没啥不好意思的，我是老职工，关心青年知识分子那是本分。走吧。"说着就要拉着张仁俊一起走，转头突然看见桌子上摞着几本书，应该是张仁俊上学时的教材，便抽出里面的一本《夹具设计基础》说："这本书能不能借我看看？我上学时没有学过夹具设计，现在发现厂里用的专用夹具挺多。"

"没问题，你拿吧。哪里有问题，我们可以共同探讨。"

"向你讨教那是少不了的，就怕你到时候嫌麻烦，所以今天一来给你接风，二来提前'挂号'，今后还有很多问题让你帮忙呢。"

"不用客气，今后咱们就是同事，把咱厂的事情办好也是我的心愿。而且我才来，有很多事还需要你帮助呢。"

"那有啥问题！"

他们一边说着，一边向外走，正好碰到潘科长也准备出门。

"潘科长，一块吃饭去，羊肉泡。"沈浩翔说。

"你小子请小张吃饭，估计是有什么想法吧？呵呵，这可是糖衣炮弹，小张你可要提高警惕。你们去吧，我家里早就准备好了。"

"他要是个女孩，你这话还有几分道理，我们俩都是男人，能有什么想法？况且我们都是共产主义事业的接班人，有想法也是想如何尽快实现四个现代化，哪有什么糖衣炮弹。潘科长你可不能抹杀我的共产主义理想。"

"你小子这嘴真是能说，快去吧。"潘科长笑着对他俩说。

"一块走吧，到哪儿都是为了填饱肚子，又不要你掏钱。"沈浩翔说。

"没给家里打招呼，家里饭做好了，不回去就剩下了。你们快去吃吧。"

和潘科长分开后，沈浩翔和张仁俊朝着三车间走去。此时车间里的工人基本上都走了，他们走到精密滚齿机旁，见李洁羽和另一名女工拿着饭盒准备去食堂。

"李洁羽，给你介绍一下我的新朋友张仁俊。"他给二人介绍完，又转头给张仁俊介绍，"这是我的女朋友李洁羽，这是刘娟。"

"谁是你女朋友，少胡说。"李洁羽红着脸说。

"准女朋友，马上就是了。"沈浩翔打哈哈。

"准女朋友也不是，驴上也不会是。"李洁羽有点恼怒。

"好好，都不是，都不是。是同事总该行吧？"沈浩翔倒会给自己找台阶，"今天中午我请我们厂新来的知识分子、我的新朋友吃饭，想请你俩作陪，不知道能不能赏个脸？"

"先说吃什么好吃的。"刘娟道，她和李洁羽一样都是前年入厂的，她是接父亲班来工厂的。

"羊肉泡馍。先凑合一顿，下次再请吃大餐。"沈浩翔说。

"天太热，吃羊肉泡馍出一身汗，不去。"刘娟说。

"这你们就不懂了，越是天热，越要吃热饭，让体内寒气外排，增强抵抗力，强身健体，夏天不拉肚子，冬天了不感冒。"沈浩翔说。

"哪里来的这些荒诞理论。"李洁羽说。

"这不是荒诞理论，我们村有一名老中医，他就是这样说的。"张仁俊很认真地说。

"你们听听，我没有胡说吧？"沈浩翔得意地向两位女士摊摊手。

"走吧，一起去。"张仁俊看着李洁羽和刘娟。

"我们听知识分子的。"刘娟对李洁羽说。李洁羽红着脸点点头。

"我好悲伤呀，弄了半天，女神们只听知识分子的。我这是出钱不讨好呀。"

"能去吃是看得起你，给你面子。"刘娟打趣。

"我的这点可怜的面子呀，要是再给点里子，也能安抚一下我受伤的心灵。"说着用眼睛瞟了一眼李洁羽。

李洁羽看着他夸张的表情，不禁捂着嘴笑了。

他们一同走出工厂大门。工厂大门开在一条南北向的路上，路两边也是高大的梧桐树，遮天蔽日，给行人遮挡出炎热天气中难得的阴凉。此时工厂门口，下班回家吃饭的工人已经走得差不多了。他们四人顺着路向北边的泡馍馆走去。

"你也开始学习夹具设计了？"看着沈浩翔手里的书，李洁羽好奇地问。

"想了解了解。只有强大自身，才能做一个有用的人。哎，我问你，你是不是想上夜大？"沈浩翔问李洁羽。

"我准备这个礼拜天去问一下，看考哪些科目。"李洁羽说。

"那好，我们一块去，我也想上。"沈浩翔说。

"哪个大学的夜校？"张仁俊问。

"交通大学的。你想上吗？"李洁羽转头问。

"当然想，中专里学的东西太浅了，还想再深造一下。"张仁俊说。

"那好，我们周末一块去问问。"

"你们都上夜大，我咋办呢？"刘娟叹了一口气。

"你先把我给你的那几本书好好钻研一下，基础的东西必须先学好。"李洁羽说。

"嗯，有不懂的地方，你们可都得帮我。我可只有初中文化程度。"

"'世上无难事，只要肯登攀。'想学习要先拜师，今天的饭你请了。"沈浩翔说。

"那不行，今天是你主动请的，也是你拜师，别弄混了。"李洁羽说。

"呵呵，想混着吃一顿看来不行了。"沈浩翔说。

大家都笑了。四个年轻人，俊男靓女，一路说笑，引得路人纷纷注目，满眼羡慕。

泡馍馆的人不是很多。他们每人两个饦饦馍，坐下来一边掰馍一边聊天。

张仁俊本来话就不多，再加上和他们仨还不熟，因此只是静静地听着他们的对话。他们谈论的多是工作和技术上的事，刘娟说插齿机上周维修了三天才好，但加工精度还是不稳定，这个季度的任务到现在她才完成了不到一半，看来不加班是不行了。沈浩翔说他的装配任务也是够呛能完成，主要是箱体加工的质量不稳定，修配的任务太大。

李洁羽突然对张仁俊说："哎，张仁俊，咱们那台滚齿机下周要加工另外一种变位齿轮，就是我早上给你说的那事，你有空了能不能帮我算一下挂轮的配比和进给量，看看原来的进给量能不能再加大？"

"这个我还不敢打包票，滚齿机挂轮计算我不太熟悉，原来老师教过我们，长时间不用早忘了，我一会儿去办公室查一下。至于进给量，我想最好先弄几个样品试一下，如果能达到质量要求，就可以增加。下午我们找潘科长共同商量一下。我才来，还不知道规矩呢。"张仁俊笑了笑。

"好吧，下午我下班去找你，你在办公室等我。"李洁羽说。

沈浩翔说："我也去，人多力量大，三个臭皮匠赛过诸葛亮。"

"不好意思啊，下午下班我还有事呢。我第一天来，宿舍还没有弄好。明天早上我去找你。"张仁俊满是歉意地说。

刘娟说："我们帮你收拾。我们也在咱厂的集体宿舍住。"

"不用不用，哪敢劳烦两位女神。"张仁俊慌忙答道。

"我的馍多了，吃不完，来给你匀点。"李洁羽把掰好的馍给张仁俊的碗里拨了一些。

"唉，可怜啊。见新忘旧啊。你们都别劝我，让我哭一会儿。"沈浩翔装出十分痛苦的表情。

"别难受，来，姐给你拨些。"刘娟笑着给沈浩翔的碗里拨自己掰好的馍。

"你什么时候成姐了？"沈浩翔夸张的面部表情，让大家一阵嬉笑。

在等待煮馍的时候，他们再次确定这个周日要去交通大学夜校问问入学考试的具体内容。交通大学在全国可是有名气的大学，想在这儿上夜大当然也没那么容易，一定要做到心中有数才行。

火辣辣的太阳在午后的西京城上空肆无忌惮地耀武扬威。吃完羊肉泡馍，张仁俊出了一身汗。回到宿舍，他在水龙头下接了一盆水，关好门，脱掉外衣，用湿毛巾把身上的汗擦干净，四仰八叉地躺到铺着草席的木板床上，静静地回想着上午发生的一切。从学校到工厂，他的身份瞬间转变，半天里经历的人和事，让他觉得这一切是那样不真实。

"这就是工厂生活，这就是社会现状。"张仁俊想着，眼睛盯着屋顶上旋转的吊扇，"和这个时代一样，这是一个充满希望的工厂，处处都洋溢着活力和朝气。"

张仁俊忽然想到一件事，本约好这个周末去看看罗亚丽。罗亚丽的身影一下子跃入他的脑海，顿时让他睡意全无。

张仁俊和罗亚丽是初中同学，他们是同一年考上中专的。她上的是省卫生学校，学制三年，已经毕业，工作一年了。一年来，他们之间一直保持着书信往来，爱情的火花在不知不觉中已燃成烈焰。她知道张仁俊昨天到单位报到，要来帮他收拾，是他不让来，因为单位有车接。他们约好周末见，张仁俊却忘得一干二净。下午和他们再商量一下，早晨去交大，下午再去看她。他盘算着，不知不觉就到了上班时间。

下午上班，张仁俊正在办公室翻看着专业书，查阅关于滚齿机挂轮的换算公式、变位齿轮的变位系数和机床调整方法。潘科长在门口叫他去办公室。

"上午我们已经去过车间了，现在开始，你下车间，一个工段一个工段地见习，尽快熟悉情况。我不给你限定哪个车间具体多少时间，给你一个月，将四个车间的情况全部搞清楚。下午就先从一车间开始，有问题找董主任。怎么样？有什么困难吗？"潘科长看着他。

"没问题，潘科长。我现在就去。"张仁俊答应着，随即转身回到办公室，拿了笔和本子，走向一车间。他想，这潘科长咋像个当兵出身。

张仁俊猜对了，潘安民科长今年四十八岁，是部队退伍的一名技术兵，在部队是修理坦克的，退役后要求到西京特种油泵厂工作。因为他家就在附近，而这个厂生产的油泵就用在他经常修理的坦克上。他来到厂里已经快十年了，虽然机械制造基础知识并不扎实，但有着一股子钻研精神，而且实践经验丰富，特别是油泵的装配技术，水平不在裴师傅之下。关键是他有部队的工作经历，因此养成了良好的习惯，干活作风严谨，一丝不苟，工具、刃具、量具、工件摆放得井井有条，他装配的成品从来没有返工修理的。

工厂原来的技术科科长叫蔡德功，是建厂时从别的厂调来的一名技术专家，上过大学，技术全面，整个生产线就是依照他的思路设计的，在当时也是比较先进的工艺水平。后来他被批斗，下放到农村接受劳动改造，前几年平反恢复名誉，继续在工厂担任技术科科长。但他身体有伤病，经常跑医院，不能正常工作，因此厂里让潘安民担任技术科科长，他则只是名誉科长。

张仁俊拿着本子和笔，喝了一口水，关掉电扇，带上门，就下车间了。潘科长透过办公室窗户看他走向车间，微笑着点点头。

在一车间里，他首先选择了解油泵壳体加工过程。从毛坯进来的第一道工序划线开始看。划线工位上有两个人，像是师徒。徒弟是一个看起来还没有自己大的小伙。师傅是一个头发花白的老人，看见张仁俊并不说话，只顾低头用划线尺在工件上涂白的地方认真划线。张仁俊和老师傅打招呼，他也只是"嗯"了一声，算是回应，接着指挥徒弟在零件上有线交叉的地方打样冲眼，自己再把另一个工件放到工作台上，用支撑钉调整高低。张仁俊放下手中的本子，想帮着老师傅，老师傅却阻止了，让他把划线尺调整到某个刻度。他调整完后，把划线尺递给老师傅，老师傅眯着眼对着亮光检查完后，笑着点点头，开始划线。张仁俊的眼睛，始终盯着老师傅手中的划线尺和他调整支撑钉时的动作，然后对着图纸思索着，在笔记本上记录，并问老师傅给工件上划的这几条线是不是加工时的找正基准。老师傅突然睁大眼看着他，惊讶地说："小伙子可以呀，比来实习的学生强多了，知道这是在划加工基准线。"然后问他叫啥，是哪个学校毕业的，哪里人，学的什么专业，等等。张仁俊一一做了回答。老师傅停下手中的活，掏出香烟，抽出一根递给张仁俊，张仁俊忙表示感谢并说自己不会抽烟，老师傅不再坚持，自己点上烟吸了一口，又开始工作。从徒弟的称呼中，张仁俊知道了老师傅姓梁，便叫他梁师傅。

张仁俊对梁师傅说，能不能让他试试，梁师傅看了看他，就把工位让开了。张仁俊走到近前，在工作台上放了一个零件，刚准备下手划线，却被梁师傅制止了。

"第一道划线工序是关键，要看零件毛坯的情况调整基准位置，特别是第一条线，如果划不好，这个零件就可能被加工成废品。"然后给他讲划线的技巧：如何就毛坯的具体情况调整基准位置，有时候还需要借料，也就是取长补短，这样可以减少废品。

张仁俊当时并没有理解，只是照着梁师傅说的调整工件，三个月之后，他才理解了调整基准、借料补缺的方法。多年以后，他对这句话又有了更深刻的认识，他说自己人生的第一道线就是在这里划的。

他调整好零件位置，对好划线尺的刻度，开始划线，但手中的划线尺根本不像在梁师傅手中那样轻巧灵活和得心应手，他笨拙地划下第一道线。梁师傅笑了笑，又给他示范了如何左手按住工件，如何右手握划线尺，以及移动的要领。张仁俊划的第二条线就没有像第一条线那样别扭，但仍然感觉不得要领。他抱歉地向梁师傅笑了笑，并摇了摇头。

"你已经很不错了，我这徒弟要是有你一半聪明，我就省心了。划线工序最关键的不是怎么划，而是划在什么地方。今后你就会明白的。"梁师傅扔掉手中的烟头，"还是我来吧，任务完不成要挨董主任批评呢。"

张仁俊忙让开工位说："好，我给你打下手。"于是在旁边又是搬零件，又是挪支撑钉。

梁师傅很是高兴，给他说："这批毛坯质量不好，浇冒口位置不合理，稍不注意就可能出废品，因此划线时一定要注意。"他指着台子上的零件说："像这件毛坯，划线的位置要向前边移动一点，加工时就可以去掉上边的缺陷，否则就废了。"

张仁俊在笔记本上记下了这些问题和梁师傅采取的办法。他感到梁师傅是一个技术非常过硬的工人，不由得暗生佩服。他一直帮着梁师傅直到下班。梁师傅知道他第一天来，就邀请他晚上到家里吃饭，张仁俊道了谢，说晚上已经有安排。

张仁俊从车间出来后，到水池边洗了手，又到办公室换下工作服，去隔壁看了看潘科长，见他埋头正看一份图纸，便没有打扰。张仁俊回来坐到办公桌前，找到自己的教科书《金属切削机床》，翻到滚齿机一章，仔细地研究传动链和挂轮换算公式，但是书里没有关于加工变位齿轮的方法和进给量计算方法。他正在发愁去哪里找资料时，潘科长进来了。

"下午去车间咋样？"

"还不错。下午就了解了泵体划线，跟梁师傅学划线。"

"你找对人了，也找对工序了。从第一道工序开始，逐个过，这样你才能掌握产品生产的各个环节，有问题也能及时处理。走吧，去白主任家吃饭，白主任让咱们七点前到，现在已经七点了。"

他们出了办公室，朝后面家属楼走去。路上潘科长告诉张仁俊，梁师傅是个老钳工，原来也在装配车间。那年评级，他和四车间裴主任竞争，结果他没有评上六级，心里很窝火，对裴主任不服气，总是和裴主任对着干，厂里没办法，把他调到一车间。一车间里都是粗加工，技术含量最高的就是划线，董主任给他安排划线，他不愿意干，还是高厂长出面做工作，他才勉强答应了。

张仁俊暗暗点头，怪不得梁师傅能讲出那么多道理，原来也是个高人哪。

来到白主任家，张仁俊一眼看见了正在端菜的男主人，就是给自己上过电工电子技术基础课的马永驰老师。

"马老师，咋是您呀？"张仁俊惊喜地说。

"张仁俊，快和潘科长坐下。不是我，你也到不了特种油泵厂呀。"马老师笑着招呼他。白主任也从厨房出来和他们打招呼。

"潘伯伯好，叔叔好。"这时从另一间屋子走出来一个十四五岁的男孩。

"小军长高了。过来让伯伯看看。"

可小军并没有过来，而是朝潘科长做了个鬼脸，跑到马老师跟前说他有一道题不知道怎么做，让爸爸去看一下。马老师告诉他，等一会儿吃完饭了再做，现在洗手吃饭。小军高兴地去厨房洗了手。

张仁俊根本不知道他进特种油泵厂是马老师在众多的毕业生中挑选出来的，现在他从心底里感激马老师。从今天一天的经历中，他体会到这个单位从上到下都尊重知识、尊重人才，有着一股积极向上的风气和钻研技术的氛围，他感到幸运，自己刚好在这个人才短缺的空档期进厂，一定会有很好的发展前景。他暗下决心，即使拼尽全力，也要干出一番成就，不负厂领导的厚爱，不负马老师的一片苦心，也不负上学期间学校老师殷切的期望。

"小张，别愣着，端酒杯。"白主任对张仁俊说。

"马老师、白主任还有潘科长，我不会喝酒，还从来没有碰过酒杯呢。"张仁俊红着脸，摆着手。

"你原来是学生，学校不让喝酒，不喝酒是对的，但现在毕业了，是职工。端起来，喝一口试试。"马老师说。

"那好，我试试。"

白主任端起一杯茶，站起来说："今天是老马的学生小张同志来到咱厂工作的第一天，我们共饮此杯表示欢迎。我不能喝酒，就以茶代酒。"

当张仁俊把酒倒入口中时，一股辛辣直冲喉咙，令他咳嗽不止。几个人都笑了。"不能喝就不喝了，和我一样喝茶吧。"白主任说着，递给张仁俊一杯茶。

"看来你是没这口福了。这可是我小舅子从西凤酒厂带回来的好酒呀。"潘科长笑着说。

"看来我真没有这口福。您和马老师喝，我给您俩斟酒。"

"那不行，男子汉咋能不会喝酒？来，倒上。"马老师说着，又给张仁俊倒上酒。张仁俊也是年轻气盛，不顾后果地跟他俩一杯接一杯对饮。他喝了大概一两酒就有点晕，连忙摆手说自己头晕，马老师和潘科长也就不再劝他。白主任连忙去给张仁俊倒了一杯水，放了点蜂蜜，说喝了解酒。

这顿饭吃了将近两个小时。马老师和潘科长以及白主任，一边吃着饭，一边讨论着工厂里的技术难题和产品质量，也说到技术科原来的蔡科长的身体状况，都为他感到惋惜。在说到装配车间的裴主任时，是由衷地赞叹和感慨。张仁俊突然想到李洁羽问他的变位齿轮加工问题，就让马老师在学校图书馆帮自己借一本齿轮加工方面的书，并说明了具体要求。

马老师痛快地答应了，并说明天晚上带回来。

吃完饭，张仁俊看见潘科长喝得有点脚下绊蒜，就先把他送到家里，自己才回宿舍。他匆匆冲了凉，便躺在床上昏昏沉沉地睡着了。

第三章　技术问题

　　当张仁俊睁开眼的时候，窗外已经是晨曦微露。他没有表，也不知道时间，心想："坏事了，是不是迟到了？"他急忙穿上衣服，去水房洗了一把脸，发现水房里也没有人，他更加心慌，上班第二天就迟到，实在是有点说不过去。在学校的时候有起床铃、上课铃、下课铃，根本不用操这心，看来他需要买一个闹钟。当他急忙走到厂门口时，看门的师傅正拿着洒水壶往地上洒水，一看门口挂的大钟，才五点多，他这时候才注意到路上没有几个行人，清洁工正抡着大扫把清扫人们随手丢弃的果皮、纸屑、烟头以及落花败叶，同时也扬起呛人的灰尘。

　　他摇头笑了笑，问看门的师傅啥地方能买早饭。师傅告诉他生活区后面有个自由市场，那里有一家包子铺。他道了谢就往自由市场走。

　　路上行人渐渐多了，有挑着菜筐卖菜的菜农，有后座上载着大包小包骑着自行车的人，更多的则是睡眼惺忪的学生，一个个背着破旧的草绿色书包，懒洋洋地边走边吃包子或夹着咸菜的馒头。大路上没有多少汽车，偶尔驶过一辆喘着粗气、冒着黑烟、玻璃窗户哗哗作响的公交车。

城市就这样从沉睡中醒过来。太阳也带着威严和满面红光，慢慢从东边的树梢上登场亮相。

张仁俊在包子铺买了两个大包子，边走边吃，回到厂门口时，已经解决了饥饿的问题。看看挂钟，时间还早。他不想回宿舍，就来到办公室准备打水，门卫师傅告诉他水还没有烧开。回到办公室，他打开笔记本，认真看起了昨天的记录，想着今天应该去看第二道工序了。他又想起了李洁羽询问的变位齿轮加工，便翻开教科书，查找和研究起变位齿轮的各种系数。说实话，对于变位齿轮他在学校里学得并不多，仅仅是在课堂上听过，至于为什么要变位、正变位还是负变位，这是他的知识盲区。还有挂轮的计算、加工参数的调整等，都是实际问题，他还有许多知识需要学习掌握。教科书对这些知识只是一笔带过，根本没有详细的计算方法和计算公式，看来还是要等到马老师借来资料再说。他突然想起了毕业典礼上校长说过的话："学习是一辈子的事，没有人能凭借在学校里学的知识吃一辈子饭，只有不断学习，才能一辈子有饭吃。"

正当他眼睛盯在书本上，思绪在游驰的时候，忽然有一个人在他的桌子上轻轻地敲了几下，他抬头一看，一双水汪汪的眼睛正在含笑看着他，一张粉嫩的脸上微微透着红晕。再一看，一条月白色的长裙，勾勒出凹凸有致的身材。

"早上好。"张仁俊急忙站起来打招呼，睁大眼睛看着眼前这个洋溢着青春气息的姑娘，仿佛不认识一样。

"咋啦，不认识了？"来人正是李洁羽。

"不不，不是的。你坐。"张仁俊为掩饰自己的窘迫，急忙去给李洁羽搬椅子。

李洁羽轻轻一笑，坐在椅子上说："谢谢。我来问你挂轮参数算得咋样了，还有加工参数能不能调整。"

"不好意思，我正在看书，有些问题还没有弄明白。我让马老师给我借几本书再看看。等明天下班后我去找你，看能不能先做个试验看看。"张仁俊恢复了平静，对李洁羽说。

"明天不行，明天机床还要加工零件，这批零件还有四天就完工了，到时候调整机床刚好做试验。我给我们主任再打个招呼。"

"那样最好，我们先计算好，再试验就有把握了。我尽快把计算结果算出来，咱们再校对一下，别出问题。"

"行。这是我去后面包子铺给你买的几个包子，怕你不熟悉环境，没地方吃早饭。"李洁羽从她手提包里，掏出一个不大的铝饭盒，放在桌子上转身就走。

"哎，我吃过了。"张仁俊还想说自己吃的也是包子，但李洁羽已经离开办公室，快速走下楼。他打开饭盒，里面放着和他刚才吃过的一样的三个包子。他愣愣地看了一会儿，然后拿起包子放进嘴里，那油香四溢的包子瞬间就占据了他全部的心思。当第三个包子下肚时，他感觉肚子有点撑了。

酷热的天气，极大地考验着人们的承受能力。轰轰隆隆的机床旋转声、刀具和工件摩擦的嘎吱声、金属之间的敲打碰撞声、电扇的呼呼声，在一车间高大的厂房里此起彼伏，使原本就燥热的空气，变得似乎火星四溅，让人难以忍受。

此时的张仁俊却丝毫未被这天气影响，他正在仔细地观察着车床夹具。昨天车间董主任跟潘科长说，这道工序工人操作不方便，而且容易出废品，所以他特别关注这道工序。开车床的师傅是一位三十多岁的汉子，人们叫他朱师傅。他人长得五大三粗，干活也粗，装工件、对刀、开车，用钩子钩铁屑、卸工件，看起来毫不用心，但仔细观察，他在关键环节却一点都不马虎。特别是装夹工件时，他都要用棉纱把定位基准面擦拭一下。张仁俊发现朱师傅在装卸工件时，确实需要拧紧或松开三个螺母，而且在拧动螺母时很不方便。张仁俊没有手表，不知道具体时间，但他感觉装夹需要的时间比加工时间还要长，难怪工作效率不高。

正当他观察时，只见朱师傅卸下加工过的工件，用卡尺仔细测量过后，爆出一句粗口："妈的，咋回事，又废了，这破夹具根本就没法用！"说完将加工过的零件扔进旁边一堆零件中，看来那一堆全是加工废了的。

张仁俊给朱师傅的大茶缸子里添满水，趁着朱师傅喝水休息的空当，询问为什么会出现废品，哪一个尺寸超差了。朱师傅和张仁俊已经熟悉了，他拿出图纸，指着上面的一处说："就是这里。"张仁俊仔细看了看图纸，从工作台上拿过卡尺，把刚才的零件量了量，确实是废了，而且没有办法补救。他又测量了几个，都是同一个尺寸不合格。数了数堆着的废品，又数了数成品数，他估算废品率在百分之十左右。这是一个不小的数目。他想，工作就从这里开始，这也是他最熟悉的环节。他上学时，参加过机械设计兴趣小组，专门设计各种夹具和量具，毕业设计搞的也是箱体零件的加工工艺和车床夹具的设计，而且那个箱体零件比现在这个泵体要复杂得多。从自己最熟悉的工作着手，想办法先解决这个车间最急迫的问题，他有这个信心。

他又和朱师傅了解了工件和机床的情况，比如机床主轴的跳动、导轨的直线度、工件加工过程中刀具的磨损以及夹具的刚性等。他的问题让朱师傅吃惊不小，朱师傅心想，这小子才毕业，懂得的东西还真不少。当朱师傅再次开动车床的时候，张仁俊还拿着图纸仔细地琢磨着。他在看图、观察、琢磨、询问、测量中度过了整整一个上午，直到朱师傅关了机床，洗过手准备吃饭时，看他还傻乎乎地拿着一个毛坯和废品对照着看，就喊了一声"张仁俊该下班了"，他才回过神来。再一看，车间里除了电扇还在使劲地吹，其他机床都没有了声响。

张仁俊笑了笑，忙洗了手准备去办公室拿饭盒。李洁羽和刘娟在车间门卫处等着他，两人都穿着工作服。

"我们还以为你不吃饭了。"刘娟笑着说。

"嘿嘿，咋能不吃饭。"张仁俊笑着回答。

"早上吃了包子就不知道饿了。包子吃了，饭盒不会当定情物珍藏起来了吧？"刘娟眯着眼，似笑非笑道。

"刘娟别胡说。"李洁羽红着脸阻止。

"你们先走，我去办公室拿碗筷。"张仁俊为了摆脱尴尬，跑着去了办公室拿自己和李洁羽的饭盒。

当他在食堂门口再见到两位女同事的时候，旁边多了沈浩翔。沈浩翔见他手里拿着李洁羽的饭盒，狐疑地看着他。张仁俊心里有点忐，但很快恢复正常说："第一次在咱们厂食堂吃饭，不知道有什么好吃的。走，你们给参谋参谋。"

"就咱们厂这食堂，吃不死就是好的，能有啥好吃的。"沈浩翔说。

"你的嘴呀，好好管管吧，到食堂门口了，让他们听见不好。"刘娟说。

"怕个茄子，我说的是实话。"

这时候沈浩翔看见了另外一个年轻姑娘，连忙打招呼，岔开了话题。

张仁俊要了一份鸡蛋卤面，刘娟看着面不错也要了一份，而李洁羽则要了一份红烧茄子和米饭，沈浩翔要了一份青椒炒肉片和米饭。四个人找了一张桌子，围坐着开吃。刚吃了几口，李洁羽拉着刘娟去端来四碗绿豆汤，她把一碗放到了张仁俊面前，刘娟把一碗放在沈浩翔面前。沈浩翔看了看李洁羽，又看了看刘娟，小声说了句"谢谢"，就低头吃饭了。

刚吃完饭走出食堂，潘科长急匆匆赶过来对张仁俊说："你现在跟我去一趟蔡科长家，刚才他家人打电话说蔡科长去世了。"其他几个人也是一愣，他们见过蔡科长几面，但都不熟悉。因为是技术科的人，张仁俊不论见没见过，都应该去看看。张仁俊顺手把饭盒交给李洁羽，跟着潘科长就走了。

沈浩翔跟着两位美女一同走向三车间，刘娟歪着头问："你不去你们车间，跟着我们做啥呀？"

"我跟李洁羽说两句话。"

"哦，原来如此，那我不当电灯泡，先走了。"说着对李洁羽眨了眨眼。

看着刘娟离开，沈浩翔对李洁羽说："今晚有时间吗？我们去看电影，今晚是《自古英雄出少年》。"

"不去，有事。"

"唉。每次请你看电影都被拒绝，我咋就这么没有面子。"沈浩翔一脸的失望。

"这不是面子的问题，我真的有事，这几天挂轮计算快把我急疯了。"

"那要是张仁俊请你看电影你去不去？"沈浩翔突然这样问，眼睛死死地看着李洁羽。

李洁羽一愣，看着沈浩翔说："你好无聊！"说着转身离开。她一边走，一边想刚才的问题：要是张仁俊邀请看电影，自己会答应吗？

她走到车间，看见刘娟正笑眯眯地看她："看样子你又拒绝了？"

"他咋这么烦人？"李洁羽说。

"这是对爱情的执着。唉，要是有人这样追我，我可就高兴死了。长得漂亮就是任性呀。我也不难看呀，咋就没人追呢？"刘娟装出一副可怜兮兮的样子。

"你别矫情了，等到真来了，不一定是好事呢。"

"你说说你为啥不想和沈浩翔处对象？是看上张仁俊了？你眼光可真好。张仁俊不但长得帅，而且还是中专毕业。"

"你瞎说啥，拒绝沈浩翔和张仁俊没有半点关系，在他来之前我就拒绝了沈浩翔的。"李洁羽说着说着，脸红了，转过头去倒水。

"其实沈浩翔也不错，家庭条件好，人长得也不差。"刘娟说。

"他条件确实不错，可是我们不合适。"

"为什么呢？"

"不为什么，就是不合适。"

"那你想找一个什么样的？"

"不知道。你呢？"

"我就想找一个对我好、家里条件不错的。我家在农村，过怕了穷日子。"

"我家也在农村呀。"

"你上过技校，算是有技术的了，我接了班就没再进过学校。唉，多想去学校学学技术呀。"

"我们厂每年都有上技校的名额，你去找找厂长，看能不能也去上技校。"

"真的？那我要去问问。不过我有点害怕，我一个接班职工，还没进过厂长办公室的门呢。你陪我去行不？"

"嘿嘿，瞧你那点出息。"

……

两个正当青春年少的姑娘，在炎热的暑天中午，坐在车间的风扇底下，说着私房话，谈论着自己的前途和婚姻，仿佛偌大的车间就是她们两个人的闺房。

而看着李洁羽转身离开的沈浩翔，此时正茶呆呆站在太阳下，望着三车间的方向。这两天他明显感到李洁羽对他的态度发生了变化，以前他去找李洁羽或者约她，虽然也会被拒绝，却不会这么决绝，让他觉得还有希望，可这两天她的态度却让他有一丝不好的感觉。他不相信这新来没几天的张仁俊能给自己造成威胁，一个来自农村的中专毕业生，虽是个技术干部、知识分子，但能和干部家庭子女身份的自己相比吗？自己也是技校毕业的技术工人，和李洁羽一样，有什么不般配？

沈浩翔给自己鼓劲打气："一定不能认怂！不是要上夜大吗？那就上，我沈浩翔也不是学不会。中专毕业算什么，我一定要拿个大专文凭甚至是本科文凭，我就不信你看不上我。"可一想到张仁俊那英俊的脸和自信的表情，他心里就又有点发虚："唉，姑娘的心事猜不透，这谈恋爱也是门技术活呀。"

一个路过的工友看见沈浩翔在太阳下发愣，过去一拍他的肩膀问他："你在这里看啥呢？这么热的天气，也不怕中暑。"他回过神来，笑了笑说没事，刚才看见树上有一只白鹦鹉。工友问在哪里，他说飞走了。于是他们一起向四车间走去。

再说张仁俊随潘科长去了蔡科长家，忙忙碌碌地帮着收拾家里，抬桌子、移板凳，腾地方，设灵位，烧开水，招呼客人。张仁俊对这些礼节和风俗一点都不懂，潘科长指挥他干啥，他就干啥，前前后后地忙着，脚不停歇。晚上他回到宿舍的时候已经快十二点了。

第二天张仁俊刚一进办公室，白主任就派人把他要的手册送来，另外还有几本夹具设计、机械加工工艺等方面的书。他高兴地翻看着这些急需的书和手册，心里充满了感激。他拿起《齿轮的设计和加工》，翻到讲变位齿轮那章，仔细阅读，一边看一边思考，还做起了笔记，直到把这一章看完。他似乎明白了是咋回事，但又一想李洁羽问的是加工的齿轮挂轮问题和变位系数，他再次翻看书本，试着套用上面的公式，但算下来的数却是一个带有小数的齿数，这明显不对啊。

他正百思不得其解，想要再算一遍，潘科长来到他办公室，问："你咋还没有下车间？"

"刚才给三车间的滚齿机计算挂轮，马上就下去。"

"要是这样的话，先把这件事处理了再下去。这也是一件急迫的事，我还正为此发愁呢。算好了我先看看。另外，今天晚上晚饭后，你再去一趟蔡科长家，看还有啥事没有。明天早上你跟着一起去一趟火葬场，帮忙招呼。"

"好的。"张仁俊答应着。送走潘科长后，他就坐下来继续看书计算。

他折腾了近两个小时，还是没有半点眉目，齿轮齿数依然不是个整数，这让他有点不知所措。

他拿着计算结果，到三车间找到李洁羽，把他使用的公式、计算的结果和李洁羽再次核对了一遍，没有任何问题。问题出在哪里了？他告别了李洁羽又回到办公室开始翻书。翻来翻去就那些内容，没有新的办法。他敲开潘科长办公室的门，潘科长正和一车间主任董安礼谈话，看见他敲门就问他是不是有事。张仁俊冲着董主任点了点头，说等他们谈完话再说。

"你来得正好，是一车间车工序的问题，你最近抓紧时间看一下能不能解决。"潘科长说。

"我昨天就看了，夹具是有问题，我还想着给你汇报一下，这两天我就想办法。"张仁俊回复。

"不用汇报，你和董主任还有朱师傅商量，尽快拿出解决方案，需要我出面协调时给我说一声就行。"潘科长说。

张仁俊说："好的，我尽快想办法。你和董主任先谈，我一会儿再过来。"

"你不要走了。董主任的事情谈完了，就是这事。"

潘科长转头对董主任说："那就这样，今后技术上的事多和小张商量，他是中专毕业生。"

看见董主任离开，张仁俊就把滚齿机挂轮计算问题给潘科长做了说明。潘科长沉吟了一会儿说："咱们的滚齿机和插齿机，自打我进厂到现在就没有接过外协加工，常年加工的就是那几种齿轮。蔡科长去世了，我估计现在咱们厂里没有人会弄这个，我也不懂这个。你要不找找你们学校的老师问问。"

"对呀，我咋把这茬儿忘了。那下午下班我就不去蔡科长家了，去找我老师问一下，这是个急事。"张仁俊拍了一下脑门说。

"行，你下班了去。"

从潘科长办公室出来，张仁俊拿上笔和本子去了一车间。车床夹具的问题也是一个亟待解决的问题。

晚上十点多，张仁俊敲开了李洁羽的宿舍门。李洁羽穿着一件睡裙，手里拿着一本书，站在门内问："张技术员，有事吗？"

"不好意思啊，这么晚打扰你休息。但你说事情比较急，而且明天早晨我要去殡仪馆参加蔡科长的追悼会，怕耽搁你的事。我想看看滚齿机的说明书，我问了潘科长，他说可能在你的柜子里。"

"哦，你找到解决办法啦？我柜子里是有一本说明书，是蔡科长翻译的一部分操作说明。现在要用吗？"李洁羽说。

"我想今天晚上就把它弄好，你不是下周就要开始加工吗？今天都周四了，我们周日开始调试，现在先把挂轮算好，免得到时候时间紧张。"

"好，我也正为这事着急呢。你等一下，我换件衣服。"她说着关了宿舍门。

当他们两个走进三车间的时候，车间里还亮着灯，有些上中班的工人在干活。

李洁羽在工具柜里找到一本油印的说明书，已经发黄了，封面上写着"蔡德功翻译"。张仁俊翻到挂轮配置方法一节，仔细看起来，一会儿便高兴地笑了，对李洁羽说："老师说得没错，这是德国进口的滚齿机，有一套标准挂轮架，还有一套非标准的挂轮架。你在柜子里找找，看看有没有这个配件。"

"这柜子是我师父退休时给我的，我没有仔细看过。她把柜子交给我的时候说过，这里面的东西都有用，不要随便扔。我看看，应该有。是不是这个？"李洁羽拿出一个带槽和孔的叉架给张仁俊看。

"对对，就是这个。只要有这个，问题就简单了，我抽空把挂轮算好，周末调试就没问题了。谢谢你！"张仁俊像看见宝贝一样，眼睛放光。

"真的？我应该谢谢你，要不是你，我还不知道咋办呢。你怎么知道有个挂轮架？"

"下班后我去学校问了原来给我们上课的老师，他听了我说的问题，并问我机床的型号后，就告诉我说，德国进口的机床就是利用另一套挂轮架增加齿轮的传动级数解决这问题的，让我回来找挂轮架。我还担心时间长了挂轮架丢失了，所以心里着急，大晚上的把你叫出来。真不好意思。"张仁俊略带歉意道。

"这有什么。在城市里，这个点离睡觉还早呢。"

他们说着话，和其他师傅打过招呼走出车间。

"你家也是农村的？"张仁俊又问她。

"是呀，我是接我爸的班进厂的。进厂后就上了个技校，唉！"

"怎么啦？不愿意接班？"

"我本来想继续上学考学，可家里说考学还不是为了跳出农门，吃商品粮，接班就能农转非吃商品粮，指望考学一条路也不把稳，万一考不上岂不是耽搁了。我想想也是。但我心有不甘，我一定要上夜大。"李洁羽沉思着说。

"农村娃要改变命运，确实难。我们没有城市人生来就有的优势，只能靠自己努力改变。我也是初中毕业就上中专了。不要紧，我们一起继续深造，在西京城里想学习，随时都有机会。"

他们在微弱的月光下，踩着梧桐树叶投在地上细碎的影子，慢慢地朝宿舍走去。

第四章　两朵红花

　　太阳已经快落山了，罗亚丽推着自行车来到玉祥门外的护城河桥上，焦急地望着来来往往的自行车。此起彼伏的蝉鸣从高大的梧桐树梢传来，它们似乎在开一场演唱会。不时驶来的公交车发出低吼，拖着一股长长的蓝烟，驶过古城墙大大的门洞，消失在淡淡的薄暮中。天黑了，门洞上方"玉祥门"三个大字渐渐变得模糊不清了；无数的飞蛾围绕着昏黄的路灯盘旋，不时扑向光源，不死不休；顺着护城河的方向，吹来一丝丝凉风，让燥热的空气变得清爽。

　　"咋还不来呢？是不是出啥事了？他可很少不准时呀。工作再忙，现在也该下班了，况且今天是星期天，厂里应该不上班呀。"罗亚丽心里嘀咕着，她昨天才接到他的电话，说好下午她下班后在这里见面，她晚饭都没顾上吃呢。

张仁俊参加工作后，他们还没有见过面呢。原来说好的张仁俊毕业时，她帮他一块去特种油泵厂报到，可他最后说厂里有车接，他们就没有见面。这一周以来，她太想和他见一面了，有太多的事她想知道，想知道他的工作、他的住宿、他的吃饭，想知道厂里有没有发生活费，但这一周她偏偏上小夜班，好不容易等到他们都有时间了，她借了一辆自行车，骑了半个小时才过来。

罗亚丽越等越着急，开始胡思乱想。又过了大概半个小时，罗亚丽终于等不住了，决定去厂里找他，跨上自行车就朝特种油泵厂赶。"他是病了还是出了啥事？他可从来没有爽过约呀。"她越想越害怕，越想越紧张，再加上路灯不亮，一不小心自行车撞到一个没有盖好的下水井盖上，连人带车摔倒在马路上。一个过路的好心人把她扶起来，帮着把自行车也推过来，问她伤着没有，要不要去医院。她谢过了好心人，说自己没事，歇一歇就好。那人离开后，罗亚丽撩开裙摆一看膝盖，一块皮被蹭掉了，她才感觉到一阵钻心的疼，再仔细看了看裙子，下摆也磕破了一个洞，眼泪不由自主地掉下来。

她和张仁俊是初中同学，初中毕业后一同考上中专。她上的是卫生学校，学的是护理，学制三年，去年就参加工作了。张仁俊上的是西京仪器工业学校，学制四年。在张仁俊上学的最后一年，他们经常见面，虽然没有捅破那层窗户纸，但心里都把对方当成自己的对象。今天见面，她打算把这层关系挑明，因为他们都有了固定单位和固定工作。

在路沿上坐了一会儿，罗亚丽心里惦记着张仁俊，又怕他这时候赶到玉祥门去，强忍着痛站起来，扶着自行车一瘸一拐地走着，眼睛还一直盯着马路对面骑车的人。走了一会儿，她苦笑着摇了摇头，想着他一个参加工作几天的人，哪里有自行车骑，要去玉祥门也是坐公交车，而此时公交车可能已经停运了。

当她艰难地来到特种油泵厂门口时，门卫老大爷看着这个漂亮的女孩，又听说是张仁俊的朋友，意味深长地笑了笑。他告诉她张仁俊从下午进厂到现在还没有出来，办公室黑着，应该在三车间，并给她指明位置。

走进三车间的大门，一股机油味扑面而来，她不由得打了个喷嚏。这个车间里就一个地方亮着灯。那地方的机器发出呜呜的响声，只听见张仁俊大声说：“再进一挡看。如果质量能达到，就按这个参数加工，效率可以提高百分之十五左右。”

她站在远处看着，没有走近。操作机床的是一个头戴工作帽、身穿工作服的女子，正全神贯注地看着机床上装夹的零件和飞快旋转的刀具，准备随时应对突发情况。过了一会儿，她停下机床，笑着对张仁俊说：“没问题了，明天我就按照这个参数开始加工了。谢谢你！”说着，笑盈盈地递给张仁俊肥皂和毛巾。

“现在几点了？”张仁俊在水槽里洗完手，把毛巾和肥皂还给李洁羽。

“已经十点半了。咱还没吃饭呢，要不我们去外面吃点饭，我请你。”李洁羽红着脸小声说。

“什么，十点半了？坏了，我还约着人呢。不吃了，改到下次。我有事先走了。”张仁俊说着，急急火火就朝门口跑，边跑边脱工作服。一不小心正撞在呆呆看他的罗亚丽身上，差点把她撞倒。

“哎呀，不好意思，不好意思。”说着忙用手去扶罗亚丽。

“现在才想起来呀？”罗亚丽看着张仁俊说。

"啊！是你呀，啥时候来的？咋不吭声呢？"见是罗亚丽，张仁俊一脸惊喜，就想用手去抱，突然身后传来了李洁羽的声音。

"张仁俊，这是你女朋友吗？"

"这是我同学罗亚丽。这是我同事李洁羽。"张仁俊给两人做了介绍。

两人握了握手，互相问候。李洁羽说："我们去吃点饭，今天是我的事耽搁了你们约会的时间，我请你们吃饭。"

"现在都十点多了，饭馆早关门了。算了，我还是去宿舍里煮点面条吧，要不你也来，一块吃面条。"张仁俊说。

李洁羽想了一下说："那还是算了，不打扰你们说话，回头有机会了再说。再见。"

罗亚丽跟着张仁俊来到宿舍，进门就看见床上和桌子上摆满了书籍，她一边帮着收拾一边说："刚才那个女孩好漂亮呀。"

"是吗？我看一般呀。今天真是不好意思，忙得把时间都忘记了。"张仁俊忙着点煤油炉准备煮挂面。

"有那么漂亮的女孩陪着，不忘时间才怪。害得我等你那么长时间，骑自行车还把腿摔破了。"

"再漂亮也赶不上你。我看看伤哪里了。咋摔的？要紧吗？"张仁俊放下手中的活，过来看她的腿，"哎呀，摔成这样了，疼吗？"

"皮都破了能不疼？"

"不好意思，罪过罪过，我的罪过。你别动了，就坐在那，我来做饭。"张仁俊说着，往开水里下好挂面，又在抽屉里拿出一把紫菜和两个鸡蛋，等面快熟时都放在锅里一起煮，不一会儿，两碗冒着香气的面条就上桌了。他们边吃边聊，张仁俊把厂里的情况和自己工作的情况详细描述了一番，罗亚丽也仔细打量着他的宿舍，说："工厂待你真是不错，还是个单人间宿舍。"最后张仁俊说他已经准备今年秋天考夜大，继续深造。罗亚丽高兴地说："好呀，我也准备开始自学考试。咱们一块努力。"

因为不能保证上课的时间，罗亚丽说自己准备参加自学考试。这种方式学习时间和学习方法灵活，只是现在还没有去了解情况。吃完饭，收拾完锅碗，张仁俊说天太晚了，让她睡在这里，他再找地方睡。她摇摇头说："现在这么晚，你又是刚来厂里不久，认识的人不多，能在哪里找地方睡？"他没有说话，看着她，慢慢靠近她，眼眸里投出炽热的光芒，然后猛地用双手抱住她，吻在她的嘴唇上。她没有反抗，也用双手搂住他的腰，他们的心都在怦怦狂跳。两人认识已经七年多了，这是他们第一次用双手拥抱彼此，第一次亲吻自己心爱的人，一股难以言表的感觉像电流一样传遍全身。

过了很长时间，张仁俊松开搂抱的双手说："今晚不回了行吗？"

他们相互对望着，罗亚丽满脸绯红，上牙齿咬着下嘴唇摇摇头，不说话。

"就这一次，行吗？"张仁俊小声地说。

罗亚丽低下头，使劲地摇了摇头。

张仁俊再次搂住罗亚丽，不舍地在她的额头上吻了一下，说："好吧，那我送你回去。"

夜已经深了，城市道路上的行人渐渐少了，汽车也少了，宽阔的马路在一排并不明亮的路灯的照射下，延伸向无尽的黑夜。张仁俊用自行车带着罗亚丽慢慢骑向西京人民医院。坐在后座上的罗亚丽用双手紧紧地抱着张仁俊的腰，把头靠在他的背上，感到无比幸福。

"哎，你知道过去同学叫咱俩'两朵红花'吗？"罗亚丽问。

"当然知道。"

"你当时咋想的？"

"没咋想，叫就叫呗。我觉得'两朵红花'蛮好，你一朵我一朵，一块开放，相映成趣，多有诗意。你当时有想法？"张仁俊故意问。

"去你的，不告诉你。"罗亚丽用手在张仁俊后背上拍了一下。

他们俩都陷入了回忆。

他们是上初一时认识的。罗亚丽清楚地记得第一次看见张仁俊时的情景。在开学的第一天，老师正在给同学们训话，一声"报告"从门口传来，进来的是一名男孩，肩上背着一个草绿色书包，手里拿着一顶还在滴雨水的破草帽，脚上是一双被泥巴糊得看不清颜色的鞋子，最可笑的是他的屁股上沾满泥水。老师问他为什么迟到，他说路太难走，自己还摔了个屁股蹲儿。他说着把裤子上的泥巴给老师看，逗得老师和同学都笑了。他被老师安排和罗亚丽坐在一起。他当时个子不高，但眼睛里透着清澈的光亮，这清澈明亮的眼神深深吸引了她，也就是从那时开始，她就时常关注着这个满脸阳光的男孩。

张仁俊家在半坡上的张家沟，与她家所在村子是邻村。她慢慢发现这个穿着破旧的同学，在学习上一点都不比自己差，一学年上完，他的学习成绩和她的不相上下。他们这一年级在学校有四个班共二百二十多人，他们俩一直稳居全校前两名，把第三名远远甩在后面。

张仁俊清楚地记得第一天上学，他们就被老师安排在同一张桌子成了同桌。由于罗亚丽父亲是在外工作的吃商品粮的公家人，所以她的装扮显得比别的女同学洋气，再加上长得也漂亮，性格活泼开朗，不像大多数女孩扭扭捏捏。和她成为同桌，这是他上初中第一天最高兴的事。后来他发现她不但长得漂亮，学习也毫不逊色，一学期下来，他俩的关系比跟别的同学关系都好。后来他们一块去参加公社的作文比赛、数学比赛，还一块参加了县上的数学比赛，都得了奖。其他同学都十分羡慕，背后叫他俩"两朵红花"，其缘由是他俩的照片一起张贴在学校的光荣榜上，而且照片旁为每人画了一朵大红花。

慢慢地，全班同学都这样叫他们，后来全年级同学也都这样叫他们。有的同学背后说他俩好，说他俩谈恋爱。老师知道后就把他俩的座位调开了。座位调开了不等于他俩不交往了，他们照样走得近，特别是到了初三，学习紧张，老师抓得也紧，班上大部分同学觉得没有希望，都不再努力。唯独他俩像两匹野马，在学习上一路冲杀。老师和学校将他俩视若至宝，给他俩提供各种学习上的便利。老师会把最新的复习资料给他俩，甚至经常让学校最好的老师为他俩进行单独辅导，因此他俩有更多的时间和机会在一起学习和交流，关系比其他同学更近更好。

也因为他俩出色的学习成绩，他们的班主任获得了全校的"优秀班主任"称号。

"什么时候我们的照片还能在一起配上大红花，那一定很好看。"张仁俊说。

"想得美。"罗亚丽把搂着张仁俊的手臂紧了紧。

"不是想得美，是你长得美。"张仁俊反手搂了搂她的头，温柔地笑着说。

"什么时候变得会甜言蜜语了？"

"就在刚才，不信你试试。"

"去你的，好好骑车。"

"那你还记得我们第一次牵手吗？"张仁俊问。

"讨厌，不记得了。快好好骑车。"

　　当张仁俊和罗亚丽卿卿我我的时候，躺在蚊帐里的李洁羽却辗转反侧，难以入眠。今天的经历让她仿佛坐了一次过山车，从愉悦、高兴到激动，再到失望、难过。一丝刚刚开始燃烧的爱情火苗，被生生地浇了一盆冰水，差不多熄灭了。

　　今天早晨，她和张仁俊、沈浩翔三人坐车到交大成人教育科招生办公室问明了情况。招生办的老师热情地接待了他们，还说对于像他们这些技校毕业生和中专毕业生，因为有正规的实践经历，学校是非常欢迎的；然后介绍了入学考试的课程和入学考试时间，并说明有参考资料和复习大纲，但需要购买。李洁羽当即掏钱买了一套参考资料和复习大纲。

　　张仁俊也要买时，却被李洁羽拦住了："你不要买了，我们俩可以用一套，错开了看就行，没必要花这个钱。"

　　"那我也干脆退啦，我们三个用一套也行。"沈浩翔说。

　　"你还缺那几个钱？"李洁羽看了一眼沈浩翔。

　　"毛主席教导我们：厉行节约，反对浪费。节约每一个铜板，都是为了建设社会主义。当然能节约就节约。"沈浩翔嘴里的词，像竹筒倒豆子一样。

　　"你少抽两包烟就是最大的节约，况且你不在厂里住，交换也不方便。"李洁羽说。

　　"想蹭着看都不行，小气得很，还是不愿意和我共享你的复习资料。"

"在你面前，我们谁也大方不起来。好了，别抠门了，已经买了，就回家认真复习，我们一起努力，争取都考上。"李洁羽笑着说。

"唉，有钱有时候也不是啥好事。"沈浩翔假装悲伤。

"你说错了，有钱永远都是好事。有人说过，钱不是万能的，但没有钱是万万不能的。"李洁羽继续说。

"我只知道前面半句。"沈浩翔说。

"你们俩都比我有钱，我到现在还没吃早饭呢，中午你们谁请我吃饭？"张仁俊打断了他俩的话。

"今天我请你吃饭，下午你帮我调整机床。"李洁羽回答。

"那我可不领你这人情，我这是用苦力换饭吃呀。"张仁俊笑着说。

他们走出交通大学成人教育招生办公室时，大概是十点多。

李洁羽说："张仁俊，你不是没吃早饭吗？现在去吃饭，早饭午饭一块吃。"

沈浩翔赶紧说："我也去，蹭不上书看，蹭一顿饭也算补偿和心理安慰。"

他们选来挑去，去了一家岐山面馆。李洁羽要了两大碗和一小碗岐山臊子面，又要了两个岐山臊子肉夹馍。沈浩翔说他只要一小碗臊子面，早上吃过了，主要是想陪一下他二人，以显示现在是同事，将来是同学的友谊和感情。

在等饭的时候，李洁羽告诉他俩，臊子面是岐山一带的特有面食，村里有大事，比如年轻人结婚、新生儿做满月、老人过世、盖房子上梁等，都吃臊子面，有人一顿能吃四十几碗呢。张仁俊第一次听说一个人能吃四十几碗面条，表示不信。李洁羽告诉他，坐席吃面的碗里，只有一口面，所以岐山臊子面也叫"一口香"。张仁俊摇头表示难以理解。李洁羽说今后如果有机会，可以去岐山她姨家吃一次。

沈浩翔说岐山面的特点是薄筋光、煎稀汪、酸辣香，并详细地解释了这九个字的含义。李洁羽问沈浩翔咋知道这么清楚，沈浩翔告诉她，自己过去常常随父亲去岐山县，对这些早就耳熟能详了。

最后张仁俊吃了一大碗臊子面和一个臊子肉夹馍，而沈浩翔和李洁羽每人只吃了一小碗面。

吃完饭，沈浩翔还想随他们一起去厂里，被李洁羽阻止了："你没必要去，好不容易有一天休息时间，回家陪陪你父母，开始复习功课。离考试不到三个月，紧张着呢。"

"我去还能给你们帮忙，我可是老钳工了。"

"赶紧回家吧，平时忙，周日帮你老爸老妈干些体力活。换几个挂轮我都能换。"李洁羽继续劝阻。

看着沈浩翔极不情愿地离开，张仁俊说："他想去就让他去，拦他干吗？"

"我们走吧，不想让他跟着去。"李洁羽说。

回到厂里，车间干活的人很少，他们换上工作服，开始更换挂轮，调整机床。根据说明书和计算的挂轮个数、齿数，他们很快调整好机床，通过试切，符合加工要求。但是为了提高加工效率，他们对切削的三要素逐个进行了调整试切，不是出现这样的问题，就是出现那样的问题，一会儿尺寸精度不稳定，一会儿又是表面粗糙度达不到，或者是机床负载过大、声音异常，搞得他俩焦头烂额，直到晚上十点多才找出了一个最佳的参数配置，比原来的加工效率提高了百分之十五还多，这令李洁羽非常高兴。

此时的张仁俊才真正明白"为实现四个现代化贡献自己的青春和热血"的真正含义，这不是一句空洞的口号，而是可以付诸实际行动的。

李洁羽要请张仁俊去宿舍，准备给他做饭。昨天她都想好了给张仁俊做米饭，而且一早上她就买好了菜。没想到张仁俊有约会，而且他的女朋友来到了车间。看到罗亚丽的一瞬间，她的头嗡的一下，像是被人狠狠地敲了一棒子。她告别他们回到宿舍，简单地洗漱了一下就躺下了。她泪眼模糊地望着蚊帐顶，任凭吊扇不紧不慢地转着，发出扑嗒扑嗒的声音。

在同一时刻，在西京这座古城的另一个地方，沈浩翔也躺在床上呆呆地望着窗外那随风摆动的树梢，任思绪在黑夜里漫无目的地飘荡。

第五章　漂亮女友

白天喧嚣的工厂随着天色的昏暗渐渐变得宁静，四个大车间里都还亮着灯光，个别工位上还有工人在加班；厂道两边路灯发出的光，在梧桐树叶的遮挡下显得昏暗；在开阔的地方，不时有蝙蝠在夜空中翻转腾挪，向黑夜展示着它们迅疾而灵巧的身手。

张仁俊趴在办公室一张零号图板上，聚精会神地画着图纸。炎热的天气让他不得不在脖子上搭一条毛巾，以便及时擦掉随时可能滴在图纸上的汗水。他一会儿用铅笔和丁字尺、圆规画图，一会儿用橡皮擦图，其间还不时翻看旁边桌子上的技术手册。这是他入厂后画的第一张设计图，也是在特种油泵厂的第一张设计图，必须认真再认真。

白天没有时间，他要在车间里见习，熟悉特种油泵的每一个零件和每一道加工工艺，熟悉车间的设备和工人的技术水平。这是高厂长和潘科长对自己的要求，也是他对自己的要求。但一车间车床夹具存在的问题，也是一个亟待解决的问题。白天他抽空和操作机床的工人师傅及车间主任董安礼反复讨论斟酌，初步确定了定位和装夹方案。潘科长审核后，让他尽快拿出具体的结构方案，也就是要画出装配图。为了确保万无一失，他又拿着方案去学校找吴老师做了最后把关。

吴老师名叫吴伟民，一个头发斑白、戴着高度近视镜的老教师。他知识渊博，是在苏联留学过的研究生，在工厂里设计过很多机器，实践经验非常丰富。张仁俊上学时用的《金属切削机床》和《机床夹具设计》教材都是吴老师编写的。张仁俊听说吴老师在"文革"中受过不少罪，平反后就在西京仪器工业学校教书。他对学生知无不言，学生只要有问题，随时都可以去问。张仁俊在校时就经常去他家里请教问题，吴老师也非常喜欢这个勤学好问的学生。

吴老师听了张仁俊的方案，仔细看了零件图纸，指出了方案可能出现的问题，对计算的误差再次核算，最后确定无误后，才让张仁俊去画装配图，并说画好图后，拿过来再让他看看。

今天晚上已经是张仁俊画图的第五个晚上，他的图今天必须完成，明天是个星期天，他要去学校请吴老师审图，还要去见罗亚丽，已经一周没见她了，他想她了。

正当他准备收拾绘图工具和图纸时，有人敲门，进来的是李洁羽。

"我刚加完班，看你办公室的灯亮着，就进来看看。我看你这几天都在画图，咋样了？"

"完工了，你给看看哪里还有问题。"张仁俊给李洁羽打开那张已经卷好的零号图纸。

"这图画得也太漂亮了。这布局，这线条，还有这字，真的太漂亮了。"李洁羽赞叹着。

"过誉了，过誉了。你给再看看哪里画得不对。"

"我要是能看出这图哪里有问题，我早就坐在技术科办公室，不在车间开滚齿机了。"李洁羽笑着说，"说真的，我是第一次看见这么漂亮的图纸。你在学校学了多长时间的制图课呀？"

"我们制图课要学一年半。关键是有机械零件基础课程设计、金属切削机床课程设计，以及金属切削刀具和机床夹具设计课程设计等，整天趴在图板上，绘图技能训练得不好才怪了。"

"难怪能有这水平，功底这么扎实。你吃过晚饭了吗？咱们一起去吃碗馄饨，有一家馄饨特别好，我请你。"李洁羽看着张仁俊，眼里充满期待。

"行，今天画完了，也放松一下。不过不用你请我，应该我请你。"

"为什么你请我？"

"高兴呗。而且我是男人，当然应该我请你。你咋也加班呢？"

"就那一批外协件，要得急，主任让加班呢。"

"效率已经很高了，还要赶时间？"

"快了还想快，这是领导们的通病。"李洁羽笑嘻嘻地调侃道。

他们说着，踏着朦胧的月色，并肩走出了工厂大门。

炎热的天气在几天连绵不断的雨水里失去了威风，凉爽的空气透出一阵阵月季花的浓香，笼罩着常年被酒精味包裹着的医院。在西京人民医院住院部二楼的神经内科护士站，忙碌了两个多小时的罗亚丽坐在桌子前，对着窗外深深地吸了一口飘来的花香。楼下花园里有一丛月季花正对着神经内科护士站的窗户，有深红色的，有浅红色的，还有淡黄色的，时不时给科室里辛勤工作的医护人员送来一阵阵深情的问候。科室的护士姐妹们都说那一丛月季花是她们的情人。

正当罗亚丽享受着难得的闲暇之时，桌子上的电话响了，急诊科的大夫打来电话说，有一名脑出血病人急诊入院，让她们做好接诊病人的准备。罗亚丽知道，又要忙活了。她迅速起身，拿出干净床单和被套、病员服，走到28号病床前，发现病床上躺着27床病人的陪护，她叫醒他，铺好床单，套好被套和枕套。陪护人正在熟睡却被叫醒，满脸不高兴，又听说要来新病人，一下子生气了，对着罗亚丽吼道："你们医院还要不要人休息了？现在是半夜三点，你把病人吵醒了，要是出现问题你负不负责？"

罗亚丽听着他吼叫，先是一惊，但并没有停下手里的动作，转头看了那个人一眼，没有吭声。

"给你说话呢，你哑巴了？"那人似乎得了理。

"你这么大声地喊，难道不影响病人？"

"我明天要找你们领导，投诉你影响病人休息。"那人看着罗亚丽不理他，就开始威胁。

"随你。第一，按规定你不能在病床上睡觉，你已经违反了规定；第二，医院是为广大人民群众服务的，空床是给要住院的病人准备的，随时都可能有病人入住，所以同病房的病人可能受到影响，我也没有办法，只能尽量减少影响，而你大喊大叫影响了病人休息，所以也请你注意；第三，你是来陪护病人的，而不是来这儿休息睡觉的。"罗亚丽不软不硬地还了几句，陪护人还想争辩，但看着罗亚丽年轻漂亮却带着威严的脸，一时间不知道说啥。

这时候病人被送进病房，大夫也来了。当病人被抬上病床，交接完后，紧张的检查就开始了。罗亚丽忙着测血压、测脉搏、测体温，大夫则是看瞳孔、听心肺、查肢体功能、开化验单。把点滴瓶给病人挂上，看着滴管里均匀下滴的药物开始顺着硅胶管流进病人的体内，她才悄悄离开。

隔壁床的那个陪护人，此刻已经坐在地上，靠着墙睡着了。

罗亚丽回到护士站，刚准备洗手，又有一名陪护人来叫，说是点滴打完了。她急忙洗完手，到病床前，看着滴管里不再滴液，才拔掉扎在病人胳膊上的针头，用白色的搪瓷托盘装好橡胶输液管拿回站里，浸泡在消毒液里。

当罗亚丽收拾完这些，疲惫地坐在凳子上休息的时候，已经是两个小时以后了。她看了看墙上的挂钟，清晨五点钟。楼道里早已没有人走动的声音，病房中有监护仪规律的鸣响和病人痛苦的呻吟，给寂静的黑夜增添了几分让人头皮发麻的声音。她要趁机休息一下，到六点钟就要开始给早晨打点滴的病人准备点滴瓶。三十多个病人，将近一百瓶点滴，按照医嘱配药、加药，光是小药瓶的铝封盖她都要撬几百个，安瓿要掰几百个，还不算抽生理盐水化开药，再抽出后注入点滴瓶。这些工作是人命关天的大事，一点都不能出差错，所以她要保持清醒的头脑和旺盛的精力。

趴在桌子上正眯瞪的时候，一声刺耳的呼叫从病房中传来："大夫！大夫！快来呀！"

她迅速清醒，急忙去病房。病人是一个七十多岁的老人，因脑出血住院。她一看他面部憋得青紫，便知道是痰卡在喉咙里出不来。她迅速指挥家属将病人放平，把头侧向一边，自己则快速拿来吸痰器，掰开病人的嘴，用管子吸出卡在喉咙的痰液。见病人恢复正常，她叮嘱家属随时注意病人喉咙里的痰，多给病人拍背。

稍微休息后，罗亚丽洗了一把脸，开始准备早班要用的药。她收拾整理好操作台，从1床开始，查看医嘱，核对治疗单和药品，开瓶加药，一切有条不紊。她手、脑、眼并用，一个多小时后，最后一瓶药准备就绪。她又从头开始，再次对照医嘱，核查了加注在液体瓶里的药和写在药瓶上患者的姓名，然后放心地收拾了空药瓶。一会儿上早班的护士们会把这些药物注射进患者体内，促进他们身体恢复，回归健康人的生活。

看了看摆满两个操作台的上百瓶药液，罗亚丽活动了一下酸痛的脖颈和臂膀，又看看墙上的挂钟，已经六点四十五了。她端起搪瓷盘走出护士站。搪瓷盘中放着浸泡在消毒酒精中的水银体温计。从最里边的一间病房开始，她叫醒病人，叮嘱他们把体温计放在腋下。发完体温计，她拿起血压计，开始逐个给病人测量血压，并回收体温计，记录每个患者的体温和血压。

做完这些，她坐在办公桌前，把刚才记录的血压、体温誊写在每个患者的病历上，并用红蓝铅笔画出这些生命体征的曲线。再有半个小时，上白班的姐妹就来接班了。

正当她一本病历一本病历地写的时候，17床患者的母亲猛地推开门，大声疾呼："我儿子不行了，快点去救他！"

她放下手中的活，迅速跑出护士站，并顺手敲了值班大夫的门。一进病房，一眼看到监护仪上心电图已经拉成一条直线，她取下氧气面罩，跳上床迅速开始做心肺复苏。此时值班大夫也赶到，两个人轮换着进行抢救。大夫指挥罗亚丽给病人注射一针肾上腺素，但监护仪上那条直线始终没有起伏，那没有节奏的鸣叫变得更加刺耳。此时上早班的大夫和护士也陆续到了，他们来不及交接班，在科主任和护士长的指挥下，全部投入抢救病人的工作中。但此时的生命正头也不回地流向它的终点，任凭人们使出浑身解数，仍然没有唤回年轻的生命。

看着监护仪上那一直不变的绿色直线，在大夫的示意下，罗亚丽颓然地停下抢救操作，擦了擦满头的汗水，眼泪顺着她疲惫的脸往下流。其他护士开始帮忙处理病人遗体，收拾病床，她则木然地回到护士站，默默地记录着抢救过程。

这是一个大学生，吉兰-巴雷综合征夺走了他年轻的生命，也把无尽的悲伤留给了他的父母和亲人。罗亚丽想起他才住院那会儿，除了手脚麻木，别的都挺好。他一脸阳光，和周围的人有说有笑，帮助医生、护士给其他病人做思想工作，是一个很受大家喜爱的病人。但病魔却偏偏和他作对，逐渐麻痹的全身肌肉，让他最终停止了呼吸。罗亚丽的眼泪不仅是为这个病人而流，也是为自己的无能为力、在某些疾病面前毫无办法的医学和医院而流。

当她交接完，走出医院大门的时候，已经上午九点多了，太阳的威力驱散了昨天晚上细雨带来的清凉，在湛蓝的天空中肆意掀腾着热浪，蒸腾着昨天夜里落下的雨水。

回到宿舍的罗亚丽躺在床上却怎么也睡不着，脑子里乱哄哄的，那个年轻大学生的笑脸和他母亲看着儿子悲怆的神情，始终在她的眼前晃动。参加工作一年多来，她见惯了生离死别，给太平间里送过几十具遗体，听惯了悲切的哭号，但都没有像今天这样对她的心灵造成如此大的冲击。她想起科主任在交班晨会上多次对护士提出要求，说护理工作是医疗救治的重要组成部分，特别是在神经内科，没有好的护理，再好的药也起不到应有的作用，诊断和护理是救治脑血管病人的两条腿，缺一个都不好使。对于她来说，一年多的工作经历，她已经有深刻的体会。

她想要继续学习，掌握新的护理理念和方法，减少这样无能为力的情况，她相信知识可以增加战胜病魔的力量，更好地为病人守好健康的大门。可是去哪里学呢？哪里有护理专业的大专或本科教育呢？没听说过有招收护理专业的大专或本科的学校呀！她胡思乱想着，不但睡不着，脑子反而越来越清醒了。

她突然想到张仁俊，他不是要去交通大学夜校参加入学考试吗？那西京医科大学也应该有夜校，为什么不去咨询一下呢？说不定也有护理专业的夜大。想到这儿，她就爬起来穿衣服，简单地收拾了一下，坐车去西京医科大学。好在大学离医院并不远，坐公交车几站路就到了。她在医科大学校园里打听了几次，才问到夜大办公处。夜大有医疗专业、中医药专业，就是还没有开设护理专业的大专和本科。她问什么时候能开设，得到的回答是目前还没有这个计划。

她感到失望，坐车回医院。此时一阵困倦袭来，她头靠在车窗上睡着了。当乘务员叫醒她的时候，她才知道公交车已经到终点站，下车一看是玉祥门外边的劳动路。她苦笑着摇了摇头，心想：这里离张仁俊的工厂不远，顺便去看看他吧。

此时的张仁俊正在装配车间和沈浩翔研究车床夹具的装配。夹具是张仁俊给一车间车工序设计的，零件已经加工完成，现在交给装配车间的沈浩翔负责装配调试。

接到任务的沈浩翔，满心不情愿。不是不情愿装配新夹具，而是不情愿装配张仁俊设计的夹具。他想起自己追求李洁羽已大半年，都没有和李洁羽单独吃过一次饭、看过一场电影，甚至连单独说话相处的机会都没有捞到，而张仁俊才来了几天，凭什么能吃她给买的包子？凭什么赢得她情意浓浓的眼神？他不就是个中专毕业生嘛，有什么了不起？

　　沈浩翔出生在一个条件优渥的家庭中，他的父亲出生在农村，是二十世纪五十年代的中专生，现在是区里一个部门的处长；母亲是城里人，在一个区办企业上班；他还有一个姐姐已经参加工作。沈浩翔没有考上大学，就上了一所技校，学的是钳工。可他并不甘心，特别是现在大家都在追求知识，追求学历，没有考上正规大学，那就考夜大，上广播电视大学，参加自学考试。他早就蠢蠢欲动，但还没最后下定决心。上次他和李洁羽、张仁俊去了交大夜校后，他才最后下了决心，一定要努力，一定要考上。他的决定得到了全家人的积极支持，特别是父亲，听说他要上夜大，非常高兴。

　　但沈浩翔唯一有点不痛快的是，张仁俊也要参加夜大考试，要是只有他和李洁羽，那该多好呀。但愿张仁俊考不上，他和李洁羽就有很多机会单独在一起了。但他知道，如果他们三个能有一个人考上，那肯定是张仁俊。想到这些，他就不由得叹气。

　　刚接到装配夹具的任务，沈浩翔就从心底里条件反射般地产生抵触情绪。当他把装配图看完后，他不得不佩服张仁俊的设计，那装夹方式和夹紧机构十分巧妙，确实比原来的夹具省时省力。他有一种对巧妙机构的天然喜爱，从骨子里就爱这些新奇玩意，小时候大人给他买的玩具最后都被他大卸八块，因为他要研究其中的奥秘。他妈说他就是个小破坏分子，他爸则很高兴，买玩具专门挑有机械结构的。后来稍微长大些，家里的闹钟被他整坏了四个。上了技校，他更是看到什么稀奇东西就迈不开步，非得弄明白才罢休。他师父裴良运就非常喜欢这个关门徒弟，把绝活都教给了他。

他并不是一个心胸狭窄之人，也明白这不是张仁俊的错。特别是看到张仁俊设计的夹具，那种对机械结构的喜爱，让他一下子把一切都抛在脑后，迅速进入角色，开始了细致的装配工作。

张仁俊并不知道沈浩翔的心思，在他心里，沈浩翔是他的朋友和哥们儿，特别是沈浩翔看到图纸后的表现和开始动手装配时的有条不紊，让他更是佩服，不愧是六级钳工的徒弟，也难怪装主任会把任务交给沈浩翔。

他们的注意力全部集中在夹具装配上，罗亚丽站在旁边好长时间他们都没有发现。当沈浩翔转身去拿角尺的时候看见罗亚丽，一下子就愣住了。罗亚丽苗条的身材、白皙的脸蛋、灵动的眼神、略显疲惫的神态，让他张大了嘴巴，他拿着角尺的手停下来一动不动。

张仁俊等不到沈浩翔的角尺，抬眼一看，见罗亚丽站在那里，也是一愣，连忙起身道："咋是你，什么时候来的？"

"刚到，看看你忙什么呢。"罗亚丽笑着，看到张仁俊满手油污，一脸汗水，掏出手帕要给他擦脸上的汗。张仁俊忙躲了躲，笑着朝她努努嘴，示意旁边还有人。罗亚丽脸一红。

看见沈浩翔吃惊的样子，张仁俊给他们互相介绍。

"我以为在做梦，梦见仙女下凡，原来是天上给你掉下来个罗妹妹呀！"沈浩翔用调笑掩饰自己的尴尬。

张仁俊洗了手，让沈浩翔先装，然后和罗亚丽出了车间，问道："你有事吗？"

"没啥事，坐车坐过头了，顺便来看看你。不愿意？"

"哪里，高兴还来不及呢。你是下夜班吧？要不你先到我宿舍休息一会儿，下班了咱们一块吃饭。"说着张仁俊掏出宿舍钥匙。

罗亚丽犹豫了一下，说："算了吧，看你忙的，我还是回去睡吧。"

"别呀，来都来了，吃完饭再走。你先去休息一会儿。快去吧，看你的样子就知道你犯困了。"

"要不犯困，也到不了你这里。好吧，我去休息一会儿。"她说着打了个哈欠，拿了钥匙，直接去了张仁俊的宿舍。张仁俊回到车间继续和沈浩翔装配夹具。

"你不去陪女朋友，跑回来干啥呢？长得那么漂亮的，你不怕别人抢走了？"沈浩翔看见他又回来了就笑着说。

"现在是工作时间，陪你更重要。"

"你还是快去吧，我一个人能搞定。放心，保证下午上班就能上车床试车。"

看见张仁俊的女朋友，沈浩翔一下子觉得今天的风扇吹出来的不是风，而是一阵阵让他情舒意展的清流，他又燃起了追求李洁羽的希望。

"没事，让她一个人去休息，昨晚上夜班了。咱们快点装，还不知道精度和刚度能不能达到要求呢。再说两人干活快，也安全。"看着沈浩翔情绪在瞬间变化，张仁俊不明就里，坚持和他一起装配。

"一看这设计就没问题。来，先测量一下精度如何。"说着，沈浩翔把塞尺和水平仪递给张仁俊，自己开始做调整。

他们反复调整、修配、测试，终于在上午下班前装配完成，静态精度全部满足要求，等下午上班给一车间的机床安装上，就可以开始试车了。

第六章　四大才子

炎热的天气还在继续，早晨太阳就开始发威，空气里没有一点凉爽，反倒有一种热烘烘、黏糊糊的感觉。知了依旧在梧桐树的浓叶中扯着嗓门高喊。

张仁俊光着膀子，下面穿着一条短裤，趿拉着拖鞋，坐在宿舍的桌子前认真地看着夜大资料。今天是星期天，他要认真复习。繁忙的工作使他根本无暇顾及备考，自从去交大夜校咨询后，这还是他第一次认真地复习。

随着在车间见习的深入，他明显感觉到专业知识的欠缺，在中专学习的东西还是太浅了，要做好设计和工艺，进一步深造是他必须走的路。虽然说上周给一车间设计的车床夹具使用后效果非常好，也受到潘科长和车间主任的赞扬，甚至高厂长还在中层干部会上表扬了他，但他知道，夹具设计只是提高工艺水平的一个方面，而且是最容易的，要想提高工厂整体工艺水平，还有更远的路要走，还有更难啃的硬骨头。没有扎实的理论基础和过硬的专业知识，要达到工作目标是很困难的。这不是他妄自菲薄，也不是缺乏自信，而是他通过一个月来的观察、了解得到的体会。他知道还有很多东西是自己未掌握或者不精通的，再加上新科技的不断出现，系统地再学习对他来说很有必要。他把想法也向潘科长做了汇报，得到了坚定的支持。潘科长鼓励他，并说如果学习成绩好，会向厂领导申请给他报销学费。

他认真地看着复习资料和考试大纲。这是昨天他才从李洁羽那里取来的物理和语文复习资料，今天要好好下功夫。可是他想下功夫，意外却偏偏让他下不了功夫。有人敲门了。他打开门，一下子拥进来三个人，让他瞬间抛开了复习。

这三个人是他在西京仪器工业学校上学时的同班同学，也是舍友。他们四人在校期间是出了名的，老师同学都知道，并给他们起了个外号叫"四大才子"。

张仁俊的工艺和机械设计学得好，是老师组织的机械设计兴趣小组的组长，在校期间就给工厂里设计过几套夹具，且有的已经用在生产中。王天涛的数学学得好，一年半的数学课在全年级的成绩总排在第一，数学老师说他上中专可惜了，应该去上大学。李云鹏实习期间机床开得好，特别是车床开得非常熟练，四周实习结束时，他就能替老师干活，而且很少干废。其原因就是他有个亲戚是工厂的车工师傅，他放假时经常去那里帮忙干活。赵明辉有着文艺表演的天赋和才能，特别是那浑厚的嗓音，使他在每年的迎新晚会上都出尽风头，惹得学校里为数不多的女生好几个对他暗送秋波。学校不准学生谈恋爱，不过他还是没有忍住少年的感情冲动，和一个个子高挑、长得漂亮洋气的女孩谈恋爱，引起了学校其他心有想法的男生的不满，惹下了不少麻烦，有几次差点和人打起来。最后听了他们三个的建议，他和那女孩没有再继续公开出双入对，不过他还是暗中和那女孩常有联系。他们四人各有所长，"四大才子"的名号在当时的学生中叫得非常响。今天是他们毕业以后第一次见面，也是他们离校前夜在操场边约定好的，难免有点高兴过头。

他们聊起各自的工作情况：王天涛被分配在东方仪器厂的销售科，主要任务是销售产品。东方仪器厂是大厂，产品不愁卖，所以单位发的钱也多，是很多人挤破脑袋也想进的有钱单位，而王天涛手里还掌握着一部分可以自己做主的资金，更是让人羡慕。李云鹏被分到青川阀门厂的技术科做技术员，干的是专业技术上的事，主要负责和机械加工工艺有关的工作，和张仁俊一样算是没有脱离本专业，给同学介绍时，语气里带着自豪和喜悦。赵明辉留校后，被分到学校机关，据说要让他去学校的工会。他们也算是各尽所能，发挥各自的特长了。今天是赵明辉约了另外两个，一起来看看当时学校的学霸，也是毕业分配报到时最让人眼红的同学张仁俊：单位派车把他接到单位。

"四大才子"毕业后第一次见面，自然是免不了一番寒暄。他们各自说着自己的工作内容和单位的情况，也免不了相互打听其他同学的信息，这些信息赵明辉最清楚，他们几个就让赵明辉搞一个通讯录，方便联系。

到中午时，他们才来到一家饭馆里，张仁俊掏钱给每人要了一个肉夹馍、一碗凉皮和一瓶冰峰汽水。这在当下已经是很不错的招待了。

在吃饭的时候，张仁俊说他准备考夜大，继续上学，问三人有啥想法，结果三人都有准备：赵明辉想考西北大学的夜大，要换个专业，学习工商管理；李云鹏想在西工大上夜大，那里距离他们单位最近；而王天涛则想参加自学考试，说这样时间自由，不影响工作，因为他的工作有一半时间都在外面跑。大家都说王天涛的工作真好，能天天出差，看看祖国的大好河山，王天涛也是一脸得意。

看着他们仨，张仁俊的脑海里突然想到了两年前。那时，他们刚刚上中专三年级，进入专业课学习阶段。他们的学习也相对轻松，学校里的各种兴趣小组和社团都吸引着他们，有名叫"纵横"的辩论社，有名叫"春芽"的文学社，有名叫"蛟龙"的武术团，有名叫"柳莺"合唱团，还有名叫"天籁之音"民乐团等。文学社就有两个月一期的校刊《春芽》，而注重表演的"柳莺"合唱团和"天籁之音"民乐团，会在每周的固定时间排练，而且定期在操场表演。在新生入学的欢迎晚会上，在每年的年终联欢会上，各社团各显其能、大展风姿，每次表演都可谓极尽才能。

赵明辉是个音乐爱好者，一年级第二学期就加入了民乐团和合唱团，每到表演时就是赵明辉的高光时刻，他不但指挥乐团演奏，一招一式有模有样，而且每次他的独唱，都会赢得长时间的掌声，把台子下面不少的女生看得如痴如醉。

"老赵，和你黏糊了一阵子的那个叫'小雪'的女孩，分到啥地方了？"张仁俊问。

"唉，哥们儿，能不能不提这茬儿？"赵明辉佯装生气地说。

"这怕啥，都是过去的事了，给我们说说。"王天涛看热闹不嫌事大。

"就是，都是过去的事，给哥们儿说说，也好借鉴经验，免得走同样的路。"李云鹏跟着起哄。

"唉，你们算啥哥们儿，这不是在我伤口上撒盐吗？"

"没事，我们不怕疼。"王天涛说。

"伤口不在你们心上，当然不疼了。"

几个人都哈哈地笑了。

赵明辉无奈地摇了摇头，说："小雪分到天津了。"看着赵明辉一脸的遗憾和无奈，他们几个都沉默了一会儿。张仁俊又问："为什么？你们暗地里不是谈得好好的吗？"

"谈啥呀，刚开始谈，就让班主任知道了，把我叫去训斥了一顿。"

"一段美好的姻缘，刚开始就结束了。班主任这是棒打鸳鸯呀！"王天涛一脸遗憾地说。

"最打脸的是，她在毕业分手时告诉我，她家里人嫌我是个中专生。"

"中专生就是比大学生矮一头呀。没办法，胎里病。"李云鹏说。

"唉！是胎里病。"赵明辉跟着叹气。

张仁俊却说"塞翁失马，焉知非福"。王天涛和李云鹏说他这是典型的吃不上葡萄，就说葡萄酸，张仁俊哈哈大笑说他俩咋这么了解人心，而赵明辉只好一笑了之。

他们一起回想在学校上学时的各种趣事。上中专的时光，对他们来说，那样美好，那样充实，那样让他们回味无穷。他们十五六岁离开父母，没有了家人的照顾，只能自己照顾自己。在一个教室里上课，在一张桌子上吃饭，在一间宿舍里睡觉，朝夕相处，虽然也会发生一点摩擦，但年轻人的心性，不会太过计较，很快就会和好。没有利益冲突，没有等级划分，吃一样的饭，睡一样的床，坐一样的板凳，这样建立的友谊，纯洁干净。

他们边吃边聊时，旁边座位上一个吃完饭准备付钱的小伙子突然大叫起来，说他的钱被人偷了。饭馆老板怀疑地看着他慌乱地翻着裤子后面的口袋，让他在其他地方再找找，小伙红着脸翻遍了衣服上所有的口袋，连一分钱都没有翻出来，尴尬地说他下一次来给补上，老板无奈地摇摇头没吭气。小伙子就抱怨说，这是个啥社会，小偷太多了，自己总共就几块钱也被偷了。

老板一听这话立刻反驳说："社会咋不好了？这社会缺你吃了还是缺你穿了，还是饿死人了？你把钱丢了是你活该，你不注意，你不丢钱谁丢钱？"

丢钱的小伙奇怪地看着饭馆老板。

"你没听广播报纸上经常说'社会主义好，社会主义好'吗？在社会上你要注意就好了，你不注意丢了钱怪谁？是你不注意。"老板一本正经地说，引得在场吃饭的人哄堂大笑。

小伙子也被这解释逗笑了。

这段插曲，给四人的相聚增加了不少笑料，多年后他们再次坐在这里吃饭时还和老板聊起来这事，后来和老板成了朋友，来吃饭就给打折。

送走他们，回到宿舍的张仁俊感到无比高兴，他确实想知道其他同学的情况，因为他们一个班四十个人，从懵懵懂懂的十五六岁初中毕业开始，在一起学习、生活了四年，那份感情已经融在骨子里了。

他脱掉上衣，光着膀子，继续复习。可在学校里的事，却不停地朝他的脑海里钻。中专学校，虽说学历层次不如大学，但学习生活也是丰富多彩的，校园生活也给他留下了美好的记忆。

他们的伙食费是学校按月发放的，书本是学校发的，作业本、练习本也是学校发的，每月还能看一场电影。他们是单纯的，一心扑在学习上。学校里也有很多老师指导的、以提升专业技能为目的的兴趣小组，如电子设计兴趣小组、机械设计兴趣小组、仪表维修兴趣小组等。

张仁俊就是在机械设计兴趣小组里担任组长。在这个小组里，老师会到工厂里找很多机械设计相关的课题，让大家完成。张仁俊最喜欢的就是夹具设计，而且他在这个兴趣小组里真正接触到了工程问题，并在老师的指导下真正解决了工程问题，这给他的学习增加了无尽的动力。

正当他思绪飘忽、游移不定时，几下敲门声把他惊醒。拉开房门，发现李洁羽站在门口，他尴尬地赶紧关上门说了声"不好意思"，抓起T恤衫就套在身上，又穿上一条长裤，这才开门把李洁羽迎进来。

"不好意思啊，没想到是你。"张仁俊红着脸说。

"我是不速之客。想着你已经午休过了才来。"李洁羽抿着嘴笑着说。

"我没睡觉，正复习呢。你坐。天太热了，来喝水，凉白开。"说着，张仁俊拿起玻璃杯给她倒了一杯水。

"就说嘛，你咋会这么浪费时间。你复习得咋样？"

"还行吧，就是有很多题时间长了忘了，要翻翻书才会做。特别是物理，有的公式忘得一干二净，不看书就想不起来。"张仁俊不好意思地说。

"你上过中专，还是学得比我们深。有些题我压根就不会，似乎从来没学过。我来就是想让你给我讲一讲。"说着，她翻开数学复习资料讲微积分那一章。

张仁俊看了看那道题，并不是很难，于是就拿出一张草纸，边在纸上写边讲如何分解、如何套公式。他正讲得激情澎湃时，一股清香飘来，使他不由得深深吸了一口气。当他突然明白这气味是从哪里飘来的时候，一阵脸红心跳，慢慢抬起头看向和他的脸几乎挨到一起的脸，一双火辣辣的眼睛正直勾勾地看着他发呆。见张仁俊看向她，李洁羽忽然灵醒过来，满脸涨红，抓起复习资料，转身就离开了张仁俊的宿舍，头也不回地说："我明白了，有不会的题我再来问。"

望着她离开的背影，张仁俊心里涌起一阵莫名其妙的失落，那一张因害羞而涨红的脸蛋和那一双含情脉脉的眼睛，既熟悉又陌生。熟悉是因为他在罗亚丽的脸上里看到过，陌生是因为其出现在另一个姑娘的脸上。这让他既有点高兴又有点遗憾，还有点莫名的惆怅，不知道还会发生什么，会有什么样的结果。

平复了一下复杂的心情，他继续复习，时间太宝贵了，不能被这些事搅和得静不下心，下周天还有事呢。但要平静下来谈何容易，那姑娘身上特有的淡淡体香，那饱含深情的眼神和因羞涩而红润的脸，一直在他的眼前晃动，搅得他心神不宁。

急匆匆离开张仁俊的宿舍，李洁羽心脏狂跳不止。她不止一次地告诫自己，他是有女朋友的，而且是初中同学，算得上青梅竹马，不但学习优秀，还长得端庄漂亮，不要破坏他们的感情。虽然她只是个护士，没有自己的工作单位好，但护士也是干部身份，而自己只是一个工人。可是理智是理智，感情是感情，随着接触的次数增多，他爱钻研、爱动脑子的习惯，那股子男子特有的气质，那面对天大的困难都不在乎的劲头，对她的杀伤力实在是太大了。这似乎比解一道积分式更让她想挠头。

她从小就喜欢上学，初中毕业后没有考上中专，上了高中，在高中上了一年，父亲让她接班，她心里不愿意，但父亲说女孩能转城市户口，有个工作，是别人做梦都想的事，要不是她弟弟小，年龄不够，还轮不到她接班呢。再说，要是考不上大学，她可要在农村待一辈子。她思来想去还是接班来到工厂。好在来到工厂后，厂里派她去技校学习了两年，总算有点专业知识和操作技能，可她想上大学的决心没变。

这次她提议一块去上夜大，没想到张仁俊比她还积极。她当时就想，这是一个很好的同学，肯定能在学习上帮到自己。她对自己能不能考上其实很担心，毕竟自己高中只上了一年，基础较差。

可是她也没想到，通过几次接触，他的做事态度和行事风格让她心里逐渐发生了变化，她清楚地意识到，这是一个优秀青年，他身上有一种深深吸引她的气场，让她不能自拔。她不知道这是不是一见钟情，但自己已经爱上他了。特别是那天晚上加班调整机床，整个过程她都无比高兴，不是因为她能够顺利完成任务，而是因为他一直在她的身边，离她那么近，他说话的声音、他的气息和身上散发的男子汉气概，让她兴奋不已。

正当李洁羽沉浸在幸福中的时候，一个身影的出现，让她热乎了几天的心瞬间跌入冰窟窿。罗亚丽的装扮以及见到张仁俊时的表情和眼神，让人一下就看出他们是恋爱中的情侣。原本她想请张仁俊单独到宿舍给他做饭吃，后来不得不客气地说请他俩出去吃饭。看着他俩有说有笑地走进他的宿舍，她心里有一股说不出的滋味。

这些天，她一直在努力克制自己，减少和他接触，尽量不和他见面，可是她忍得太痛苦了，今天终于没有忍住。刚才，她多想拥抱他，在他的怀抱中哪怕停留一分钟，不，哪怕半分钟，也是好的，这该是多么幸福呀。但是她最终还是转身离开了，不是她想离开，而是有一个声音在提醒她：他有一个漂亮的女朋友，是初中毕业时一起考上中专的同学。

　　坐在书桌前，李洁羽脑子彻底乱了，眼睛再也看不进去半个字。她索性躺在床上，望着天花板，努力地什么也不想。她转头看了一下刘娟的床，心想刘娟要是在就好了，可以陪自己聊聊天、解解闷，或者陪自己出去逛逛商场。

　　刘娟回乡下老家了，她每到周末就回去，除非李洁羽提前打招呼让她陪自己去逛。李洁羽想去东大街逛商场了，自打在夜大咨询以后，已经有几个礼拜天都没有出去了。她扔下书，洗了把脸，背上包，拉开门，却看见沈浩翔站在门口，刚准备敲她的门。

　　"是你？有事吗？"李洁羽惊讶地问。

　　"没啥事，没啥事。"沈浩翔慌忙说。他也想不到自己还没有敲门，李洁羽却突然开门了，不过他很快反应过来，恢复了往日的机灵，道："没事我敲你门干啥？当然有事。"

　　李洁羽不知道该咋样对待沈浩翔。其实她知道沈浩翔是个很不错的小伙子，为人机智幽默，长得不帅但也不差，个子不高但也不低，家庭条件好，而且是真心喜欢自己，可自己对他就是提不起兴趣。

　　"有啥事？"李洁羽挡在门口，没有让他进门。

　　"你这是准备出门吗？"沈浩翔没有回答她的问题，而是反问道。

　　"是的，我有事。"

　　"我能陪你去吗？"

"谢谢，不需要。你要是没啥事，我就走了。"

"何必拒人于千里之外？"

"我真的有事。"

"好吧，不打扰了。再见。"沈浩翔一脸失望地转头走了。

李洁羽看着他转身离开时那满脸的落寞，也是有点不忍心。平时他们的关系不错，自己也从来没有这么生硬地拒绝过他。她大声说："我去唐城商场，你去吗？"

"我不去了，你自己去吧。"沈浩翔头也不回。

"脾气还挺大的。"李洁羽嘴里说着，心里却有点不好受。她转身拉上门，一个人朝102路公交车站走去。

她刚走到大门口就发现自己没戴帽子，转身又回宿舍取遮阳帽，否则威猛的阳光会把白皙的脸晒黑，那可是她无法接受的。可是回到门口一摸包里，发现钥匙忘在房子里了，这下麻烦了。她趴在窗户上向屋里看，那串钥匙静静地躺在桌子上，旁边放着的是她刚才看的复习资料。她回身看看周围，看见有人种的一小块菜地上，有一根搭梅豆架的竹竿，她拿过来从窗户伸进去，刚好够到钥匙。她小心翼翼地用竹竿挑着钥匙，眼看就要成功了，可竹竿前面太滑，钥匙掉在窗户下面，看都看不到了，这下子彻底没招了。

她想看看有谁经过能帮着想个办法，可大热的太阳底下，又是周末，单身宿舍周围不见半个人影。她又想到了张仁俊，他此时肯定在宿舍，没办法，还得去找他。

张仁俊一听，二话不说就来到李洁羽宿舍门前，找了根铁丝，将一头拧在刚才李洁羽用的竹竿上，一头折了一个钩，手拿竹竿伸进窗户，用竹竿左右摸索，终于把钥匙钩住，慢慢地提上来，并让李洁羽伸手去够钥匙。窗台有外沿，再加上墙的厚度，为了够着钥匙，他俩都趴在窗户上，特别是李洁羽，身子倾斜着，脸都贴在窗框上。他们再次脸对着脸，距离只有三厘米，都能听到彼此的呼吸。当钥匙拿到手的时候，两人都涨红了脸。

刚才再见面，李洁羽的内心又掀起巨澜。她努力平复心情，但越是想平静越平静不下来。她稀里糊涂地上了公交车，然后站在中间车窗敞开的地方。

车上的乘客较多，天气又热，不一会儿就热得大汗淋漓。但她并没有在意，脑子还停留在刚才情形中。正当她胡思乱想的时候，一声大喊，让她瞬间清醒。

"你在干什么？"是沈浩翔的声音。

李洁羽回头一看，只见沈浩翔正抓住一个瘦小青年的手，那青年的手里拿着一个长长的镊子，而镊子伸在她的小包里。她一个激灵，迅速把包搂在怀里，惊恐地看着沈浩翔和那瘦小青年。全车人的眼睛也迅速看向他们。

"你小子少管闲事。松开手！"瘦小青年见事情败露，并不害怕。

这时候挤过来三个青年，嚷嚷着小偷还这么嚣张，并把瘦小青年裹挟着拥向车门口，还一边说着要将他送到派出所去，车一停靠车站，几人就一起下车了。售票员和几个老年人都说，他们是一伙的，并说沈浩翔够胆大的，那是一伙惯犯，就在102、103和105路公交车上作案，被抓了放、放了抓。

忽然有个大爷对沈浩翔说："小伙子，你的手咋了？"

沈浩翔低头一看，殷红的鲜血染红他洁白的衬衫袖口，一阵刺痛从胳膊上传来。他急忙拉起袖子，一道深深的伤口还不停地向外流着血。只见李洁羽拨开众人，从包里拿出一块花色手绢，迅速包扎在伤处，并让司机停车，然后拉着他在附近的一个诊所进行伤口处理和包扎。由于伤口太深，一共缝了五针。

他们又去派出所报了案，一位警察问清了情况，做了笔录，然后告诉他俩先回去等着，等抓住了小偷通知他俩，并让他俩把看病的诊疗费单子留下。

"你怎么也在车上？"走出派出所的门，李洁羽问沈浩翔。

"巧合呗，或者说是缘分。"

"正经点，都伤成这个样子了。"

"没事，只要你没丢东西就好。"

"丢了东西也比你受伤强。这帮小偷也太张狂了！"

"小偷也要吃饭。职业不同而已。"

"你倒是想得开。"

"想不开又能咋？这就是社会。我们平民老百姓有啥办法。"

"唉，你现在去干啥？我送你回去吧，好好休养几天，我明天给你请个假。都怪我，要不然你也不会受伤。"李洁羽有点自责，干吗今天非要出去逛商场，本来也不买啥东西。

"不用你送了，我坐车就到了。你忙你的吧。"

"还是送送你吧，流了那么多血。"李洁羽扶着沈浩翔，找寻合适的公交车。

把沈浩翔送到家，李洁羽没有进门，看着沈浩翔进去了才离开。此时她已经没有了逛商场的兴趣，看见路上一个推着婴儿车卖冰棍的老太太，五分钱买了一根"钟楼"冰棍，坐在一片树荫下，一边吮吸冰棍上的香甜冰水，一边静静地思考今天发生的一切。

她坐车回到厂里，把自己关在宿舍里，强迫自己不胡思乱想，努力使自己的注意力集中在眼前的书本上，慢慢平复着内心。终于，她的眼睛看清了书本上的字，那一道道数学题的解法、公式，渐渐回到她调整好的思维里。

第七章　变废为宝

人们传播八卦的兴趣，远比钻研技术的兴趣大。沈浩翔受伤的事，在这个不大的厂子迅速传开。起因是李洁羽替沈浩翔向裴主任请假，而正好旁边有一个和沈浩翔关系好的人，出于关心就多问了几句，并专门去沈浩翔家探病。回来后车间人问起情况，此人说沈浩翔被小偷用刀片在胳膊上划了一刀，问题不大，很快就能来上班。

话过三人口，长虫倒着走。这件事慢慢被传成是流氓欺负李洁羽，沈浩翔英雄救美挨了一刀。后来越传越离谱，竟然还有人说是沈浩翔为了李洁羽和别人争风吃醋，被砍了一刀。

李洁羽对此一点都不知道，她最近上班赶着加工那批外协工件，下班就紧张地复习。这天中午吃完饭，天实在是太热了，她不想加班，想着回宿舍休息一会儿，进门就被刘娟问："哎，你是不是在和沈浩翔谈恋爱？"

"没有呀，你咋会问这个问题？"李洁羽有点纳闷。

"真的没有吗？你发誓。"

"发什么誓，没有就是没有，哄你干啥？最近忙得什么也顾不上。"

"那前天沈浩翔为什么受伤请假？"刘娟眨巴着眼睛看着李洁羽。

"哦，你说的这事。他确实是为我受的伤，我还真得感谢他。"于是就把事情的经过简单说了一遍。

"真的是这样吗？"

"爱信不信。"李洁羽有点累了，躺在床上就闭上眼睛。

"但我听到的却是沈浩翔为了你，和另一个男的争风吃醋，被砍伤了。"

"谁胡说八道的？"李洁羽一骨碌爬起来盯着刘娟大声问。

"底下传的版本多了。你可成了新闻人物了。"

李洁羽愣愣地盯着刘娟，半天没有说话，然后躺到床上，一声不吭，浑身困乏却一点睡意都没有。只是公交车上同事为了阻止小偷偷盗她的东西而受伤，咋就变成这样的谣言了？自己还成了新闻人物了，这对自己影响太大了。

下午她上班时，感觉全车间人都在用奇怪的眼神看她，她没有理会，低下头只顾干活。她卸下加工好的工件，用公法线千分尺仔细测量。

"咋样？合格不？"身后传来一个熟悉的声音。

"没问题，质量很稳定。"她回头对着张仁俊说。"你有事吗？"

"没事，过来看看你。听说浩翔受伤了，我想晚上下班去他家看看，你有时间吗？叫上刘娟一块去。"

李洁羽沉吟了一会儿，心想自己也确实应该去看看他，不管咋说，他是为自己受伤的。但想到昨天刘娟说的话，她又有点犹豫。

"咋啦？听说他是为了你受伤的，说法可多了。"

"唉，真是好事不出门，瞎事传万家。好，下班你等我，不知道刘娟有没有时间。"

张仁俊和李洁羽一块到刘娟的工位前，问刘娟下班有没有时间一块去看沈浩翔。刘娟想了一会儿说，她下班还有事，她表姐家的孩子病了，她表姐夫是个军人，在新疆工作，她要去帮表姐。

下班后，他们俩去商店买了几样东西，坐着公交车去沈浩翔家。下了公交车还要走一段路，路上张仁俊也问了沈浩翔受伤的经过，并说他也听到了闲言碎语，最后告诉李洁羽谁爱说啥说去，安心复习。他还问了她最近复习得咋样，二人便又讨论起复习的事。

看见他俩来，沈浩翔自然很是高兴："呵呵，看啥呀，已经不碍事了，明天我就想去上班了。"

"着急干吗，伤养好了再说。你这可是英雄救美呀！"张仁俊说。

沈浩翔笑了笑，看了看李洁羽没有说话。这时候沈浩翔的母亲招呼他们坐下，给他们端上一盘切好的西瓜，说天太热，吃点西瓜降降温，又问他们吃过饭没有。他俩说吃过了来的。

沈母看着李洁羽问："是不是和你一块坐的车？"并不无担心地说："浩翔就是个愣头青，小偷都是一伙一伙的，他一个人就敢阻止，没伤到要紧处，伤了胳膊算是幸运了。"

李洁羽说："对不起，是我太不注意了，害得沈浩翔受伤。"沈母慈爱地看着李洁羽说："不是怪你，而是你们年轻人做事太冲动，不计后果。"张仁俊说："这才是年轻人，计较太多就不是年轻人了，况且眼看同事和熟人要受损失，哪能袖手旁观。"沈母笑了笑，说："你们还是太年轻，遇事还是要多动脑筋，不一定要惊动小偷，可以把李洁羽拉走啊！"张仁俊还想说那不等于纵容小偷了，可是他没说，只是点头称是。他们说了一会儿话，沈母就离开了。张仁俊问沈浩翔复习得如何，沈浩翔说问题不大。他们又寒暄了几句，张仁俊和李洁羽就离开了。

路上，张仁俊的脑子里一直回味着刚才沈母说的话。是呀，遇事要多动脑筋，处理事情的方法很多，损失最小或者说利益最大的方法才是好方法。

而李洁羽再次陷入了难以自拔的痛苦中。当他们并排坐在公交车上的时候，近在咫尺的距离，一种想靠在他肩上、想拉拉他手的冲动，不时掠过她的脑海。她想，罗亚丽是个多么幸福的人啊，有这样的人爱着，又能爱这样的人，该是怎样一种美好体验！自己为什么没有这么好的运气？至于沈浩翔在她心里，只是一个同事。她不讨厌他，但见面永远也没有心动的感觉。

第四天，沈浩翔上班了。他的左胳膊受了伤，还是不能用劲，主任就派他对要装配的零件进行测量分组，以便装配调试。其实那天他和李洁羽坐在同一辆公交车上并不是巧合，而是他专门等着她。这次为她受伤，并没有赢得她的心，从她的言行和看他的眼神里，他没有感觉到爱意，只有感激。一股淡淡的悲凉从心底涌出，他不知道自己哪里做得不好，或者说他不知道自己为什么入不了她的法眼。他有点心灰意冷，心想："丢手算了吧，强扭的瓜不甜，一切随缘，还是趁现在抓紧时间复习，争取考上夜大再说。"可是白天上班时他还是禁不住想去三车间看她，想和她说话。晚上看书复习时，也常常被她的笑脸打断思路。他曾多次告诫自己不能这样，要静下心来复习，数理化、语文、英语已经放下多年了，还有很多公式、单词和定义需要好好记。但对李洁羽的暗恋，他却根本控制不了。

人啊，不要看他劝解别人的时候说得多动听，在感情面前谁也不敢保证自己就是一个拿得起、放得下的豪杰。对于厂里有人议论他和别人为了李洁羽争风吃醋被刺伤，他都是一笑了之，爱说啥说啥，越解释越说不清。

星期五下午，保卫科来人叫沈浩翔。他进了保卫科，李洁羽也在那里，还有两个警察。见他进来，保卫科科长说明了情况，那个划伤他胳膊的小偷已经被抓住了，两个警察是专门过来落实一些事的，并给他带来了医疗费和营养费。

警察的到来，结束了之前的各种传言。沈浩翔和李洁羽的生活恢复到以前，但人们的看法却没有回到以前，他们自然而然地认为二人是一对热恋中的情侣。

这是一个人人都在努力的时代：年轻人努力学习文化知识，想方设法地补偿被浪费的时光；农民在承包到户的农田里努力耕耘，精耕细作着他们名下的每一寸土地；工人在车间里努力生产，为完成不断增加的订单。人们脸上洋溢着幸福和喜悦，像压抑了一冬天的麦苗，在春雨后沐浴着灿烂的阳光拼命生长。

时间在人们的努力中过得飞快，炎热的夏天过去了，西京城里最美的秋天来到了。此时不光有五彩斑斓的树叶点缀着城市的颜色，更有陆陆续续上市的苹果、梨、葡萄、石榴、柿子、甜瓜等瓜果的香气，随着走街串巷的架子车，飘逸在城市大大小小的角落。那一声声拖着长长尾音的叫卖，更是让半个城市热闹起来。

张仁俊在白天忙着解决各车间的技术问题，忙着编制新产品的零件加工工艺，忙着设计各种工装夹具、量具，忙着解决生产中突然出现的质量问题。为了抢时间，他不得不经常在晚上加班加点画图、描图。

这天，他刚刚进办公室，沈浩翔就跟着进来了。沈浩翔拿着图纸，指着一个尺寸问："这里是不是弄错了？"

张仁俊对着图纸仔细看了看，然后再对照另外一张图纸进行检查，脸一下子红了。确实是方向弄错了。

"零件到你那里了？"张仁俊问。

"要不我咋能知道出错了。现在咋弄？我今天要装配好呢，重新下料加工恐怕周期太长，要来不及。"沈浩翔说。

"重新做肯定来不及，这是外协加工一批零件用的夹具，时间有要求，车间等着这套夹具呢。"张仁俊急得不知道咋办。

"晚上你请哥们儿吃饭，我帮你解决这个问题，而且不耽误时间，今天肯定装配调试好，明天交给车间试车。"沈浩翔看着急得不知所措的张仁俊，拍了拍他的肩膀。

"你真的有办法？"张仁俊睁大眼睛看着他，仿佛溺水时抓到了一根救命稻草，看着沈浩翔把握十足的样子，一下子抱住他说，"你太厉害了，晚上请你喝酒，喝好酒。红豆酒家！"

"哎，哎，你要是个大姑娘，这样抱我还行，你个老爷们儿抱我有啥意思。"

"哈哈，你想啥美事呢。"

"和你商量一下，我给你把这事办了，晚上吃饭你把李洁羽叫上，咋样？"

"你叫她也一样。"

"还是你叫保险。"沈浩翔有点不自信。

"那好，我叫就我叫，我再把罗亚丽也叫上，你看如何？"

"够意思，哥们儿。"沈浩翔捶了一下张仁俊，然后指着图纸解释他想如何利用现在这个加工错误的底板，堵住加工错误的孔，重新换位置加工孔。并说明他已经测量过，尺寸刚刚够，不会影响夹具装配质量。唯一的难点是要用坐标镗打孔以保证精度，而坐标镗不一定空闲。

"我已经和开坐标镗床的顾师傅说好了，让他先不要上别的零件，他答应等一会儿，说今天的活不是很着急，给咱加个塞没问题。咋样？有远见吧？"沈浩翔得意地对张仁俊说。

两个年轻人说着话，一同去车间挽回因张仁俊的疏忽造成的损失。

他们看了加工好的夹具底板，然后具体商定了加工方案。张仁俊回到办公室，匆匆地画了一张图纸，然后交给潘科长，说明了情况。潘科长再看了看图，告诉张仁俊今后图纸还是要仔细检查，不能再出这样的错。张仁俊答应着，并承认自己这几天可能太忙了，没认真检查。潘科长知道他最近事比较多，也没有再多说，在图纸上面签了字。张仁俊所有的设计图他都要签字。张仁俊把图纸送到二车间顾师傅手里时，沈浩翔已经帮着在工作台上找正夹紧了底板位置。钻几个孔对于镗床来说，实在不是啥难事，很快就结束了。他们俩拉着重新加工好的工件回到装配车间，很顺利地开始装配调试。

张仁俊喊李洁羽下班后一块吃饭时，她以吃惊的眼光看了他好一阵，最后问："你说的是真的？为什么？"

"不为什么，因为高兴。"

"为什么事高兴？还有谁？"

"到了就知道了，叫你吃个饭又不是吃你，下班去就行了。"张仁俊笑着说。

"难得呀，你这光知道加班的人，还知道请我吃饭。行，我去。"

当张仁俊给罗亚丽打电话让她下班来一块在外边吃饭时，罗亚丽高兴地答应了，因为她已经一周都没有见他了。

再说沈浩翔知道晚上吃饭叫了李洁羽和罗亚丽，他一下子高兴得浑身都是劲，中午连休息都没有休息，早早就完成了夹具的装配调试，静等着明天早上零件加工测试。

张仁俊下班后去商店里买了一瓶"秦川大曲"酒，就在路口等罗亚丽，他们一起走到说好的酒家，挑选了一个靠近窗户的大桌子，一边点菜一边交谈，张仁俊就把今天请人吃饭的原因告诉了罗亚丽。罗亚丽说："应该请，请人吃饭能弥补过失，要是在医疗上有过失，有时候就没有机会弥补了。"张仁俊说："这也是偶尔能弥补，大多数情况下都是废品了，会造成极大浪费的。"罗亚丽说："你们最多是浪费材料、浪费钱，我们的失误有时候就是一条命，所以我们要求的是百分之百的正确率，来不得半点马虎。"张仁俊说："还是我们的工作好，起码还有个误差范围，有个废品率。"

他们在闲聊的时候，沈浩翔来了。沈浩翔和罗亚丽已经见过几回面了，而且还在一起吃过几次饭，很熟悉了。罗亚丽见沈浩翔今天像是特意打扮了一番：上身一件蓝格子短袖衬衫，平整而且合身，下身一条蓝色的西裤，裤缝笔直得能切豆腐，一双乌黑的皮鞋擦得油光锃亮，笑着用询问的眼神看着张仁俊，似乎在问这是啥情况。张仁俊告诉她一会儿就知道了。

他们三个聊了一会儿，只见穿着一件淡绿色连衣裙的李洁羽走进酒家大门，东张西望地找人，罗亚丽赶忙招手示意。看见他们三个坐在一起，李洁羽先是愣了一下，马上恢复常态，冲着罗亚丽淡淡一笑，随即走过来坐在她对面，这样四个年轻人面对面坐在一张桌子上，一看就是两对情侣。

李洁羽很自然地和沈浩翔打了招呼，就对张仁俊说："今天有啥好事请我们吃饭？"

"当然有好事了，浩翔替我解决了大问题，你说能不请吃饭？你是浩翔特意邀请的嘉宾。"张仁俊说。

李洁羽转过头对沈浩翔说："哦，这么说我是跟着你沾光蹭吃了。那我还得谢谢你。"

原本能说会道的沈浩翔，一下子卡壳了，结结巴巴地说："不客气，不客气。"

不一会儿菜就上齐了，一共是六个菜，男的喝酒，女的喝冰峰汽水，他们一边吃喝，一边闲扯起来。他们聊得最多的就是马上要进行的夜大入学考试，除了罗亚丽，其他三个都要参加考试了。

一瓶酒只喝了一半，两个人就都说不喝了。他们又每人要了一碗酸汤面。吃完饭，张仁俊送罗亚丽回西京人民医院，而沈浩翔和李洁羽则朝宿舍走。

"沈浩翔，你觉得我们俩合适吗？"当只有他们俩时，李洁羽突然问。

"我、我……我没觉得有不合适的地方。你觉得我哪里做得不好或者哪里需要改？"沈浩翔结巴了一下，又恢复自信。

"你做得都很好，我也承认你很优秀。我想我们先好好准备夜大的入学考试，其他事情等以后再说。你看行吗？"

"这有什么不行？我们都排除干扰，专心备考。"沈浩翔说。

沈浩翔此时情绪不错，他硬是坚持把李洁羽送到宿舍楼下，然后才回自己宿舍，而李洁羽心里却不是滋味，难以名状的憋闷让她难受。

工厂里，每天最常见的事就是处理各种加工中出现的问题。各车间内部的问题处理起来倒还容易，但车间和车间之间，存在质量问题就会互相推诿，避免质量检查部门的处罚。这天，一车间主任董安礼、二车间主任白雪莲和三车间主任刘明进就因为配油盘的质量出现问题开始扯皮了。

有一批配油盘，先是由一车间粗加工，二车间精加工完孔、槽和外形，再转到三车间加工渐变槽和尾沟，最后到装配车间装配。结果在抽检时，发现装配的油泵有困油现象，且噪声较大，再抽检一批还是同样的问题。这可是重大质量事故，所装配的这一批五百个油泵要全部返工。技术科和几个车间主任经过共同研判，认为是配油盘出了问题，在对配油盘的尺寸仔细检测后，发现是配油盘的渐变槽和尾沟的位置存在较大误差，使进油腔和压油腔腔体发生变化，造成困油和噪声。

问题汇报到高厂长那里，高厂长当时就发火了，要求尽快处理。责任追查到三车间，要求三车间主任刘明进查清问题，并在中干会上做出整改说明。可是到了会上，刘主任消瘦的脸上神情严肃，声音低沉而冷峻地对大家说，经过仔细检查和分析，问题不是出在三车间，而是二车间转过来的毛坯件孔的位置相对于两腔的位置超差，三车间加工渐变槽和尾沟是通过两孔一面定位的，他让人再次检查了铣渐变槽和尾沟的机床和夹具，没有问题。而通过检查二车间转过来的毛坯发现，是毛坯孔的位置超差，他们车间存在的主要问题是没有及时发现定位孔超差，是次要责任。

二车间主任白雪莲一听，马上站起来反驳，他们铣两腔也用的夹具，不可能有错，那就是定位孔位置或者定位面的尺寸超差，定位孔和定位面是一车间加工的。

一车间主任董安礼一听不干了，说："你们不细心造成的废品，咋能怪一车间？"于是各车间主任都在强调各自的理由。高厂长一听火冒三丈，一拍桌子说都停下，让潘科长组织人彻底查明情况，下周中干会再说。

调查结果是加工定位孔的工序出了问题。在加工这批零件时，由于这是一个老产品，工人经常加工，从没有出错，这次便疏忽了，在安装夹具时，将一个定位块碰撞变形，使定位偏离。而一般情况下定位孔的位置是靠夹具保证的，相对位置不会有错，可如果和加工定位面用的不是一个基准，就会造成孔和两腔位置的超差。

最后的结果是打孔的工人师傅被通报批评并扣半年质量奖，三个车间主任负有管理责任，各扣三个月主任津贴，全厂开展一个月的质量安全大整顿。

处理是为了亡羊补牢，避免类似事件再次发生，但并不能保证本季度生产任务按时完成。为了把影响降到最低，厂里只能让职工加班加点。

由于加工渐变槽和尾沟是零件加工的最后一道工序，报废就意味着材料损失和前面全部加工费用白白浪费。看着五百个被拆除的配油盘扔在车间的角落里，张仁俊有点难受。这天，他在装配车间办完事，看到沈浩翔正在装配油泵，就走过去。

"今天咋有空来这里？"沈浩翔停下手里的活，端起印着"特种油泵厂一九八三年先进生产工作者"的搪瓷缸子，喝了一大口水。

"刚才找你们裴主任有点事。现在我想找你商量点事。"

沈浩翔问："哦，啥事？不会是又要请我喝酒吧？不去了，上次喝的酒劲还没过去呢。"

"你是做梦娶媳妇，光想好事呢。"

"不想好事想烂事？我又没病。有啥事？"

张仁俊把沈浩翔拉到车间外说："你看见那一堆报废的配油盘不难受？"

"难受啥？废了就该被扔在一边。咋啦？你想偷偷卖掉？"沈浩翔假装吃惊地看着张仁俊。

"去你的。我是想咱们能不能把它们加工修理一下，再试着用上？"

"再加工修理一下？你有想法啦？"

"我这几天就一直琢磨这事，查了几晚上资料，早晨我又大概计算了一下，理论上是能行得通。我想试一下。不知道你有兴趣没有？"

"哦，说说看。"沈浩翔睁大眼睛看着张仁俊。

张仁俊详细地说了他的想法。配油盘在齿轮泵里既是压力油进出的通道，又是油泵的后盖。现在由于渐变槽和尾沟的位置有误差，造成油路的不通畅和进出油口容积突变，产生困油和噪声。可以把渐变槽和尾沟旁边再向外加工一点，也许就能解决这个问题。

沈浩翔吃惊地看着张仁俊，从心里佩服这个同龄人，自己咋就从来没想过这个事。还是要上学，还是要有专业知识啊。

"咋样？有没有兴趣试试？"张仁俊见沈浩翔看着自己发愣，推了他一下问。

"好，试。反正这是一堆废品，试不成也不损失。不过还需要一个铣工，要不叫上李洁羽和刘娟一块试，刘娟就是铣工。"沈浩翔说。

"你小子贼心不死呀。不知道她俩有兴趣没有。"张仁俊呵呵笑道。

"我去给她俩说，应该没问题。"沈浩翔说。

他们约好吃过晚饭在装配车间见面，商量具体的试验方法。

听说这事后，刘娟并没有表现出多大兴趣，李洁羽却十分惊讶，看着沈浩翔问："这是你想到的办法？"

"我要有这想法，就不愁找不到媳妇了。"

"你现在也不愁呀。"刘娟笑着说。

"唉，难啊。"

"行了吧，快说正事。咋样搞?"李洁羽对沈浩翔说。

"吃完晚饭在装配车间集合，到时候再具体安排。刘娟，来不来？"

"必须来呀。你们干事，我咋能不参加呢？你说呢洁羽？"她转头问李洁羽。

"你不是下班还要去唐城大厦给你妹妹买衣服吗？咋，不去了？"李洁羽笑着问刘娟。

"不去了，明天再去。"

吃过晚饭，天还没有黑，他们四个人在装配车间的边上集合了。张仁俊拿出几张图纸交给刘娟和李洁羽，告诉她们先照着图纸把报废的配油盘各加工两个，然后交给沈浩翔装配后去做运行试验，看看效果，并告诉她们俩今天晚上先看看图纸，等自己明天给潘科长和三车间主任打个招呼，这样不会引起别人误会，说她们干私活。

"先不要声张，咱们先看看能不能成功。成功了我给潘科长说给咱申请奖金。不过我话说在前头，不成功可啥都没有，是白干。"张仁俊说。

"那不行，不成功你要请我们吃饭，羊肉泡馍！"刘娟喊道。

"行行行，成功不成我都请大家吃泡馍。"

听了张仁俊的话，其他几个人都笑了。

接下来几天里，这几个年轻人在下班之后就开始按照预定的方案进行试验。刘娟和李洁羽，按照张仁俊经过计算设定的尺寸加工了几个样件，交给沈浩翔装配后试验，有改善但效果并不理想，他们几个人就又开始琢磨如何改进，可试了几次还是达不到原来的效果。几个人焦头烂额，沈浩翔开始有点想打退堂鼓，刘娟也说可能不行。

但张仁俊并不气馁，抽空去了趟学校，找吴伟民老师商量。吴老师让他不要把原来的槽子加宽，而应该在旁边重新加工一个浅一点的槽子，并解释了原因。听了吴老师的话，张仁俊醍醐灌顶，回来后就连夜画图。第二天下班后，等刘娟和李洁羽加工完成就让沈浩翔装配试验，结果真的和原来的产品功能一点不差，困油和噪声全部消失。

当潘科长给高厂长汇报后，高厂长当时激动地大声说：太好了，太好了"，并问是谁想到这样做的。当听说是张仁俊和几个年轻人加班加点试验的，他高兴得直点头："好，好。我们厂有希望，我们厂有希望啊！"他当即表示几人这种敢想敢做的精神不但要全厂通报表彰，还要用金钱奖励。

将近五百个被丢弃在车间角落的配油盘，再次被加工后重新使用，一下子给厂里节约了大量时间和资金，这在厂里引起了很大轰动。他们四个人被定义为革新小组，集体照片出现在厂门口的宣传栏里，事迹也被厂里宣传部报道，张仁俊的名字出现在《西京日报》上。

第八章　家长心思

秋风像一个才华横溢的画师，拿着它无处不在的画笔和颜料，发挥出无穷的想象，在天地间肆意挥洒，把原本葱茏茂密的山村打扮得多姿多彩。它给柿子树的叶子染上绛红色，给柿子染上大红色，再给白杨树和槐树染上黄色，使这些平淡无奇的树木在这个季节里展现出迷人的色彩。

坐落在平地和秦岭北麓高山过渡地带慢坡上的张家沟，只有十五户人家，而且全部姓张。据说张仁俊爷爷的爷爷的父亲，一副担子挑着全部家当，领着妻儿老小，从三十里外的关家村逃难到这里。这里虽然坡高地陡，但山沟里有长年不断流的溪水和茂密的树林，既有可以耕种的土地，还能避免战乱和土匪骚扰，于是张家祖先在这里安家落户。后来随着岁月变迁，这一家人开枝散叶，逐渐发展壮大，到了土改以后被编成一个生产队，成了张家沟大队第三小队，其余两个小队在他们小队的东边，但没有一户和他们是同一祖宗。

村子中间是一个缓缓的土坡，宽五百多米，延伸出去大概有一千米，经过几代人的努力，这个慢坡被整理成较平的耕地，村子的七十多口人主要靠慢坡上的这些土地养活。人们的住房分别盖在坡根靠山的两边。

此刻村子东北角的三间瓦房里，传出了阵阵笑声。张仁俊手里拿着牡丹牌香烟，不停地给坐在屋里的人发，只要看见有人手里的烟吸完了，他就赶紧递过去。坐在屋里的人是张仁俊的叔叔、伯伯和堂哥、堂弟，他们听说张仁俊毕业后参加工作了，都过来看看情况。张仁俊给他们讲自己的工作和厂子的情况，他们不管听懂了还是没有听懂，都笑着。他们说仁俊出息了，给张家争了光。他们说这个山村从解放到现在一共出了三个吃商品粮的人，一个是张仁俊的叔叔，是当兵转业的；还有一个是叔叔的儿子，高中没有上完，接了叔叔的班，如今在县造纸厂工作；张仁俊算是凭考学走出去的第一人。

他们回想起张仁俊考上中专后，伯父作为队长，花钱放映了山村有史以来的第一场电影作为庆祝。现在他参加了工作，他们都在为张仁俊高兴。父亲嘴里噙着旱烟锅的琉璃嘴，脸上挂着笑容，招呼大家抽烟喝水，并让张仁俊的母亲炒菜，让张仁俊他哥去坡下商店买了两瓶酒，留下大伙喝酒。

在这些男人喝酒抽烟、胡吹乱谝的时候，张仁俊的母亲和几个妇女在厨房里紧张地忙碌着，给他们以及他们的婆娘和娃娃们，擀面燣臊子。这是他们村的习俗，不论哪家有红白丧喜之事，都会一块帮忙做饭，一块吃饭。虽然有时候难免一家和另一家闹矛盾，但过不了多久就会恢复关系。在这个只有不到八十口人的村里，抬头不见低头见，况且一笔写不出两个

"张"字，咋会有解不开的疙瘩哩。

吃完臊子面，送走了村里的乡亲，张仁俊才有机会和父母及哥哥说些知心话。他打开下午提回来的帆布旅行包，从里面拿出来给三个人买的东西。他给父母亲每人买了一件黑色呢子外套，给哥哥买了一身灰色涤卡红卫装。哥哥穿上后高兴得合不拢嘴，直夸弟弟有眼光，大小颜色都合适。

他俩正说着呢，却见母亲开始抹眼泪，张仁俊忙问母亲咋了，是不是衣服不合适，母亲说："合适，合适，就是高兴。我和你爸结婚几十年了，也没穿过这么好的衣服。年轻时就喜欢看别人穿呢子衣裳，没想到享了我娃的福了。"

"妈，日子会越来越好的。现在家庭联产承包了，吃的不愁了，将来钱也不愁，你和我爸好好活，享福的日子在后头呢。"然后他从提包底部的一个衣服口袋里掏出一沓子钱，交给母亲说，"这是我几个月的工资，除了我要用的都给你们吧。你和我爸该用的用，该花的花。给我哥也该说媳妇了，钱的事你们不用愁，有我就不怕。"

"我在家照看爸妈，你放心。我的事你别操心，我在家搞点副业也可以挣钱，你要多给自己留些钱。"哥哥说。

"我还是要谢谢哥，我上学那会儿，花的钱都是你搞副业挣的。"

"你哥俩能这样比啥都好。仁俊这样做是对的。好了，不说了，你是不是明天早上就要走？"父亲问张仁俊。

"我明天下午走。明天早上我还想去一趟洋峪口，到罗亚丽家里去，她让我给她父母带的东西。"

"就是你那个初中同学吗？听说她去年就工作了，在西京人民医院。"父亲问。

张仁俊答应着。母亲说："她妈还来过咱家几回呢，总是说起她。"

"她妈来咱家干吗？"张仁俊问。

"瓜娃呀。这还不明摆着嘛，看中你了。"母亲笑着说。

张仁俊脸一红说："再说吧，等我哥定了亲再提这事。"

"各是各的事。你如果看上那女子，咱就找人去提亲；如果看不上，咱就不吭气。"父亲说。

"我的事你们先不操心，我会考虑，先给我哥定亲。有合适的吗？"

"有了，这几天秋忙完了就去提亲。"母亲说。

他们又说了一会儿话，夜已经很深了。张仁俊和哥哥睡在一个炕上，兄弟俩又说了好一会儿话。哥哥告诉他，就是因为他考上了学，自己的媳妇才好找，附近村子的姑娘才肯嫁到他们家。张仁俊问哥哥这是为什么，哥哥说："现在家里只有我一个男孩，不分家产，还没有给你娶媳妇的负担，你上学出来挣钱还能帮衬家里。要不是你考学出去，就咱家这情况，要在附近村里找个对象，想都不敢想。多半也是去山里的小地方，随便找一个女子过日子。唉，咱们这地方，老祖宗不知道咋想的，会选择这么个山坡定居。好在你考上中专，现在工作了，跳出这穷窝窝了，要不咱哥俩还不得在这受一辈子熬煎。"

"现在实行联产承包责任制，吃粮问题解决了，其他的也都会好起来的。哥，你不用操心钱的事，我现在挣钱呢，虽然不多，但还是够我们一家人生活，日子会一天天好起来的。"

"你的钱也要省着点花。家里有我在，你不用操心。爸妈还不老，地里的活还能干。现在正是挖药的季节，农活也不紧，我联系了几个人，准备去挖菖蒲，那东西值钱，比苍术、柴胡都好卖。"

"听说挖菖蒲苦得很，你还是不要去了。"

"哪有不苦能挣到钱的事。你考学出去，就是咱家最大的荣誉，哥心里高兴着呢！这点苦，哥还是能吃的。你就放心干好公家的事，你挣的钱也攒着，再是公家人，媳妇也不会给你倒贴钱。我问你，和洋峪口那个女孩关系咋样？"

"还行，明天早上我还要去给她父母送东西呢。"

"你除了送她带的东西，你没有准备其他东西吗？"

"没有。我给他们准备啥东西？"张仁俊问。

"你咋瓜了。既然你想和人家女儿处对象，你还不得表示一下？"

"呀，我咋没想到。"

"她让你捎带东西，其实就是给她父母看看你呢。你把学上到坡上去了，这点窍道你还想不通。"

张仁俊恍然大悟，怪不得他回来时要罗亚丽一块走，罗亚丽推托了。

"嘿嘿，你说得在理。我明天先去商店买一条好烟，再买一斤好茶叶带上。"

"咱们商店里的东西太普通了，你要拿西京带回来的东西才能显出你的诚心。你给爸带的茶叶和烟，明天早上带上。"

"那是给爸买的。"

"爸不在乎你买的啥，你不买任何东西，爸都是高兴的。听我的没错。"

他们俩又说了一会儿话，张仁俊累了，就迷迷糊糊地睡着了。

这是张仁俊毕业后第一次回家，不再想没完没了的技术问题，他感觉这一夜睡得特别踏实。

第二天早晨，哥哥就给爸妈说了张仁俊要去洋峪口送东西的事，爸妈自然大力支持，于是他就带上东西去了村子西边的洋峪口。

罗亚丽的父母正坐在门口用石头支起来的平台上剥着花花豆的壳，看见张仁俊，急忙放下簸箕，招呼张仁俊坐下。张仁俊把罗亚丽托自己带回来的东西交给他们，然后又把自己带的一条凤凰牌香烟和一盒茶叶给了他们，并说明是自己的一点心意。二老的热情超乎他的想象，那慈爱、喜悦的目光让他有点受宠若惊。他们问了张仁俊的工作情况和工厂位置，以及和罗亚丽工作的医院距离远近等，张仁俊也把罗亚丽带的话做了转达。当张仁俊要离开时，二老竭力挽留张仁俊，要给他做饭，可张仁俊推托说下午就要走，还有好多事没有办，就离开了。罗亚丽的父母流露出些许失望。

秋天的太阳洒下暖暖的光芒。张仁俊从罗亚丽家出来，走在哗哗流水的洋峪河边。他已经明确地知道了昨天晚上哥哥的话没错，罗亚丽让他带东西的目的就是让她的父母看看未来的女婿。

"罗亚丽呀罗亚丽，你的鬼心眼咋这么多，要不是哥哥提醒，我还蒙着呢。"他慢慢走着，一边欣赏着山坡上黄灿灿的野菊花，一边想。他忽然想起几年前的那个夜晚，也是在这条路上，他第一次拉了罗亚丽的手。

洋峪口村在张家沟村的西边，两村之间被一道水泉沟隔开，因地处洋峪的出山口而得名。两村都是秦岭北麓和关中平原的过渡地带，村子不大，人口都不上一百，土地面积不小，但都是山坡地，庄稼广种薄收，靠天吃饭，人们的日子都过得紧紧巴巴。

那是一个炎热夏天的晚上，他来到罗亚丽家。罗亚丽的父母正坐在门口树下的石头台上乘凉，眼前放着一个泡着茶的紫砂壶，看见张仁俊，就打招呼。他们知道张仁俊是女儿罗亚丽的同学，而且学习很好，对女儿有过很大的帮助。

"亚丽，亚丽，你同学来了。"罗亚丽的母亲，一个衣着朴素得体、干练的中年妇女朝着屋内喊。然后她转过身对张仁俊说："你进去吧，她在家。"

张仁俊走进院子门，看见罗亚丽从厨房里走出来，腰上系着围裙，一边用毛巾擦着手，一边笑着说："你咋来了？"

"我不能来吗？那我回去了。"张仁俊说着，假装转身要离开。

"讨厌！我说错了还不行吗？快进来。"

"嘿嘿，这还差不多。"

"这么晚了，你来有啥事？"罗亚丽把张仁俊让进房里，拿自己喝水的搪瓷缸子给张仁俊倒上水。

"你接到录取通知了吗？"张仁俊问。

"没有。你接到了？"

"是的。所以我来就是想看看你接到通知了没有。"

"你被哪个学校录取了，快给我说说。"

"西京仪器工业学校。"

"太好了，对你的心思了。"

"咋还没你的消息呢？"

"问题不大，前天省卫生学校的老师来了，还到我家和我见面了。"

"那就好。等通知来了，第一时间告诉我。"

"为什么要第一时间告诉你？"罗亚丽歪着脑袋，静静地看着张仁俊。

"你说为什么？"张仁俊也静静地看着她。

"我不知道。"罗亚丽的脸突然红了，低下头不再看他。

"不知道就不知道，其实我也不知道为啥想第一时间知道你的消息。如果我知道为啥想知道，我想就不会问你了，因为你一定知道为啥我想知道。"张仁俊的绕口令把自己和罗亚丽都逗得哈哈大笑，刚刚两人之间的尴尬瞬间消失，只剩纯真的同学情。

"也许是因为我们是'两朵红花'吧。"张仁俊道。

活泼的罗亚丽不说话了，拿过张仁俊手中的水缸，转身去给缸子加满了水。

"《第二次握手》你看完了吗？"张仁俊见她不言语，转移了话题。

"我知道你今天来的目的了，原来是想借书呀。"

"哈哈，被你揭穿了。"

"看在你这样不怕天黑路难走过来的份上，你先看吧。"说着她从书桌里拿出一本用报纸包了书皮的书递给张仁俊。

"谢谢啊。"张仁俊如获至宝。

他们又闲聊了几句，张仁俊起身告辞，罗亚丽送到门口。张仁俊和罗亚丽的父母打过招呼就走进了漆黑的夜里。罗父担心张仁俊路上的安全，要送一下，可张仁俊坚持不让，他说这一段路，他经常走，很熟悉。罗母让女儿把他送到村口，张仁俊不好再说什么。罗亚丽解下围裙，和他出了家门。当他们说着话来到村子东边水沟旁，张仁俊让罗亚丽回去，她却说要送到沟那边，可是她过水沟时脚没踩稳，一个趔趄，差点摔倒，张仁俊急忙伸出手拉住了她的手，把她拽住。那是一只柔若无骨的绵软的手，让他心里一阵狂跳，幸亏是晚上，才没有被她看见自己绯红的脸颊。他们站在那里都愣住了，她试着想抽回手，却被他紧紧握住。

突然意识到什么，他松开了手说："看来你确实不该过来，快回去吧。"

"那你再把我送回去。"罗亚丽小声说，其实她的脸也红了。

"好，我送你回去。"

就这样，他又把她送到家附近。她还要送他，被阻止了。他们都笑了，说好各自往回走。

想到这里，张仁俊摇摇头笑了。四年前他少年时的羞涩和青春的萌动，如今想起来还是那么让他激动，满满的甜蜜。

回到家了，母亲已经做好了上午饭。在农村，一天只吃两顿饭，上午十点左右和下午四点左右。他们围在饭桌前吃饭，张仁俊给哥哥竖出了大拇指，哥哥笑了笑。

张仁俊返回西京城时，已经是下午三点多了。一天两班长途汽车，他只能根据汽车的发车时间安排行程。他下了车没有回特种油泵厂，而是直接去了罗亚丽的宿舍。

其他人都不在，只有罗亚丽正在看书。看见张仁俊，她一点都不意外，似乎早就知道他要来一样。她招呼他坐下，问了自己父母和张仁俊家里的情况。张仁俊问宿舍其他人去哪了，罗亚丽说一个上班，另外两个上大夜班，刚才上街逛商场去了。张仁俊问她咋没出去，她说等他。他笑着问是不是想知道自己在她父母面前的表现，罗亚丽说已经知道了。他问她咋知道的，她说不告诉他，但就是知道。说着她打开煤油炉，给他煮了一碗面条。

张仁俊吃面条的时候，罗亚丽说，她准备参加自学考试，而且是参加山西省的自学考试。张仁俊问为什么要去山西省，罗亚丽说她去自考办查了，全国开设护理大专和本科专业的省份，只有山西省，主考学校是长治医学院。张仁俊怕她太苦太累，而且没有相应的辅导，太难了。罗亚丽说没事，再难也就是几年时间，学分考够了就能拿毕业证，自己准备从今年冬季开始考，两年取得大专学历，四年可以取得本科学历。张仁俊没有说话，他觉得这样太累了，但没有别的办法。

　　吃完饭，收拾完碗筷，张仁俊要走了，罗亚丽一把抱住他，不愿意放手。张仁俊捧着她脸，笑着说："我支持你，趁现在还年轻，先把学历提升了再说。"他们腻了一会儿，考虑到罗亚丽马上要上夜班，张仁俊恋恋不舍地离开了。再说他自己也要马上参加夜大的入学考试了，要回去好好看书。最近工作上的事太忙，甚至忙到晚上，复习时间太少了。

　　第二天上班后，张仁俊被潘科长叫到办公室，通知他明天出差，和供应科的一个人去几家和他们厂业务相近的企业做调研，这是高厂长亲自批示的。张仁俊一听这话，很是激动，因为他太想出去转转了。从出生到现在，家乡到西京城是他走过的最远的距离。这次可以去其他企业好好参观学习，对于一个初出茅庐的年轻人来说是难得的机会，只有见得多，脑子里有各种机械结构的储备，才能在设计时有灵感，工作时才能得心应手。另外，还可以趁此机会看看外面的世界。他这个从山沟里走出来的农民的儿子，太需要经历，需要了解其他企业的生产状况，这样眼光才能看得远。

第九章　夜大之路

　　初冬，雾霾笼罩着古城西京，像在古城上空扣了一个帽子，原本蓝色的天空总是灰蒙蒙的，太阳似乎也变得晦暗不明，本来就逐渐萧条的树木更少了生机，在冷风中瑟瑟发抖。

　　但在西京特种油泵厂张仁俊的办公室，此刻却有三个年轻人无比激动。他们都考上了交通大学的夜大，开始了他们的第二次求学之旅。这对他们来说将是一次跨越。受各种原因的影响，他们第一步没有走进大学殿堂，却并不代表他们没有机会。考上夜大，是他们再次充实自己、深入系统学习的机会，也使他们圆了自己的大学梦。最让他们开心的还是高厂长的支持，高厂长在全厂职工大会上表扬了他们三个，并表示他们上夜大的学费工厂全部报销，条件是他们必须拿到本科文凭。对于张仁俊来说，学费是一笔不小的开支，如果能报销，那是绝对的好消息。

当他们入学报到时，沈浩翔却彻底郁闷了，他分在二班，而张仁俊和李洁羽分在一班，他们上课的时间刚好错开了。

当他下了班，骑上自行车匆匆赶往学校上课的时候，想到李洁羽和张仁俊上学时一块骑着车子，一路有说有笑，他就感到浑身不自在，一股说不清道不明的嫉妒和醋意油然而生。他有时候恨张仁俊，凭什么他一个中专生来到厂里就那么受器重，就那么招女孩喜欢，而自己除了没有中专文凭，哪点差了？现在不都在上夜大吗？毕业后不都一样是本科生了吗？可是他再一想，这也不是张仁俊的错呀。说实话，对于张仁俊，沈浩翔还是挺佩服的，那家伙不但脑子好使，而且能吃苦，肯下功夫，关键是人品还蛮好。那次的配油盘修改成功，他给厂里汇报时一点都没有吃独食，他们四个人得到的奖励一样。但沈浩翔心里清楚，那事主要靠张仁俊，如果不是他，谁能想到已经加工废了的零件还能被修复？而且张仁俊下的功夫比他们三个都多。沈浩翔最终得出一个结论，就目前来看，自己确实是不如张仁俊。有了这个令他悲伤的结论，再想到李洁羽的态度，沈浩翔有点颓然。他无精打采地骑着自行车去往夜大，一滴泪水挂在他清秀的脸颊，很快被迎面而来的北风吹干了。

张仁俊和李洁羽的上学之路，并不是像沈浩翔想的那样形影不离、有说有笑。通常情况是张仁俊到了下班时间还下不了班，当他离开办公室时已经快到上课时间，他不得不常常饿着肚子去上学。而李洁羽则是一下班就独自骑着车去上学，她知道张仁俊工作忙，关键是张仁俊有女朋友，她不能和他一块走，让厂里人说闲话。后来，她知道张仁俊经常顾不上吃晚饭，就在上学的路上买些吃的，有时候是两个包子，有时候是一包饼干或者一个面包。到学校后李洁羽用书包或书本给他占座位。张仁俊急急忙忙到教室时，会自然而然地坐在她占的座位上，他们的座位当然是挨着的。下课休息时，她会把吃的给他，并说明是自己吃过后剩下的。张仁俊开始并没有觉得不对劲，但每次自己没吃晚饭，李洁羽都会有吃的，就明白了咋回事。他想拒绝而又无法拒绝，只能假装不知道，但从心里感激这个外表美丽、心地善良的姑娘。

这天晚上，下课后他们一块骑车返回，张仁俊说：“每次都吃你的东西，心里过意不去。”

“这有啥。你陪我下课回单位，给我当保镖，我还赚了呢。”

这倒是句实话，因为西京城的治安情况并不好，对一个像李洁羽这样漂亮的姑娘来说，晚上十点多下课，骑着自行车回宿舍，有一个强壮的小伙子陪在身边，是绝对有必要且非常正确的做法。

“哈哈，好吧，我就暂时做一个护花使者。”

李洁羽没有回答，她突然停下自行车，默默地看着张仁俊，她那一张被白色围巾衬托的脸，在路灯下露出笑容，一双扑闪的眼睛透出无限深情。

张仁俊也停下车看着她。他从来都没有胆量正视过她这样含情脉脉的样子，也很少大胆端详过她的眼睛，他被这眼睛看得心慌意乱。她太美了，美得让人窒息，美得让他这个有着较强意志的男人，也有点心神摇曳。他想过去抱抱她、亲吻她，把她揽进怀里。可他没有动，痴呆呆地站在路灯下，扶着自行车看着她的脸，一动不动。

李洁羽也没有动，呆呆地看着张仁俊，脸红心跳。她喜欢张仁俊，从看到他的第一眼就喜欢，随着他在技术科一系列的技术革新和孜孜不倦的钻研，这种喜欢变得更加执着。她极力克制自己的感情，极力想把这种感情转移到别的事情上，极力告诫自己不能这样做。可张仁俊对事业的追求越执着，越废寝忘食，她对他的喜欢就越不能自拔。这次夜大分班，让她既高兴又害怕，高兴自不必说，因为每隔一天的晚上上课，她就能见到日思夜想的他，而害怕的则是哪一天控制不住自己感情了，不知道会发生什么事。

"快看，下雪啦，好美呀！"路上一个男孩喊道。

那男孩用自行车载着女孩，那女孩搂着他的腰，从二人身边驰过，留下一串愉快爽朗的笑声。

他们俩都回过神。

"下雪了，我们赶紧回，一会儿不好骑了。"张仁俊说。

他们慢慢骑着车，谁也不说话。

下雪了，没有风的前奏和伴唱，这雪下得平平稳稳，先是偶尔几片，慢慢地越下越大，纷纷扬扬，潇潇洒洒，在昏黄的路灯下，像漫天飞舞的蝴蝶，无声无息地从高空悠悠哉哉落下，渐渐把大地上的一切都遮盖在它的白色之下。

他们俩到厂门口时，地上的雪已经能留下他们清晰的脚印和车辙了。在这童话般的雪夜，他们的心里也留下了脚印和车辙。

第二天早晨一上班，张仁俊刚到办公室，准备提着自己和潘科长的热水瓶去打水，二车间主任白雪莲就截住了他。

"小张，我们车间有技术问题急需处理，你先不要打水了，先去看看如何解决。"白主任着急地说。

"什么问题这么着急？"张仁俊放下热水瓶，和白主任去了车间。

路上，白主任简单地给张仁俊说了事情的原委。原来他们车间一台精密车床的夹具出现了问题，昨天下午车出的零件几乎全都超差。下班时检验员向工人通报了情况，工人师傅一下子就急了，这要是报废了，他的工资可是要被扣的。他检查了夹具和刀具，都是正常的，而且操作也是按规范走的，如何会出现这种情况他也很纳闷，于是就强调说自己加工的零件是合格的，检验员没按规范检查，故意刁难自己。检验员拿出仪器让师傅自己检查，师傅检查后确实超差，但就是不承认自己有错，说是检验仪器有问题。检验员没办法，报告了白主任。白主任自己测了一遍，确实超差，就让工人师傅再加工了几个，各环节规范操作，但加工出的零件检测结果还是有问题。几人分析研究了半天也没找出问题根源，她就去找技术科，潘科长不在，张仁俊上夜大去了，所以今早一上班就急急火火地找来了。

张仁俊到车间，先是看了工件的超差部位和方向，然后又检查了夹具的定位钉磨损情况和刚性，都是好的。他也是挠头想不出为什么，分析了一个多小时，也没有分析出头绪。工人师傅见此，便开始不停地诉说自己的冤屈，对主任说不能怪他，技术科都不知道啥原因。白主任看了他一眼，说不着急，等情况查明了再说。张仁俊擦了擦头上的汗，说要回去想想，再问一下潘科长这是啥原因，便郁闷地低着头走出车间。

低着头的张仁俊思考着出现问题的原因，不小心和人撞了一个满怀，一看是沈浩翔，便打招呼。沈浩翔问他低头闷闷不乐的是咋啦，他说了二车间的车床夹具的情况。沈浩翔捶了一下张仁俊说："小事，哥们儿帮你解决。"拉上张仁俊转回二车间。沈浩翔也没有让把夹具拆下来，就在工位上调整了几个螺钉，把定位钉也调整了一下，用千分尺测量了定位钉的高度，用角尺调整了角度，然后告诉师傅把夹具位置再校正一下，让开机加工，测量结果合格。

走出车间后，张仁俊问："你咋对这个工装这么熟悉？咋一下子就知道问题在哪里？"

"秘密，不能告诉你。你先给我下个工时单子，要不然我上午的工时就不够了。"

"这没问题。我一会儿让计划科给你。你别掖着藏着，告诉我啥原因。"

"那你告诉我明天晚上你们上啥课，我想去蹭课。"

"这还不简单，走，到我办公室。"

张仁俊给沈浩翔看了课表，沈浩翔告诉张仁俊说那个车床工装是他装配的，当时装配的时候就发现设计上有刚性缺陷，他是通过调整才弥补了缺陷，时间长了，应力变化又超差了，自己再把它调整过来就好了。不过，隔一段时间这问题还会出现，最好是重新设计工装，彻底消除隐患。张仁俊瞪着眼睛看着他，说了句"真有你的"。他也记下了这件事，准备抽时间重新设计工装，防止再出废品，废品对于工人来说是损失，对工厂来说是更大的损失。

等隔天晚上张仁俊赶到教室时，沈浩翔和李洁羽紧挨着坐在一起。见他进来，李洁羽拿开放在旁边桌上的书包，自己也向旁边移了一个位子，把中间的位置腾出来让他坐。

"我坐在这吧，不当你俩的灯泡。"张仁俊笑着说，在他们后边找了一个空位坐下来。李洁羽狠狠地瞪了他一眼，就再也没有回头看他，直到下课都没有和他说一句话。空着的座位被一个后来的同学坐了。沈浩翔很是失落和尴尬，在第一节课上完后，他和张仁俊打了声招呼，就离开了。李洁羽看都没看他一眼。放学后，她快速收拾完书本，低着头匆匆离开教室。

张仁俊和其他同学一边收拾一边聊今天的讲课内容和作业时，见李洁羽并没有像往常一样等着他一块离开，就知道是什么原因，虽然有点内疚，但并没有太在意，因为他除了这么做，再没有想到别的更好的办法。他去车棚里取了自行车，骑上车刚出校门不远，李洁羽从路边走来挡住了他。

"你今天是啥意思？"李洁羽眼睛里含着泪，看着他。

"我……我没啥意思。"张仁俊被这突如其来的问话给唬住了，一时没反应过来。

他从车上下来，见李洁羽没有骑车，就问她的自行车呢。李洁羽没有回答他，只是不停地用手绢擦眼泪，最后竟然蹲在路边哭起来。张仁俊见她如此，一下子慌了神，支好车上前去扶。李洁羽哭着站起来，一下子抱住张仁俊，把头埋在他胸前，哭得更凶了，浑身也跟着剧烈地抖动。这下张仁俊更慌了，抱也不是，不抱也不是。

"你别这样，你别这样。"可他还没有说完，她滚烫的嘴唇已经堵在他的嘴上。接着，她在他脸上、额头上、眼睛上都留下了吻，让他根本没有招架的时间和余地。

"不敢这样，不敢这样。"可年轻的张仁俊如何抵挡得住火辣辣的爱，两只手慢慢地伸开，搂住她的腰，想回应李洁羽的吻。

可是嘴唇刚一碰到她嘴唇，他便一把推开她说："不行，我们不能这样。洁羽，你冷静冷静。"

"我不管，我就要爱你，我就是爱你。"李洁羽抱着张仁俊的手仍然不松。

"真的不行，我们是好朋友，是好同事，也是好同学，不能这样做。

再说我有女朋友，我不能对不起她。"张仁俊用双手扶着李洁羽的双肩，小声对她说，"这样做对你也不公平。"

李洁羽渐渐平静下来，张仁俊把自己的手绢掏出来放到她手里。她今天没有骑车子，等她不哭了，他就带着她一块回宿舍。自行车在柏油马路上静静地前行，两人都不说话。张着大眼睛的汽车，带着一股股寒风，在他们身边飞驰而过，留下一股浓浓的烟气。

"你真的就那样讨厌沈浩翔吗？"张仁俊小声问。

"我不讨厌他，可我喜欢不上他。我知道不该喜欢你，也没有资格喜欢你。"

"我不是这个意思。我是觉得浩翔人不错呀，而且脑子聪明，也很上进。他今晚是特意和你坐一起的。"

"我心里同时装不下两个人。"

"你别这样，我真的不值得你这样。你不但漂亮而且聪明能干，家庭条件比我好。"张仁俊劝说着。

见李洁羽不吭气，张仁俊又说："沈浩翔他真的很喜欢你，他为你可是没少费心思。"

张仁俊还想劝说，李洁羽跳下自行车说："不要在我面前不停地说起他。我知道了，今后我也不会再打扰你了。谢谢你，也请你原谅我今天的失态。你先走吧，马上到厂门口了，我走着回去。"

张仁俊回头看了看她说："什么不会再打扰？我们还是好朋友、好同事、好同学，我有事了还去找你。你忘了有一首歌叫《友谊地久天长》吗？"他还想继续说，可李洁羽却转过头不再理他。他无奈地朝宿舍方向骑去。

看着张仁俊骑车离去的背影，李洁羽惨然一笑，眼泪不争气地又一次流出来。

严寒的冬天对于生活在城市的人来说其实并不难熬，烫手的暖气片使整个办公室里感受不到一点冬天的冷。人真的是聪明，想方设法给自己营造一个舒适的环境。

张仁俊站在办公室里的绘图架前，画完一张图纸，一看墙上的挂钟，已经是晚上九点了。他看了看图板，用橡皮把图面上不干净的地方擦干净，收拾好绘图工具，在办公桌前坐下来，拿出夜大的课本，开始复习昨天晚上的内容，完成老师留下的作业。这些作业对他来说一点都不难，有些内容还非常熟悉，甚至不听课，作业也能完成。但是他给自己定了一条原则：不到万不得已绝不会耽误一节课。这是对自己意志力的锻炼，也是对任课老师的尊重。因此，上夜大快一学期了，他一节课都没有缺过。

正当他认真地做着作业，一阵急促的电话铃声打断了他的思绪。这是谁打的电话？难道车间又出技术问题让他解决？唉，他只要在办公室里，就没有上下班的分别，车间一有技术问题就给他办公室打电话。"这些人咋一点时间观念都没有，不看看现在几点了？我真是卖给厂里了。"张仁俊有点烦，不想接电话。可电话执着地响个不停，他极不情愿地拿起电话，问了声"哪位"。

电话那边传来急促的声音："喂，是仁俊吗？我是赵明辉。李云鹏出事了！"

"明辉，是我。李云鹏咋啦？"张仁俊吃了一惊。

"具体情况不清楚，现在他被送到西京人民医院急诊科了。你马上过去，我也马上赶过去，咱们在急诊科见。"赵明辉挂断电话。

张仁俊急忙收拾好桌子，关了灯，跑回宿舍，从箱子里拿了钱，骑上自行车就向西京人民医院飞驰。

在西京人民医院急诊科的手术室里，医生正在全力以赴地给李云鹏做手术，他右手的五个指头和手掌粉碎性骨折，必须从手腕处截断，才能不使伤情进一步恶化。医生们经过反复考虑，再三研究，最后不得不遗憾地做出这个决定。

在手术室的门外，张仁俊、赵明辉、王天涛还有青川阀门厂的领导和几个年轻职工，都在焦急地等待着，当他们听说要截掉李云鹏的右手时，都惊呆了。阀门厂的领导用颤抖的手在手术单上签了字，痴痴地坐在那里一言不发，他清楚李云鹏出事的原因和自己有直接的关系，他心里在暗暗地骂着自己，是自己害了这个优秀的年轻人。

最近厂里正在调整领导班子，现在都在讲领导干部年轻化、知识化，他作为一个很有希望的后备干部，必须要有所表现。按照正常的时间，这个新产品试制应该在春节前完成，而他为了尽快做出成绩，好在这次的厂级领导调整中增加筹码，想把新产品提前搞出来，向元旦献礼，这样不仅给厂里增光添彩，也给自己的职业生涯，铺上一级台阶。于是他让研发小组的人加班加点，特别是对今年才分来的中专生李云鹏，更是器重，因为李云鹏不但基础理论好，动手能力更是让人佩服。常言道"上坡打快牛"，给李云鹏分派的任务太多了，人在疲惫的状态下，注意力根本无法集中，如此便导致此次事故，是自己的私心害得他丢了一只手呀。

赵明辉把送李云鹏到医院来的青川阀门厂的一名青年工人拉到走廊

外，问是咋回事，青年职工和李云鹏是同事，大概说了事情的经过。

　　青川阀门厂最近在试制一种新型阀门，为此成立了一支专门负责试制的小组，李云鹏就是小组的成员，主要负责加工工艺编制。为了赶进度，在元旦前完成试制，小组加班加点，每天晚上要干到十点多，而且已经一个多月没有休息了。本来李云鹏负责工艺制定，但有时候也上手干活。今晚就是在干活时没注意，被工件砸到手，造成事故。赵明辉叹了一口气，没有吭声，走到手术室门外，等待手术结束。

第十章　爱意绵绵

天空被一层灰蒙蒙的雾罩着，虽然现在是下午，但仍然阴沉沉的，好像是一个愁容满面的怨妇，苶呆呆的。草坪和绿化带上的雪还没有融化，呈现出并不很洁白的颜色，公路上已经是湿滑泥泞的褐色雪水，随着汽车驶过，飞向旁边的人行道，吓得行人慌忙躲避并留下几句粗话。

罗亚丽挽着张仁俊的胳膊走在大庆路的林带里。这条宽近百米的林带，从玉祥门一直延伸到汉城路，林带两边的路旁，栽着两排高大的梧桐树，枝枝丫丫，交错伸展。林带里栽种着各种树，最多的是白杨树，高大粗壮的树干直直伸向暮沉沉的天空。

他们慢慢走在中间的水泥路上，边走边聊。

"最近李洁羽咋样？"罗亚丽状似随意地问。

"什么咋样？蛮好的呀。我除了上课见她，白天也见不到。"张仁俊说。

"是吗？那晚上你们可以'灯下花前'了。"

"什么意思？我咋闻到有一股酸味。"张仁俊说。

"坐在同一个教室不是灯下吗？一块走在校园里不是花前吗？"罗亚丽转过头盯着张仁俊笑着说。

"你想得太浪漫了。同坐在一个教室不假，光顾了听课，哪有别的心思？一块走在校园里也不假，都是匆匆赶路，哪有其他想法？况且现在是冬天，哪有花？"张仁俊摊开双手，一副无辜的表情。

"这可不敢保证。不过我可告诉你，心思可以有，但要是我知道你有一点越界行为，咱们的感情也就走到头了。我的爱情世界里应该是纯洁无瑕的。"罗亚丽声音不大，但句句掷地有声。

"不敢不敢，心思都不能有，有你在心里就足够了。我这心里全都是你，不信你摸摸，这里、这里都是，这是你的模样，这是你的声音，这是你的……"张仁俊左手握着她的右手放在自己胸前。

"这是什么？咋不说了？难道这里有别人？"

"这是你的爱。"张仁俊搂着罗亚丽的右臂一用力，直接把她抱在胸前。

"讨厌。"她红着脸，靠在他的胸前，听着他有力的心跳，陶醉在幸福的恋爱中。

"走吧，咱们先办正事。"张仁俊松开了右臂，拉着她的手，走进了玉祥门外的大庆商场。大庆商场在大庆路林带里，占地面积大，商品齐全，是玉祥门周边最大的商场。他们买了几样东西，准备去看看李云鹏。

李云鹏已经出院了，住在单位分给他的单身宿舍里。他出院后，单位为了方便他家人照顾，单独给他分了一间宿舍。他母亲一直在照看着他。

　　他最近情况非常糟糕。不单是因为伤痛，精神上的打击更大。曾经健壮的身体让他在运动场上生龙活虎，行动敏捷。当年上学时便是活跃分子，他是"蛟龙"武术团的队员，除了喜欢机床，也是武术的狂热爱好者，每天早上站桩运气、踢腿冲拳。在电影《少林寺》上映后，他在当年的暑假就去了一趟河南嵩山少林寺，梦想着能学点功夫，可到了后才发现，少林寺里的游人整天黑压压的，压根找不到学功夫的地方和师父。后来打听到学武术的地方，可昂贵的学费让他灰溜溜地回家了。虽然在少林寺没学成，但他平时对着书瞎琢磨，因此，身健体康，动作麻利。可如今连穿衣服、洗脸这些日常生活中最简单的事，他都要费好大劲才能完成，至于写字、画图这些难度较大的事，目前根本就不可能完成。他有时候把母亲端到面前的饭碗摔到地上，看着母亲流泪收拾，自己也跟着流泪收拾。母亲不在时，他会突然放声大哭。尽管厂里承担了住院治疗的全部费用，尽管他的工资收入不受任何影响，但他心里明白，自己的技术生涯可能就此结束了。

　　他是多么爱这个专业，他喜欢旋转的机床加工钢铁时那种所向披靡，喜欢铁屑从车刀上打卷流出时那种顺畅柔美，喜欢工件在工作台上来回移动时那种行云流水。看着冷冰冰的机床、工装、夹具、刀具、量具，在他眼里都是有生命、有个性的，仿佛是一个个有灵性的物件，他能得心应手地让它们按照自己的意愿为自己服务。一个不规则的钢铁疙瘩，他能把它变成自己想要的模样，要方能方，要圆能圆。那是一种怎样的享受啊。特别是在新产品试制小组里，他像打了鸡血一样兴奋，加班加点，一会儿绘图，一会儿工艺编制，一会儿又听领导安排去加工零件。他就像个陀螺一样旋转不停，他的实习期应该是半年，可是仅仅过了两个月，车间领导就给人事处建议，结束他的实习期。对他来说，这才是工作该有的状态。在学校上学的时候，老师就教育他们，说他们这一代是建设国家的生力军，是国家急需的人才，为了培养他们，国家是花了大价钱的。他们上中专时不但不用交学费，课本、作业本都是免费发放的，每个月学校还要给每个人足够的伙食费。如今毕业了，他们就该回报国家和社会。

国家要发展，要大干快上，抢时间，加快建设社会主义，建设四个现代化强国，靠的就是他们这些有知识、有能力的年轻人。自己不多干点事，能对得起国家对自己的培养吗？这些不是假大空的口号，而是实实在在的。他已经记不清在出事前都干了哪些工作，只知道出事的那天晚上，他确实有点累了，一下子反应迟钝了，失去了一只手。

他痛苦、悲伤，连死的心思都有。本来正是大好年华，可现在成了家里、单位甚至是社会的累赘，这让心高气傲的他如何接受？

时间是治愈心灵的灵丹妙药，几个月后，母亲默默无声的爱、同事的安慰、同学的鼓励，慢慢使他恢复了自信和勇气。特别是最近报纸、广播和电视中不断报道的残疾人张海迪的事迹，确实让他心里燃起了希望。要做一个有用的人，不论遇到什么样的困难和挫折，都不能自暴自弃，这才是一个男人，这才是一个强者。人的觉醒有时候需要很长时间，有时候可能就在一瞬间。

望着满脸憔悴的母亲，他开始反思，他不能总活在痛苦中。在过去的几个月里他常暗自流泪，现在他不能光流泪，他要坚强起来，不能因为失去一只手而蹉跎岁月。自己是家里的长子，还有一个弟弟和一个妹妹，本打算自己工作以后可以资助他们念书，特别是妹妹，那个见了他就高兴得又蹦又跳的小丫头，他多希望能帮助她，让她也考上大学或者中专跳出农村，而不是嫁个男人，一辈子窝在山沟里。母亲在这里照顾他快几个月了，家里还有父亲和弟弟妹妹需要照顾。父亲不会做饭，他们吃饭咋办？弟弟妹妹上学咋办？不能因为自己再耽搁家里的事了。他硬是把母亲送到了车站，看着她上了车，才转身回到工厂。从现在开始，他要换一种活法：不是还有一只手吗？让他们看看我李云鹏，一只手照样干活，一只手照样能干出别人两只手干成的事。他不再在乎别人同情的眼神，表现得和普通人没有区别。他不能活在别人的世界里，他要有自己的生活。

他开始学习用左手穿衣服、洗脸、刷牙，这些日常活动，他很快就学会了，虽然有时候并不容易，比如把牙膏顺利地挤在牙刷上、穿裤子系裤带、洗碗等，但已经不需要人帮忙了。

他的伤口基本上已经愈合，也不需要再去医院换药了。这天他正在水池旁边洗衣服。一只手洗衣服确实不容易，洗净洗不净是一回事，在一般人看来光是要把衣服上的水拧出来就很难完成，但他用没有手指的右臂弯夹住衣服的一端，左手抓住另一端，忍着疼痛，硬是拧出了衣服中的水。当他转身把衣服晾在水房旁边拉着的铁丝上时，眼泪不争气地流出来了。

"云鹏，恢复得不错嘛。"张仁俊看见李云鹏在洗衣服，忙打招呼。

"是你们俩呀。走，到宿舍去聊。"云鹏擦去眼泪，换作笑脸边对张仁俊和罗亚丽说，边顺手拿起脸盆。看见他们手里提着的麦乳精、奶粉、罐头和饼干等东西，便说："你们每次来看我都带这么多东西，这是干啥呀！"

"一点营养品而已，谁让我们是哥们儿呢。"

"对呀，既然是哥们儿就不要这样客气。你们能来我就很高兴。"

进了宿舍，李云鹏让他们坐下，拿出玻璃杯子准备给他们倒水，罗亚丽赶紧起身去拿热水瓶，李云鹏让她坐着别动，然后熟练地给他们倒了两杯水，并笑着说："咋样，没有问题吧？"

"行啊，云鹏。"张仁俊高兴地说。

"放心吧，老同学，谁让我们是'四大才子'，我们能考上中专，中学学习成绩都是县里拔尖的，现在遇到困难，咱也不能认怂，照样要活出个样子来。"李云鹏豪迈地说。

"好样的云鹏。上次看到你的情形，我们还一直担心你过不去这道坎，怕你萎靡不振，现在看来我们的担心多余了。这才是条汉子，遇事可以犹豫，可以彷徨，也可以低落，但最后一定会站起来向命运抗争。"张仁俊说着自己也激动地流泪了。

"我总得活下去，该我走的路也总是要走的。今后你们不必为我担心，既然命运要给我的人生加点调料，我就要尝尝是啥味道，到底有多苦、有多辣。"

"生活把你变成诗人了。"张仁俊笑着说。

"不是变成诗人，而是变成废人了。"李云鹏苦笑着说。

"你废不了！我们是哥们儿，我知道。"

"我最近开始用左手写字。"

"是吗？太好了，我就知道你不会认怂的。"

他们又说了很多，谈到了张仁俊的工作和夜大学习，谈到了张仁俊和罗亚丽的婚事。他们一起到外面的饭馆里吃了晚饭。当张仁俊和罗亚丽离开李云鹏的宿舍时，天已经黑了，冬天特有的雾气笼罩着西京古城。

罗亚丽挽着张仁俊的胳膊，靠着他的肩膀，慢慢地朝西京人民医院走。

"你同学真的很坚强，要是我，恐怕内心早就垮掉了。"罗亚丽小声说。

"不坚强又有什么办法？坚强都是被逼出来的，凡是被冠以坚强名号的，都是遭受了非常的挫折或困难，平平常常的生活，彰显不了意志。你以为谁愿意坚强啊？"

"那你们上夜大算不算是被逼的？"罗亚丽问。

"算也不算。"

"什么意思？"

"说是被逼的，是因为中专学历在这个重视文凭的年代，确实有点低，我们不得不提升自己的文凭；说自愿的，是因为这是发自内心对知识的渴求，是对理想的追求，也是对幸福生活的向往。"

"生活也把你变成诗人啦。"罗亚丽笑着说。

生活并不全是诗，工作更不会是诗。西京特种油泵厂也和其他企业一样，开始了分配制度改革。大体的方案就是工人除了工资外，奖金按加工工时多少计算，而管理人员则按工人奖金平均数拿，具体到每个人要按岗位系数定。制度的修订，在领导的指示下开始，在各级干部、职工的争执中完善，在职代会的表决中通过。

新奖金制度的实行，充分调动了全厂职工的积极性，产量有了大幅度提高，但也由此产生了不少新问题。

这天，三车间刘主任找到技术科，说他们车间的一个零件加工安排不下去，原因是加工工时定得太低，除非他愿意变更加工工时，否则工人不愿意干。潘科长告诉刘主任说"这些零件的工时可都是过去定的，几年都没有变过，现在怎么变更？如果各车间都来找，都要改，那不是乱套了？让车间自己想办法。"刘主任说自己没有办法，再不变更工时，可能这个零件的加工会拖后腿。潘科长一听就火了，让他去找厂长，技术科不会变更加工工时的。

正当二人吵得不可开交时，一车间主任董安礼也来到技术科，听了事情的原委，告诉刘主任说，他们车间也有这样的事，为了平衡，一车间的做法是把工时定得高的和工时定得低的加工尽量结合起来，要干两种同时都要干，要不干就都不能干，这样工人综合起来不吃亏，这方法可以参考。刘主任一听，也就不再要求技术科变更工时了。

刘明进走后，董安礼告诉潘科长，自己车间的铣床夹具，效率太低，工人意见很大，看能不能也进行技术改造，并说道："上次给我们车工夹具改造后，工人师傅对小张是赞不绝口，特别是现在，车工的工时是最高的。"

潘科长就让张仁俊跟董主任下车间去看看。

来到一车间的铣工工位，操作师傅一看张仁俊，高兴得连忙停了机床打招呼。和过去不一样，过去干多干少无所谓，只要能完成任务就行，现在他知道如果改造了夹具，就会提高效率，也就意味着能拿更多的奖金。

张仁俊让他继续加工，自己要看看操作过程中存在的问题和效率低的原因。

半个月后，铣床工位因为新的夹具投入使用，效率大大提高了。这一下可不得了，各工位加工稍微慢一点的，都找技术科要求改造工装，张仁俊的工作一下子变得繁重不堪，白天绝对没有看书时间，有时候晚上也需要加班，他的夜大作业不得不熬夜完成。

这天早晨，张仁俊刚到办公室，正想去二车间看一种检测工具的试用情况，如果使用正常，他准备去一趟市计量中心做计量和标定，然后才能正式使用。这是他第一次设计的专用检测装置。潘科长叫住他，告诉他准备一下，明天去一趟西宁，有一个单位要订购一种特殊油泵，技术上让他去了解和沟通。

　　"这个我怕不行，我才来厂里不到一年，有些技术还不熟悉。"张仁俊有点胆怯。

　　"没事，你陪同高厂长一块去，有他把握大局呢。"潘科长告诉他。

　　"我还是没有底气。"

　　"是高厂长指名让你跟着一块去。不要紧，权当学习。光闷头干也不行，听听用户的需求才是最重要的。我在部队的时候，用的就是现在还在生产的油泵，产品几十年不变，这肯定有问题呀。去了多听，多看，多问。"

　　"好吧，我知道了。"张仁俊最后只能答应。

　　张仁俊回到办公室就打电话给罗亚丽，告诉他明天要出差的事，本来他们约好晚上见面，现在恐怕不行了，因为还有夜大作业，以及有几份图纸需要赶快画完交工，以免耽搁加工。

　　罗亚丽听说后，问他明天什么时候的火车，他说还不知道。她让他知道具体时间后就告诉她，然后挂了电话。

　　张仁俊看看时间，和潘科长打过招呼后就去二车间，问了问工人对检测仪试用的意见，然后抱上检测仪回到办公室，去厂办开了介绍信，拿上图纸和检测仪就去了市计量局。

　　从计量局回到厂子，已经到了快下班的时间，他把检测仪交给工具库，办了入库手续后到办公室时，厂办通知他明天下午两点在厂门口等待，陪同厂长出差，厂里派车送他们去车站。他把时间告诉了罗亚丽，就去食堂吃饭了。

第二天上午十点钟，张仁俊正在画图，罗亚丽提着一个包进了他办公室。张仁俊看她满脸疲惫的样子，不知道发生了什么事，赶紧让她坐下。

"没事，我就是从昨天到现在一天一夜没有睡觉，有点困了。"罗亚丽说。

"干吗一天一夜不睡觉？发生什么事了？"张仁俊着急地问。

"没事。昨天上了一天班，下班后给你赶着织了一件毛衣，你试试行不行。"说着从包里拿出一件新织的深绿色毛衣，是用时下流行的棒针毛线织成的。

"你不要命了，我不穿毛衣又冻不死，谁让你这么拼的！"张仁俊拿着毛衣，心疼地看着她。

看着他穿上毛衣，大小正合适，罗亚丽说："行了，大小不差。把你宿舍的钥匙给我，我去睡觉，下午送你走后我再回去。"

"我下午跟高厂长一块走，有专车送。你还是回去好好睡一觉吧，看你累得那样子。是不是晚上还要上班？"

罗亚丽点头说是。张仁俊看着她两眼发红、精神不振，咋都不让她再待在办公室，也不给她宿舍钥匙，因为他知道她的工作性质，上班时间必须投入全部精力，不能有丝毫马虎，必须休息好。现在她去宿舍，睡不了多长时间就要起来，休息不好的。他直接送她去了车站，看着她上了公交车才回来。

坐在办公室里，看着那件崭新的毛衣，张仁俊心里涌起一股暖流。

第十一章　寤寐思服

　　怀着忐忑不安的心情，张仁俊敲响了李洁羽宿舍的门。自从上次李洁羽在离厂门口不远的地方下了他的自行车，他已经有两个多月没有单独找她了，不是他没有事，而是尽量避免和她单独接触。他不知道该如何回应她的爱，虽然她说过不再打扰他的生活，但每次见到她，都能从她炽热的眼神里看到那团没有熄灭的火焰，他怕自己控制不好自己的感情，给她造成伤害。但这次出差一个多礼拜，夜大的课他耽搁了不少，特别是作业，他要尽快补上。白天上班忙得根本顾不上，只有下班后来找她。

　　"哦，是你呀。有事吗？"李洁羽打开门一看是他，立马变得严肃起来，脸上毫无表情。

　　"没事就不能来看看你吗？"张仁俊故作轻松地说。

　　"受不起。有什么事说吧。"李洁羽还是没有让他进门的意思。

　　"难道你不打算让我进门吗？这不像你的待客之道呀。"张仁俊继续笑着说。

"我怕这小小的宿舍，会屈了你的大驾。"李洁羽让开了宿舍门。

"哈哈，我什么时候变成大驾了。"说着，张仁俊走进了宿舍，见桌子上摊开着夜大的课本和作业本，刘娟不在，床上的被褥叠得整整齐齐。

"你现在可是厂里的忙人和名人，还不是大驾吗？"李洁羽说着，转身倒了一杯水给张仁俊，眼神又恢复了那份特有的炽热。

"你别臊我了，什么忙人和名人，仅仅是一头拉磨的驴罢了。"

"你就是一头拉磨的驴，光知道拉磨转圈，双眼都被蒙上了，啥也看不到。"

"嘿嘿，你说得对，只知道低头拉磨，不会抬头看路，关键是磨道不用看，闭着眼走都错不了。"张仁俊故意打哈哈。

"说吧，找我有什么事？"李洁羽看着张仁俊说。

"夜大的课耽搁了一周，来找你是想问一下进度和作业。"张仁俊笑着说。

李洁羽拿出各科的书本，一一告诉了张仁俊，然后拿出了高等数学的作业指着其中一道题，问张仁俊如何解。

张仁俊看了看题，拿起放在桌子上的演草纸，给坐在旁边的李洁羽一步一步地推算讲解。直到他讲解完成，推算出结果，抬头看李洁羽的时候，又看见那双饱含深情的眼睛正在直勾勾看着自己。张仁俊愣住了，这是一双燃烧着爱的火焰的、亮得让人心动神摇的、会说话的眼睛。他还没有回过神来，一张滚烫的嘴就贴在他的嘴唇上，一双小巧的手紧紧搂住了他的脖子。他放下手中的笔，也情不自禁地用双手搂着她的腰。

时间仿佛停止了，周围的一切都变得安静了，似乎这个世界上只有两颗剧烈跳动的心，在这冬天的夜里发生了同频共振。不知道过了多久，搂着他脖子的手突然松开，然后他被使劲地推开，李洁羽满眼含泪地把他推出了门，随后关上了门。张仁俊晕晕乎乎地离开，然后回到办公室，摊开书本，却一个字也看不进去，李洁羽含情脉脉的眼睛和罗亚丽清澈明亮的眼睛都在看着自己，两张同样漂亮的面孔在他面前轮番出现，他茶呆呆地坐在那里。过了很长时间，他突然重重地扇了自己一个耳光，去洗脸池用冰冷的凉水洗了一把脸，开始翻看夜大书本，认真地完成作业。

　　李洁羽的宿舍里，她把张仁俊推出宿舍门以后，反锁了房门，躺在床上，眼泪哗哗地往下流。刚才的幸福体验和内心的歉疚同时在折磨她，那种幸福越深刻，内疚就越强烈。她知道自己不该这么做，但对张仁俊的那份爱，却让她在他面前又一次彻底冲垮了长时间构筑的内心堤坝。两个多月以来，她故意躲着他，故意在他面前装得若无其事，当着别人的面也和他有说有笑，上夜大时尽量不和他坐在一起，也不和他一块骑车，而是坐公交车。可他这周没有去夜大上课，却让她担心了好几天。开始她不知道他干啥去了，是家里有事还是身体有事。什么事能让他不去上课？他可是从来没有缺过课呀。她不愿意打听，就这样为他担心了几天，后来从主任嘴里知道他出差了才放心下来。今天晚上，张仁俊的到访，特别是看着他认真讲解数学题时的那份认真和自信，以及在灯光映照下那英俊的五官，让她再也控制不住自己。

　　不能再继续下去了，不能打扰他的生活。这是第二次吻他，也是最后一次，爱他就要让他幸福，不能让他为了自己背上心理负担。李洁羽再次暗暗告诫自己。

紧张而繁忙的工作让张仁俊暂时忘却了萦绕在心头的愧疚。这天下班后吃完饭，他正在宿舍做作业，同学王天涛带着一个女孩来看他。他们俩一见面，先是抱住对方，像是久别重逢的情人一样。张仁俊从王天涛的眼神里看出他有些不对劲，正准备询问，王天涛却把身边的女孩介绍给张仁俊，说是自己的女朋友，叫姜小敏，是东方仪器厂的子弟。

张仁俊和姜小敏打过招呼，转过头对王天涛说："你小子今天不会是来向我炫耀你的漂亮女友吧？"

"哪里，没事哪敢来打扰你这个大忙人。"他把张仁俊拉到一边悄声地说，"我跟小姜谈恋爱，她父母极力反对，连她家门都不让进，嫌弃我是乡下人，而且学历不高。"

"那你们咋办？"

王天涛吭吭哧哧了半天才说："我原本想着生米煮成熟饭看他们咋办，谁知道生米煮成熟饭了，人家还是不给咱往碗里盛，她父母就是不松口。"王天涛说着，低头叹了口气，接着说："小姜虽然义无反顾，但最后还是要征得她家人同意才行。"

"这是必须的，慢慢来，想办法在感情方面打动她父母。要不我们几个商量一下，想一个可行的做法。"张仁俊说。

"我也想慢慢来，但现在来不及了。"王天涛搓着手说。

"咋回事？"

王天涛满脸内疚地说："小姜怀孕了，再等，我怕事情难以收场。"

张仁俊听后也是一惊，想了想问："你想咋办？让我们咋帮你？要不明天我们就想办法去找她家人。"

"肯定不行，现在她父母正在气头上，根本就不让我踏进他们家的门。我想你对象不是在西京人民医院嘛，能不能让她帮忙想想办法？我不能让小姜跟我背个坏名声。"

"你是说不要这孩子，这不是胡闹吗？听说做人流要单位证明呢。"

"所以才找你，要不然这证明我们从哪里开去。"

"我明天问问，现在她不上班，也没办法找呀。"张仁俊有点为难地说。

"咱也别明天了，现在就去单位宿舍找她。你有自行车吗？骑上一起去找。我心里急着呢。"

"你小子，真是啥都敢做。"张仁俊说着，收拾好桌子上的东西，拿上自行车钥匙，关灯锁门。

他们一同来到西京人民医院大门口，张仁俊让他俩在这儿等着，他把自行车停在门外，走到罗亚丽的宿舍。好在罗亚丽没有出去，正在宿舍复习功课，准备明年春天的自学考试。

看到张仁俊这么晚突然到访，吃了一惊，以为出了啥事。看到宿舍还有其他人在，张仁俊让罗亚丽穿好衣服出来，两人一同走到医院门口，路上张仁俊大概把情况说了。

看到张仁俊和罗亚丽，王天涛放下搂着姜小敏肩膀的手臂，不好意思地和罗亚丽打招呼，并介绍了姜小敏。

罗亚丽上前拉着姜小敏的手，说了几句场面话，就把她拉到一边问了情况。

"这可是对身体有损伤的，而且还有风险。你能不能和家里再沟通一下，能不做就尽量不要做。"罗亚丽劝道。

"我不敢跟我妈说。"姜小敏流着泪。

"做人流没你们想得那么简单，这苦可是要你受。你还是再想想，跟小王再去给你妈说说看。这是大事，最好不要瞒着家里。"罗亚丽看着流泪的姜小敏，尽最大努力劝说。

她又转过身来对王天涛说："要做的话会有一定的损伤和风险。我刚才跟小敏也说了，你们还是和她父母再沟通一次，能不做就不要做。"

"唉，没办法商量，我找了个人去游说，连话都搭不上，要能商量也不会像今天这样。他们根本就不让我进门。"王天涛一脸无奈。

"你们真是的，既然她父母不同意，你们还干这事。捅下这种乱子（方言：闯下祸，把事办砸），只有女的受罪。"罗亚丽有点批评王天涛的意思。

"你说得对，是我的错。"王天涛低下了头，脸有点发烫。

"好了，你别说天涛了。谁不想有个好结果？你就想想办法，尽快联系好大夫，定好时间通知天涛。"张仁俊对罗亚丽说。

送走了王天涛和姜小敏，张仁俊拉着罗亚丽的手，顺着大路漫无目的地走着。冬夜的城南，风依旧是寒冷的，梧桐树上挂着的枯叶用沙哑的声音唱着自己的歌。偶尔驶过的汽车和自行车，以及透过树枝洒在地上的路灯灯光，说明这里是城市。

"这个王天涛，太冲动了。"张仁俊担心道。

"你们男人光知道自己高兴，捅下乱子让女孩受罪。"

"我可是好人啊，你别打倒一大片。"

"谁知道你是不是好人，再说好人有时候也犯糊涂呢。"罗亚丽笑着说。

"那叫情不自禁。有个名人不是说过，恋爱中的女人都是傻子，恋爱中的男人都是疯子。"

"哪个名人说的？我咋没有听说过？"罗亚丽问。

"张仁俊呀，你不知道吗？"张仁俊一本正经地反问。

"张仁俊啥时候变成名人的？只知道这是个人名呀。"罗亚丽假装吃惊。

他们相互看了一眼大笑起来，踏着路灯投下的昏暗的光，顺着友谊路朝南稍门走。

当走到小雁塔的时候，那黑乎乎的、残缺的塔顶，在夜空中剪出一个轮廓。

"小雁塔都坍塌成这样子了，咋也不修一下？你进过小雁塔公园吗？"

"当然进过，上学的时候就去过，离我们这么近还能不进去？不过那时候乱糟糟的，一个破塔，几间小房子，没有啥看头，现在修了一下，好点了。等你哪天有空了我们一块进去看看，还是蛮有历史味道的。"

"大雁塔不是更好吗？"张仁俊说。

"你不懂历史，以前我也是这样认为的。后来进去看了才知道，小雁塔也不差，又称荐福寺塔，据说是方形密檐式砖塔的典型作品，原有十五层，现存十三层，是唐代建筑。咱们常说的关中八景之一的'雁塔晨钟'就是指小雁塔。"

"哦，小看你了，你还懂得不少，还知道密檐式砖塔。"

"你以为只有你知道看书学习？"罗亚丽瞥了一眼张仁俊。

"士别三日当刮目相看啊！有空了去看看，身在古城西京，这些历史遗迹还是要了解的，否则有愧于在西京工作。"

"在浏览历史遗迹中学习历史，很容易理解和记忆。古人说'读万卷书，行万里路'，这可是真理。"罗亚丽似乎在对他说，又像是说给自己。

“你们考试是在明年啥时候？”张仁俊转换了话题。

“是明年四月份。我这次报了三门课，想争取一次通过。但太难了，复习时很多名词都是第一次看到。”罗亚丽有点担心。

“一次过不了就再来一次。第一次就当探索路子和找方法。”

“说是这么说，但去太原考一次试，不光是需要时间，还有来回的路费、住宿费和伙食费，花费不少呢。”

“不怕，花费就花费，这是人生大事，钱的问题有我呢。”

“虽然知道你是吹牛，但我还是喜欢你这吹牛的样子。”罗亚丽把身子朝张仁俊靠了靠，挽着他的胳膊。

“哈哈，我可不是吹牛，我的钱就是你的钱，要用随时用。”

“你的钱还是留着娶媳妇吧。”罗亚丽咯咯地笑着说。

“娶媳妇还要花钱吗？”张仁俊故作吃惊。

“难道你还想白捡一个？”

“我就是这样打算的。”

“那你等明年春天，坐在椿树底下就有了。”

“什么意思？”

“捉个椿媳妇呗。”

“哈哈哈……”张仁俊大声地笑着，转身把她拥在怀里，亲吻着她的额头。

过了一会儿，罗亚丽说：“快松开，这里是大路边，而且离我们医院很近，有熟人看见不好。”

“我们谈恋爱又不是做贼，还怕人看见？”张仁俊虽然嘴里这么说，但还是松开了手。

"你们是不是也快考试了？"罗亚丽整理了一下头发。

"还有一周课就上完了，下周就考试。"张仁俊回答道。

"李洁羽最近咋样？"罗亚丽突然问道。

"什么咋样？看着就那样。"

"你没有关心她吗？"

"咋关心？难道要经常去她宿舍问她说最近好不好，需不需要关心？"张仁俊一本正经地说。

"去你的，你敢？"罗亚丽瞪了张仁俊一眼说。

张仁俊像突然想到什么，说："坏了，我的作业还没有做完，明晚要交呢。他俩是把我从宿舍拽出来的。明天还要开会研究一个工艺装置，根本没时间做作业。咱们回吧。"他把罗亚丽送到宿舍楼下，自己一个人骑着自行车回到宿舍，迅速进入课本和作业的世界中。

时间在紧张忙碌中飞逝，张仁俊他们上夜大的期中考试结束了。再有三个礼拜就要过元旦了。

这天，工会主席找到张仁俊，年终总结大会上要让他负责出个节目，并说已经帮他选好队员，让他们来个小合唱。张仁俊一口答应，问主席选的谁，主席告诉他说还有沈浩翔、李洁羽和刘娟。张仁俊一听就有点犯嘀咕，他不知道沈浩翔和李洁羽是不是谈上了，如果谈上了那还好说，如果没谈，自己如何面对李洁羽那火辣辣的眼神，要是再让沈浩翔看出来李洁羽对自己的感情，沈浩翔还不得恨死自己。还有刘娟那叽叽喳喳的，万一让她嚷嚷出来，还不弄得全厂人都知道了。

见他沉吟不语，工会主席问他是不是有什么困难。他回过神来说没有，问还有什么节目。主席说，往年都是几个老同志唱秦腔现代戏，今年不打算再唱了，除了他们四个的男女声小合唱，还有女声独唱、笛子独奏和舞蹈，都是厂里的职工表演，开完总结会凑个热闹。今年超额完成任务，厂长高兴，特别点名让年轻人出个节目。

下午，张仁俊分别通知了他们三个，并转达了工会主席的意思。沈浩翔听说有李洁羽，非常高兴就答应了。刘娟也没有问题。唯独李洁羽有点犹豫，她推托说自己不会唱歌，嗓子不好。张仁俊知道她的心思，动员她说："不会唱歌学着唱，不要考虑别的，厂里年轻人不多，咱们就不要客气了，主要是展示一下年轻人的风采，别的都不重要。"听了他的劝说，李洁羽也答应了。

晚饭后，他们在工厂的会议室里集合。先选定了电影《甜蜜的事业》的插曲《我们的生活充满阳光》，以及节奏明快的《年轻的朋友来相会》。这两首歌是当下比较流行的歌，大家基本上都会唱，所以排练起来并不难。

会唱但不一定能唱好，一个人能唱好也不代表合唱就能唱好。工会主席看了他们的排练后，摇了摇头，让张仁俊找一下二车间主任白雪莲给指导指导，说白主任可是个唱歌高手，年轻时经常在厂里表演，有时还到区里表演，而且指挥过大合唱。张仁俊当即去找白主任。由于他是白主任爱人的学生，又是厂里的同事，平时他们的关系就相当不错。白主任对他的工作全力支持，有时候甚至是不顾原则地支持。对于他的这一请求，白主任没有丝毫推辞，跟着就来到厂会议室，听了他们的合唱，就开始指导：让李洁羽领唱《我们的生活充满阳光》，其他人用鼻音哼唱伴奏，再合唱。如此等等地调整组合后，这歌有情有调，有合有分，不但唱出了年轻人对事业、爱情的追求，也唱出了他们对未来美好生活的向往和充满朝气的精神面貌。而对《年轻的朋友来相会》这首歌，则是在每个唱段的最后加以处理，男女声二部轮唱、合唱，加上几个简单的动作，使整首歌曲听起来欢快活泼而又积极向上。白主任听着他们唱了几遍，纠正了几处问题，非常满意，告诉他们明天继续这样练习，她还会抽空来指导。

有了白主任的指导，再加上几个年轻人都不笨，两首歌曲被他们唱得有情有义，有滋有味。

年终总结和新年工作计划大会后，几个节目引起了厂职工的热议。经过工会的推荐，张仁俊他们的小合唱被推荐到区上，参加迎新年联欢会。

参加区上的联欢会，这可不是一件小事。高厂长批示让他们几个年轻人每天下午腾出一个小时的时间专门训练，特地安排白主任当他们的指导，并出钱给他们每人租了一身演出服。

在区里的联欢会上，他们的小合唱再次为厂里赢得了荣誉，获得了联欢会的优秀节目奖，得到了区工会的表扬。

回到厂里，高厂长在中干会上表扬了工会，并对几个年轻人的表现给予充分的肯定。他借着话题说工厂还要继续多招收年轻人，年轻人的朝气和活力，会让工厂也变得欣欣向荣。

元旦工厂放假三天。张仁俊和罗亚丽都想回老家一趟，可罗亚丽要上班。他回老家去看父母的同时，也代替罗亚丽去看了她的父母。

元旦后上班第一天，张仁俊听到了一个令他吃惊的消息：沈浩翔和刘娟恋爱了。

第十二章　冬日恋歌

沈浩翔和刘娟恋爱了。

当他们手拉着手走进工厂大门的时候，实际上就是给厂里人宣布了他们的恋情。这消息不但让张仁俊目瞪口呆，就连厂里的其他职工也一时脑子转不过弯。沈浩翔不是一直在追李洁羽吗？在这个不大的厂子里，是大家都知道的事呀。风向怎么转得这么突然！

对于李洁羽来说，这消息既在意料之外，也在情理之内。因为她早就知道刘娟暗恋着沈浩翔，而沈浩翔却一直在追自己，她曾经对他说过有比自己更适合他的姑娘，可并没有引起他的注意。但仅仅是一个元旦假期的时间，就能让沈浩翔对追求的对象发生了变化，这未免有点太快了吧？看着他俩牵手进出的样子，看着刘娟那一脸幸福的表情，一股淡淡的忧伤夹杂着淡淡的醋意涌上了她的心头。

什么都在变，变是永恒的，不变是暂时的。沈浩翔的变化在外人看来是突然的，是不可思议的，但对于刘娟来说，这是她梦寐以求的。她是个看起来清纯简单却特有心计的女孩。她暗恋沈浩翔，从见到他的第一眼，就被他幽默的语言和清秀的外表吸引，只是沈浩翔的心一直在李洁羽身上，半眼也不多看她。看着他因得不到李洁羽的爱而伤心的样子，她心里也很难受，想安慰但又找不到机会。这种既难受而又暗自高兴的情绪，在不断地折磨着她。她在等待机会，等待那属于她的机会。在沈浩翔为李洁羽受伤在家休养期间，她一个人专门去探望过他。本来她可以和李洁羽他们一块去，可她特意一个人去探望，为的是能让沈浩翔注意自己。

　　机会对于有心人来说随时都在，但要把握好却不是一件容易的事。刘娟知道，如果沈浩翔对李洁羽还痴心不改，自己就是再努力也是白搭，因为时机还不成熟。

　　在排演小合唱的过程中，几个年轻人接触的时间变多。刘娟明显地感觉到沈浩翔对李洁羽的态度在发生变化，那炽热的眼神，在李洁羽毫无回应的表情中渐渐变得失望和忧伤，最后沈浩翔几乎彻底地绝望了，他在排演过程中几乎不再正眼看李洁羽。刘娟觉得时机成熟了。

　　排练小合唱的一天夜里，他们要穿上演出服，检验舞台效果。排演结束后刘娟特意把演出服给沈浩翔，让他帮自己拿着，自己去趟卫生间，让他等她一会儿。张仁俊、李洁羽和白主任以及工会主席都先走了，沈浩翔只好一个人等着她。

　　刘娟慢吞吞地走出来道："不好意思，让你久等。你回家吗？"她知道沈浩翔在工厂没有宿舍，住在家里。

　　"当然了，难不成睡在马路上？"

"我想去我表姐家，你能不能顺路捎我一程。"刘娟说。

"没问题，你表姐在啥地方住？"

"在桐树林。"

"正好顺路。"

他们出了厂门，沈浩翔跨上自行车，刘娟跳上后座。

坐上自行车的后座，刘娟怕掉下去就用手拉着沈浩翔的棉衣，慢慢地她把头靠在他的背上，突然自行车经过路上的一个小坑颠了一下，刘娟顺势用双手紧紧抱住沈浩翔的腰。

沈浩翔开始以为刘娟是怕摔下去，可最后发现刘娟根本就没有松开双手的打算，他也就乐在其中，也省得寒风往衣襟下面钻。

到了桐树林，沈浩翔用脚撑着车子等刘娟下车，可刘娟搂着他的双手还是不松开，也不下车。

"哎，到了。"沈浩翔不得不用右手拍了拍刘娟。

刘娟极不情愿地松开手下了车，低下头说："这个巷子深得很，而且没有路灯，你能不能把我送进去？"

"这……恐怕不好吧？"

"那算了，你走吧。"刘娟有点不高兴，转身就要走。

沈浩翔看了看那黑漆漆的巷子，又见周围确实没有行人，连忙推着自行车跟了上去。

"小丫头片子脾气还不小啊！"沈浩翔开玩笑说。

"谁是小丫头片子？你再看看。"说着，刘娟转身对着沈浩翔。

沈浩翔看见那一双明亮的眼睛，饱含深情，眼角挂着泪痕，在暗淡的夜色里直愣愣地看着自己。他心里一震，像是被什么东西狠狠击中一样。

走到一个老旧的院子门前，刘娟掏出钥匙打开大门，里面没有亮灯。

"进来坐一会儿。"刘娟说。

此刻的沈浩翔像是着了魔一样，乖乖地把车子推进院子，回身关了大门。刘娟进了里面的小屋，拉开灯，放下包，关了门，回身一把抱住跟在身后的沈浩翔，把头埋在他的胸前。沈浩翔也紧紧搂住刘娟，低下头在她的额头上亲吻。刘娟仰起脸，接住沈浩翔的吻。在激情的燃烧中，沈浩翔的手开始解刘娟的棉衣扣子，刘娟半推半就，顺势倒在沙发上。

冲动是要付出代价的。激情过后，沈浩翔是一阵后悔和害怕。

"后悔了？"刘娟深情地看着沈浩翔，"放心吧，我不要你负责，只要你今后心里有我就行了。"说着低头用手擦着眼泪。

沈浩翔认真地打量着刘娟，这才发现刘娟除了皮肤黑点，长相、个头、身材一点都不比李洁羽差，一双柔情似水的眼睛和小巧的鼻子，看着是那么协调好看。

"不后悔，我们结婚吧，只要你愿意。"沈浩翔突然说。

刘娟睁大眼睛看着他："你说的是真心话？我可没有逼你。"

"真心话。"

他们再一次拥抱在一起，这次两个年轻人心也融合在一起。

当刘娟和李洁羽在车间相遇时，她的脸微微发红，有点不好意思地和李洁羽打招呼。

李洁羽似乎根本不在意，满脸挂着笑说："大好事呀，你们什么时候开始的？保密工作做得这么好。"

"保什么密呀，刚刚开始的。你觉得他咋样？"刘娟小声问。

"你觉得好，那就是最好的，这是你们两个人之间的事，跟别人没有关系。"

"我就是想听听你的意见。"

"我的意见就是没有意见。"李洁羽笑着说。

两个好友之间似乎和原来一样，没有任何芥蒂。

气温越来越低了，人们走进工厂时一个个穿着厚厚的棉衣，缩着脑袋。但门口一张白纸写的讣告，让人们抻长了脖子。四车间的车间主任裴良运去世了。

这一消息让人们感到既痛惜又难以接受。裴主任的老伴常年疾病缠身，可没听说他身体有问题呀，他才五十多岁呀。装配车间的职工们和他的生前好友，陆陆续续地到裴主任家里祭奠。裴主任的老伴由几个年纪大的女同志照看着。工会主席在前后招呼着来人，并给裴主任在上海的女儿发电报。沈浩翔则协助工会主席处理着各种事宜。当天下午，裴主任的女儿女婿和外孙回来了，他们料理完父亲的后事，带着多病的母亲，离开了西京古城。

去世的人去世了，不再管人间的事，而活着的人还得继续做人间的事。有些人对你的离世感到悲伤，有些人却是高兴的，因为只有你离开，他们才有出头的机会。这不是世态炎凉，这是人的本性使然。

裴主任去世后，装配车间主任的位子空出来了，于是有人开始找高厂长，找厂里的其他领导。但高厂长并不着急，因为原来就由副主任主持车间的工作，裴主任不在了不会影响厂子的生产。要过年了，厂里奖金的分配才是他现在最关心的问题。在外人眼里，一个工厂的好坏，主要看工厂里工人收入的多少，而工人的收入又体现了一个工厂领导的水平。特种油泵厂今年超额完成了上级下达的任务，应该让工人过一个富裕的春节。虽然以前制定了奖惩办法，但平衡全厂奖金却不是一件容易的事——既要鼓励和调动职工的积极性，又不能让职工之间的差距拉得太大。

当张仁俊拿着和两个月工资一样多的奖金时，有点傻眼。怎么会有这么多奖金呢？和潘科长的差不多了，他可是进厂工作还不到一年的职工呀！根据最后确定的奖金发放文件，像他这样的只能是其他人的一半。他就悄悄问潘科长这是咋回事。潘科长告诉他，这个数是高厂长根据他的表现亲自定下的，得到了人事科科长和几个车间主任的一致认可，是工厂的一个特例。高厂长说张仁俊表现优秀，不但让厂里很多工序提高了效率，还让一批报废零件恢复使用，减少了不小损失。厂里不但给张仁俊奖励了，还给沈浩翔、李洁羽几个都多发了奖金。此外，技术科由于今年工作突出，还被评为厂里的先进科室，潘科长顺理成章地被评为先进个人呢。他说发奖金也是今年才有的新鲜事，以前根本没有奖金一说。

听完潘科长的话，张仁俊不吭声了，一方面他觉得自己有愧于这份奖励，自己所干的工作都是分内之事，是作为一个技术员应该完成的，能得到领导们的认可，他感觉太高兴了。另一方面他也给自己定下规矩，凡事先不要讲价钱，领导心里永远有一杆秤，不会亏待每一个员工。也就是这个信条，让他在后来的工作中收获了很多荣誉，也吃过不少亏。当他晚上到医院见到罗亚丽后，把奖金的事告诉了她，她也很高兴，而且很羡慕地说，自己工作比他早一年，除了工资外，还从来没有拿过奖金呢。

快过春节了，张仁俊问罗亚丽春节期间能不能回家，如果能回就一块走。

"唉，我们是医院，春节期间我还要值班呢。等你们初六收假了，我才放假。"

"啊？你们咋这样呀？"

"这很正常呀。人不会因为是过年就不生病，等过了年才生。人吃五谷生百病，一年三百六十五天都可能生病，所以我这辈子都不会正常休假的。"看着张仁俊失望的样子，她接着说，"咋啦？害怕了还是后悔了？"

"哪里，害怕是有点害怕，可不后悔。没事，我回家跟家里人过一个除夕，初二就回来陪你。行不？"张仁俊说。

"真的？"罗亚丽高兴地说。

"这有啥真假，初二早上我就来找你。你初二上啥班？"

"我年三十到初五都是小夜班。还是算了吧，好不容易放假了，在家好好陪陪你父母。"罗亚丽有点不好意思。

"没事。父母要陪，陪他们过个除夕；女朋友也要陪，不能让我们的白衣天使在为病人服务后，回到宿舍没有热饭吃。"张仁俊一本正经道。

"嘿嘿，你咋这么会哄人？是不是吃了蜂蜜了？"

张仁俊把嘴朝罗亚丽凑过去。

"去你的。"罗亚丽轻轻挡住他的嘴。

上午开完全厂职工大会，特种油泵厂放假了。下午，张仁俊买了点东西，骑着自行车去西京仪器工业学校看望了吴伟民老师，算是给老师拜个早年。晚上，他又去了趟白主任家，和马永驰老师聊了很久，并在白主任家吃了晚饭。第二天早晨，他提着给父母和哥哥准备的新衣服和礼物，坐上了回老家的长途汽车。

　　除夕的晚上，西京城里不停地响着鞭炮声。罗亚丽在护士办公室里查看着几个住院病人的病历，仔细阅读医嘱。病房里静悄悄的，偶尔传来病人痛苦的呻吟声。三十五张病床的科室，如今只剩下了七个病人，值班的也只有她一个护士和一个早已钻进值班室睡觉的大夫。七个病人，虽然病情都很重，但对于她来说工作量一点都不大。她麻利地把所有病人查看了一遍，又给病人测了一次体温。眼看还有两个小时就要下班了，她这才坐在办公桌前静静地想着各种各样不着边际的问题。

　　她想到父母和兄弟姐妹，此刻他们也许正围坐在热炕上吃着瓜子、糖，说不定还聊着自己呢。她多想此刻也坐在他们中间，和他们一同享受着团聚的喜悦和新春的快乐。她想起了过去他们一家过春节的日子。那时候妈妈总会给他们几个小孩每人做一身漂亮的新衣服，围一条鲜亮的花围巾，让村里其他的同龄人羡慕不已。她会在腊月二十八或者二十九用新纸糊窗子，在大小不一的窗户格子里贴上漂亮的窗花。她很小就会画窗花、剪窗花，妈妈教她用不同颜色的纸分别剪成花瓣、叶子和各种昆虫，然后把它们用糨糊粘在白纸上，再用笔画上树枝，有时候她也会用纸剪成单一的图案，像狮子、老虎、蝴蝶等。一个个色彩鲜艳、造型夸张的窗花，一下子就让老旧的窗户，焕发出辞旧迎新的生机。接着她还要帮妈妈蒸馍。蒸各种馍，包括花馍、包子和旦旦馍等。花馍是给来客回礼的，不同的亲戚要回不同的花馍，包子是给舅家蒸的，旦旦馍是自己吃的。虽然粮食紧张，但过年时这些馍却不能少。

　　她又想到去年春节她就是因为值班，没有帮妈妈做这些家务，也没有和家里人过除夕，今年还是没能回家。在农村，男孩子是不会去做这些事的，父亲也不会做，只能由母亲一个人完成，她有点心疼和愧疚。

她又想到张仁俊，这个她心中的白马王子，此刻他也一定想着自己。她太爱他了，从初中就开始喜欢他，喜欢他的帅气和朝气蓬勃。她甚至早就爱上了"两朵红花"这个初中时同学们对他俩的称呼。说实话，她每次去油泵厂，看见李洁羽都有一种莫名其妙的妒忌，特别是听说追求李洁羽的那个男生沈浩翔和另一个女孩谈恋爱了，她更有一种潜在的危机感。可她是个稳重而话又不太多的女孩，不会表露出来。感受到张仁俊对自己的态度和感情，她是充满信心的。

忽然，墙上的警示灯急促地闪起来，她急忙起身向病房跑去。她知道三床的老太太出问题了。刚才她测体温的时候就发现老太太的呼吸不正常，也做了相应的处理，并告诉家属密切注意。她到病房后，用手摸了摸病人的脉搏，发现每分钟心跳只剩四十几，她急忙去叫醒值班大夫并向他汇报了情况，值班大夫迅速跳下床，穿上白大褂来到病床前。此时的脉搏每分钟只有二十多下，大夫迅速下医嘱。就在她准备注射抢救药品的时候，老太太的心跳已经停止。大夫马上开始徒手心肺复苏，并指示罗亚丽注射强心剂，过了一会儿，她换下大夫继续心肺复苏，两个人交替轮换。半个小时后，老太太的生命体征毫无恢复的征兆，他们停止了抢救，宣布死亡。此时是十一点四十五分。在家属的哭声中，罗亚丽进行了尸体料理。接着，她带着家属把遗体送到医院的太平间。

下班后的罗亚丽，迈着疲惫的步子回到宿舍。四个人的宿舍此时空荡荡的，有两个放假回家了，另一个上的是大夜班。她简单洗漱了一下就躺下了，虽然很累，却没有睡意，睁着眼睛静静地看着黑乎乎的天花板。在神经内科工作一年多来，她见惯了太多的悲欢离合和生离死别，对于死亡也有了更深的理解，一般不会因为一个病人的死亡而伤感。但今天她却伤感了，不仅是因为人死了，还因为人死在了除夕夜，死在除夕这个家家都喜庆团聚的时刻。

唉，人啊！

蒙眬中她睡着了。不知道过了多久，一阵敲门声把她从梦中惊醒，她问是谁，门外应答的声音让她迅速穿上衣服去开门。进来的不是别人，正是张仁俊。她不顾他身上的寒气，一下子扑到他的怀里，眼泪唰地流了出来。

"你咋今天来了？不是说明天来吗？"她搂着张仁俊小声说。

"不欢迎吗？"

罗亚丽用小拳头砸了张仁俊一下，没有吭声，只是把他搂得更紧了。

"你让我先放下手中的东西，把外衣脱了再搂，行不？"

"不行，就不放开。"

"你看现在几点了，你还不饿吗？"

罗亚丽一看表，天哪！已经快十二点了，自己也确实有点饿了。

他们在宿舍里开始用煤油炉做饭，把张仁俊从家里带来的菜、肉和馍放在锅里馏热，一边吃一边聊。张仁俊之所以今天来，就是考虑到过年期间她一个人在城里孤单，特意来陪她，而且他母亲还专门把家里做的蒸碗和包子给她带了一大包。

"你来陪我，家里人没有意见吗？"罗亚丽笑着问。

"我本来定好明天下来，我妈听说你一个人在城里，硬是让我早来。我家有我哥嫂他们呢，没事。"

"我们的事你告诉家里了？"

"当然告诉了，他们让今年把婚订了，还让我问问你的意见。你回家问问你父母的意见。"

"不用问，我知道他们的想法。我想想看。"

"想啥呢？不同意？"

"哪里，我是四月份和十月份考试，除过这个时间应该都可以。"

"你家里的意见你知道？"

"当然。只要我领回去的，管他们同意不同意，都是他们的女婿。"罗亚丽笑着说。其实她早就征求过父母的意见，所以才敢这样说。

"哈哈，你这么厉害呀，没看出来还是个歪（方言：凶恶、厉害）女子。"

"你以为呢？今后你少欺负我哈。"

"不敢不敢，爱都来不及。哪敢欺负？"

第十三章　攻关小组

　　西京古城春天的天气像小孩的脸，说变就变，此时还是阳光普照，一会儿就有可能狂风大作，扬起漫天尘土，接着就有可能大雨倾盆；或者今天还是万里晴空，明天就有可能是黄沙漫天的沙尘暴。你看，刚刚还是春风和煦、杨柳依依，突然间就起了一股风，把法国梧桐树上悬挂的种子吹落在地，种子上那细细的像栽绒一样的毛，随着风在空中飞扬，落到身上让人浑身发痒，吸到鼻子里、喉咙里，让人咳嗽、打喷嚏。

　　在西京特种油泵厂的厂会议室里，此刻正进行着一场新产品研发技术准备会。高厂长对在座的各位车间主任和技术科、生产科、计划科等科室的科长宣读了文件，核心内容就是有客户要一种新型油泵，仿照国外的产品，要他们厂在一年的时间内，研制新的大流量、高油压、低功耗的油泵。

　　在座的都不说话了。这些工人出身的干部，心有余而力不足。让他们出力干活，加班加点，他们能做到，但要开发一种新产品，他们却没有任何底气。高厂长把目光转向潘科长，潘科长心里直打鼓。

"潘科长，这个任务就交给你们科，由你们牵头，组织一个'攻关小组'。全厂的人你们随便挑随便选，但必须保证这个任务按时完成。有困难直接找我。"看到潘科长没有吱声，高厂长继续说，"不要怕困难，有困难克服，需要什么支持只管提。"

"高厂长，不是怕困难，关键是我们缺少专业的人。"

"你们科室的张仁俊不是很好吗？这次去西宁他的表现也很突出。我看就让他负责，你牵头。"

"他倒是脑子聪明，也肯下功夫，但我怕他没有产品设计经验，再说他还是个中专毕业的年轻人，怕担不起这副担子。"潘科长说出了他的担心。

"不要怕，每个人都有第一次，要给年轻人机会，让他担责。中专毕业，那也是技术干部，况且我看他有韧劲，肯学习肯钻研，应该没有问题。"

二车间主任白雪莲应和道："我看小张可以，爱学习，爱钻研，还让我们家老马在学校借了不少资料。给一车间设计的工装，给三车间的滚齿机换挂轮，为我们厂修复的那一批配油盘，这些事，哪一件都不容易。"

董主任和刘主任也跟着帮腔。

"好，我们接受这个任务，而且保证按时完成任务。"潘科长恢复了他的军人豪气。

"那你下来就组织人，最好在一个星期内组织好人手，人不能太多。我们就叫'攻关小组'，就像叶老说的'攻城不怕坚，攻书莫畏难。科学有险阻，苦战能过关'。"高厂长笑着说。

事情就这样定下来了。

在技术科里，潘安民和张仁俊进行了一场对话。

"这次的任务是高厂长亲自点的将，而且你到过现场，最了解客户的需求。"潘科长说。

"我怕我没有设计经验，上次去客户那里了解了情况和他们的要求，回来后我也做过很多功课，说实话，要搞好这款产品确实有难度。"张仁俊说。

"没有难度还要咱们这些技术人员干吗？咱们技术科就是要解决生产中的技术难题。不用怕，我来牵头，你负责技术设计。全厂的人随便挑，咱们组织一个专门攻关的小组，我就不信咱搞不出来。"

"好，只要你支持，我干。"潘科长的军人气概影响了张仁俊。

由技术科潘安民牵头，由毕业不到一年的中专生张仁俊负责新产品设计的攻关小组开始筹备。初生牛犊不怕虎，张仁俊怀着对高厂长和潘科长的感激，开始了紧张的准备工作。

可是选哪些人来攻关小组，张仁俊心里没数，他来厂里时间太短了，对工人的技术水平了解不多。潘科长点了两个工人，让张仁俊自己也想想谁能帮到他，然后再决定。这天晚上，张仁俊回到宿舍，刚脱掉外衣准备看书，李洁羽敲门进来了。

"快坐。你可有好长时间没有来我宿舍了。"张仁俊说。

"没事不敢耽搁你的宝贵时间。你可是大忙人，不像我下班就闲了。我来是想问你一下，咱们夜大是不是明天晚上开学呢？我咋记不清楚了。"

"哦，我把这事忘得一干二净了，要不是你提醒我都想不起夜大的事。我查查，今天是三月五日，周二。就是明天晚上。谢谢你。"张仁俊翻看着自己的本子，感激地对李洁羽说。

“那我们明天晚上一块去报到上课。”说完，李洁羽似乎还有话说，但张仁俊害怕又牵扯到情感问题，也没有直视她，而是起身去给她倒水。

“你忙吧，我先走了。”李洁羽欲言又止，最后起身就要走。

“你等一下。”张仁俊突然看着她说，“你想不想到攻关小组来？”

李洁羽刚走到门口，听到这话有点激动，转过身瞪大眼睛问：“我？能行吗？”

“有什么不行？只要肯动脑、肯吃苦就没有不行的。况且我们厂年轻人本来就不多，像你这样有理想、爱钻研又能吃苦的人可没有几个，你在夜大的学习和做实验的表现，我可是清楚的，应该没有任何问题。”

“谢谢你，我参加。”李洁羽高兴地说。其实这也是她来找他的目的，刚才几次想问都没好意思，因为她的身份是工人，如果他不同意，自己的脸上也挂不住。既然张仁俊主动问，她哪会犹豫。

第二天早上，张仁俊又去四车间找沈浩翔。这小子最近有点春风得意，整天和刘娟黏在一起，出双入对。

“找我什么事？请我吃饭？”沈浩翔一听张仁俊找他有事，开玩笑地说。

“你现在陶醉在爱情的海洋里，整天卿卿我我，早忘了朋友，请我吃饭算是对你的惩罚。”

“哈哈，让你说得我还真应该请你吃饭。那好，就今天晚上，羊肉泡馍。”

“你忘了今天晚上我们夜大开学吗？你怕是被爱情冲昏了头脑，连这么大的事都忘了？”张仁俊笑着说。

“啊？天哪，我还真忘了。那就明天中午请你去吃羊肉泡馍，算是感谢你的提醒。”沈浩翔表情有点夸张。

"吃饭的事再说，今天找你有正事。"张仁俊就把攻关小组的事情说了，征求沈浩翔的意见，愿不愿意一起攻关。

"张老弟，只要你看得起我沈浩翔，你让干啥我干啥。"

"不是我让你干啥，是我们一起努力。"张仁俊说。

"没问题，听你调遣。"沈浩翔高兴地说。是啊，在这个激情澎湃的年代，青年人哪个不想进步？哪个不想干一些有意义的事？谁愿意碌碌无为？

张仁俊向潘科长汇报了两个人的情况，潘科长爽快地同意了。就这样不到一星期，他和潘科长商量，经过人事科和高厂长同意，组织起了攻关小组。高厂长任组长，潘安民任副组长。成员除了张仁俊、沈浩翔和李洁羽三人，还有一车间的钳工师傅梁长伟和二车间的铣工秦亚宁。为了工作方便，厂里专门给他们安排了一个大办公室，并在原来二车间的旁边腾出一间房，给他们做装配、调试和试验的工作室。攻关小组根据高厂长的指示开始工作：第一步是测绘国外产品；第二步是根据实际应用中的条件，进行国产化改造，让产品能适应国内的使用环境。

紧张的攻关工作开始了。他们打破常规的工作程序，以简单、快捷、有效的方式开展工作：梁长伟负责对国外产品进行拆分，并负责试制品的装配；张仁俊负责测绘；李洁羽负责描图、晒图和编排加工工艺；沈浩翔能说会道，负责联系外协加工和调度；秦亚宁和本厂的很多职工很熟悉，关系也好，负责安排厂内的加工。他们分工不分家，遇到问题共同分析，遇到困难共同想办法。

开始时，沈浩翔看到李洁羽还有点尴尬，但李洁羽的自如和坦然，让沈浩翔放下了心理包袱，开始自然友好地与她交往。

最忙的要算张仁俊，一般的零件测绘对他来说不算什么，可泵体的内腔测绘，却让他费尽周折。这是一个有特定形状的曲面型腔，无法用简单的测绘工具测量。他用石膏翻制出立体模型，但仍然无法知道具体参数。他又一次回到学校，请教吴伟民老师。

吴老师告诉张仁俊说，这个形状的参数测量，要到西京某研究所用三坐标测量仪测，不但要花钱，而且需要很长时间。张仁俊说，只要测出数据，其他都好说。吴老师告诉张仁俊，可以不管具体参数，用失蜡铸造的方法，也叫熔模铸造法，先做出零件，参数慢慢再测，这样不影响工作进度。

张仁俊听取了吴老师的建议，把这样一个棘手的问题先放下，后面再花时间解决。

他们遇到的另一个问题就是材料问题。不同的零件因其工作环境不同，承受的载荷不同，就要选用不同的材料，以保证在设计的工作时间内不损坏失效。这是最困难的，因为无法知道别人用的什么材料，目前的手段也无法弄清楚他们所用材料的成分和热处理工艺，因此，只能在手册上选用能适应特种油泵工作环境的材料代替，有些材料还需要参考现有油泵用的材料。

这天晚上，张仁俊正在办公室里查手册，思考着选用什么样的材料才能达到要求，李洁羽进来了。

"你吃过饭了吗？"李洁羽问。

"还没顾上呢。你吃过了？"

"我也没有吃，刚才在工作室跟梁师傅和秦师傅商量毛坯的事。咋样，材料选得有眉眼了吗？"

"太难选了，特别是叶片，受各种因素的限制，能选用的材料实在是太有限了。"

"我的意见是把几种材料分别做成叶片，都装在试验机上试验，最后选用最好的材料。"李洁羽说。

"你说的我也考虑过，但这十几种材料都准备，费用太高了，咱们的经费有限啊。我想先选几种，然后去我们学校找我老师给把把关，最后敲定几种，咱再做试验，这样节约资金也不耽搁时间。"

"这是个好主意。我们去吃饭吧，一会儿食堂关门了。"李洁羽说。

"现在已经关门了。"张仁俊看看墙上的挂钟说。

"走，我们外面吃去，我请客。"李洁羽说。

"还是算了吧，你掏钱请我吃饭，吃完饭回到宿舍一数钱，还不难过得流眼泪。"张仁俊开玩笑地说。

"走吧，别婆婆妈妈的，只要不当着你的面哭，你管我难过不难过。怕我难过就我请客，你掏钱。"李洁羽笑着说。

"哈哈，这才是目的吧？"

"咋样？你心疼了？"

"心疼啥？走，你请客，我掏钱。"

他们在一家小菜馆里要了两个菜和一碗面，李洁羽不吃主食，只吃菜。张仁俊把面给她分了一半，她嘴上说不吃，到最后还是吃了。吃完饭张仁俊去结账的时候，服务员说已经结过了，他回头看李洁羽，只见她正笑眯眯地看着自己。

"怕你结了账，没法给女朋友交代，所以我结了。"

"这多不好意思，说好的你请客我结账。"

踏着细碎的树影，在初春的夜色中，他们俩朝厂门口走。下午的一阵雨，让飘浮的各种杂尘彻底落定，雨过天晴的空气里带着丝丝泥土的清新和春的气息，树上夜莺的叫声和拂面而过的风，让人不禁心旷神怡。

"多美的夜晚，我似乎好长时间都没有这种体验了。"张仁俊感慨地说。

"整天窝在厂子里，办公室、食堂、宿舍三个地方轮流待着，哪有时间呀。就是去夜大，也是急匆匆去，急匆匆回。连路边的风景也没空看了。这技术革新确实不是一件简单的事。"李洁羽说。

"这才一个多月，照着咱们目前的进度，最少还需要半年多时间啊。"

"不怕，有你带领呢，我们跟着你干。"李洁羽笑着说。

"哈哈，我也是摸着石头过河呢。哎，你的夜大作业做完了吗？"

"还没有做呢，准备回去做。你做完了？"

"也没有做，晚上加班做呀。"

他们在厂门口分开了，李洁羽直接回宿舍了，张仁俊还要去把零件材料问题整理一下，明天去找吴老师。

当张仁俊和李洁羽打招呼告别时，他从她的眼神里看到了那曾经看到过的东西，在他一愣神的瞬间恢复了常态。他心里一震，低头走向办公室。他翻开手册和笔记本，想再次核对一下，可眼前总是出现李洁羽那一双含情脉脉的眼眸，让他定不下心。这是一个用情至诚至深的好女孩，自己一定要管好自己，不能害了她。

他突然想起来，已经有一周没有见过罗亚丽了。他放下书本，拿起电话，给罗亚丽拨通了电话。罗亚丽正在上夜班，听到他的声音，娇嗔地说："怎么想起来给我打电话？我以为你把我忘了呢！"

"哪里敢忘，最近太忙了。你最近咋样？"

"都好着呢。没事，你好好搞你的革新，明天我倒班，中午过去看你。"

"好的，我等你过来一块吃饭。"

"有病人呼叫，我忙去了，再见。"听到听筒里传来嘟嘟的声音，张仁俊笑了笑，继续他的工作。

就在张仁俊紧张地进行新产品试制时，他分到东方仪器厂的同学王天涛的生活也在发生着变化。去年冬天他通过找人给女朋友姜小敏做了人工流产后，被姜小敏的母亲知道了，气得要去派出所报案，说王天涛强奸她女儿，最后硬是被姜小敏的父亲拦住了，不是怕王天涛坐牢，而是怕女儿今后无法做人。他们不准姜小敏再见王天涛，王天涛几次登门求见，都被生生地骂出来。

他整天沉浸在苦闷、忧伤和自责中，而且担心着姜小敏。

销售科科长是个中年女性，对王天涛的工作能力很是看好，也非常关照他，她知道了王天涛谈对象遭到女方父母的坚决反对后，非常气愤，除了劝说宽心话，还积极为王天涛介绍女孩。但王天涛是个重感情的人，姜小敏在他眼里就是最好的姑娘，因此对其他人没有任何兴趣。看到他这段时间以来情绪低落，科长找到王天涛，说他如果再这样下去会毁了他自己，要想办法忘掉过去，重新振作起来。她告知他，厂里准备打开西北市场，决定在青海设立销售部，如果他愿意，就先去青海销售部干几年。去那里的好处是补助高，销售部实行目标管理，多干多得。对于新成立的销售部，厂里还是很照顾的，所以完成目标不成问题，挣的钱肯定要比在厂里多得多，看王天涛的意愿。

王天涛征求了张仁俊和赵明辉的意见，二人都支持他去青海，一来可以暂时离开目前的环境，换一种心情；再者也可以开创一片新天地，发挥他的聪明才智；最重要的是可以多挣钱。就在春节收假后，王天涛去了青海西宁，开始筹建东方仪器厂青海销售部。

凭着他的聪明和勤奋，青海销售部不但开张了，而且销售业绩相当不错，不到半年，全年的销售目标就已经完成。他的成绩得到了厂销售科和厂领导的肯定。

张仁俊经常接到王天涛从西宁打来的电话，也替自己的这位同学高兴。但从他的话语中听得出，他时不时还惦记着姜小敏的情况。

这天下午下班后，张仁俊正在办公室做作业，同学赵明辉打电话说王天涛回来了，让他现在就去学校。听赵明辉的口气，似乎有重要事情。他没有详细问，收拾好办公室，关了灯，骑上自行车就去了学校赵明辉的办公室。

到那里后，除了赵明辉和王天涛，还有几个在西京市工作的同学。见他进来，大家都点头打了招呼。张仁俊觉得气氛不对劲，再看王天涛耷拉着脑袋，满脸悲伤。

王天涛站起来握着张仁俊的手，勉强地笑了笑说："谢谢各位同学，出去吃饭，今天我请大家。过去的就过去了，再不提了。"大家都说不吃饭了，只要他放下就行，可是王天涛说："不行，今天你们要是走了，就是看不起我王天涛。都去吃饭。我让明辉定好地方了。我们毕业这么长时间了，好不容易才见面，都去。不要因为我的事影响了大家见面的情绪。也请大家放心，我没事。"

张仁俊一脸蒙，不知道发生了什么事。他把赵明辉拉到一边问咋回事，赵明辉告诉他说，姜小敏前天跳楼自杀了。她自从被父母约束不准再见王天涛后，情绪就变得极不稳定，时而哭闹，时而嬉笑，开始家里人还以为她在发脾气、闹情绪，可是后来越来越严重。听说王天涛去了西宁，姜小敏连班都上不成，这才引起家人重视。她在精神病医院治疗了一段时间，情况好转了便被家人接了回来。她父母意识到害了女儿，准备托人让王天涛回来劝劝女儿，可还没有等到王天涛回来，姜小敏就在前天夜里跳楼自尽，并给父母留下了一封诀别信。

厂里有人打电话把姜小敏的事情告诉了王天涛，王天涛连夜坐火车赶回来。今天早上，他忍受着姜家父母的辱骂甚至是威胁，哭喊着在火葬场里见了姜小敏最后一面，最后被同学和同事劝回来。

张仁俊抱怨赵明辉为什么不早点告诉他，赵明辉说："我的电话能打十遍，你今天在不在办公室自己还不清楚？"张仁俊一想还真是，自己上午在材料公司，下午去了铸造厂，一整天都没有在办公室待过。

这天晚上，王天涛先在柜台上交了预付款，并告诉张仁俊说一会儿结束后去结账，然后就开始猛喝酒，直到最后喝得酩酊大醉、人事不省，被张仁俊和赵明辉几个人架着回到宿舍。他去西宁的半年多时间里挣了不少钱，但他失去了最爱的人。

这天晚上，李云鹏没有到，他去了北京假肢厂配做假肢。

在开往太原的火车上，罗亚丽躺在卧铺上，手里拿着书看着，嘴里还在小声念着。车厢里小孩的哭闹声、老头的聊天声、年轻人打扑克的叫喊声，似乎进不了她的耳朵，书中的概念、操作要点、护理要点占据了她全部的心思。看看已经快晚上九点了，车厢马上就要关灯了，她才从上铺下来，准备吃点东西洗脸刷牙，这时她突然看见医院的一个叫夏叶芳的同事也准备去接开水。

她们俩同时一惊，接着便是一阵高兴地寒暄。令她们更惊喜的是她俩此行的目的是一样的，都是参加护理专业的自学考试。她俩都是在下班后，直接从宿舍里拿着早就准备好的行李，坐公交车到火车站。虽然同在一节车厢，但一上车都在各自的卧铺上看书，便没有见面的机会。有了同伴，便有了相互照应的人，行动也就更加方便。她们相约，明天一同报到。

第二天早晨六点钟，火车到了太原车站，她们一同下车，到火车站附近的一个旅馆报到。那里有专门为外省考生服务的两个人，他们帮着考生报名、领准考证，给她们提前订好了房间，所以一切都很方便。她们俩自然住到一个房间。办好手续，放好行李，她们俩下楼吃了点饭，看看时间，就背上包直接赶往考场，考场离旅馆还有四五站路呢。

在开往考场的公交车上，她们碰到一个穿着护士鞋的姑娘，手里捧着书本默记，就知道她们的目的一样，一打招呼，果然不错，是一个从新疆过来的考生。她说自己从单位出发到太原，光路上就走了近十天的时间。罗亚丽和夏叶芳听后啧啧称赞，也被这姑娘的精神感动。

直到最后一场考试结束，已经下午四点多了。她和夏叶芳从考场出来，拉着行李箱直接去了火车站。明天早上到西京，刚好不耽搁去单位上班。

这是她第一次参加自学考试，几门课她都学得很扎实，交卷后就感觉通过没有问题。在回家的火车上，她感到浑身轻松，心里有说不出的畅快。她和夏叶芳愉快地聊着天，她们已经把下一次要考试的科目告知了那两个老师，并交了报名费，秋天的时候再来参加考试。这几天看见了无数来自全国各地的考生，他们的精神给了罗亚丽信心和勇气，也让她知道了，自学路上，她并不孤独。

第十四章　出差西宁

　　又到了炎热的夏季，西京特种油泵厂技术科终于分配了一名大学生。当潘科长领着他进了办公室时，张仁俊看到一个个子不高但长相俊秀的小伙子，戴着一副秀郎眼镜，显得非常文雅。

　　"你好，我叫张仁俊。"

　　"你好，我叫司马骏。今后还要你多指导。"

　　"客气了。相互学习，共同进步。"

　　潘科长说司马骏就分在技术科，见习期间就跟着张仁俊学习。

　　"潘科长，这恐怕不合适，我是中专毕业，司马骏可是大学生。"张仁俊连忙说。

　　"有什么不合适？你是对厂里的情况不熟悉，还是对自己没信心？"潘科长问。

青
歌

154

"不是这个意思，我是说司马骏是大学毕业生，能力肯定比我强，我怕带不了他。"

"你就不用客气了，我现在对工厂的一切都是陌生的，还请你不吝赐教，张老师。"司马骏对张仁俊说。

"那行吧。叫我老师不敢当，叫我小张就行。"

"那可不敢。"司马骏说。

潘科长对张仁俊说："你要让他尽快熟悉厂里的情况，尽快开始工作，这样你就能腾出时间一心一意在'攻关小组'完成新产品试制任务。现在样品基本上做好了，外表处理后，下周你去西宁做现场试验。再不抓紧时间，高温天的实地测试就错过了。"

"行，我知道了。肯定能按计划走，您放心吧。司马骏的事您也不用操心，我会让他尽快进入角色的。"

潘科长走后，张仁俊把原来就多出的一张办公桌腾出来给司马骏，并帮着他收拾好东西。然后他领着司马骏下车间，从第一车间到第四车间，和去年潘科长领着他一样，把司马骏介绍给各车间主任和有关人员，并吩咐司马骏从明天开始，从产品的每一个零件、每一道工序开始熟悉，时间也是一个月。

"咋样，能不能完成？"张仁俊问。

"你当时也是这样？也是一个月时间？"司马骏问。

"是的。"

"我两周就行。"司马骏说。

张仁俊看了看他，没有吭声，心想大学生就是不一样。

"张老师，你多大了？"司马骏突然问。

"我二十二，你呢？"

"我二十四。"司马骏回答。

"哦，我就说不让你叫我老师嘛！"

"这和年龄无关，你参加工作比我早，当然应该叫老师。"

"那我叫你司马兄。"

"哈哈，好，同意。你们搞的什么新产品呀？我能不能去了解一下？"

"咱们的产品是军工产品，是要保密的。你是咱们厂的职工，当然可以，不过保密条例你还是要遵守的。"

"这个我知道，进厂时人事科就和我谈过了，你放心。"

"我们现在就过去。"张仁俊说。

他们来到攻关小组办公室，办公室只有李洁羽正趴在桌子上画图，没有注意到他们进门。

张仁俊敲了敲她的桌子说："你真是专注！"李洁羽抬头看了张仁俊一眼说："没办法，下周要用的资料必须今天准备好。"张仁俊把司马骏介绍给李洁羽，她看着司马骏，礼貌性地说了声"你好"，并伸出手和他握手。

而此时的司马骏两眼发直，盯着李洁羽，连李洁羽伸出去的手都没看到，李洁羽不得不把手缩回来，又大声说一声"你好"。司马骏仿佛突然惊醒一般回应"你好"。张仁俊又给李洁羽介绍说，这是厂里今年才分来的大学生。司马骏急忙做自我介绍："我叫司马骏，华北科技大学毕业的，今年二十四岁。"

听着司马骏的介绍，李洁羽淡淡地笑了一下说："我要赶着给张仁俊准备下周去西宁做现场试验的材料，今后有机会还请多指教。"然后就坐下去继续工作，再也不抬头。

看着司马骏恋恋不舍的样子和难以移开的双眼，张仁俊拉了他一下说："咱们去试验场地，看看新产品试验。"

来到试验场地，只见沈浩翔和梁长伟二人穿着分不清是被油还是被汗浸透的工作服，正从试验台上拆卸他们新研制的油泵。

"梁师傅、浩翔，试验结果咋样？"张仁俊问。

"没问题，就等你去实地测试了。"沈浩翔擦了擦脸上的汗说。

"你们俩辛苦了，这说明咱们这半年多的工夫没有白费。给你们介绍一下，这是今年才分到咱厂的大学生司马骏。"张仁俊介绍说。

司马骏赶紧上前想和他们握手。

梁师傅表示欢迎，说手上全是油就不握了，而沈浩翔则伸手就握住了司马骏的手，笑着说："哦，是个书生呀，真不错呀！"转身对梁师傅说："大学生的手，那可是能写会算的手，是过去中了举人的手，握一握能沾福气呢。"说得四个人都笑了。

当沈浩翔松开了司马骏的手，司马骏才发现自己满手沾满黑乎乎的油污，他尴尬地笑了笑，眼睛搜索周围有没有洗手的地方。张仁俊指着沈浩翔笑了笑，又给司马骏指了指洗手池的方向。

司马骏在水龙头下怎么洗都没法洗去手上的油污，正在犯难时，一个装着洗衣粉拌锯末的盒子递到他手边。

"开个玩笑，别介意，用这个洗。"沈浩翔笑着说。

"没事，没事。学机械设计制造专业，两手油污是正常现象。谢谢你的洗衣粉。"

这时候秦亚宁拿着一个零件进了试验室，对张仁俊说："这个接口按照咱们昨天讨论的方案，我先加工了一个，看看试验效果咋样。"

张仁俊接过零件，仔细看了看，转过头问沈浩翔："买的密封圈是不是耐寒材料？"

"没问题，是我亲自给供应科交的采购单，并反复叮嘱的，而且采购回来的东西也没有问题。"

"好，那你们就接着试验，确保在咱厂里一定不能有问题，到了现场，那环境下说不定还会出现啥毛病呢。"

"咱们该考虑的都考虑了，应该不会有问题了。"

"但愿如此吧。任何产品不经过实际应用，都不敢保证可靠性。咱们尽量把问题消灭在厂里，争取到那里一试成功。"梁师傅说。

"梁师傅说得对。"

离开了试验室，司马骏对张仁俊说："我也想到咱攻关小组工作。"

"欢迎你这个大学生加入呀。不过这要经过高厂长和潘科长同意才行，你给他们说说。"

当天下午，司马骏就真的去找潘科长，潘科长听了他的要求，笑了笑说："年轻人不着急，今后有的是机会，目前的工作还是熟悉工厂产品生产的各个环节和咱们工厂的实际情况。"司马骏还是不甘心，就直接去找高厂长，高厂长在表扬了他的积极性和进取心后，也告诉他先熟悉情况，给他的工作另有安排。司马骏问具体是什么，高厂长笑了笑说："你是我们厂唯一的一个大学生，当然是另有重任了。"这让司马骏既期待又很郁闷。

西宁市的一个招待所内，张仁俊和销售厂长正高兴地谈论着今天的试验。销售厂长打通了西京的长途电话，他给高厂长汇报了这次试验成功的消息。高厂长听到消息后也很高兴，让他们不必着急赶着回厂，可以在西宁玩几天，算是给他们放个假。他们躺在床上，还处在成功后的兴奋中，用户单位派车来接他们去吃饭。

这是一顿皆大欢喜的招待餐，用户单位的最高领导作陪，这让张仁俊感受到自出生以来最热情的招待，也吃到了西宁当地最美味的食物。在主人频频举杯劝酒时，他俩开怀畅饮。张仁俊本来酒量不行，可架不住客户的热情，于是酒胆超过了酒量。当他们被人搀着回到招待所时，销售厂长已经酩酊大醉，而喝的并不多的张仁俊，也感觉身子有点飘飘忽忽，脚下像踩着棉花一样。

第二天醒来后已经是上午十点多了。销售厂长告诉张仁俊说自己经常来青海，不想玩了，厂里还有很多事等着他处理，就先回去了，让张仁俊在这里多玩几天。现在西宁天气比西京凉爽，还有很多可以游玩的地方，像清真大寺、塔尔寺，都是很有历史和文化的地方。张仁俊想了想就答应了，自己虽然是第二次到西宁，但上次是和高厂长一块来的，急匆匆的，除了现场考察用户的产品应用，根本没进西宁市里，连西宁街道是什么样子都没看过。

销售厂长下午坐火车走了，张仁俊把他送上车后，回到招待所就给王天涛打了一个电话，说自己现在就在西宁。王天涛一听，激动地说，马上就过去接张仁俊，让张仁俊收拾好行李，准备去他那里住。张仁俊办了退房手续，提着行李包在招待所门口等。

此时的西宁，太阳放着毒光，照得人皮肤火辣辣地痛。街道上行走的人们，迈着匆匆的脚步，似乎生怕脚底被灼热的地面烫伤一样。张仁俊看见旁边有一棵大柳树，便移动到树荫处，浓厚的树叶遮住了太阳的光芒，顿感一阵凉爽，树荫下和太阳下仿佛是截然不同的季节。树上的蝉正在扯着嗓子，发出一声声能传出几里远的鸣叫，使原本就空旷少人的街道，显得更加安静。

正当张仁俊思忖着西宁这地方为啥树荫下和阳光下只差一线，温度差别却那么大时，一辆面包车停在他面前。王天涛从车上下来，先给张仁俊一个热情的拥抱，然后拉着他的手，问他什么时候来的西宁，有什么事。当张仁俊告诉他来了四天了，事已经办完了，王天涛又责怪为什么不早告诉他。

他让张仁俊上车，并把行李放到车上后，关上车门，朝自己的销售部开去。

"你小子行啊，还会开车？这是你买的车？"张仁俊看着王天涛熟练地驾驶着面包车，惊奇而又羡慕地说。

"是销售部买的，为了跑业务方便。青海这地方没有车，跑业务的效率太低。不要把开车想得多神秘，其实开车没有什么难的，就是个熟练工，比咱画机械图容易多了，和操作车床差不多，甚至比操作车床更简单。"

"你说得挺容易，我看还是挺难的。"

"真的不难，等一会儿我找个没人的地方你来开，很快就会。"

"哈哈，好呀。"

"现在咱先去我们销售部，把行李放下，然后去吃饭。吃完饭找个地方开车。你先不要着急回去，来西宁了我就带你把西宁的好地方都看看。"

"好，听你安排。"张仁俊也来了精神。

不一会儿，车停在一栋楼下。张仁俊下了车，抬头看见门边挂着一个大牌子，白色底子上印着黑色的仿宋字"西京东方仪器厂青海销售部"。走进楼里，两间大的屋子通着，顺墙摆着几个漂亮的架子，架子擦得一尘不染，里面摆放着各种仪器仪表，在灯光的照射下显得精密贵重、高端大气。在房间的一角，放着一张办公桌，桌子边坐着一位打扮时尚的女孩。

女孩看见王天涛和张仁俊进来，就站起来，微笑着打招呼。王天涛介绍说："这是销售部招收的业务员小马，是当地人。"又向小马介绍了张仁俊，然后吩咐她出去买两碗酸奶。看着小马出去买酸奶，张仁俊看了看王天涛，似笑非笑地说："小马很漂亮呀，你小子可要注意了，不能迷失方向。"王天涛也笑着说："放心，不会，我已经害了一个女孩，不会再犯错了。况且小马是一个大厂领导的亲戚，让她在这里工作，有很多方便之处。"张仁俊没说话，他不想戳王天涛的伤疤。

他们上了二楼王天涛的宿舍。其中一间里面摆放着一张大床和几个箱子，是王天涛睡觉的地方；另一间屋里面放着一套煤气灶具和做饭的家伙，地上堆放着粮油、挂面以及几个洋葱、西红柿和莲花白。

张仁俊问王天涛是不是自己做饭，王天涛回答说偶尔做一下，大部分时间在外面买着吃。张仁俊问销售部就两个人吗，王天涛说还有三个业务员外出跑业务了，平时自己也出去跑业务，销售部只有小马看守门面，自己今天准备出去的，但接到张仁俊的电话，才把车开回来专门接他的。

这时候小马把两碗酸奶送上来。

"先解解渴。这可是西宁的特产。"王天涛说。

张仁俊用管吸了一口说："这味道第一次尝，不过很好喝。我还没喝过酸奶呢。"

"咱们那里这个东西少，只有少数人才能喝到。在这里它可是人们的日常饮品。青海出产这东西，喝了助消化。"

　　"整天都吃不饱，还用助消化呀？"

　　"哈哈，你说得对，整天都肚子饿。"

　　他们又回想起在学校的时光。

　　那时候学校的粮食供应也是按标准的，他们男生的口粮是每个月三十一斤，平均到每天是一斤，其中还有百分之三十的粗粮。一般情况下，早饭是一个馒头加一碗粗粮稀饭、一份咸菜；午饭是两个馒头或四两米饭，有时候是两个菜，有时候是四个菜；晚饭就是一个馒头、一碗粗粮稀饭和两个菜。菜一般是白菜或萝卜，偶尔也吃一次红烧肉或者肉包子。别的时间不说，下午饭是五点半吃，他们晚上熄灯休息的时间是十点半，这一个馒头和一碗粗粮稀饭，要坚持五个小时，对一个十七八岁的小伙子来说实在是太难熬了。

　　他们继续回忆着过去的事。那时候，在宿舍门外十字路口的东北角，有一家卖烧饼和凉皮的小饭馆。饭馆主人是个老太太，人和善可亲，学生们私下里叫她"王母娘娘"。她知道这帮小孩吃不饱，也没有多余的粮票，每天晚上都会准备不少烧饼，不要粮票，五分钱一个卖给学生。于是每天下了晚自习，她的饭馆门口就会排起长队，去迟的学生还可能买不到。有一次他们"四大才子"讨论问题晚了点，到那里时烧饼已经卖完了，晚饭吃的是汤面片，四个人早就饿得前胸贴后背了，听到消息后失望地舔着干嘴唇。赵明辉突然看见厨房里面的柜台上放着一个大竹笼，笼里面有蒸好的凉皮，就问那凉皮卖不卖。"王母娘娘"看见几个小伙子眼里流露出的祈求目光，笑了笑说当然卖，只是现在没有菜和其他调料了。他们说不用其他调料，有辣子面和盐就行。老太太拿了两张没切的凉皮，撒了点盐和辣子面，然后卷起来，从中间切开给了他们。后来他们四个人一直觉得那天的凉皮是最难得的美食，而且是他们一生中最难忘的记忆。

此刻他们俩又说起"王母娘娘"，说起那凉皮卷辣子面的味道。

其实那时候五分钱一个的烧饼也不是谁都能买得起的，大部分同学都是饿着肚子盼望着第二天早上的早饭。他们四个也不是每天都买，只是在饿得顶不住时才去小饭馆，因为谁都缺钱。

他们喝完酸奶，又聊了一会儿，聊到姜小敏的时候，王天涛眼睛湿润了。张仁俊知道他心里一直觉得对不起姜小敏，也放不下她，就劝说他放下过去，姜小敏的事不怪他，不能沉溺在过去的生活里。

劝人的话谁都会说，真正放下或者不放下，那是由当事人决定的，也许只有时间才是最好的解药。

张仁俊又问销售部经营得如何。王天涛告诉他，通过诚恳地拜访客户，现在青海省凡是使用仪器仪表的单位，基本上都做通了工作，东方仪器厂的仪器仪表也因为质量好，在这里销售不成问题。特别是这里的铝厂和炼油厂，对仪表的需求量特别大，因此销售部不但挣钱多，而且工作自由、用人自由，在财务上也有很多自由。听到王天涛一个月的收入，张仁俊惊得睁大眼睛，简直不敢想象，那是他收入的几倍。

到了下午吃饭时间，王天涛用车拉着张仁俊，小马也跟着。路上，王天涛让张仁俊开车，张仁俊看看路上没有几个行人，也不见有几辆车，就按照王天涛的指挥，操纵着面包车，晃晃悠悠地行驶在路上，开了大约一公里，其间熄了三次火，张仁俊紧张得衣服都湿透了，把车停在路边。王天涛让他继续，可不管咋说，张仁俊都不敢再开了。

他们来到西宁最好的餐馆，吃了最地道的当地美食。两个人都喝得有点多，王天涛一会儿哭一会儿笑。第二天他们醒来都记不清楚是咋回的宿舍了。直到小马上班后，才知道是她让一个蹬三轮的把他俩送回来的，那辆面包车现在还在餐馆的院子里放着。

接下来两天里，王天涛用他的面包车拉着张仁俊跑遍了西宁附近大大小小的名胜古迹，尝遍了西宁当地好吃的食物。第三天，王天涛送张仁俊踏上了回西京的火车。

他们这一别，直到十多年后才再次见到。

第十五章　恋爱经验

　　产品试制成功让西京特种油泵厂的职工群情振奋。高厂长提议，厂办公会通过，对攻关小组的所有成员给予大力表彰。表彰不单是精神层面的，每人还有一笔奖金，这在职工中引起了很大轰动。厚厚的一沓子人民币，以及之前他们几个人成功把废品修复时发的奖金，彻底改变了过去先进工作者只发奖品不发奖金的惯例，极大地调动了工人的主动性和积极性。

　　攻关小组的这一阶段工作算是结束了，接着就是产品的批量试制，还有大量的工作要做。但沈浩翔离开了，他被调回四车间当车间副主任。他的离开，让张仁俊一下子感到工作起来不顺畅。沈浩翔的沟通能力、协调办事能力，确实是自己无法比的。虽然攻关小组组长是高厂长，副组长是潘安民，但高厂长不可能具体管事，而厂里其他技术问题已经使潘科长忙得不可开交，哪里还有精力管攻关小组的具体事，实际管事的是张仁俊。现在有很多事，他不得不请潘科长亲自出马，这让原本就忙碌的潘科长更加忙碌。

司马骏不愧是大学生，他的理解能力也确实不比张仁俊差，而且基础知识和专业知识要比张仁俊好，唯一缺的就是动手实践能力。张仁俊让他在一个月内熟悉四个车间的基本情况，他也确实像自己说的一样，在两周内看完了所有车间的情况，并提出了自己的看法，这让潘安民和张仁俊刮目相看，也从心里感叹不愧是上过大学的。厂里规定新来人员必须经过六个月的见习期，这期间不给派任何事，只是让他们深入了解产品、设备和工人的技术水平。去年张仁俊在见习期间改进了一车间的车床夹具，也是一个特例。虽然司马骏的见习期没有结束，潘科长也不得不把一些工作派给司马骏。

司马骏被分到西京特种油泵厂实属意外。他在大学期间谈了一个女朋友，是他的同班同学，女孩的家在北京，而且家里有一些背景。原本他们说好毕业以后一同去北京工作，但分配时女孩家里并没有考虑司马骏的工作问题，他自然就没能去成北京。在校期间，他为了争女朋友和别人打架受过处分，学校也没有把他分进国营大厂，而西京特种油泵厂要人迫切，有关主管部门和学校协调要毕业生，学校就把他分配到这里。最后他知道了和女朋友一起去北京的人，就是和他打架让他受处分的男同学，这更是像被人扇了一巴掌一样，使他既心痛又感觉被羞辱了。他回家平复了一段时间，只能毫无激情地来特种油泵厂报到。这里虽说不是大厂，但好赖也是个国营单位，听说效益也不错。但当他被张仁俊领着到车间看了一圈后，发现这个厂虽然小，但工人们的精气神十足，全厂有一股蓬勃向上的力量，特别是攻关小组几个人的工作状态更是感染了他。这个年轻人感受到了一种"鼓足干劲、力争上游"的氛围。最关键的是他看到李洁羽的那一刻，这个美丽的姑娘，特别是她眼神里透露出的那一股淡定和高傲，一下子征服了他的心。他当天向张仁俊提出了想进攻关小组，主要原因就是想接近这个让他心灵震颤的漂亮姑娘。不管她是不是有男朋友，也不管她对自己是什么态度，他只想看见她、接近她。在这几周的见习期间，他打听到了李洁羽还没有对象，这更让他内心充满激情，真是应了那句"冥冥之中自有安排"的老话，他感觉自己到特种油泵厂来就是为了李洁羽。所谓失之东隅，收之桑榆。

潘科长对他的工作安排，他愉快接受，并发挥了他在专业知识方面的长处。潘科长的工作负担因此大为减轻，也对他产生了一定信任。

高厂长对厂里分来的第一个大学生是相当重视，专门叮嘱潘科长，要重点照顾好司马骏，不单是生活上，工作上也要给他压担子。潘科长当然知道司马骏在厂长心里的分量，因此，对他比对张仁俊的要求更加严格，也希望他能早日进入角色。

这天，司马骏拿着设计的图纸去找潘科长审核，却没有找到人。有人说在攻关小组，他急忙去攻关小组。他最想去的就是那里，可以碰到他最想见的人。

进门后发现潘科长没有在，屋子里只有李洁羽趴在桌子上画图。司马骏敲了敲门说："李师，你好。"

"你好，司马骏。有事吗？"李洁羽客气地问。

"我找潘科长，有人说他来这里了。"

"他和张仁俊出去办事了，估计到下午才能回来。"

"哦，真是不巧。你在忙啥呢？"司马骏说着，走到李洁羽桌子前。

"给新产品的零件编制加工工艺。"李洁羽看到司马骏走过来，放下手中的活，起身拿起一个玻璃杯，准备给司马骏倒水。

"编制工艺能让我学习一下吗？"司马骏坐到李洁羽对面，看着图纸和正在编写的工艺卡。

"不敢当，还请你这个大学生多指导。"李洁羽说着把工艺卡递过去。

司马骏仔细对照着图纸看编写的加工工艺过程，这是一个油泵壳体的加工工艺卡。他看了半天，指着图纸上的一个地方问："为啥要先加工这两个孔，它们也不是重要尺寸呀？而且图纸也要求不高，为啥工艺卡上精度要这么高呢？"

李洁羽看了一眼说："那两个孔虽然只是螺栓过孔，图纸要求不高，但在后续加工中，一直都做定位基准，所以要特意提高精度。"

司马骏突然说："我想起来了，我们课本里讲过，这叫'基准统一'和'基准先行'原则，是不是？"

"没错，就是为了统一基准，减少加工误差。"

"你真厉害，把理论用到实际工作中了。"司马骏看着李洁羽佩服地说。

李洁羽被他说得脸一红，不好意思地转身去拿热水瓶给自己的杯子倒水。这一红脸、一转身的羞涩和洁白的连衣裙勾勒出来的曼妙身姿，再一次让司马骏心荡神摇，他木呆呆地盯着她。

李洁羽倒完水转过身来，看到司马骏的样子，既好气又好笑，敲了一下桌子问："哎，还要水吗？"

司马骏回过神来，自己的脸也红了，尴尬地说："谢谢，不喝了。"

便起身走了。走到门口时，他突然转过身来说："晚上请你看电影，有空吗？"

李洁羽没有反应过来，睁大眼睛看着他没吭气。

"晚上请你看电影，有空吗？"司马骏重复了刚才的话。

"哦，不好意思，今天晚上我要去夜大上课。"

"那明天晚上呢？"司马骏盯着她说。

"明天晚上再说吧，不能肯定。"

"那好，就明天晚上七点钟，环城工人俱乐部电影院门口，不见不散。"司马骏说完头也不回地走了。这回轮到李洁羽木呆呆地站在那里。

第二天下午下班后，李洁羽没有去吃饭，回到宿舍不知该如何是好。从昨天在办公室接到司马骏的邀请到现在，她的内心没有片刻安宁，一直在斗争着：去还是不去呢？从内心来讲，她并不讨厌司马骏，虽对他家里的情况不了解，但无论是长相还是学历，他都无可挑剔，特别是见到自己时那种失态和尴尬，反而让她有点好笑和得意。可是要和他去看电影，她还是下不了决心。他来厂里还不到两个月，他们也没有见过几次面。可是不去吧，又怕伤了他的自尊，她想到昨天下午他说话时的表情，似乎坚信自己一定会去。她在宿舍里徘徊思索了很久，看着表，估摸着时间，最后鼓起勇气，背上包，关了宿舍门，朝电影院方向走去。

可走到环城公园时，她又犹豫了，徘徊良久，思索再三，最后她还是决定不去赴约。坐在环城公园的石头上，听着草丛中蛐蛐的鸣叫，吹着略带凉意的晚风，李洁羽陷入沉思。她把司马骏和张仁俊做了对比，在内心深处，那一丝对张仁俊的倾慕，仍然挥之不去。不知道是什么原因，任何一个男子和张仁俊对比，她内心的天平永远向他倾斜。但罗亚丽那一双甜美而带着微笑的眼睛，似乎时时刻刻在盯着她看，她摇了摇头笑了，眼泪不知不觉地从她白皙的脸上流下。

天渐渐黑了，她起身擦去脸上的痕迹，拍打了身上的土，无情无趣地朝工厂走去。忽然听到有个熟悉的声音叫她的名字，她扭头一看，见刘娟和沈浩翔手拉着手，准备去环城公园。刘娟走过来问她干啥去了，咋看着不高兴。她笑着说没有，刚才去外面办了点事情。和他们告别后，李洁羽大踏步回到宿舍，摊开课本和作业本，开始复习夜大的课程。

而此刻的司马骏看了看手表，失望地撕掉了手里的电影票。

新产品的小批量投产，让攻关小组的人才暂时松了一口气。现在就等着这批产品出厂发往用户那里，经过实际运行没有问题，他们才能作为长期供货商而批量生产产品。但高厂长却并没有给他们太多的喘息时间，直接下达了着手准备批量生产的指示。这就意味着一旦成批生产，就要提高效率降低成本，生产过程中就需要增加专用工装夹具、专用刀具、专用量具，甚至是专用机床。这些东西的设计，就是他们攻关小组必须完成的事。这些事需要大量的时间画图、制造、调试，攻关小组的人再一次忙碌起来。

这天，张仁俊接到了来自青川阀门厂的一封信，打开一看，是李云鹏寄来的，内容是告诉张仁俊，他将于国庆期间在频阳县老家结婚，希望张仁俊能和罗亚丽一块参加他的婚礼。现在距国庆节还有不到一个月的时间，张仁俊决定晚上去找罗亚丽，看看她能不能调整一下上班时间，尽量安排在这两天休假。

想到这个老同学，张仁俊打心眼里为他感到高兴。现在的李云鹏，已经彻底从失掉一只手的痛苦中走出来了，并且能用左手自如地写字，厂里还让他继续做工艺编排工作。他考上了电视大学的大专班，利用业余时间学习会计专业知识。婚姻的事，李云鹏告诉过张仁俊，是父母考虑到他的情况，给他在老家找了一个媳妇，结婚后好照顾他的生活起居，毕竟在生活里有些事情他确实不方便。青川阀门厂也答应他，结婚后可以给他媳妇安排一个临时工的岗位。

张仁俊又给赵明辉打了一个电话，问他是否去参加李云鹏的婚礼。赵明辉说他肯定去，并说好了时间一块买票。赵明辉原来留在机关，本来是工会主席给自己留的干事，但后来被校党委书记看上了，硬是让他去团委工作。经过一年多的实践锻炼，现在他当上了校团委书记，他的对象是和他一起留校的另一个班的女生，名字叫程冬梅。

国庆节的早晨六点多，张仁俊带着罗亚丽赶到位于西京东郊的长途汽车站。赵明辉和程冬梅已经到了，一起的还有班上其他两个同学，几人互相打过招呼，就开始排队买票。开往李云鹏家的长途车一天只有四趟，而且只到频阳县城，到了县城还要换乘到村子的车，交通实在是不方便。

当他们一行六人到达李云鹏家的时候，已经快中午十二点了，李云鹏去接新娘了。见到李云鹏的同学来，他父母非常高兴，他们认识张仁俊和赵明辉几人，热情地招呼几人入席就座，又是端茶，又是递烟，把几人当成最尊贵的客人。

这是张仁俊参加过的最完整的农村婚礼。小的时候他参加婚礼就是抢喜糖、拾没有响的炮，以及吃条子肉夹馍，根本不会注意婚礼过程；稍微大点时，社会移风易俗、婚事新办，而农村传统的婚礼是最近几年才又兴起的。

在一阵鞭炮声中，李云鹏领着新娘，走下他们乘坐的披红挂彩的手扶拖拉机，跨过放在门口的一个燃烧得旺旺的火盆，来到楹联喜庆、红烛高燃的上房正堂；在主事人大声引导下，对着客厅祖先的排位三磕头三鞠躬，接着对着李云鹏的父母和爷爷奶奶跪拜磕头，然后给四位长辈恭敬地递上茶，四位长辈当然少不了红包；最后是夫妻对拜，这时候就有两个小伙子在两个新人身后，趁着他们弯下腰的时候，从后面使劲一推，他们俩的头就碰在一起，痛得李云鹏和新娘子龇牙咧嘴，引得人们一起大笑。要送入洞房的时候，有一个小女孩端来一盆清水，新娘子在盆里象征性地洗了一下手，然后从口袋里掏出一个红包给了小女孩，小女孩高兴地端走了水。当他们准备进入新房时，又有一个小男孩拿起新的粉红色的门帘，挂在早就揳好的钉子上，李云鹏急忙从口袋里掏出一个红包交给小男孩，这是新娘娘家的孩子。当新婚夫妇一进入房子，就有几个村里的小伙子开始调笑他们。而此时，外面的酒席也开始了。

他们六个人，被安排和李云鹏的舅舅一起陪新娘家的贵宾们坐席吃酒。张仁俊明白，这是对他们几个最高规格的礼遇。当李云鹏领着新娘来敬酒的时候，他才仔细地打量了新娘。这是一个脸盘圆润、身材高大的女子，一身大红的装束，很协调地衬托出农村姑娘特有的美，虽没有城市女孩那种甜美和洋气，但眉宇之间透露着纯朴和善良。李云鹏把新娘介绍给大家，也把大家一一介绍给新娘。听李云鹏介绍完后，名叫山菊的新娘对着他们六人浅浅地一笑，恭敬地端起酒杯敬了他们几个。她早就听云鹏说过这些同学，特别是张仁俊和赵明辉，还有一个叫王天涛的。

当他们六个人从李云鹏家赶回西京城的时候，已经是下午六点多了。

国庆节后，人们惊奇地发现李洁羽和司马骏经常会一起走出厂门，不久，他们就公开了恋人关系。开始时，李洁羽见到张仁俊还有点不好意思，可张仁俊主动邀请他们和沈浩翔、刘娟一起吃了一次饭，从那以后，他们六个人的关系似乎变得很和谐。

司马骏和李洁羽的恋爱过程并不像表面看起来那样简单。那天晚上李洁羽没有赴约去看电影，司马骏一张热脸贴上了冷屁股，这让他觉得很是丢面子，一时间心灰意冷。他的情绪变化严重地影响了他的工作劲头，正好他在一车间协助一个三十多岁的刨工师傅解决工艺问题，聊得熟悉了，刨工师傅看他情绪不对，就问他为啥，他回答没啥。刨工师傅问年轻人是不是恋爱遇到困难了，他也没有吭气。谁知这师傅年龄不大，却是个老江湖，内心判断司马骏就是受感情影响，也不问具体什么事，只是对他说，男子汉大丈夫，遇事要有一种"二百五"的劲，只要女孩不十分讨厌，就只管去追，软磨硬泡，不达目的誓不罢休。司马骏说那不成地痞流氓了，师傅告诉他追求女孩的诀窍就是"死皮赖脸加机智勇敢"。

这一说法让司马骏醍醐灌顶，顿时信心大增，当天下午就又去约李洁羽，可李洁羽还是找理由当面拒绝。接着第二天又去约，这回李洁羽实在找不出什么理由就答应一起出去看电影。司马骏汲取教训，不在电影院门口等，而是直接来到宿舍请，这让李洁羽根本无法逃避。看电影过程中，司马骏又是买瓜子，又是买小吃，看完电影又邀请李洁羽去吃饭，把李洁羽搞得很不好意思。到了周末，司马骏又请李洁羽去公园划船，并送给她一条漂亮的围巾。李洁羽想拒绝，可司马骏说这就是特意给她买的，如果不要也没法给别人，要是实在不喜欢，就把它扔了重新买，说着就要扔，被李洁羽拦下来。

渐渐地，李洁羽被司马骏的真情打动。她想起了不知道在哪里看过的一句话：找一个自己爱的人，不如找一个爱自己的人。况且自己爱的人已经"名草有主"，又何必守着一个没有未来的空想呢？女人啊，和谁结婚不是生儿育女？和谁过日子不是柴米油盐酱醋茶？司马骏的长相不差，还是大学生，自己不过是个接班的农村娃，有什么不满足呢？当司马骏试图拉她的手时，她没有躲闪，任凭他把她的手紧紧抓住，感受着从那只手上传来的阵阵暖意。

获得爱情的感觉是幸福和甜蜜的，特别是进入热恋期的青年男女。司马骏感到生活是那样美好，工作是那么愉快。他一下班就来找李洁羽，似乎他的生活里除了李洁羽还是李洁羽。

可李洁羽除了上班，每周有四个晚上要去上夜大，还不时要加班画图。司马骏不是攻关小组的人，老是朝攻关小组跑，也确实显得有点太骚情。这让司马骏很是郁闷：谈恋爱谈恋爱，不谈能叫恋爱吗？可不见面咋谈？因此他就一再要求去攻关小组。潘科长和高厂长商量后，还是决定不让他去。原因很简单，攻关小组的新产品设计任务基本完成，现在就是批量生产准备阶段，原来的人员基本够用。而高厂长想让司马骏专门负责对原来旧产品生产线的改造，彻底提高厂子的产能。

在他实习期结束后，高厂长亲自找他谈了这事。听到这样的安排，司马骏虽然觉得这样不能和李洁羽朝夕相处，但这是高厂长对自己的重视。高厂长告诉他这是一项艰巨的任务，不能停产，不能影响现有产量，但时间可以长一点。受原来生产线的约束，改造比新产品上马更困难更有挑战性，因此司马骏内心充满了激情和憧憬，暗暗下决心，自己一定要干出个样子，让他们看看，大学生和中专生是有本质区别的。

当他开始钻研改造现有生产线上的设备、工装、刀具和量具时，才意识到这里面有多大的工作量，单凭自己一人之力，根本无法完成。他找到潘科长："我想组织一个革新小组，否则我一个人无法完成这样大的工作量。"

潘科长请示了高厂长，得到的答复是先不着急组织革新小组，让司马骏先改造对产品质量和效率影响最大的几个工序，从最关键的地方开始，一步一步地改造，到一定的时候再组织人马。

其实高厂长的意思不是不能组织，他有自己的想法：第一，他想看看司马骏到底有几斤几两，能不能设计。当初张仁俊可是改造过不少工装的，而且是经过实践检验成功的技术改造。虽说司马骏是大学生，但还是要经过实践检验。第二，现在工厂里技术人员缺乏，已没有能搞设计的人可用，而攻关小组的任务主要是新产品投产准备，估计有一年时间就能完成，到时候这一帮人马，就可转进革新小组。

然而司马骏不知道高厂长的用意，听说不能组织人员，要自己一个人完成这么大的工作量，一下子就泄气了。这要等何年何月才能改造完呀？虽说心里有点打鼓，可他还是努力做着。不过，他的设计能力一点也不比张仁俊差，设计的第一套夹具同样赢得了工人的好评，也证明了他的实力。这让厂领导吃了定心丸，并准备在攻关小组的任务结束后，让他们组织旧产品生产的技术革新。

然而，年轻人的心思永远都在变化中，外界的各种诱惑往往和他们对外面世界的探索感知交织在一起，让他们的内心充满冲动和好奇。

这天晚上吃完饭，李洁羽上夜大去了。司马骏无聊之际，准备去办公室加加班。一个大学同学康少杰打电话过来，约他出去一块坐坐。他如约来到指定的饭馆。饭馆里除了康少杰，还有另一个同学甄英虎。三个大学同学见面，自然格外亲切。

"听说你的初恋情人被分到北京，和你的情敌走到一起了？"康少杰开玩笑地说。

"在我眼里，她什么都不是。"

"听说你现在的对象是个大美人？"甄英虎问。

"当然了，不但漂亮而且能干。有机会让你们见见。"司马骏一脸得意。

"你小子艳福不浅呀。难怪下班后约你，老是有事。这是典型的重色轻友呀。"

他们又是一阵调笑。最后谈到工作，司马骏又满面春风地介绍了自己目前的状况，让两个同学既羡慕又有点妒忌。因为他们工作的大厂对他们的到来虽然也很重视，但毕竟是大厂，很多条条框框还是很难突破，论资排辈那是规矩。因此，他们要按部就班，即便有设计任务，他们承担的都是底层任务，工作量大而技术含量低。他们觉得没有什么意义，因此下班时间多在一起聊天喝酒，有时候还打几圈刚刚兴起的麻将。

司马骏虽然吃过饭了，但有酒喝还是要喝。于是几人连喝带谝，胡吹冒撂，一直整到深夜才散摊。

从此以后，司马骏下班后就再也不去办公室，不是陪李洁羽散步，就是和同学聚会。

有知识的大学同学聚在一起，除了喝酒打麻将，当然会聊到社会上的事，南方渐渐开放的市场经济，一下子成了他们这帮人关注的重点。

年轻人谁不想挣大钱，谁不做发财梦？特别是对于农村考学出来的大学生，他们身上有着"天之骄子"的光环，有着舍我其谁的豪情壮志，他们的胆子更大，想法也更多，再加上年纪稍大，心智成熟，不像中专生有知识欠缺，造成了心理短板。

慢慢地潘科长发现，司马骏的心思似乎不全用在工作上，虽然工作并没有出现什么失误或者拖拉，但一到下班时间，他就立马离开办公室，晚上也不再加班或者看书了。

第十六章　集体婚礼

又是一个西京古城的早晨，天空中开始飘起零星的雪花，高大的梧桐树传出沙沙的声响。在西京特种油泵厂的厂房门口，两只喜鹊在叽叽喳喳地上蹿下跳，使积在树干上的雪落下来，飘在行人的头上。行人抬头看见喜鹊，高兴地说："今天真是抬头见喜呀！"

对于西京特种油泵厂的职工而言，今天确实是个值得纪念的日子，一会儿的全厂职工年终总结大会，高厂长要宣布重要事情，更重要的是，今天厂工会、团委和妇联要给四对新人举办集体婚礼，这可是厂里从来没有过的事。对这个喜庆话题的讨论从几天前就开始了，人们期待着从未见过的集体婚礼。厂办、工会、团委和妇联的人早早就开始筹备，今天一大早就忙活起来。

此刻，全厂的职工坐在礼堂里平时吃饭的餐桌旁，静静地听着高厂长的工作总结。他表彰了攻关小组和各车间评选出来的先进个人，提出明年不但要投产新产品，而且要改造现有产品的生产技术和工艺，提高效能。高厂长宣布今天下午发年终奖，明天开始放元旦假，随之，大会结束了。这个简单紧凑的会，给了西京特种油泵厂的职工极大的鼓舞和美好的希望。他们厂的效益随着新产品的投产和老产品生产线的改造，会有更大的提升。大会的一项内容是对先进集体、先进个人的表彰，受表彰的人不但有一张象征荣誉的奖状，还有更实惠的现金奖励。这更让多干活、干好活、学技术、比贡献的氛围，一下子成了工厂的主流。

更精彩的节目则是接下来的集体婚礼。

一个用彩色气球扎成的拱形大门，从后台被迅速移到舞台的中央，后面幕布上"庆祝元旦"的大字也被快速换成"西京特种油泵厂集体婚礼"，下面还增加了"携手人生，百年好合"一行小字，再加上刚才开会时摆放在舞台前的几盆鲜花，现场立刻变得热闹而喜庆。此时，家属区的老人、小孩也都拥进来看热闹，原本不大的礼堂顿时显得拥挤起来。

这时候有工作人员给每张桌子上端来一盘水果糖、一盘瓜子、一盘花生和一盘陕北大枣，在笑声中人们迅速抢抓糖果和干果，四个盘子瞬间就空空如也。手慢一点的老同志，什么也没有抢到，笑骂"一群饿死鬼托生的"，不好意思的年轻人急忙给老同志手里塞几颗糖或者一把瓜子。

当工会主席宣布集体婚礼开始的时候，礼堂门口响起了噼噼啪啪的鞭炮声。飞舞的红色纸屑在刚刚落下雪的地上更显得艳丽，浓烈的烟火味弥漫在飘雪的空气中。在众人欢笑声里，沈浩翔牵着刘娟，司马骏牵着李洁羽，张仁俊牵着罗亚丽，最后是一个今年刚接班参加工作的工人和他的新娘，四对新人缓缓穿过拱形彩门，站在舞台的中央。新郎们穿着深色西装、白色衬衣，系着红色领带，黑色皮鞋泛着光；新娘们都身穿红色的外套，围着浅色的丝巾，头上戴着闪光的头饰，高跟鞋让她们挺起窈窕的身姿。八个人面带幸福而甜美的笑容上台，台下立刻响起了热烈的掌声和欢呼声。这时候又有四个男孩、四个女孩，捧着鲜花跑上台，为他们每个人献上一束鲜花。

等到掌声和欢呼声停止，在工会主席的主持下，技术副厂长宣读并展示了他们的结婚证；接着高厂长上台讲话，首先给他们送祝福，祝福他们白头偕老，一生幸福，接着说："今天是我们厂有史以来举办的最盛大的一次婚礼，也是我们厂最大的喜事。常言说年轻人要成家立业，成了家你们就是丈夫，就是妻子，不但要担起工作中的责任，也要担起家庭的责任。事业要干好，生活也要过好。成了家也就意味着人生的第一步走过了，接着你们就应该想着立业，我希望你们把更多的精力用在事业上，用在建设我们的四个现代化中。特种油泵厂的未来就靠你们年轻人，我也相信你们一定会家庭事业双丰收。今天，你们接受着全厂职工的美好祝愿；明天，你们一定会让特种油泵厂有更好的未来！这是我对你们，也是对全厂年轻人的期望。"台下再次响起了雷鸣般的掌声。

一位上了年纪的退休老领导上台讲话，表达了对四对新人的祝福和希望。沈浩翔代表新人，对大家的祝福表示感谢。

这时候，几个年轻人手里端着水果糖从台上抛下，看热闹的老人小孩高兴地喊着、笑着在地上拾糖，有几个小家伙因没抢到而哇哇大哭，食堂工作人员急忙从口袋里掏出糖，塞到他们脏兮兮的小手上。

婚礼的最后环节，八个人在台上手拉手唱了一首《我们的生活充满阳光》才结束。有四个人曾经代表厂里参加过区上举办的联欢会，就唱的这首歌，此刻演唱，更让他们和台下的人感到幸福甜蜜。

当满脸洋溢着喜悦的人们走出礼堂，才发现雪下得很大，早晨还零星落雪，此刻飘飘洒洒、纷纷扬扬，房顶上、树枝上、墙头已经积了厚厚的一层，毛茸茸的像棉花一样，小孩们跑在路上，小小的脚丫踩下去，也会把旁边的落雪震起来。这是一个晶莹如玉的世界，这是一个能演绎童话的时刻。

一月二号，张仁俊带着罗亚丽回到乡下老家。虽然他们已经是合法夫妻，且昨天已经参加了集体婚礼，但他们还是遵照双方父母的意愿，在农村老家办了一场传统的结婚仪式，包括张仁俊去罗亚丽家接亲，到张仁俊家摆酒席招待亲戚朋友，忙忙碌碌、热热闹闹。看着满脸挂笑的父母和哥嫂，张仁俊摇头笑了笑。他原本不想再在家办婚宴，可是父母哥嫂要求一定要办，因为他是他们村近几十年第一个凭考学走出山沟吃商品粮、挣公家工资的人，是他们家的骄傲。而举办一场婚礼也是他们家向外界宣告，优秀的后生，娶一个漂亮的媳妇是可以不花一分钱彩礼的。而罗亚丽的父母，更是要求张仁俊家必须举办婚礼，也是想告诉人们，青年才俊张仁俊已经娶妻，亲朋好友在给予祝福的同时，也要负责监督，让他不能有二心。因此，这个婚礼就是一个不能不办的仪式。这场婚礼也激励了不少正在上学的学生，给他们树立了一个榜样：只有好好学习，走出山沟，才有更幸福的生活。

在家里举办完婚礼，张仁俊和罗亚丽送走闹洞房的人群时，已经是第二天凌晨三点钟了。此刻的山村沉睡在冬夜里，房前屋后覆盖着白茫茫的积雪，只有一阵阵寒风带着呜呜的声音在树梢吼叫。张仁俊关了房门，和罗亚丽收拾了满地的烟蒂和瓜子花生壳，上了烧得热腾腾的土炕，脱了衣服，钻进被窝。他已经很累了，可闭上眼睛咋都睡不着，再看看怀里的妻子，她也一样睡不着。他们一起回忆着初中时代的点点滴滴，那难走的上学路、紧张的时间安排，说着现在还在复读高中的和已经回到农村结婚生子的同学，回味着那"两朵红花"的绰号，更憧憬着他们美好的未来。

他们起床的时候，已经是中午十一点多了。昨晚下了一场大雪，整个山村变得白茫茫一片，玉树琼枝，琉璃世界。父亲已经清扫完了门前的积雪和通往村子里的路，嫂子正在帮着母亲准备饭。罗亚丽见状，急忙去搭手帮忙，张仁俊和哥哥聊天。

三天后，张仁俊带着罗亚丽去娘家回门了，得到了热情的接待。此刻的罗亚丽，已经是一个客人的身份。正当他们吃完饭要回家的时候，家里来人找他们，说张仁俊的厂里来人叫他立刻返回，厂里有重要事情。张仁俊心想："我的婚假还没有休完呢，有什么事这么急，还专门派人来叫他？"

他们立刻返回家里，来人正是厂办的一个办事员，和司机开着厂里那辆吉普车过来的，他们说是高厂长专门让来接的，怕下雪不好坐车，说可能是新产品出了问题，需要他回去尽快解决。张仁俊让母亲去做饭，先让来人吃了饭。张仁俊和罗亚丽商量后，一起返回西京城。

回到西京他们的小家后，张仁俊没有停歇，立刻去了办公室。

他们的小家就是张仁俊的宿舍，经过厂里同意，改成新婚住房。参加集体婚礼的，除了沈浩翔和刘娟夫妇不在这里住，其他三家都住这里。沈浩翔家里有套房，但是他还是要了一间，只是作为中午休息用。由于单身职工不多，这里住的大多数是和他们一样的年轻夫妇，为了节省屋内的空间，结过婚的都把蜂窝煤炉子和灶具摆放在门口的窗台下，蜂窝煤也整齐地码在那里。每到吃饭时间，从走廊经过后，谁家吃的啥都一目了然。现在三对新婚夫妇的加入，使这个原本就烟火气十足的小楼更加热闹，做饭时间锅碗瓢盆的交响乐也演奏得更加丰富多彩。

他们的婚房虽然不大，但一应俱全，一套组合家具中间，放着一个十二寸黑白电视机，旁边摆放着他们俩的六寸结婚照片。墙角放着一台阿里斯顿电冰箱，上面还贴有一个用红纸剪成的、闪着金属光泽的"囍"字。在组合家具旁边，放着一个蝙蝠牌的落地摇头电扇，用一个绣着葵花图案的布罩子罩着，远远看着确实像一朵盛开的葵花。一米五的大床上，铺着粉红色的床单和绣着鸳鸯戏水的白色床围；一床红色织锦缎被面的被子整整齐齐地叠在床头，房子中间吊着的电灯上，挂着四条通向四个墙角的彩色拉花纸带。在床的里面，靠墙的地方安放着那张早就在房子里的三斗桌。为了使颜色和组合家具协调，他们给桌面上铺了一块花布，再在上面压了一块玻璃。床边地上，还有一个可以拉开当床的沙发，沙发前放了一个茶几，上面摆着一个搪瓷茶盘，里面放着一个印有双喜图案的景德镇茶壶和四个配套的茶杯。

罗亚丽放下行李，环顾了一下家里，一种幸福的感觉油然而生。这是她的小家，是她和丈夫张仁俊开始人生新阶段的地方，也是她和他花了三个月时间收拾布置的新房，不仅花光了这两年的积蓄，张仁俊家里也给予了最大限度的帮助。如今她是这个屋子的女主人，是张仁俊的妻子。她想自己不但要干好工作，更应该照顾好丈夫，照顾好自己的家。她开始收拾整理婆婆给他们带的东西。看着满满一大包东西，她想起张仁俊的母亲，感受到婆婆发自内心的亲切和关爱，那慈祥的笑容和关切的问候，以及处处为他们着想的神情，挥之不去。这次带的吃的、用的东西，塞了满满两提包，她和张仁俊挡都挡不住，真是一个善良的母亲。

该放柜子的放柜子，吃的东西放冰箱。罗亚丽收拾好东西，看着墙上的挂钟，已经快下午五点了，她和好面放在盆里饧着，开始洗菜剁肉，准备包饺子。到了六点钟，她包好饺子，还不见张仁俊回来，她有点着急。一点钟去的办公室，五个小时了，问题还没解决吗？她想去办公室看看，但又不好意思，怕别人说闲话，再等等看。到了七点钟，天已经黑了，还不见人影，她决定去看看究竟。

走进攻关小组办公室，里面灯火通明，除了高厂长和潘科长不在，攻关小组的其余人员都在。他们正在对着图纸研究讨论，看见罗亚丽进来，都笑着说，还是明天早上接着讨论吧，再不结束，李洁羽的家属也该来找了。罗亚丽邀请他们一块去家里吃饺子，说包的饺子多，足够所有的人吃，他们笑着拒绝了，说不打扰两人的新婚生活了。

回家后，罗亚丽问是不是还有人找去了。张仁俊说刘娟打电话来催促沈浩翔回去吃饭，没别人。罗亚丽说沈浩翔不是去当车间主任了吗，咋还叫他呢。张仁俊说新产品出了点问题，叫他一块来讨论研究。罗亚丽本想问新产品出现了啥问题，转念又想自己问了也不懂就不再问了。

李洁羽回到家里，司马骏正躺在床上看电视。电视剧《康德第一保镖传奇》插曲的优美歌声，充斥着小小的房间：

心中有眼里有口里没有，

情哥哥的心思猜不透。

红萝卜的胳膊白萝卜的腿，

花芯芯的脸庞红嘟嘟的嘴，

小妹妹跟情哥一对对，

刀压在脖子上也不悔，

情哥哥哎情哥哥，

真叫人心牵挂，

撇东撇西唯独你撇不下，

唯独你撇不下。

　　她看了看冰凉凉的锅灶，又看了看没有理她的司马骏，摘了手套和围巾，挂在衣帽架上，问："你吃过了吗？"

　　司马骏没好气地说："我吃什么吃？你给我做饭了吗？"

　　"有菜有米有面，你自己不会做？非要等我做？"李洁羽也不高兴了。

　　"我要是做饭，娶你干吗？"

　　"你为啥就不能做？我不是忙着呢吗？"

　　"忙什么忙？狗屁都不懂还搞科研攻关，看看你们组那些人，有没有上过大学的？懂不懂产品设计？"

　　"你上过大学，你能行，有本事。"李洁羽生气地坐在沙发上，刚才还咕咕叫的肚子，现在一点也感觉不到饿。

　　"还不做饭，难道你要饿死我？"司马骏大声说。

　　李洁羽想反驳几句，最后还是忍住了，他们才结婚几天，不能吵架。母亲告诉她，男人要哄着，不要硬怼，家和万事兴。她问："你想吃啥？"

第十六章　集体婚礼

"吃米饭炒菜。"司马骏仍然躺在床上，眼睛没有离开电视。

李洁羽系上围裙开始洗菜淘米。她一边做一边流泪，做好了饭放在餐桌上叫司马骏吃饭，自己却一口都不想吃，上床睡了。

她闭上眼睛，感觉自己的丈夫变得陌生起来，那婚前的殷勤和对自己的关爱，随着这次回到司马骏老家休假探亲，逐渐变得少了，一种大男子主义做派开始显现。她和他在老家待了五天，每天早上他都是睡到母亲叫他起床吃饭，而吃完饭就到他的同学家里逛，喝茶抽烟闲聊，既不帮家里人干活，也不陪她，把她一个人搁在家里。李洁羽和他的家人并不熟悉，无聊之际，她只好以看书打发时间，好在她随身带了一本短篇小说集。

在乡下的冬天，一天只吃两顿饭。在老家的第三天晚上，吃过晚饭，司马骏又出去了。李洁羽坐在炕上看了一会儿书，望着窗外降临的夜幕，听着冷风在房脊上呼啸，揉了揉发酸的眼睛，无聊地脱了外衣钻进被窝里。正当她迷糊着快要睡着时，司马骏突然带着几个同学来到家里，要在家里喝酒，让李洁羽起来给他们弄几个下酒菜。她无奈地穿衣下地，走进厨房，看到结冰的水桶和硬邦邦的抹布，以及几个冻得瓷实的白菜，她一筹莫展。虽然这几天她都在帮着婆婆做饭，可油盐酱醋、锅碗瓢盆存放的地方，她并不熟悉。正当李洁羽不知该给他们做什么的时候，婆婆来了，她让李洁羽去和他们说话，自己来做。可看着婆婆那双冻得满是裂口的双手，她不忍心离开。她们俩忙着热水、淘菜、剥蒜、洗肉，而司马骏进来嚷嚷着菜咋还没炒好，同学都等急了。他母亲连忙说马上就好，李洁羽则一句话都没说。婆婆看着儿媳妇满脸不高兴，连忙赔笑说在他们这里就是这样，他们没在村里办婚宴，同学、朋友和司马骏关系好的，都过来讨杯酒喝，沾沾他们新婚的喜气，这在村里是人缘好的体现。李洁羽想着这几天的情形，确实每天都有人来聊天喝酒，只不过都是在吃饭时间。菜上齐后，司马骏就开始指挥李洁羽，一会儿给倒茶，一会儿给倒酒，李洁羽想着这就是这里农村的风俗，她也就给足司马骏面子，乖乖地听从他的吩咐。

可今天下午，自己明明是单位有事，他在家一下午，只知道躺在床上看电视，连一顿饭都不能做，非要等她回来做。

司马骏看着李洁羽做完饭就下床准备吃饭，又看见李洁羽上床睡觉了，以为她生病了，就问她怎么了，见李洁羽没有回答，就用手摸了一下李洁羽的额头。李洁羽生气地把他的手拨开，司马骏问咋了，李洁羽还是不吭气。司马骏想了想，也再没有说啥，自己一个人吃完饭，把桌上的盘碗和吃剩的饭菜全部堆放在灶台上，转身出门去了。不一会儿，手里拿着一条带过滤嘴的"金丝猴"烟回来了。

听到李洁羽的抽泣声，司马骏又来到李洁羽身边，问她怎么了。李洁羽突然大哭起来，这让司马骏不知所措，急忙问她哪里不舒服，要不要去看医生。看着他着急的样子，李洁羽停止了哭泣。

"你真的不知道我为啥伤心吗？"李洁羽坐起来看着司马骏。

"为什么？"

"我上班到这会儿才下班，你在家里就不知道做饭？非要等我回来做饭？"

"你不做饭谁做饭？哪有男人做饭的？况且我也不会做。"司马骏奇怪地说。

"谁规定男人不做饭了？谁规定女人生来就是做饭的？我也有工作，我也是人。"

"我们那里的男人从来不下厨房。"

"我们是夫妻，应该彼此关心爱护，谁有空了谁做饭。你不会做饭，起码把菜洗了，我回来炒。可你就知道躺在床上看电视，难道我是铁打的？"说着又抽泣起来。

"好好好，我今后一定注意。"司马骏说着，上前搂住她的脸，狠狠地亲了一口。

"去去去，满嘴的烟味。去搂你那红萝卜的胳膊白萝卜的腿呀。"

"你就是那花芯芯的脸庞红嘟嘟的嘴。"司马骏觍着脸紧紧地搂着她不放。

回想着下午沈浩翔接到刘娟打来的电话那种幸福的尴尬，回想着罗亚丽到办公室找张仁俊的关切神情，再想想自己作为一个妻子，在新婚蜜月里让丈夫一个人在家里，李洁羽也是有点内疚，而且看样子司马骏以前确实没有做过饭，自己刚刚结婚不久，哭多不好。当司马骏再次捧着她的脸时，她温顺地满足了他。

张仁俊吃完饭，又回到办公室。油泵的问题必须尽快解决，他拿上图纸，准备去一趟学校，请教吴老师。新产品投入使用后，反馈回来的信息是油泵压力在极端严寒的条件下达不到要求。今天他们先是在西京城寒冬的室外自然环境中做了试验，结果没有问题，但他们小组分析，青海现在的室外温度要比西京城低得多，液压油的黏度会大大增加，和试验时的情况根本不一样，要想解决，就要从泵的结构设计上想办法。他们讨论了各种方案，但都没有理论根据，再看看原来测绘的进口油泵，也没有特别之处，因为国外泵的生产国和使用地点，没有高寒缺氧的环境，制造商也不会考虑这个问题。这是一个必须自己解决的困难。

从吴老师家里出来的时候，已是夜里十一点了，城市马路上已经很少有车辆和行人。张仁俊骑着自行车，满脸兴奋地飞驰在空旷的马路上。吴老师的建议让他茅塞顿开，他们讨论了如何对已经使用的产品进行补救，后续产品又如何改进。明天早上，他再和小组的人讨论一下就可以实施了。想到这里，他感觉身上沉甸甸的担子一下子消失了，内心有一种愉悦的快感。

第十七章　下岗分流

　　时间过得真快，转眼来到一九九五年。在人生岁月的长河里，十年的时间不长不短，但它足以使一个工厂发生天翻地覆的变化。随着改革的深入和政策的转变，企业像一个个刚学游泳的孩子，被扔进波涛汹涌的大海，什么也抓不到，在不知所措中扑腾着，只能靠自己游，会游泳的活下来，不会游泳的则在挣扎中倒闭。

　　在西京特种油泵厂的技术科，张仁俊坐在办公室里，闭目思考着刚才厂长在中干会上的讲话。高厂长六年前调到湖滨区当区长了，潘科长也在几年前退休了，如今张仁俊是技术科的科长。改革的浪潮已然冲击着这个不大的工厂。由于他们工厂产品的特殊性和原来高厂长对技术开发的重视，在市场开放后的最初几年里，工厂并没有受到多少影响，可随着时间的推移，特种油泵的高利润和低门槛，被一些眼光独到的私人企业敏锐地捕捉到，他们强大的公关能力和仿制产品的能力，对西京特种油泵厂的产品形成了强大的冲击。特别是国有企业养成的坐等客户上门的习惯、居高不下的成本，都成了致命弱点，厂里订货量不断减少，很多职工没有活干，下岗分流成了非走不可的一条路。

此刻张仁俊的心里翻腾着。技术科如今连他在内一共有八个人：自己和李洁羽，还有陆陆续续分来的四个中专生和两个大学生。根据厂里分下来的人数指标，技术科只留五个人，其他人员一律分流。如果不分流也行，厂里只给发五个人的工资，然后科室自己再分配。他不知道该如何办，看了看表，叹了一口气，关了办公室门，去接上小学的儿子嘟嘟。路上碰见了李洁羽，他们打过招呼，一同朝学校走去。

"我们科室要开始分流了？"李洁羽问。

"是啊。没办法，形势所迫，厂领导不得不为啊。"

"我们科的名额出来了吗？"

"分流三人。"

"这么多呀！有方案了？"

"没有。明天开会讨论，听听大家的意见。"

"大家的意见能有用吗？"

"没用也要听一下呀。我没有办法决定大家的命运，也不能决定大家的去留，先听听大家的想法。你有什么打算吗？"

"唉，如今我还能有什么打算？我不想下岗，孩子太小，下岗了我都不知道咋养活他。"李洁羽叹了一口气，无奈地说。

望着李洁羽，张仁俊不说话了。这个曾经全厂最漂亮的女孩，在遭遇了婚姻变故的打击后，憔悴的脸上总挂着一丝淡淡的忧伤。自己一定要想办法，坚决不能让她下岗。

看着张仁俊的样子，李洁羽好奇地问："咋啦？我脸上有东西？"说着急忙用手在脸上摸。

"没有没有。你今后咋办？"张仁俊问。

"能咋办？过一天算一天，只要不下岗就行。"李洁羽有点伤感，眼睛从张仁俊身上移开，看向别处。

他们谁也不再开口。一声欢快的"爸爸"，唤醒了站在路边沉默的两个人。嘟嘟看见李洁羽，叫了一声"李阿姨好"，并指着李洁羽的儿子说："飞飞今天和别的同学吵架了，我还帮他了！"说得两个大人都笑了。这时候飞飞也来到妈妈身边。张仁俊一只手提着小书包，一只手拉着儿子，李洁羽也拉着飞飞，一块朝家属院走。他们都住在特种油泵厂新盖的家属楼里。走了不一会儿，两个小家伙就挣脱了大人的手，连蹦带跳地跑走了，张仁俊和李洁羽在后面看着他俩一会儿拉着手有说有笑，一会儿又去看蚂蚁上树。走到院子里，两个人还要再玩一会儿回家，张仁俊和李洁羽嘱咐了他们几句，就各自回到家里准备晚饭。

张仁俊回到家了，开始洗菜蒸饭。过了一会儿罗亚丽就回来了。如今她已经是护士长，不用再上夜班了。张仁俊一边做饭一边想着单位的事。正在这时，听见有人敲门，他以为嘟嘟回来了，开门一看，却见二车间主任白雪莲站在门外，他急忙招呼白主任进门。

坐下后，他要去拿杯子倒水，白主任拦住了，说："小张呀，咱们不是外人，我也就不拐弯抹角了。"

"白主任，您有事直说。"

"咱厂不是要开始分流了吗？你们科的小马，你想办法照顾一下，娃刚结婚不久，他媳妇单位的效益也不好。"

"哦，他是你的亲戚？"

"是马老师的侄子。我没有给任何人说过，只有厂长知道。"

"我明白了，白主任，我会考虑的。现在我脑子里还是一团乱麻，还不知道咋办呀，都是很优秀的人，让谁走都不舍得。"

"这是大形势，不可阻挡啊。给你添麻烦了。我先回了，你赶紧给他们做饭。"

白主任走了，可张仁俊陷入了沉思。小马是白主任的亲戚，那其他人又会是谁的亲戚朋友？他们科室的几个年轻人，都是前几年厂子效益特别好的时候来的。他知道那时候没有关系想进特种油泵厂还是不容易的。让谁分流走？

吃过晚饭，他和罗亚丽领着儿子嘟嘟到护城河边散步。这是他们结婚以后养成的习惯，只要有时间，晚饭后就去外面散步：有儿子之前，是他们两个人；后来有了嘟嘟，他们就带儿子一块去。嘟嘟的作业没做完也不管，散步回来再做。夫妇二人对此有高度统一的认识，因为他们在散步过程中，能够释放工作中的压力，能够交流思想和感情。特别是在嘟嘟上学以后，他们发现晚饭后散步对嘟嘟的成长有莫大的好处。在散步过程中，小家伙会把在幼儿园或学校发生的事，毫无保留地说出来，这样二人就能及时了解他的心理和想法，给出正确的教育引导。而在这种氛围中的嘟嘟，也最能听进去他们的教导。

秋后的护城河边，凉风习习，秋虫唧唧。嘟嘟一手拉着妈妈，一手拉着爸爸，两只脚不时离开地面，把身体悬在空中。他一边玩一边告诉爸爸妈妈今天学校发生的事。

"我今天解决了一个矛盾。"

"哦，解决了啥矛盾？"罗亚丽问。

"我们班的毛豆昨天把三班的李博宇推倒了，今天李博宇叫来了他们班的四五个同学，毛豆也叫了我班的几个同学，到校门外的树林里准备打架。毛豆也让我去，我怕出事，就跟着去了。他们都是杨家村的人，就我是外人。到了小树林，毛豆和李博宇就吵起来了。我把李博宇拉到一边，说：'你学习那么好，毛豆学习贼烂，你和他打架丢不丢人？'李博宇说：'就是的，他学习那么臭，和他打架划不来。'我又把毛豆拉到一边，说：'你长得这么帅，李博宇个子那么小，和他打架你不嫌丢人？'毛豆说：'就是，他长得那个南瓜样，和他打架太丢人。'于是他们两拨人都各自走了。我厉害不？"嘟嘟满脸得意地说。

"真的？我们嘟嘟太厉害了。"罗亚丽吃惊地说着，蹲下身子在嘟嘟脸上亲了一口。

张仁俊也感到惊讶：嘟嘟还不到十岁，怎么会有这样处理问题的能力？他在儿子的头上摸了摸，看了罗亚丽一眼，高兴地说："好样的，不愧是我的儿子。"

罗亚丽白了他一眼，拉着儿子，去看四个老者的笛子合奏。他们熟练地合奏《喜相逢》，三支竹笛发出一会儿悠扬、一会儿急促的笛声，一个老者则敲打着一根木棒，配合着笛子的节奏，让这宁静而舒适的夜晚多了份诗情画意。

小嘟嘟也静静地听着，对妈妈说"真好听"。一个老者对着嘟嘟笑了笑，继续着他们自得其乐的演奏。罗亚丽回头看了一眼丈夫，只见他心不在焉，虽然眼睛看着她和嘟嘟，可眼神并没有聚焦在他们身上，涣散的目光和脸上的表情明显地表明他有心事。

她走到丈夫身边，拉着他的手问："怎么啦？发生啥事了？"

"没有，单位里的事，你不用管。"张仁俊看着她说。

"真的没事？"罗亚丽看着他的眼睛，关切地问。

"唉，我们单位也开始下岗分流了。"

"把你分流出去了，还是让你下岗了？"妻子仍盯着他。

"那倒没有，我是主力，厂领导还不至于这么做。"

"那你有啥愁的？"

"我们技术科要分流出去三人，我实在不知道该让谁下岗。都是多年一起工作的老人手，而且大家都很努力，我不知道该怎么办。"张仁俊叹了一口气说。

"你按政策办，有政策呀！"

"话是这么说，可实际并不简单。我们科八个人，按政策李洁羽虽然是本科文凭，但身份是以工代干，不能留在技术科，可李洁羽的情况你清楚，我怎么开口说让她下岗？再比如小马，他是来科室最迟的一个，刚才你回来前白主任来找我，小马是马老师的侄子，我咋让他下岗？"

"正好让那个石菲婷离开，你不是说她爱占小便宜，爱在科里搬弄是非吗？"罗亚丽说。

"她那种得理不饶人的性子，我要是敢说让她离开，她就敢和我拼命。而且，她还是三车间刘主任的外甥女，就刘主任那心计和为人，要是得罪了他，我哪天倒霉了都不知道为啥。其他人还不知道是谁的关系。让谁下不让谁下？这是砸人家的饭碗呢，弄不好人家和你拼命呢。"

罗亚丽不吭气了，这些事她不是很清楚，但丈夫经常回家说起工厂和技术科的事情，她还是略有耳闻。

在高厂长调走以后，分配来的几个人都是有关系的。不论谁的关系，他都不关心，只要工作能力强，谁来都一样。如今遇到这样的变化，让他决定别人的去留，确实是一件为难的事，他自认还没有这样的能力。可他知道，这个任务还必须执行。如今厂领导们也不想得罪人，他们根据订单和产量测算，定下来指标，让各部门动员分流，至于具体落实到谁，根本不管，得罪人的事就全部让底下人做。

"你准备咋办呢？"罗亚丽想了一会儿问。

"唉，明天开科会，看看他们咋说。不管了，走。"张仁俊甩甩头，一手拉着嘟嘟，一手拉着妻子，"只要有你俩在我身边，天塌下来也不怕。"

天还真就塌不了。第二天是张仁俊工作以来最热闹的一天。工人们有的吵吵闹闹，有的哭哭啼啼，有的兴高采烈，有的淡然自若。吵吵闹闹的是对厂子有感情、对下岗分流有意见的，要找厂长论理；哭哭啼啼的大多数是没技术的普通女职工，她们不愿意离开；兴高采烈的是早就想离开工厂，下海去淘金的，他们原来就在外面捣鼓着自己的生意，这次正好借机离开，还能得到一笔不小的买断工龄的钱；而淡然自若的则是工厂里离不开的技术大拿，就是离开，他们凭借手艺，也能找到工资不菲的工作。

在张仁俊把文件宣读以后，这个平时经常开玩笑、气氛活跃的技术科，大家突然都不吭气了，气氛一时间有点尴尬。有人把文件从他手里拿过去仔细地翻看着。文件上说得清清楚楚，如果没有人离开，科室的工资奖金今后将按指标人数发放，由科室进行分配。如果离开工厂，工厂将按照工龄一次性发放补贴，也就是买断工龄。

张仁俊见大家都不说话，就说大家先考虑考虑，在厂里定的一周时间内，有想法都可以找他，如果没人愿意离开，就按照厂里的政策，八个人分五个人的钱，具体分配办法参照现在工资的基数。大家都默不作声，有人离开科室，有人坐着发呆，就是没有人再摊开图纸画图了。

　　事情有时候看着难解决，却常常在不经意间峰回路转，第二天下午就有三个年轻人自愿离岗。一个是中专毕业，后来上夜大拿到本科文凭；一个是分来的大学生。他们俩早就有去南方闯荡的心思，特别是前几年司马骏辞职下海去创业以后，他们辞职的想法一直就没有断过，但家里人都不同意，本人也下不了最后决心，这次正好借坡下驴。还有一个是和小马一起分配来的女孩，她老公最近去了广东东莞，让她也尽快过去，可她怀孕了，父母亲不让去，说是等到生完孩子再说，这次也正好借机离开。没想到昨天还让他发愁的事，这么顺利就解决了。张仁俊一时间还有点不敢相信。当他们在名单上签字后，张仁俊突然意识到，这样毫无留恋地离开工作单位，说明这个单位已经没有了吸引力，已经没有吸引人为之奋斗的精神支柱。他感到有点悲哀，也有点伤心。他突然想到司马骏，那个和他一起工作了几年的大学生，想到司马骏从南方回来后的言谈举止，再想想今年以来一直下滑的奖金数额，似乎明白了什么。

　　人的观念变了，想法也就变了。曾经让人羡慕和自豪的国营单位特种油泵厂，如今慢慢失去了它昔日的光彩照人的魅力，油泵厂的职工也不再有那份荣耀。这到底是为什么？难道真是钱在作怪？

　　"一定要去一趟深圳和东莞，看看那里到底发生了什么。"张仁俊喃喃自语。

　　李洁羽躺在床上，听着窗外唰唰的雨声，眼睛呆呆地望着天花板上的吸顶灯。灯并没有打开，但借着窗子外透进来的微弱光线，能隐隐约约看到上面的图案。其实她不看都知道那幅简单的喜鹊登枝的国画，在圆形灯罩的边上，喜鹊的神态、梅花的个数和枝干的伸展朝向，早就印在她心里了。选择这个吸顶灯的情形，又一次浮现在她眼前。

那天，她拉着司马骏来到大雁塔灯具市场，琳琅满目的灯具在店家的精心布置下，给顾客呈现出最美的外形和最舒服的光。他们从一个店铺到另一个店铺，风格迥异的造型和不同价格让他们变得犹豫不决，既要价格低，还要质量好。司马骏喜欢外观简单大方的，他的理由是灯的功能就是照明，简单的外观才能充分发挥功能，那白色的圆形吸顶灯就很好。李洁羽喜欢古朴一点的，既要有造型，又不能太复杂。如此，要两个人都满意的灯那就更加难选。当他们走到一家专门卖古典中式灯具的店铺门口时，李洁羽一下子被里面的灯具吸引了，问了问价格，也是他们能接受的。司马骏对这些外观造型古朴大方、花纹装饰简单的灯具也比较满意。他们为客厅选择了一款外观是方形的大灯，而两个卧室的灯，李洁羽坚持选择了带有简单图案的。第一天住进两室一厅的新房时，他们激动得半夜都没睡着，看着屋顶的灯，说了半宿话。这是他们梦寐以求的家，有独立的卫生间、独立的厨房，还有两间卧室，给儿子准备了一间，他们俩一间。今后再也不用为早上去公共厕所无蹲位而着急发愁，再也不用吃完饭端着锅碗去水房洗涮，洗衣服时再也不用把洗衣机推到水房，这个家让他们的生活变得更加方便、舒适。

然而舒适的房间，并没有改变司马骏的大男子主义做派，他照样不干家务，照样不下厨做饭，每天除了上班就是跟他的同学在外边胡吹闲谝。从结婚到搬进新房，司马骏几乎没有做过饭，李洁羽和他谈过，也吵过，但一点用都没有。他们在一个科室，司马骏在设计组，李洁羽在工艺组。分给他的主管旧生产线技术改造的事，在高厂长走后就再也没有人提起了，他也就不再下功夫搞。李洁羽经常发现他上班时间去外面不知道干啥，潘科长说了几次，他都嬉皮笑脸地打哈哈混过去了。随着形势变化，工厂的设计任务越来越少，效益也渐渐变得不如过去，技术科的人却越来越多，他更是能推就推、能拖就拖。张仁俊当了科长后，他更是三天打鱼两天晒网，根本不把厂里的工作当一回事。张仁俊不好意思说，就睁一只眼闭一只眼，不管不问。直到有一天，他拿着一沓钱交给李洁羽的时候，李洁羽才知道，他和几个同学在外面办了一个公司。

李洁羽瞪大眼睛看着他，似乎不认识一样。司马骏问她："咋啦，不认识我？"李洁羽说："我确实不认识你，这么大的事，你居然瞒着我，你还有啥事我不知道？"

"能瞒住你啥呀，不让你知道是怕你担心。再说除了这件事，我身上哪个零件你不清楚？还不认识我？"司马骏嬉皮笑脸。

"少胡说八道。你和哪个同学办的公司？做啥呢？"

"我们大学同学，你见过的，康少杰和甄英虎。主要是搞仪表成套销售。如今这个行业技术性强，缺乏人才，而且来钱快。我们几个开始就是抱着试试的态度。一是怕你担心，二是怕失败了丢面子，也就没给你说。你也不看看咱们厂现在的状况，人心早都涣散，不像过去那几年了。你再看看现在的厂领导，有几个是像高厂长那样一心为公的好厂长？不是为升官就是为发财。谁为厂子的前途和未来谋划？要不是你们攻关小组搞的那个产品，厂子恐怕早就垮了。"

李洁羽不说话了，她明白司马骏说得不错。技术科人员现在的工作状态，早已不像他们攻关时的样子，没有那样的精神头了。张仁俊给他们开会讨论上新产品的方案，可到了厂领导那里就没了消息；再去追问，得到的答案是："我们现在的产品卖得很好，维持大家的工资不成问题，搞新产品干吗？万一失败了这损失算谁的？"这个回答让整个技术科的人很是无语，之后就再也没人提技术革新的事了。

"我们做了两笔生意就赚了不少钱，除去成本，每个人分了这么多，也是给你个惊喜。你以为我经常不在单位出去弄啥呢？干的可是正事。不出去不知道，出去干了才发现外面的世界大得很。和你商量个事，我想辞职出去干，不想再这样子束手束脚的了。"司马骏说。

李洁羽大吃一惊，这回眼睛睁得更大，她没有想过这个问题，因为对她来说无法想象。

"你别这样看我。你老汉我好歹是个大学生，在厂里受一个中专生指挥不说，每月就那点工资，吃不饱饿不死，咋养活我儿子和你？现在外面到处是钱，就看你有没有眼光。你应该相信你老汉。"

李洁羽看着司马骏的眼睛，手里攥着那一沓子钱，静静地听着他的话。说真的，她从来没有拿过这么多钱，恐怕在厂里工作一年，她也挣不到这么多。可要把稳定的铁饭碗丢了，自己出去单干，这样的想法还是让她一时间无法接受，再看看已经熟睡的儿子飞飞，目前这样，一家人虽然经济不宽裕，但生活根本没有问题，平平淡淡、安安宁宁的不好吗？可司马骏是男人，还很年轻，这样在单位混着也确实不是长久之计。

司马骏见她还是不说话，就跟她说："你放心，我先办理个停薪留职，不行了我再回来工作。进可攻，退可守，这样总行吧？"

这回李洁羽终于点头了。这是一个万全之策，而且政策允许。

可这也是李洁羽这一辈子最后悔的点头，如果不点头，也许她的生活会是另一番景象。

第十八章　生活巨变

　　司马骏自从办了停薪留职手续，在家的时间变得越来越少。他每天早上出去，很晚回来，各种应酬，各种加班，不是喝得醉醺醺，就是累得晕乎乎，渐渐地开始夜不归宿，并告诉李洁羽他在公司加班或者出差。开始每半年或每个月都给李洁羽交不少钱，后来越交越少，最后说公司资金紧张，再也没给家里一分钱。李洁羽感觉越来越不对，她怀疑过他有问题，但心里还想着办公司不容易，也挺辛苦，可能他在外面遇到啥困难了。她多次问司马骏，他都说没啥事，就是资金周转不开。她想着在外面单干肯定不容易，困难重重，不是这事就是那事，也就没有放在心上，只是叮嘱他注意身体。

　　有一天，她在唐城大厦门口碰到了司马骏的大学同学康少杰。一个年轻漂亮的女孩搂着他的胳膊，女孩妖娆妩媚，走路时风摆杨柳，说话时嗲声嗲气。他们一边走，那女的一边给康少杰的嘴里喂东西，这举动引得路人纷纷侧目。看见李洁羽，康少杰连忙推开那女孩，尴尬地笑了笑："嫂子好，你这是干啥去？"

"是你呀，我去给飞飞买件衣服。这位是？"李洁羽看着那个女孩。

"哦，她是我公司的秘书。"

"你们公司最近都忙啥呢？司马咋整天加班呢？"

"司马没给你说吗？我们一个月前就分开了，我们三个人各自都成立了新公司，把原来的业务分开干了。现在司马骏的公司是他一个人在干。"康少杰也有点吃惊，这么大的事李洁羽居然不知道。

李洁羽愣在原地，头嗡的一下，腿有点发软。康少杰连忙上前扶住她，让她坐在台阶上："嫂子你没事吧？"

"不要紧，我想问一下，你知道他公司的地址吗？"

"在三桥建章路上，具体门牌号我不清楚了。"

"你们忙吧，我休息一会儿。谢谢你。"李洁羽看着他俩离开，眼泪再也控制不住地流下来。一个清洁工大妈走过来问她咋啦，需要不需要帮忙。她说没事，坐一会儿就走。此刻她既伤心又担心。伤心的是，这么大的事，司马骏居然没有告诉她，根本就没有把她当成同甘共苦的妻子。她李洁羽不是爱钱贪财的女人，连共患难都做不到算什么夫妻？她担心的是他最近到底困难成什么样子了。难道连回家都变得这样困难了吗？这么大的压力，这么困难的时候，作为妻子，自己啥也不知道，一点忙也帮不上。她更后悔，后悔平时没有多关心他，甚至没有问过他公司的地址和名字，曾经他的大男子主义让她伤透了心，现在看来他的心完全在事业上。男人嘛，都有一种藏在基因的做派，对家里的琐碎事根本不屑一顾。自己不该对他漠不关心，特别是对他晚上回来后的满身酒气从心里厌恶，不该对他的要求一口拒绝。不能再这样了，从今天起，一定要从心里爱他，把这个在自己心里不轻不重的男人，放在重要的位置。

她起身擦干眼泪，坐上102路电车，然后在玉祥门转乘301路公交车。她要去找司马骏，找她的男人，为他分忧解难。

在三桥镇下了车，顺着建章路向北面走，李洁羽沿街寻找司马骏的公司，公司名称还是康少杰告诉她的。穿过陇海铁路线的地下通道，在三桥车辆厂附近的马路西面，李洁羽看见了司马骏公司的门头牌子。走进门，一个展柜上放着很多仪器仪表，地上堆放着几个包装严实的木箱和一台用塑料薄膜罩着的装着各种仪表的配电柜，木箱上用黑漆喷着外文，把屋子占了一半多。一个女孩站起来问她需要什么，她说进来看看，问老板在不在。女孩说老板出去了，今天不一定能回来。她又问去什么地方了，女孩也说不清楚。她看见里面通向二楼的楼梯。这时候一辆面包车停在店铺门口，车上下来两个小伙子，进门就对那女孩说来取东西的，女孩指着堆放的木箱和配电柜说就是这些。两个小伙子动手抬东西，李洁羽怕影响他们工作，出来后到车站坐车回家了。

已经是下午四点多了，儿子快要放学。她麻利地和好一疙瘩面，放在盆里饧着，然后从冰箱取出生姜，刮皮切碎放在碗里。弄完这些她赶紧取下围裙，去接飞飞。在学校门口接着飞飞后，拉着他去菜市场，买了一堆菜和几斤肉，回到家了让飞飞写作业，自己在厨房迅速忙活起来。

飞飞写完作业出来看见饭桌上摆放着几个菜，一碗肉臊子飘着诱人的香气，他高兴地说："臊子面，太好了。"

"饿了吗？妈妈给你下面去。"李洁羽疼爱地看着儿子。

"爸爸晚上回来吃饭吗？"

"不知道，应该回来吃饭。"

"我好久都没和爸爸一块吃过饭了，我想等他回来。"

"好，那就再等等。我们看会儿电视。"李洁羽用手摸了摸儿子的头，打开电视机。电视里，一个歌星正唱着流行歌曲《我想有个家》：

我想要有个家

一个不需要华丽的地方

在我疲倦的时候

我会想到它

我想要有个家

一个不需要多大的地方

在我受惊吓的时候

我才不会害怕

谁不会想要家

可是就有人没有它

脸上流着眼泪

只能自己轻轻擦

我好羡慕他

受伤后可以回家

而我只能孤单的

孤单的寻找我的家

虽然我不曾有温暖的家

但是我一样渐渐地长大

只要心中充满爱

就会被关怀

无法埋怨谁

一切只能靠自己

虽然你有家 什么也不缺

为何看不见你露出笑脸

永远都说没有爱

整天不回家

相同的年纪

不同的心灵

让我拥有一个家

……

看看墙上的挂钟，已经快九点了，李洁羽说："妈给你先做，吃了早点睡觉，明天还要上学呢，你爸回来了我再给他下面。"

飞飞无奈地点点头。

儿子吃了饭，去睡觉了。李洁羽拿出电话本，翻看上面的记录，找到了司马骏的BP机号，这是他三个多月前留的，她总共呼了他两次，一次是他老家来人有事要见他，另一次是儿子生病。她没有记住号码，没什么事也从来不呼他。她走到楼下的小卖部里，用电话呼叫了他的BP机号，很快他就回了电话，说太忙了，不回去了。听到他的声音，她突然感觉这声音变得这么冰冷无情，语气也变得那样不耐烦。她无力地放下电话，转身就要离开，小卖部的人提醒她还没有付费，她抱歉地笑了一下，付了两毛钱。回到家里她颓然地坐在沙发上，眼睛盯着客厅上方悬挂的那个有着古典造型的灯。

突然，她起身穿好衣服，到儿子的房间看了看熟睡的儿子，转身出门，将门锁了，下楼后拦了一辆出租车直奔三桥建章路而去。来到司马骏公司的门前，敲了半天门。

开门的是一个穿着睡衣、面色潮红的年轻女人，看见李洁羽问："你是谁呀？这么晚了有啥事？"

李洁羽一下子呆住了："你是谁？"

"神经病。"穿着睡衣的女人骂了一句，就要关门，却被李洁羽使劲推开。

"你想干啥？"睡衣女人看着李洁羽气得脸色苍白，眼睛里冒着火，有点害怕。

"谁呀？"这时候司马骏穿着短裤从楼梯上下来，见是李洁羽，也吃了一惊，他没料到她会找过来。他转身想上楼，被李洁羽叫住。

李洁羽死死地盯着他，眼神里有愤怒，有怨恨，也有无限的伤心。她感觉整个世界都在旋转，而且越转越快，最后眼前一黑就啥也不知道了。

当她睁开眼睛，发现自己在医院的病床上躺着，手上插着针，吊瓶里的液体正滴着，最终顺着管子流进自己的身体。她转头看见司马骏坐在旁边的凳子上，满面羞愧地看着她。

她挣扎着坐起来，司马骏想扶她，被一下甩开，她拔掉针头，下床后穿上鞋，找见自己的包，跟跟跄跄地走出医院。这时候她知道这是西电职工医院。她出门拦了一辆出租车就回家，任凭司马骏在后面劝阻，她全然不理会。当她艰难地走上六楼家里的时候，已经浑身无力。打开屋门，见飞飞穿着短衣正在沙发上大哭，她一把抱住他，眼泪唰地流出来。这是今晚见到司马骏后她第一次流泪。

"妈妈，我害怕。刚才我梦见妈妈被坏人打了，吓得我哭醒了，出来找你找不见。"

"不怕，飞飞不怕，妈妈在，妈妈在。"李洁羽把儿子紧紧地搂在怀里，用手给他擦眼泪，而自己的眼泪却顺着脸颊滴在儿子的脸上，她擦的不知道是儿子的还是自己的。

这时候司马骏开门进来了。飞飞看见爸爸，一下子从李洁羽的怀里爬起来，跑到司马骏面前："爸爸，妈妈做的臊子面，等你等不到，我就先吃了。"

司马骏俯身想抱起儿子，可是已经抱不动了。他在儿子脸上亲了一下，说："你吃饱了就好，吃饱了长身体。你咋还不睡觉？"

"我梦见妈妈被人打了，就哭醒了。"

"好了，没人打妈妈。快去睡觉，明天还上学呢。"

飞飞睡觉去了，司马骏看着桌子上的菜和正在流泪的李洁羽，低下了头。

他们离婚了。司马骏什么也没有要，并给李洁羽留下一大笔钱。半年以后，他卖掉了在三桥镇的公司，去了深圳。

一夜的秋雨，让气温降了不少。张仁俊走进工厂大门的时候，正好碰见了沈浩翔。

"最近没见你，咋样？"张仁俊问。

"还行，听说你们科的分流进行得很顺利？"沈浩翔问道。

"几个年轻人早就想走了，这次正好给他们一个机会。你们进行得咋样？"

"难呀，想走的都是技术水平高的，技术水平差的人还都不走。我也不想干了，和刘娟正商量呢，准备去南方闯一闯。过几年年龄大了，去了都没人要。"

"哦，你真要走？"张仁俊有点不敢相信，沈浩翔现在是车间主任，是领导很信任的中层干部。

"你看看现在的工厂状况，能有希望吗？我们车间出去南方闯荡的几个人，都发了大财，听说司马骏半年挣了几十万元。还有我们车间几个钳工，我们不重视，到了那边的企业里，人家当宝贝呢。"沈浩翔说。

他们又聊了几句，各自离开。

张仁俊坐在办公桌前，想着刚才沈浩翔的话"我们不重视，人家当宝贝呢"，我们为什么不重视？原来的国有企业金饭碗，很多人现在毫不犹豫地抛弃，去给私有企业打工，这又是为什么？就连沈浩翔这样受器重的中层干部也想离开，除了钱少的因素，还有什么原因？从小脑子里根深蒂固的理念是努力学习，努力工作，为建设社会主义现代化强国贡献自己的力量。如今的现实，让这个理想的大厦一点点地崩塌。从今年的半年总结会上，他就感到，鼓励表彰远远赶不上奖金对人们的吸引力大，每个月奖金的多少成了工人平日闲聊的主要话题，那种钻研技术、练就绝活的氛围，渐渐被如何下海做生意、做什么事能赚钱的浪潮淹没。

"世道变了。"张仁俊心里想着。

在城西玉祥门外面的一个川菜馆里，赵明辉点好了四个菜，要了三个酒杯，打开了他提来的一瓶"柳林春"白酒，给张仁俊、李云鹏和自己斟满，端起酒杯说："来，哥儿俩，岁月悠悠，情谊如酒。我们不光是同学，我更当你们是兄弟。今天请你俩喝酒，是有一件高兴的事要告诉你们，我被提拔成学生科的科长了。"

"哦，你小子行啊，终于把'副'字去掉了，这可真是一件值得高兴的事。"张仁俊高兴地说。

李云鹏说："恭喜恭喜。其实凭你的能力，早就该是科长了。"

赵明辉说："不敢这么讲，还是社会经验和行政经验不足。"

他们三个人碰杯后一饮而尽。

张仁俊问："你们原来的科长呢？"

"在学生分配时收受家长的钱，结果没给学生分配到理想的单位，被家长举报了。"

"我们上学的时候，他在干吗呢？我对你们科长咋没有一点印象，他是什么时候来学校的？"张仁俊问。

"他比我们迟两年毕业，是大学毕业后来校当老师的，从教师岗位上直接提拔起来的。"

"能力强？"李云鹏问。

"对学生工作一点都不懂，光知道训学生，而且品德有问题，经常借机向学生索要东西。我压根就看不起他。"

"学校领导咋会把这样的人放在这么重要的岗位上？这不是给学校惹麻烦吗？"

"谁知道呢。现在学校里也不好干，那是个知识分子成堆的地方，都是大学本科毕业，他们看不起我们这些留校的中专生，虽然我们都通过夜大、电大等提高了学历，但在他们眼里，我们还是中专生。来，不说这些糟心事了，干杯！"赵明辉说。

"你不是上了研究生吗？现在也没几个研究生毕业呀。"张仁俊说。

"不顶用，他们骨子里还是认为我们是中专毕业。没办法，谁让我们是胎里病。"赵明辉叹了一口气。

"不过好事多磨，你现在当上学生科长也不算晚呀。干杯！"张仁俊说着，三个人举杯一饮而尽。

张仁俊问李云鹏最近咋样。李云鹏说不咋样，单位去年开始分流，他是因公残疾的，所以留在原单位。现在他们厂的产品，也被市场挤占得没有空间了，再加上人心涣散，倒闭是迟早的事。又问他经济情况，因为他情况特殊，媳妇又是农业户口，所以他有一儿一女两个孩子。

"唉，我不好意思在别人面前说这事，跟你俩说实话，现在那点工资奖金哪里够用？一家四口，两个学生。今年听说厂里集资建房，还不知道从哪里弄这笔钱呀。"

张仁俊告诉他："到时候没钱了吭气，咱们一起想办法，一定要把房子买了。"

"你不用怕，我们共同凑，也要给你把房钱凑够。"赵明辉附和道。

他们又谈了单位集资建房的事。张仁俊和赵明辉都表示，需要钱一定给他们说。

"王天涛有消息吗？最近这几年咋没这家伙的消息了，打他原来的电话停机。"李云鹏问。

"我也有好长时间没有和他联系了，不知道这家伙最近的情况咋样。"张仁俊说。

赵明辉也说没有他的消息，也没听其他同学说起过他。

当一瓶酒见底的时候，他们三个都有点晕晕乎乎。

李云鹏的生活确实过得紧巴。媳妇山菊是工厂里的临时工，工资不高，工厂近几年效益越来越差。好在山菊是个会过日子的女人，对自己，在吃饭穿衣上相当苛刻，能省就省，但对儿女和丈夫则是一点也不吝啬，穿戴虽然不都是新的，但干净整洁。在外人看来，生活质量一点不差。李云鹏心里清楚，这是个好妻子。两个孩子，儿子上小学二年级，女儿上小学五年级，马上要小学升初中了。为了能进好一点的中学，课余时间，她要参加各种补习班，有奥数班、作文班、奥语班，这样下来，除了学费还有各种补习班的费用。这是一笔不小的开支，对于他们这样的家庭，无疑是沉重的负担。

单位最近集资盖房，对他们家来说是一笔巨大的集资款，着实让他犯难。今天张仁俊和赵明辉的承诺，让他心里稍感宽慰。

当李云鹏回家把同学要帮他凑集资款的事情告诉山菊，山菊感动得差点流泪。

此刻的王天涛正在珠海的一家摩托车点火线圈生产厂打工。他机械地用左手将硅钢片做成的骨架装在绕线机器左边的一个工位上，用右手取下机器右边已经绕好的线包放在托盘上。当一个托盘放满的时候，他把托盘搬到物流车上，然后放上一个空托盘，继续着一边放一边取的动作。下班后，疲惫不堪的他回到租住的一间简陋屋子里，冲了澡，然后四仰八叉地躺在床上迷迷糊糊地睡着了。当他醒来时，外面已经渐渐暗下来。他揉了揉眼睛，觉得身上有了力气，疲劳的肌体恢复了生机，肚子也开始咕咕乱叫，他换上衣服准备出去吃饭。

珠海九月份的气温和青海最热的时候一样，人们还穿着T恤和短裤。他到这里已经两个礼拜了，还是不适应这潮湿闷热的天气。只要不在空调房间，王天涛就感觉不舒服，黏糊糊的，身上像是被什么东西罩住一样。而吃饭更是让他烦恼，每个菜里都有海鲜的腥味。今天他特别想吃面条，于是在街边的饭馆里选来选去，看名称选了一碗像是没有海鲜的面，端上来后尝了一口，面条软烂稀松，下筷子一搅，下面居然还是几个蛤蜊，张着大口的奶油色壳上点缀着褐色的斑点。他苦笑着摇了摇头，忍着不适吃完了面条。

　　是啊，他必须忍受着，咬着牙忍受着这一切。

　　走出饭馆，他来到珠江边上。此时正是夜幕初下，江风习习，江水拍打着岸边礁石，发出一阵阵哗哗的声响。半轮明月穿行在薄薄的云层里，忽隐忽现。

　　吹着带有腥味的海风，望着天上的月亮，一种孤独从心底油然而生，王天涛想起了孟浩然的《秋宵月下有怀》：

秋空明月悬，

光彩露沾湿。

惊鹊栖未定，

飞萤卷帘入。

庭槐寒影疏，

邻杵夜声急。

佳期旷何许，

望望空伫立。

此刻的他正是"佳期旷何许，望望空伫立"。过往的一切，像是一场梦，也像生活跟他开了一个天大的玩笑。十几年前，他初中毕业，从农村考学上了西京仪器工业学校，毕业后分配工作，他从一个农村的穷小子，变成一个吃商品粮、端着金饭碗的公家人；过了十几年，他又成了一个一无所有的穷光蛋，真是一个莫大的讽刺。

　　他想起了在青海开办的公司，那时候挣钱像用簸箕撮钱一样容易，公司开办的第一年，他就给东方仪器厂上交了几十万的利润，自己也得到了几万块钱的奖金。接下来几年里，他凭借超强的沟通能力，加上东方仪器厂过硬的产品质量，迅速占领了当地九成的市场。青海是矿业大省，仪器仪表用量非常大，短短的几年时间里，在给厂里上交了大量利润的同时，也为自己攒下了一笔巨款。那时的他，春风得意，出入都是小车，"大哥大"电话有两部，喝的高档酒，抽的高档烟，随身带的皮包里面总是塞满现金，出入的都是高档酒店，用一掷千金形容毫不为过。

　　他有了钱之后，自然就有很多漂亮女孩子跟在他屁股后面转。其中一个叫作雯雯的女孩，是他在KTV唱歌时遇到的一个陪酒女郎。这女孩和他死去的女友姜小敏很像，身材苗条，五官娟秀。通过聊天，女孩向他倾诉了自己的身世和遭遇。她家在青海一个边远地区的山村，因家里穷，所以早早辍学出来打工挣钱供养还在上学的弟弟妹妹。可能是对姜小敏的思念，他让她在自己的公司做营业员，白天带着她出入各种场合，见各种客户，晚上则和她同床共枕。不到一年，雯雯告诉他自己怀孕了。王天涛吃了一惊，因为他特别注意。他不信，专门带着她去医院做了化验，结果还真的怀孕了。王天涛不想和她结婚，因为在这段时间里，他发现这个女孩并不像表面看起来那样清纯。他劝她把孩子打掉，可她咋也不同意，经过他反复劝说，最后她同意拿掉，但要给她三十万的补偿费。王天涛听后知道麻烦事来了，就说她这是痴心妄想，可雯雯并不像平时那样温柔可人，说不给钱就告他强奸。此时他才明白，这是雯雯给他设的一个圈套。为了息事宁人，他无奈给了她三十万，结束了这段充满浪漫和欺诈的关系。

为自己荒唐的行为买单之后，他在感情上也不再专注，把感情当作消耗品。

感情上他受了伤，但生意却是更加兴隆。在张仁俊他们每月的工资还只有不到三百块钱的时候，三十万对王天涛来说也不算什么。

钱是人的胆，人的欲望往往会随着手里钱数的变化而变化：钱越多，欲望就越强，欲望越强越刺激他生出越多挣钱的手段和方法。正当王天涛在生意场上如鱼得水的时候，一个私有企业姓胡的销售代表找到王天涛，说他们厂生产的仪器仪表，质量和东方仪器厂的不相上下，但出厂价格要低百分之三十，能否考虑和他们合作。王天涛一听说低这么多，当时心就动了，不过面上表现出不屑一顾的样子，说现在有些厂子尽做些假冒伪劣产品，咋能和东方仪器厂的产品相比。胡销售就把他们厂生产的仪表拿了一块给王天涛看。王天涛拆开仪表，发现里面的布局、走线并不差，送给一个厂家试用，质量虽说赶不上东方仪器厂的，但也完全满足要求，于是同意和胡销售他们厂合作。

开始时，质量和工期都能按要求完全做到，王天涛因此挣了一笔钱。胡销售又提出在青海省全部采用他们厂的产品，王天涛觉得不妥，因为自己的公司毕竟是东方仪器厂在青海的总销售点，哪能不销售东方仪器厂的产品？但胡销售的手段实在太多了，每天下了班就找王天涛喝酒，隔两天就带他去高档会所，并用巨大的利润做诱饵，软磨硬泡。王天涛终于答应了胡销售，在青海市场上，今后的业务中将采用他们厂百分之七十的产品，这让胡销售感激涕零。

公司运营了一段时间，王天涛获得了巨大的利润。这时候胡销售又提出，如果能一次性将全年货款的百分之八十预付，他们厂的产品价格在原来的基础上再下浮百分之十，全年货款的基数，按去年的销售额算。王天涛觉得这里面有风险，犹豫不决，尤其是预付款需要一大笔钱，把公司现在的流动款全用上，也还不到一半，但一想到那丰厚的回报，再加上胡销售说："有多大的风险，就有多大的收益，况且有我做担保，怕啥？"禁不住利润的诱惑，王天涛决定赌一把，钱不够，就去银行贷款，但一问，利息太高，而且他是二级法人，银行贷款的手续太麻烦。王天涛就把自己这几年的积蓄全部拿出来作为投资，又把销售部的流动资金拿出来一大笔，另外成立了一家公司，以新公司的名义，和胡销售他们厂签订了全年供货合同。

预付款付给对方厂家后，第一个月供货还算正常，第二个月的货怎么催也不发。胡销售就说他回厂子催催，结果回去了一个礼拜也不见来电话。打电话打不通，王天涛感觉不对，亲自去了一趟，按照注册地址根本没有找到厂房，又去工商局查工厂的注册情况，结果工商局说这个厂在一年前就倒闭了，而且不是做仪器仪表的，是一家玩具厂。后来王天涛才知道，胡销售给他供应的仪表是四川一家仪表厂的产品，只是换了牌子而已，再一问价格，比胡销售给他的价格低不了多少。他瞬间明白，这个胡销售有一个团伙，用一年多时间给他做了一个大局，他所在厂的资金最后都返还给了胡销售一伙，而且还把自己这几年辛苦挣的钱，作为利息也给了他们。

他苦笑着摇了摇头，到当地派出所报了案。他知道这仅仅是个手续，这类案件在全国数不胜数，最后没有几个案子能够告破。

他回到西宁时，东方仪器厂因为一年来销售持续下降，派人来检查他们销售部的工作，发现一笔款去向不明，于是追问下落。最终东方仪器厂发现他挪用公款，让他尽快补还，否则将他移交司法机关。他东借西凑，补齐了挪用的公款，免于被起诉，但却被工厂开除。

他从腰缠万贯的大款，一下子成了不名一文的穷鬼。他没有告诉任何人，提着行李，坐上了南下的火车，放下昔日的一切，开始了从零起步的打工生活。

"'得意不可忘形，垂头不可丧气'，人这一辈子啥事都可能遇到，什么都可以放下，但意志永远不能倒。"这是初中班主任给他的毕业赠言。现在想起来这句话，他感觉自己就是因为没有做到"得意不可忘形"，所以栽了一个大跟头。

王天涛沉浸在回忆中，忽然有人喊："涨潮了！"他低头看着一波又一波汹涌的海浪，奋力扑打着岸边的礁石，飞溅起巨大的浪花，似乎要撕碎堤岸，去寻找一个新的世界。

第十九章　风雨人生

张仁俊正在聚精会神地计算着图纸上零件的尺寸，罗亚丽推开房门说刘娟来找他。来到客厅，儿子嘟嘟也开门出来了，罗亚丽在客厅的餐桌上摊开书看着。刘娟看见他们三个人三个地方，各人干各人的事，很是羡慕。

"你们真是一个学习型家庭，打扰你们了。张仁俊，你和浩翔是好朋友，去劝一下我们家那位吧，放着好好的车间主任不干，非要辞职下海。我不想大富大贵，只想平静地过日子。"

张仁俊看着刘娟，不知道说啥好，不去不行，去了又能咋劝沈浩翔？自己都想辞职下海，如何劝别人？

罗亚丽看着丈夫不吭气，推了他一下说："傻愣着干啥？去呀。"

"好，好。"张仁俊穿好外衣，跟着刘娟去了她家。

不知道张仁俊是如何劝沈浩翔的，结果是沈浩翔并没有改变主意，只不过是推后了辞职的时间，在当年年底领了年终奖以后，便辞职下海，干起了个体经营，成立了一家金属加工机床贸易公司。

沈浩翔的机床贸易公司成立得正当其时。

西京作为国防工业的重要基地，有很多国防企业，而且这些企业的技术力量非常雄厚，工人的技术水平个个不俗。随着企业军转民的改制，大量国有企业工人被迫离岗，很多有眼光的人，开始购买机床，开办民营企业，招聘这些下岗人员干起了机械加工。这就给机床销售行业带来了利好消息。而沈浩翔在机械加工行业的人脉广，把一张能说会道的嘴和好结交朋友的个性，更是发挥得淋漓尽致，使得刚刚成立的机床贸易公司，旗开得胜。当刘娟看着沈浩翔第一季度交给她的钱，简直不敢相信，她工作十几年挣的钱加起来都没有这一半多。

这天下午，张仁俊在办公室接到沈浩翔打的电话，约他晚上出来坐坐。他下班后从学校把嘟嘟接回家，在电饭煲里蒸上米饭，准备好菜，然后告诉嘟嘟抓紧时间写作业，等妈妈回家炒菜吃饭，他和沈浩翔叔叔有事要谈，就出去了。

来到饭店，沈浩翔早就点好了菜，并带了一瓶酒。看见张仁俊，他高兴地站起来说："快坐，我点了这些菜，你看还需啥？"

"客随主便，这就行。"

沈浩翔给两个人的杯子里倒满酒，端起来说："想约你好长时间了，一直忙得不可开交。今天好不容易腾出时间。"他们干完了第一杯。

"你现在可是忙人，而且是在给自己干，用一句流行话说就是'忙并快乐着'。"

"哈哈，你说得没错。确实是忙，而且不瞒你说，挣得也不少，我一个月的收入，是在厂里工作半年的工资。"

"哦，外面钱这么好挣呀？"张仁俊吃惊地看着沈浩翔。

"'站在风口，猪都能飞起来'，现在正处在做生意的风口上，前几年是衣服鞋袜和日常用品，人们大量从南方向北方贩运倒卖，这几年则是机电产品的快速发展期。今天把你约出来，是想看你有没有出来干的想法。我想请你一块干，公司现在业务太多了，我一个人实在是忙不过来。厂里几个人找我，想来公司，我都拒绝了。他们都太精明了，让人不放心。我就看上你，不论人品还是对工作的态度，没有人能比得上你。如果你来，公司给你股份。我保证你的收入绝对是在厂里收入的几倍。"

"我？我就不是做生意的料，而且对做生意一窍不通。"

"在我看来，以你的智商、情商和勤奋，就没有干不成的事。而且我还想扩大公司的业务，如果你来了，就主要负责新业务，而且是你最拿手的。"沈浩翔和张仁俊碰了一下杯，真诚地说。

"你高看我了，谢谢你。这事太大，我回去和亚丽商量一下。"

"好，我等你回话。"

这一顿小酒，他们一直喝到晚上十点多了，喝到饭店其他房间都关了灯，除了一个服务员在旁边打瞌睡外，其他人都下班了。

张仁俊踉踉跄跄地往回走，忽然听到有人叫他名字，他回头一看，只见是曾经一起在攻关小组开发过新型油泵的铣工师傅秦亚宁和他爱人。他们蹬着一辆三轮车，车上装满了包袱。

"秦师傅，是你呀。你们这是搬家吗？"张仁俊问。

"哪里呀，现在工厂不景气，工资都两个月不发了，没办法，我和你嫂子倒腾点衣服，摆地摊。"秦亚宁不好意思地说。

"生意咋样？"

"不瞒你说，挣得不多，但一个月下来比咱们厂发的工资多。唉，也是实在没办法。"

"你的技术那么好，出去给人干活，随便干点挣钱都不会少。"

"有几个人都找过我，还有人出高工资让我去当车间主任，我都没答应，一直在犹豫。我在这工厂干了半辈子，我的技术就是在咱厂练出来的，现在要离开真有点舍不得。这摆地摊也是你嫂子摆，我下班了去帮忙看看。你说咱厂还能像过去一样吗？"

"不知道，但愿能好起来吧。"其实张仁俊心里明白，油泵厂好不起来了，人心散了，大部分有技术、有能力的人都离开了。没有活可以找活，产品落后可以更新，但人心散了就再难聚起来，像秦师傅这样对厂子有感情的人是有，但大多数人在生活压力面前，不得不做出违心的选择。在生存面前，感情是那样苍白无力。

"听说沈浩翔那小子干得不错，你最近见过他吗？"秦师傅问。

"我们刚刚就在一起。他确实干得不错。"

秦师傅难过地说："唉，也不知道是咋回事，我们好好的国营厂，一夜之间变成了股份制，那么好的油泵卖不出去，好不容易壮大起来的技术团队瞬间分崩离析。想想真让人难过。"

"大势所趋，我们一个个底层的普通人，也只能眼睁睁地看着，无能为力。"张仁俊叹了口气说。

"想当年我们攻关搞新型油泵时的那劲头，现在想起来还热血沸腾。不过再想想，那时候我们挺傻的，出力流汗快一年，把产品搞出来，每个人就发那么一点奖金，再发一张一分钱不值的奖状，心里还乐滋滋的。"秦师傅一边帮妻子推车，一边笑着说。

"那时候人的心思单纯，只是一心做好产品，从来没有别的想法。现在人们不一样了，都奔着钱去了。"张仁俊帮着推车。

"那也是没有办法呀。现在上学要钱，看病要钱，住房要钱，特别是学生上学，学费贵得吓人，不像过去是免费的。形势把人逼得不得不想办法挣钱。不过现在钱也好挣，只要肯吃苦，就能挣到钱。说不定哪天，我也要离岗了，再这样半死不活地待在厂里，年龄大了就彻底没人要了。"

回到家属楼，张仁俊的酒也基本上醒了，他帮着秦师傅把东西搬上楼才回去。

张仁俊经过反复思考后，并没有答应沈浩翔离开西京特种油泵厂去他的公司。他舍不得离开，在这里，他曾经放飞过青春的远大理想，有他努力奋斗流下的辛勤汗水。那些工夹量具，是他铅笔图纸上流出的浪花；新型油泵的生产线，就像他的孩子一样，从设计到建设，从试车到投产，都有他夜以继日的年轻身影。他咋舍得离开呀！

但越来越淡薄的人气，让他提不起精神头。没有了计划任务，没有了固定销售，工厂全凭着自主经营。人们习惯了月初下计划，车间按部就班地完成，如今却一下子变得没有了规矩，有时候来任务了，不是要求得很急，就是有特殊要求。人们养成的按时上下班、四平八稳的工作模式，根本无法满足市场变化的新要求；再加上销售人员那种"皇帝的女儿不愁嫁"的思想，特种油泵市场快速缩水。越来越少的销售量，已经使厂里开始亏损，奖金越来越少，先是只发基本工资，再后来，连基本工资都拖欠。厂长急得抓耳挠腮，脾气见长，看见谁不顺眼就训斥。人们没有干活的动力，上班时间，工厂里大部分机床都停在那里，技术科、生产科、计划科、供应科等，都是人浮于事，上班时间除了喝茶就是聊天，于是传闻、消息、八卦满天飞，很多在当时争取留下来不愿意下岗的职工也开始给自己找出路。

张仁俊在激烈的思想斗争中挣扎，这是一个艰难的抉择。如果继续留在油泵厂，能过着不紧张、无压力的日子，但收入实在是太低。离开吧，自己干什么？去南方打工，这不现实，儿子嘟嘟还太小，正是需要父亲教育的年龄，妻子的工作又那么忙，况且让他为了挣几个钱抛下家人，他不愿意这么干。跟着沈浩翔去卖机床？他觉得自己不是这块料，做生意的人必须能说会道、八面玲珑，自己除了精通技术，其他方面似乎不太擅长。况且自己去给他打工，面子上也有点下不来。罗亚丽劝他先不着急，等等看，现在的形势变化太快，看清楚了再行动。他在煎熬中混着日子，在浑浑噩噩中虚度时光。

这些日子以来，罗亚丽真是食不甘味，睡不暖席，两本四百多页的《护理学基础》和《内科护理学》她看了五遍，饭不做，娃不管，房间不打扫，床不收拾……什么事都不管，除了看书，还是看书。她坐着看，站着看，躺着看，除了睡觉，就是看书，一边看书，一边默记，像是魔怔了一样。她年轻时参加外省的自学考试，也没有下过这么大的功夫。

张仁俊从学校接回嘟嘟，就开始准备晚饭了。他看到罗亚丽穿着睡衣，趿着拖鞋，原本柔滑的头发乱蓬蓬地打着缕，拿着书本正在那里嘟嘟囔囔，心痛地说："哎，真遭罪。"

三个人吃过饭，张仁俊提议去护城河边遛一圈，妻子不想去："我现在时间紧张，平时太忙，休假就是为了好好看书。机会难得，我只能成功不能失败啊。"

张仁俊说："整天钻在书本里，效率会下降，出去换换脑子更利于记忆。"硬是连拉带拽，让妻子换了衣服，向护城河边走去。

深秋的月亮，连同旁边的云彩，倒映在护城河里，随着一阵阵秋风在不停地晃动。罗亚丽拉着嘟嘟的手，机械地走着，她的脑子里都是书本上的知识点，什么心脏搭桥手术后的护理，什么插尿管应注意的事项……

"妈妈，我们期中考试了，我的数学得了九十八。"

"什么？九十八，九十八是高压还是低压？"罗亚丽懵懵懂懂地问嘟嘟。

"啥高压低压？"

"如果是高压还行，如果是低压就高了。"

"哈哈哈，你是不是还在书本里没出来？嘟嘟说的是他的考试成绩。"

一家人都笑了。罗亚丽俯下身子，在儿子脸上亲了亲。

今年她要参评副高职称，论文、科研和带教等条件她都满足，经过医院评审，已经上报到省卫生厅，现在就等候通知，在今年年底前，要参加现场答辩。而答辩的内容就是《护理学基础》和《内科护理学》的内容，书中的每一个知识点，都可能在答辩中被问到，因此她必须熟读书中的每一处。为此，她破天荒地请假在家认真准备。

这些年来，罗亚丽一直过着起早贪黑的日子。护士长的职责，让她有忙不完的事，从早晨换上工作服、戴上燕帽开始，她就像一个拧紧发条的陀螺，在病房之间穿梭，在大夫和护士之间沟通，在器械科、药剂科、供应科等科室之间协调，还要帮助来医院看病找她的亲戚、朋友和乡党，整天忙得焦头烂额。她所发表的论文、申请的科研项目都是利用下班时间和周末完成的。她知道，护理专业现在还是一个不被大多数人了解的专业。在外人看来，护士就是给病人打针发药，没有什么技术含量，但她清楚，护理是需要很多知识、很多技能来支撑的工作。自己是护士长，科里的每一个护士都在看着自己，要带出一支优秀的护理队伍，就必须有最扎实的理论基础、最娴熟的操作技能和最新的护理理念，这样才能为病人的治疗和康复做更有效的服务，这是关键，别人不清楚，行内人都心知肚明。

至于服务态度，那是浅层次的事，做起来并不难。为此她鼓励全科护士，在做好日常工作的同时，要在业务上不断进步，在科研上不断钻研。也正是为了营造这样的氛围和环境，为了给大家带好头，她把业余时间全部用在了写论文和搞科研上，请教医院里有经验的大夫，根据杂志上的信息，写信询问论文作者，她从一个对论文还很陌生、不知从何下手的生手，逐渐转变为开始写病案分析、特殊病人护理等小论文的能手。一年后，她在全国很有影响力的《实用护理学杂志》上发表了一篇论文，这在医院引起了不小反响，当年医院的科研总结会上表彰了她，她也因此作为护士代表在领奖台上发言。她们科室被医院评为优秀护理团队。

今年，罗亚丽通过医院的层层筛选和评审，终于被推选到省上参加答辩。如果答辩通过，她将是西京人民医院同龄人中第一个有副高职称的护士，因此她铆足了干劲。

她这次答辩只能成功不能失败的另一个原因是，她第一学历是中专，虽然通过努力，已经取得了本科学历，但在职称评审的激烈竞争中，还是遇到了不少麻烦，遭到了一些人的质疑。为了争这一口气，为了来之不易的答辩资格，她必须努力。

三个人一边聊一边走，忽然一阵桂花的香味在空中弥漫，嘟嘟喊叫着问这么好闻的香气是什么树发出的。张仁俊告诉他是桂花香。于是他们顺着香味发出的方向去寻找，在城墙的拐角处，找到了一棵开满橙色小花的桂树。嘟嘟伸手够不着，就一次次地跳起来去摸小花，当他终于捏了一撮小花在手时，对爸爸说，这么小的花咋有这么浓的香气。张仁俊告诉儿子，花不是因为外形大才香味浓，相反，大的花是靠外表吸引昆虫传播花粉，而小花则是靠内在的香气吸引昆虫的。

　　他们走到一个城门洞下，嘟嘟指着门洞上面三个字问："爸爸，为啥叫'勿幕门'呀？咋叫这么奇怪的名字？"

　　张仁俊想了一下说："其实，勿幕门是为了纪念辛亥革命中的烈士井勿幕先生而开的门。"

　　"井勿幕是谁？"嘟嘟问。

　　"井勿幕是咱陕西蒲城人，是同盟会早期的成员之一，也是陕西辛亥革命的领导人之一，是陕西靖国军起义的总指挥。"

　　"啥是同盟会？啥是靖国军起义？"嘟嘟问。

　　"呵呵，你长大了学历史就知道了。现在给你说你也记不住。"

　　"那为啥把门开在这里？"嘟嘟又问。

　　"因为他生前曾在这里面的四府街住过，所以把门开在这里。"

　　"你知道的还不少。我从这里过了无数次，只知道它叫小南门，看到'勿幕门'我也奇怪过，原来还有这么多故事呀！"妻子感叹道。

　　"西安城墙上各个门都有故事，用人名命名的门还有'玉祥门''中山门'。"张仁俊说。

　　"你什么时候知道这么多？"妻子惊奇地问。

"看书看得多了自然就知道了。"

"我还以为你只知道设计、画机械图、编什么加工工艺呢。"妻子笑着说。

"我爸爸可厉害了,我问啥他都知道。"嘟嘟说。

"是的,你爸爸最厉害!我们嘟嘟也厉害。"罗亚丽说着,拉起儿子的手。

他们在这阵阵醉人的桂花香中,离开护城河回到家。

回到家了,儿子写作业,罗亚丽则继续准备着她的答辩,张仁俊摊开书本,拿出计算器,边看边计算。

初冬的一个周末,张仁俊陪着罗亚丽来到临潼。今天是罗亚丽答辩的时间,一大早他们就赶过来。罗亚丽进了答辩会场,根据排序,大概还需要三个小时才能出来。张仁俊无所事事,顺着大路朝华清池大门口方向溜达。

他记得第一次来这里还是上中专那会儿,学校组织春游,并组织了登山比赛,由于从小在山里长大,这小小的骊山实在算不上高,他们没爬多久就到达一个只有建筑遗址的平台上,看介绍说那就是当年周幽王烽火戏诸侯的地方。他当时还想,就这么个小土台,这么陡的山路,周幽王他能走上来吗?现在想想,还真说不准,周幽王是帝王,肯定不会自己走上去的,应该是人抬上去,况且戏诸侯这种事也未必就是真的,他咋能这么混账地让士兵随便启动战争信号,稍有脑子的人也不会干这种蠢事。历史的真相到底是啥,只有周幽王和他的朝臣知道。还有华清池李隆基和杨贵妃的故事,被后人津津乐道,充满了浪漫主义色彩。而"双十二"事变,说法更是多样。半山上有一个亭子，他爬山比赛时，亭子上挂着"捉蒋亭"的牌子，现在改成了"兵谏亭"。这些发生在这里的故事，让这个地方充满了神秘色彩。

正当张仁俊闷头边走边胡思乱想的时候，有人拍了一下他的肩膀："想啥呢？想杨贵妃还是想褒姒？"

"是你？你咋会在这里？"张仁俊回头一看，竟是司马骏，他手里拿着一部时下最流行的飞利浦手机，身边跟着一个打扮时髦的女人。

"我是陕西人，咋不能来这里呀？来，认识一下，这是我的夫人马莉。这是我的好朋友张仁俊，我们当年可是油泵厂技术科的双俊。"司马骏给双方介绍着。打过招呼，司马骏对马莉说："你先去车上等我一会儿，我和老朋友说几句话。"然后把张仁俊拉到旁边问："她娘儿俩咋样？"

"都还好吧。最近厂里效益越来越差，工资有时候要拖好长时间才能发，我也不好问太多，估计是不太好过。"

"是我对不起她娘儿俩啊，我太混蛋了，把真正的宝贝弄丢了，挣再多的钱也买不到了。"司马骏眼角含着泪水，从贴身的衣服里拿出一张卡，交给张仁俊，"我原打算找机会把这钱给她，今天碰到你也是机缘，你替我带给她，就说司马骏这辈子对不起她和儿子，密码是飞飞的生日。"

"还是你自己找机会给她吧。"

"我没脸见她了。你的为人我司马骏信得过，再说我已经有新家了，带着马莉还不知道能不能找到机会。"

"好吧，卡和话我都给你带到。你最近咋样？不是去南方了吗？"

"生意还行，我劝你早点离开那个半死不活的工厂，以你的本事，咋都不会少挣。有时候是需要勇气，搏一把也许会是另一番景象。不过你千万不要学我，干什么事情都不能把家庭赌上，那就太不值了。"

　　"我就佩服你那种勇气。我再想想。一会儿亚丽结束了，我请你吃饭。"

　　"哦，还不知道你来这里干啥呢。我是带着那位来兵马俑和华清池看看，她是南方人，想看看咱陕西的世界第八大奇迹。"

　　张仁俊说了来的目的，并说到吃中午饭的时候，罗亚丽的答辩正好结束。司马骏看了看表说："行，我们现在去兵马俑博物馆，赶吃饭时间差不多能过来。不过不是你请我，而是我请你们。"

　　"哈哈，好，你小子现在是大款，请我们吃一顿饭，继续一下当年的友谊。"

　　"对对，见证和继续我们的友谊。"

青
歌

第二十章　打工生涯

　　在工厂改革的浪潮中，特种油泵厂的油泵由于成本高、产品老旧而逐渐被其他单位新兴的产品替代。没了订单，工厂很快陷入更加困难的境地，银行的贷款利息还不上，就连工人的基本工资也开始拖欠，有时候一拖就是几个月。普遍上涨的物价，让很多双职工家庭生活变得窘迫。

　　一些老职工开始闹事，找上级部门要饭吃。上级部门也开始给工厂找接盘人。有单位看上特种油泵厂这块地方，要工厂但不接收人，那当然不行。有单位答应连工厂带人一块接，但要政府还清油泵厂的欠债。总之，落架的凤凰不如鸡，送上门的买卖提不高价格。最后总算有一家大型股份制企业接管西京特种油泵厂，但所有职工停职培训，培训合格后再重新安排工作，其间工资只发原来的百分之八十，如果有人不满意，可以随时办离职手续。

张仁俊终于办了离职手续。他无法忍受这种带有歧视性的制度，也无法接受在同一个地点、同一个办公室，他这个曾经的国有企业的技术干部突然变成给私人打工的打工仔。既然都是给私人打工，为什么不找个给钱多的老板呢？他办理了停薪留职手续，开始了自主择业的生涯。

　　他没有去沈浩翔的机床贸易公司，因为他对做生意不感兴趣，自视也没有这个天赋，他喜欢搞设计，喜欢用图纸表达思想。如今，他已经能熟练地在计算机上运用AutoCAD（自动计算机辅助设计软件）画图，他专门自费在西工大的计算机学院利用晚上和周末学习了三个月，特种油泵厂的第一张电脑图纸就是他画出来的。

　　经人介绍，很快他就在西京城远郊的一家私人工厂，找到了一份搞机械设计和加工的工作。这是一家专门从事机械加工的工厂，有车铣镗磨各种机床十几台，老板姓于。老板开出的工资是每月八百元，虽然上班的地方比较远，但这比起在油泵厂每月四百多元的工资，还是让张仁俊心动不已，特别是熟人介绍说老板为人不错，也让张仁俊有心留下来试一试。

　　于老板原来是一个国有工厂的采购员，凭借着上班时积攒的人脉，下岗后自己购买机床办了加工厂，给汽车厂和西电公司做配套加工，有干不完的零件加工。于老板本身对机械设计加工不在行，以前聘请了原来西京特种油泵厂的车间主任董安礼做管理，老董干了一年多，因上班交通不便便辞职离开，又介绍了张仁俊。

　　初来乍到，于老板的热情让张仁俊倍感亲切，他的语言有一种天然的亲和力，不在张仁俊面前摆架子，完全把张仁俊当成兄弟，这让张仁俊感觉到一种久违了的工作氛围，开始全身心地投入工作中。

　　深秋的早晨，淅淅沥沥的雨让西京城的气温一下子从凉爽变得阴冷。

张仁俊下了公交车，撑起一把雨伞，走进西郊一个偏僻的巷子，在满是泥水的路上，尽量选择稍微干净的地方踩。这条路的两边除了简易的厂房，就是菜地，路虽然不窄，但从来没有人收拾打扫或者修补，路面坑坑洼洼，两边有不少拆除建筑的砖头、瓦块和水泥块，以及破木板、烂纸箱等，走在这里他就非常不舒服，这儿也是他每天上班最不愿意经过，但又绕不开的地方。天晴的时候，汽车驶过后带起的一路灰尘，从后面根本看不清前面是一辆什么车；到了下雨天，车辆驶过后污水坑里的水被溅到两边的砖墙上或者地边的草丛里，因此一年四季这条路都是脏兮兮、灰蒙蒙的。人们戏谑地说它晴天是"扬灰路"，雨天是"水泥路"。后来张仁俊知道了，在路两边的那些厂房里，不单有像他所在的机械加工厂和电器生产厂，更有生产儿童小吃的食品厂，加工猪头肉、猪蹄、肥肠的作坊，还有专门做假货的黑作坊。张仁俊就亲眼看见过被警察带上警车的一伙做假酒的人。

他艰难地走过"水泥路"，来到工作的加工厂。张仁俊进办公室换了干净的鞋和工作服，看了看表，还不到八点。他从包里取出妻子给他装的两个包子，用电热壶烧好水，就着热茶吃了包子。在等水开的时候，他翻开工作笔记，记录下今天要完成的几个重要事情，这是他刚才在公交车上仔细考虑后定下来的。

吃完包子，他走出办公室，到车间里查看情况。看门的师傅已经打开了车间大门并打扫完了院子，不要看墙外脏乱差，进了院子，却是干净卫生的。工人师傅也已经各就各位，有的已经开启机床预热了。张仁俊首先走到大立铣工位，操作师傅是一个技校毕业不久的小青年，和他打过招呼，询问加工的情况，包括进度、加工精度的保障、刀具磨损情况，又给他强调了几个要注意的关键事项，接着到下一个工位查看。等到他了解完整个车间的情况已经九点了。他看院子里没有于老板的那辆桑塔纳，就知道老板还没有来。

他回到办公室，把刚才了解的情况整理了一下，基本上都按照计划进行，按期完成这批加工任务应该不成问题。但他经过几次查看，发现个别工序可以用一些简单的专用工装替代通用夹具，这样可以将加工效率提高一倍，虽然这批零件已经完成了四分之一，但更换工装，还是很划算，他想和于老板商量一下。

于老板一般情况下来得都比较晚，但九点以前都会到，今天可能是因为下雨，路上堵车。他合上笔记本，打开计算机开始在制图软件上画工装图。如果于老板同意更换工装，那就越早换越划算。

正在他聚精会神地在计算机上画图时，于老板进了他的办公室，看见他正在画图，也不说话，直接坐在他对面的木头连椅上。张仁俊一看是于老板，站起来打招呼。于老板笑了笑说："哈哈，坐下说坐下说，看你认真的样子不忍心打断你。进度咋样？"

"照目前的情形应该没问题。"他摸了摸下巴接着说，"我还有个想法，你看行不行。"

"什么想法？你说说看。"

"我想给大立铣和立钻做几套专用工装，这样效率可以提高一倍以上，而且能够省去画线工序。"

"哦，这是好事呀！"于老板说。

"我大概估算了一下，到这批零件加工完，除去工装成本，能节约三千多块钱的加工工时费，而且能提前半个月完成任务。"

"有这么多呀？"于老板睁大眼睛问。

"这还是保守估计。因为这批零件批量较大，如果工装做得好，调整时间短的话，可能还会多些。"

"马上设计专用工装，你安排尽快投入制作。要买啥你提要求。"于老板当机立断，他看中的不仅仅是节约了多少加工费，更重要的是提前了多少时间完成任务，因为对方给他的要求是越快越好，目前的加工进度只是满足了基本要求。

"好，只要你点头，剩下的事我来安排。"

送走于老板，张仁俊开始了紧张的设计工作。他根据厂里现有的设备，尽量让工装的制造在厂内完成，以保证进度，但这样他设计工装结构时，就明显受到很多限制。为了节省成本和控制时间，他还是在设计上动了很多脑筋。最终的设计结果是，除了热处理和表面处理需要外协，其他都在厂内加工完成。新的钻床工装安装调试的时候，于老板也在现场，看了操作方便、速度提高且保证加工精度的工装后，老板对张仁俊的能力大加赞赏。

接着张仁俊又更换了铣床夹具，对一些加工工艺进行适当调整，不但提了质量，减少了废品率，同时还提高了效率，这让于老板对他更加欣赏，对他的工作非常满意。后来全厂三十几号人就完全依仗张仁俊，他不但要管技术，还要管调度和生产，成了于老板厂子的管家。

于老板也是大度之人，见张仁俊是个实实在在的干事之人，在把厂子内部的管理全权交给张仁俊的同时，也将他的工资涨到一千元，并在年终给张仁俊包了一个大红包，让张仁俊感动不已。

城市的发展建设日新月异，城区的扩建和改造如火如荼。于老板厂区被建设部门征用，所有地面建筑都要拆除，工厂必须搬迁到三环以外。经过各种考虑，最后不得不把工厂搬到距离城市较远的户县。这给张仁俊上班带来了极大的不便，他不得不住在厂里，每周回家一次。但时间不长就发现这样做根本行不通。罗亚丽上班时间很紧张，早起晚回，儿子嘟嘟马上面临小升初，中午饭在同学家吃，晚饭要等罗亚丽回家做，整天没有人管，有时候不得不趴在楼下院子的椅子上做作业。有一天罗亚丽单位有事回家晚了，嘟嘟竟然坐在门口搂着书包睡着了，罗亚丽看到后眼泪忍不住流下来。她和张仁俊说了情况，最后张仁俊不得不向于老板请辞。于老板千方百计地挽留，而且要把他自己的桑塔纳让张仁俊开着上下班，自己重新买一台车，但张仁俊反复考虑，还是辞去了这份他和老板都很满意的工作。

在于老板给张仁俊送别的晚宴上，于老板说，这次工厂搬迁，损失最大的不是钱，而是张仁俊的离开。

张仁俊在管好儿子的同时，又开始找工作。

下岗职工增多，使得需要人的单位有了更多的选择，尽管张仁俊的工作能力很强，而且有本科文凭，但第一学历是中专，还是遭到了很多用人单位婉言拒绝，有的愿意留他，但工资待遇按中专算，这令张仁俊心里难以接受。几经折腾，不是工资太少，就是工作地点太远，或者是老板根本不拿员工当人看，经常对下面人爆粗口，让他无法忍受。这段时间里，他给人搬运过钢材，手指差点被压扁；给技校当过实习老师，因为时间要求严格而且上班地点离家太远，上课时间无法保证而离开；给别人推销机械加工刀具，因为不愿意把国产货说成进口货，被老板辞退。

这天张仁俊突然想起了沈浩翔，于是到沈浩翔的公司找到了他。此时沈浩翔的机床销售公司已经发展得规模较大，有十几个销售人员，刘娟也买断工龄，辞去特种油泵厂的工作，在公司里做出纳。看到张仁俊，沈浩翔和刘娟热情地把他招呼到会客室。

"最近咋样？在哪里高就？"沈浩翔给张仁俊倒了一杯茶水。

"唉，别提了，一言难尽啊。"张仁俊有点不好意思。当初沈浩翔请他辞职到公司开创新业务，他没有答应，现在走投无路来找，实在有点难为情。

"有什么困难你只管说，咱兄弟之间有什么不好意思开口的？"沈浩翔说完，刘娟也在一边帮腔。

"没事，过来看看你们。"张仁俊不好意思开口说找工作。

"亚丽和嘟嘟最近咋样？"刘娟问道。

"都还好，嘟嘟马上小升初，学习还是比较紧张。我现在主要就是照顾他。"

他们又扯了一会儿闲话，看看快中午了张仁俊起身要离开。沈浩翔和刘娟一定要留他吃饭，张仁俊说嘟嘟还等着他回家做饭呢，二人这才不再坚持。

离开他们公司后，张仁俊骑着自行车回家。路上，他反复思考一个问题：沈浩翔夫妇明明知道他最近失业在家，为啥就不提让他去公司的事？晚上他把这个想法告诉妻子，妻子几句话把他怼回来了："你没有明确表达想去他公司工作的想法，他咋会再次请你去？你都好面子不开口，别人不好面子？你如果还是不去，别人不是更没面子？况且他们现在生意那么好，你又是个书呆子，只知道搞技术，硬是把你拉进公司，万一你搞不了销售，业绩上不去，让他咋办？开除你还是养着你？"

这一席话让张仁俊醍醐灌顶，一下子明白了咋回事，也就释然了。他又开始找工作。一次次碰钉子，一次次失败，让张仁俊的自信心遭受了极大的打击。看着满脸愁容的丈夫，罗亚丽劝慰道："咱不着急，咱现在虽然没钱但也不缺钱花，工作慢慢找，你把嘟嘟管好比啥都强。现在的好中学考上了要收费几万，考不上还不知道要花多少钱才能上呢。只要嘟嘟考上重点中学，就能给咱省下不少钱。你我在城里都没有根，如果考不上重点中学，咱找人都寻不见门路。所以你现在就是不出去工作，担子还是很重的。"

张仁俊也知道妻子是安慰自己，可是说归说，他心里终究不愉快，况且闲在家对他来说实在不习惯。后来他在离家很近的一个建筑工地找到了一份临时工作。工地的包工头看见张仁俊细皮嫩肉不像干体力活的，就让他专门开搅拌机，在建筑工地上这是个相对轻松的活，但挣的工资也低。张仁俊也穿着工地的工服，戴着安全帽。开始时，只是指挥农民工按一定比例给搅拌机里上水泥、沙子和石子，然后给水泥搅拌罐里加水、搅拌，倒在架子车上，在下班时清洗搅拌罐。

但是工地上的混凝土用量实在是太大，几个农民工兄弟根本忙不过来。看着他们有时候忙得几个小时连喝一口水的时间都没有，张仁俊就时常帮着搬水泥，装沙子石子，一天下来也是灰头土脸，没几天就和工地上的农民工没有任何区别。儿子中午下课，他就带着儿子一起在路边的饭馆随便吃一些，有时候是扯面，有时候是米线或者盒饭。下午下班回到家的时候，他累得躺到沙发上动都不想动。有一次儿子放学回家，见爸爸躺在沙发上一动不动，就上前推了几下，还没有动，吓得他以为爸爸病了，哇地一声哭了。

有时候看着搅拌机里翻滚的水泥沙石，张仁俊感觉自己就是这里面的一粒石子，随着社会的改革上下翻腾，命运的手柄掌握在别人的手里，直到把身上的棱角磕碰完，才会被迫停下来待在命运早已安排好的地方。他想，人就是在命运的起伏中走完一生的。

在工地上，他每天起早贪黑，按时上下班。他不想让儿子跟着自己每天在外面凑合着吃，为了给嘟嘟做午饭，经常是早晨起来把菜洗好切好，给中午节省时间。

一个月干完了，但老板并不发工资。他问了问那些农民工是否发了工资，他们笑着说建筑工地的工资是一个季度一结算，有时候一年都不发工资，到工程结束时才给结算。张仁俊一听这话，再联想到最近经常报道的拖欠农民工工资的事，他找到了包工头。

包工头正准备出门，胳膊下夹了个皮包，头发梳得溜光。他身后跟着一个上身穿着皮大衣，双脚穿着高筒靴的高挑女人，她那张被铅粉涂抹得看不见血色的脸，裹在大衣的狐狸皮翻领中，和包工头红光满面、恣意敞开的西装、松散的领带形象形成鲜明的对比。问清了张仁俊的来意，包工头顿时沉下脸，告诉张仁俊："现在没钱，就你那身板，留你在工地上干活就不错了，如果你不想干马上走。"

"走可以，马上结清我的工资。"张仁俊一听也暴躁了。

"没有。"

"那不行，你不给工资我就在这儿不走了。"张仁俊也犟上了。

"呵呵，我还就不给你。不走你就在这儿等着。"说着拉着那女人就离开了，出门时顺手关上门，并从外面将门锁上了。

张仁俊一时间愣在那里没有反应过来，当回过神时，门已经被锁上了。他拉了几下门，没有拉开，从窗户看出去，包工头领着那女的钻进了汽车，一脚油门离开了工地指挥部的院子。这让平时很少发脾气的他，火冒三丈，操起椅子对着门就是几下，门纹丝未动，椅子却被摔得散了架。他又操起椅子，朝门上使劲砸去，防盗铁门被砸得坑坑洼洼，可就是拉不开。他转身看见桌子底下有一根粗螺纹钢棍，拿起来对着门锁就是一阵猛砸，门终于被砸开了。他走出门，发现院子里站满了人，都惊奇地看着他。他撇下钢棍，顺手脱下了工作服，连同安全帽一同扔在包工头的门口，头也不回地走了。

就在张仁俊回到家里坐在沙发上生气时，两个警察找上门来，告诉他有人报警说他损坏了建筑工地的财物，然后把他带到派出所。在派出所里，他把情况如实告诉办案民警。经过调查，张仁俊所述情况属实，包工头非法拘禁他人在先，张仁俊破门而出在后，虽然情有可原，但破坏财物总是不对，批评教育一番后，让他回家。张仁俊问拖欠工资咋办，民警说他们这里管不了，这个要去民政部门，让张仁俊走法律程序。一听要走法律程序，张仁俊一下子没了底气，不是他不占理，而是他受不了没完没了的诉讼流程。他的一个在农村的亲戚就经历过类似维权，花费的时间用来挣钱，早就超过了被拖欠的数额。张仁俊只能认栽了。

张仁俊再次赋闲在家。

在不停地寻找工作的过程中，终于有了一件让张仁俊高兴又激动的事——儿子嘟嘟被重点中学提前录取了，但随之而来的却是让张仁俊和妻子挠头的一笔借读费。按说考上了就不应该再收借读费，但现在的行情是考上了才能交借读费，有人想交甚至是多交借读费都没有资格。对于才买房子不久而一直没有稳定工作的张仁俊来说，这不多的借读费也是一笔不小的开支。罗亚丽的工资虽然按时发放，但也只能维持一家的生活，特别是嘟嘟现在正长身体，他们必须保证孩子的营养。每月定奶的钱、水电费和不断攀升的菜价让这个原本还不算困难的家庭，也已经开始捉襟见肘。这一笔给学校的借读费，让他们不得不向亲戚朋友借。

第二十一章　陷入窘境

　　纷纷扬扬的大雪掩盖了往日多姿多彩的繁华世界，让秦岭北麓的这个小山村一下子变得安静下来。张仁俊和父亲、哥哥围坐在炉子旁，喝着茶，抽着烟，任窗外雪花飞舞，北风呼啸。

　　"听说现在工厂的职工纷纷下岗，不知道你们厂子咋样了，你咋样了？"哥哥问。

　　"工厂体制转变，一大批企业'关停并转'，很多资不抵债的厂子被兼并或停产，还有些厂子产能落后，不得不分流压缩人员。我们厂也在搞分流下岗，我也被分流下岗了。不过我已经找到工作了，在一家厂里搞技术和管理。"张仁俊不想让家里人担心，撒谎道。为了掩饰情绪，他端起杯子，喝了一口父亲泡的茶，一股苦涩的味道让他难以下咽。

　　"什么茶，咋这么苦？"张仁俊问。

"这是陕青茶，入口就是这味道，喝多了就不苦了，而且会感觉回味甘醇。"父亲说。

"是吗？那我再尝尝。"他又喝了一口，仍然觉得苦涩。他以前只喝白水，就是因为小的时候尝过父亲喝的茶，那种苦涩让他印象深刻，之后他就再不喝茶，觉得茶的味道就是苦涩。

看着张仁俊蹙眉的样子，父亲笑了笑，问道："你们厂不是专门给部队供货吗？咋还能没活干？"

"一来因为现在很多军工厂军转民，产品需求量减少；二来也是我们厂里的产品太落后了。"

"你不是厂里搞产品设计的吗？为啥不设计新产品呢？"

"唉，想设计，可设计出来要投产也得有资金支持，没资金，再好的设计也是白搭；再说也得有人干呀，厂子现在人心惶惶，没有几个人能静下心来搞生产。"

"都不干活不生产，不下岗才怪。"父亲说。

"我虽然下岗了，但我是搞技术的，出去好找工作。再说亚丽的工作稳定，收入也不低，生活基本不受影响。"

"那就好。"父亲说着，又拿出了那蓝色盒子的"金丝猴"牌香烟，这还是上次张仁俊回来给父亲买的。这是本省产的烟，有两种：一种烟盒内用锡纸包裹着、带有过滤嘴，一种是内包装用灰色防潮纸包裹着、不带过滤嘴，两种档次，两种价格。张仁俊给父亲买的是带过滤嘴的，这已经让父亲感到很高兴且很有面子，因为时下的农村人，大部分还在抽自家种的旱烟或者"大雁塔"牌香烟。只有个别年轻人才抽这种带有过滤嘴的烟，算是高档品了。

父子三人围坐在火炉边聊着，母亲则在旁边的火炕上坐着，怀里搂着张仁俊的侄子，静静地听着。这是哥哥的第二个孩子，第一个是个女儿，现在已经快上高中了。

　　雪停了，但是路上依然很滑。吃过中午饭，张仁俊要返回城里。母亲早就准备好了一袋子面粉和一袋子杂粮，还在里面塞满绿豆、红豆、豇豆以及玉米糁。父亲把那袋子面粉放到自行车后架上，另一个袋子放在自行车的横梁上，推着车和张仁俊慢慢向车站走。以前母亲要给带东西，他都是坚决不带，说用钱都能买到；这次母亲又要他带，他没有推辞，因为物价上涨和他收入减少，让家里的生活变得不再宽裕。见他同意带东西，母亲很是高兴。农村土地制度改革，彻底改变了农村缺粮的现象，家家都有几年也吃不完的余粮，因此她当夜让大儿子去磨面，并专门叮嘱要收些白面留给张仁俊。父亲似乎看出了什么，他把张仁俊送上车，说了声："家里的粮食多着呢，下次回来给你带些米。不用担心，一切都会好起来的。"

　　汽车在铺满冰雪的路上缓缓开动，看着父亲扶着自行车站在那里向他招手，张仁俊眼圈不禁红了。他没有给家里人说实话，最近两个月他什么收入也没有，全家的生活都靠罗亚丽一个人的工资。在城市里生活，什么都需要钱，而物价的快速上涨，再加上儿子嘟嘟的各种课外班都需要花钱，要不是罗亚丽的收入稳定，他们的基本生活都要受到影响。想着曾经给家里带来无限风光的自己，如今混得连吃饭还要从家里拿米面，张仁俊心里一阵苦楚。

　　当长途汽车在张桥车站停靠后，有一个戴着眼镜的人上了车，张仁俊一眼就看出来是自己的初中同学黄树良，上学那会儿同学们都叫他"黄鼠狼"。

"老黄，'黄鼠狼'，过来坐这儿。"张仁俊叫道。

"老张，'两朵红花'。你这是下西京吗？"黄树良看到老同学也感到很惊喜。他们原来在学校就是好朋友，也都是家境贫寒的山里娃，只不过黄树良学习一般，没有考上中专，连高中也没有考上，初中毕业就回家务农了，之后他们就再也没有联系。

"是呀，你这是干啥去呀？"张仁俊回答道。

"先别问我，'两朵红花'，那一朵呢？"黄树良开玩笑地问。

"去你的，还'两朵红花'哪，都成老树了。"

在乘客不多的长途汽车上，他们聊起各自的境况。从交谈中，张仁俊知道黄树良现在开办了一个楼板厂，专门预制楼板。

最近这几年，随着农民收入增加，庄稼人想改善住房条件的愿望越来越强烈。过去的"人"字形土木结构的房子，因为在防盗、防霖雨、防鼠等方面不过关，已经很少有人再建，新的房屋基本都是三间两层的楼房，因此楼板成了农村目前的紧俏货。特别是在开春以后，建房的人多，楼板需要提前预订才能拿到。张仁俊从交谈的语气中感受到，如今的黄树良已经不是过去那个学习不咋地就知道调皮捣蛋的男孩，记忆里那脏兮兮的棉袄、腰里系一根破绳子的固定穿戴，如今已换成白色衬衣外套着乌黑发亮的皮夹克，说话也更加成熟稳重了。他最近这几年挣了不少钱，也结了婚，媳妇给他生了一儿一女。今天他也是去城里，是去给儿子联系学校，他儿子和嘟嘟一样，明年秋季就该上中学了。

"联系的哪家学校？"张仁俊问。

"明光中学。"

"这可是西京城的八大名校之一呀。你儿子学习不错呀。"

"没考上，差了几分。这就是给人家送'活动经费'去呀。"黄树良不好意思地笑了笑，转过头对张仁俊说，"想不到'两朵红花'真的并蒂开放了。你们可是人中龙凤，当年我们一个学校就考上你们两个中专生，太难考了。"

"你是没有发挥好，如果发挥好也没问题。"

"唉，都是命中注定的。爬山的命，走不了大路。"

"谁说的？你的楼板厂一点都不少挣钱，比我们挣得可多多了。"

"挣钱多也是个土包子，咋能和你们相比，你们可是知识分子呀，是让人从心里佩服和羡慕的人。你看现在的农村人，稍微有点门路的，都想办法让娃上好学校，从小学开始，就找人在县城上学，再不济也要在镇上的学校上学，哪里像我们小时候，都在村办小学上学呢。现在的村办小学都快要办不下去了。过去建的很多希望小学，现在都空着呢。这是为啥？还不是想着上好学校，将来娃能考上大学。"

"现在都成这样了？"听了黄树良的一番话，张仁俊大感意外。他这几年没太注意农村学生上学的事，光知道几年前建了很多希望小学，没想到形势变化得如此之快。

"有办法让小孩进西京城里上学的也不少。有家长为了娃，在学校附近租房子给娃做饭呢。所以上学出来的还是不一样，要不家长为啥会这样做？"

他们到长途车站下了车，张仁俊要请黄树良吃饭，他说和别人约好了，要急着去办事，并说："下次我请你吃饭。你挣的那是死工资，没有我的钱活泛。下次我和我老婆请你，把亚丽也叫上。当年我们学校的'两朵红花'，我可不能偏心。"

"那我可要吃好的，狠狠宰你一顿。"

出了长途汽车站，黄树良拦了一辆出租车走了，张仁俊扛着面袋走向公交车站。

当公交车距离特种油泵厂还有一站的时候，停在路上不往前开了。司机告诉乘客，特种油泵厂的职工把路堵了，公交车走不了，现在全部下车。

张仁俊下了车，发现路上的车都不动，交通秩序乱得一塌糊涂。行人有的在骂："一帮老头老太太，没事吃饱撑的，在这堵路，有本事去堵政府大门，堵路只会给老百姓的生活添乱，有个屁用！"

还有的说："唉，可怜一帮老年人，喊了一辈子好，干了一辈子公家的事，老了老了没人管了……"

没办法，他只能肩上扛着面袋，手里提着杂粮袋，步行回家。穿过熙熙攘攘的人群，看见油泵厂的老职工坐在小凳上排成一排，横着堵在马路中间，拉着一条白色横幅，上面写着"我们要吃饭，我们要生活"的黑色大字。几个司机下车劝说老人能不能先让一下，让他们的车子先过去，有急事。这些老人看都不看他们，坐在那里一动不动。面对这些走路颤颤巍巍的老年人，人们动不敢动，骂不能骂，一点办法也没有，只有眼巴巴地看着他们。

张仁俊一边走一边想，这些自己进厂时都是车间骨干的老人，如今连基本生活保障都有困难，让他们咋办？堵路不能解决问题，但他们的诉求又有谁关心过？这些曾经把青春年华都奉献给社会建设的人，当他们年老体弱干不动的时候，真的没人管吗？堵路这样极端的做法，不到万不得已，谁愿意干？再想到自己的经历和将来的结局，不禁悲从中来。

他把袋子放在路边的道沿上缓口气，这时有十几个骑着摩托车的警察，拉响警笛，闪着警灯，齐刷刷停在这些老人面前，下车后先是劝说他们撤离，见他们不听，就动手，连带屁股下的凳子，两个人抬一个，放到旁边的人行道上。路上的车辆，就像撤了闸板的水，一下子冲向前方。拥堵的道路很快恢复了往日的顺畅。张仁俊再看看那些堵路的老人，他们一个个带着小凳，在凛冽的寒风中，慢慢悠悠地回家了。

他扛着面袋上楼回到家里，罗亚丽急忙拿毛巾拍打他身上的面粉，并帮他脱去外衣。走路出了一身汗，刚换上一身内衣，妻子就告诉他，赵明辉打电话说，吴伟民老师不在了，明天早上火化，让他有空了去送送吴老师。

张仁俊一听就愣住了，吴老师可是他最敬重的老师，也是给他帮助最多的老师啊，怎么说走就走了？他当即穿好衣服，告诉妻子他要去学校给老师上一炷香。妻子从床头柜里拿了些钱，塞到张仁俊衣服口袋里，让他向吴老师的老伴，表达一下心意。张仁俊搂着妻子，在她的脸上亲了一口，下楼骑上自行车就朝学校一路疾驰。想着自己在刚刚工作时，一遇到难题，无论是技术上的还是生活中的，他都会请教老师。在他成长和成熟的路上，吴老师给了他毫无保留的帮助，是他人生的导师，也是他技术上最大的靠山。这么好的老师，怎么会突然不在了？今后再有难题，他该向谁去请教？想着想着，一滴泪水流到脸上，而后又被寒风吹干。

第二天早晨，张仁俊早早起床赶到学校，坐着学校的车到了三兆火葬场。看着那一缕青烟飘散在天空，他知道自己前半生遇到的最好的老师彻底走了，眼泪再一次流出，整个身子像是失去了支撑，一下子变得空虚和轻飘。

回到学校，赵明辉拉着他去办公室。如今赵明辉是学生科科长，有单独的办公室。在得知张仁俊最近赋闲在家后，他说："有个厂家需要设计一个专用设备，他们没能力设计，不知道你有没有兴趣？"

"哦，具体设计啥？我行吗？"

"具体设计啥我还不太清楚。以你的能力，设计产品还不是手到擒来的事。我在学校了解的情况比你多，据我所知，你现在是我们班专业技术能力最强的。"

"也是最没有出息的，还不如到市场租一个摊位卖袜子。现在不是流行'卖磁带、摆地摊，烧饼摊子夹花干'吗？"

"现在是有些奇怪，不过我想这种现象不会太长久，毕竟有些事不是谁想干就能干好的，只能由我们这种受过专业教育的人士干。"

"话是这么说，可人是生活在现实社会中，有些事把人逼得没办法呀。你说的这个设计，我先看看，了解一下需求。"

"我把老板的联系方式给你，你直接联系。老板姓田，电话号码在这。"赵明辉说着把联系电话写在一张纸上给了张仁俊。

"这样不太合适吧，最好还是经过你这个中间人。"张仁俊说。

"没有什么不合适的，咱是哥们儿，我也没想着从中间挣钱，你只管去联系。田老板人不错，至于费用你也可以直接和他谈，如果觉得少，你告诉我，我给你争取。"

"这人和你什么关系？"

"嘿嘿，告诉你吧，没有关系，只不过他儿子被招录到咱们学校上学，田老板因此与我认识了，我对他儿子也很关照，他变着法地想感激我呢。我想你最近没事，正好挣些钱。"

"谢谢老同学。"

"不客气，我们可是铁哥们儿。你今天就和他联系，他一来是感谢我，二来也确实需要这个专用设备，而且看样子挺着急的。"

他们又聊了吴老师和学校的一些情况。张仁俊告别赵明辉，当即就和田老板联系，下午直接去了厂里见了田老板。这一专用设备，也是别的厂家在他这里定做的，只不过他有制造能力而缺少设计人员，特别是缺少像张仁俊这样有经验的专业人员。

张仁俊了解需求后，感觉没有什么难度，就说到价格问题。田老板果真是个敞亮人，而且有赵明辉这层关系，明确地说这台设备的总造价是十万，设计费的市场价一般是百分之八到百分之十，他给张仁俊的设计费按百分之十五给，是一万五千元。如果能成，先给张仁俊预付五千元，结束后再付清剩下的，但张仁俊必须在一个月内交图纸，并且要在设备调试完成前帮助他们制订加工工艺方案和调试方案。张仁俊一听这，倒是吃了一惊，一万五千元，按照目前工资的水平，超过他一年的工资。

张仁俊问厂里有没有电脑，他画图要用到，并说这样可以加快设计速度。田老板说没有，但可以去买一台，厂里也正准备买一台电脑。

一周后，张仁俊这个不是厂里职工的人，却抱着一摞手册，天天起早贪黑地在田老板的厂里开始搞设计。对张仁俊来说，设计是他的老本行，轻车熟路，虽然费时费力，但并不烧脑，而且他可以自由安排时间，这样嘟嘟中午在同学家吃饭，下午就可以按时回家了。

当张仁俊把一摞图纸和工艺卡片交给田老板的时候，田老板看着漂亮的图纸和规范的工艺卡，非常高兴，立即安排采购加工，并留下张仁俊，中午请他在外面的酒馆喝酒。喝酒中间，老板说张仁俊是个专家，本来给的设计时间是两个月，他怕张仁俊完成不了或者拖拉，因此给的时间短，没想到张仁俊这么出活。张仁俊笑呵呵地指了指田老板，跟他碰了一下酒杯，没说什么。田老板又说一会儿吃完饭去财务再领五千元，张仁俊不解地看着田老板，田老板说按合同是完工后给，不过他是老板，就现在给，剩下的完工后再说。

　　下午他领了钱，跟田老板告别。田老板说你今后不用每天来，有事了会打电话叫，并告诉张仁俊今后有了这样的设计活，还找他来做。

　　揣着一沓钱，张仁俊感到离岗一年多来从未有过的高兴。是啊，这一年多时间，上岗下岗，再上岗再下岗，到处奔波。伴随着物价飞涨，人心躁动，他的心时时处在一种焦虑、恐慌之中，没有了曾经的踏实，缺少一种归属感，像一片漂游在河里的浮萍，不知道会漂向何方，不知道哪里是自己的归宿。有时他回想这半生，自己曾经是村子第一个考学出来的人，上的是当时很多人都羡慕的西京有名的中专学校，学了四年的专业知识，为特种油泵厂解决过无数的技术难题，最后的结局竟是找不到工作，在建筑工地打工，还要不到工钱。那时候的心情简直灰暗到了极点，如果不是妻子宽慰和儿子给他带来的快乐，他可能已经崩溃了。今天他甩开了过去的不如意，他想自己的能力和水平一定有施展的空间。

　　周末，张仁俊带着罗亚丽和嘟嘟，请赵明辉和李云鹏两家人一起吃了一次饭，表达了对赵明辉的感谢。

　　外面是凛冽的寒风，室内是热闹的相聚。三个家庭十口人，度过了一个难忘的周末。

第二十二章　重新开始

　　岁月匆匆，时光荏苒。转眼到了春天。白杨树的嫩芽开始脱掉厚厚的盔甲，冒出了紫红色的芽尖；柳树也开始变换装束，远远望去，像罩了一层淡淡的绿烟；杏树急不可耐地在蒙蒙的春雾里绽开了白色的花朵，告知人们，春天来了。

　　张仁俊坐在公交车上，望着车窗外一一闪过的春色，心里想着田老板刚刚给他说的事。自从去年冬天设计那台专业设备开始，他就成了田老板公司的非正式的员工，有设计任务，他就设计，结束了给钱；没有设计任务时，他们互不相干。这样双方互不牵扯，没有雇佣关系，张仁俊觉得挺好，自己更自由。这段时间里，经人介绍，他在外面接了不少设计的活，也挣了不少钱。为了方便，他掏钱给自己买了一台电脑。今天田老板把他叫去，想聘请他作为厂里的技术员，每个月工资一千五，这让张仁俊甚感意外。因为从第一次设计专用设备开始，快半年时间，两人一直像朋友一样相处，开始他还想着能在这里打工也蛮好，老板为人和原来的于老板一样，只不过比于老板更精明，算盘打得更细。后来他发现田老板没有这个意思，只是有活了来干活，没活了不用来，而自己也习惯了这种灵活的关系。今天突然要改变这种模式，一时间他还有点犹豫，他告诉田老板，自己回去和家人商量一下再答复。

下了公交车，张仁俊从包里拿出一个塑料水杯，喝了一口，一股苦涩的味道让他顿时神清气爽。他现在开始喝茶了，而且和父亲一样，只喝陕西产的陕青。他慢慢体会到了茶的滋味，这种廉价的陕青茶，苦涩的余味里有着一种难以形容的甘甜，和他这段时间的心情正好吻合。只是他发现这种茶只有在农村的集市上才能买到，城市的大商场里，只有包装精美、价格不菲、喝起来滋味寡淡的茶，不如这种茶喝起来带劲。

他提着水杯，朝菜市场走。他要去买点菜，早上走的时候妻子告诉他家里的菜没了，她晚上回来晚，那时菜市场已经关门了，所以让他回来时捎点菜。

刚一转弯，迎面碰上一个人，一把把他拉住，他也一把抱住来人。这个人不是别人，正是王天涛。

他们已经有十几年没有见面了。一阵寒暄之后，张仁俊拉着王天涛去菜市场买了一堆菜，并买了一条鲈鱼和几斤排骨，然后回到家里，一边做饭，一边与王天涛聊天。

王天涛在西宁被骗以后，又因挪用公款被厂里除名，后来去了珠海。王天涛开始时在一家工厂的生产线上打工，按说温饱问题已经解决，而且还有余钱，可对于他这样曾经挥金如土的人来说，这点钱根本不叫钱。没多久，他就辞去了在生产线上装卸线圈骨架的工作，找到了一家电器工厂销售员的工作。销售对他来说是轻车熟路，一套一套的说辞和灵活善变的思维，让他很快成了总管，工资奖金一路飙升，可他仍然不满足。过了一年多，他又去浙江余姚，在模具城那里踅摸商机。经过仔细观察，他自己成立了一家公司，专门从事模具的设计制造。在这期间，他接了大量来自西京城的模具订单。他问客户为什么不在当地制造，这么远的距离，一旦模具有问题，维修都不方便，往来花费也很大，客户说西京没有一家像样的模具设计制造公司，各厂的模具有的自己设计自己制造，有的就到余姚来做。他意识到这是一个商机——西京城是一个工业制造的重地，特别是国防工业、航空航天工业和重汽，规模庞大，而模具的使用量也非常大，如果能在西京城开办一家模具设计制造公司，一定会有前途。经过反复思考，他卖了公司，决定回西京干一番事业。他回到西京城的第一件事，就是找张仁俊。

张仁俊听完王天涛的讲述，心里也是一动，这还真是一条路子。他问王天涛有什么想法，王天涛告诉他先在西京这些厂里面做个调研，看看有没有市场，再考察考察西京的环境，例如模具材料是不是好买，热处理、表面处理的价格如何，以及是不是方便等事宜。

"你这几天不忙的话，我们一起去考察一下。"王天涛说。

"我现在是自由职业者，随时可以。我们明天就开始。现在几点了？我出去打个电话，叫赵明辉和李云鹏过来。你来了，'四大才子'就能聚齐，一会儿喝几杯。"

"哈哈，'四大才子'这名头还在呀？"

"虽说这是同学们开玩笑，但也是曾经的辉煌。我们不在乎曾经，但

'曾经'能激励我们再创辉煌。"

"你小子行啊，嘴练得这么溜！"

"没办法，整天和工人打交道，练出来了。"

"哈哈！你不用出去打电话，我这里有电话，你说号码我来打。"王天涛说着从口袋里掏出一部当时很上档次的翻盖手机。

"好家伙，真是大老板呀，这么高档的移动电话。先给赵明辉打，他现在可是学生科科长呢。"张仁俊说了号码。

电话接通后，王天涛开了免提功能，只听电话里传出明辉那礼貌而又标准的接听电话用语："你好，我是西京仪器工业学校学生科赵明辉，请问你是哪位？"

"明辉，你听我是谁？"

"王天涛，是你吗？"停了一会儿，那平和的声调立马高了几度，语气中含着激动和急切。

"你还能听出我的声音呀。是我，我现在在仁俊家。你如果方便，现在就过来一块吃饭；如果不方便，我们等你下班。"王天涛笑着说。

"天大的事也没有见你这事大，我马上过来，二十分钟。"赵明辉的话让王天涛和张仁俊都有些激动。王天涛又拨通了李云鹏的电话，电话那边传来的声音问："哪位？你找谁？"

"我找李云鹏。"

"他今天不上班。"

"你知道他在哪儿吗？"

"不知道，可能在市场帮他爱人呢。你们去市场找。"说完不等王天涛回答就挂断了电话。

"快给明辉打电话，让他顺路叫一下云鹏。"张仁俊急忙说。

可当王天涛再拨赵明辉电话的时候，已经没人接听了，他们俩面面相觑，张仁俊说："我给我媳妇打个电话，让她回来时绕一下，把云鹏叫上。"

"这不合适吧，还是再想想办法。他们市场管理部有没有电话？打电话让他们叫一下。"

"你把西京的市场管理部当成南方的市场管理部了。咱们这里的市场部，除了管理就是收税费，可没有服务功能。"

正当他俩想办法时，赵明辉来了。他进门看见王天涛，一下子扑上去就是一个熊抱。

"你咋这么快呀？"张仁俊问。

"见你们哪能拖拉呀，我出校门就拦了一辆出租过来了。"他从包里掏出两瓶墨瓶西凤说，"今天就是它了，不醉不归。"

"哈哈，你先不要不醉不归，云鹏现在通知不到，你说咋办？"张仁俊说。

"咋回事？"赵明辉问。

张仁俊把情况说了一遍，并打算让妻子罗亚丽回来时绕道叫一下。

"这不合适，亚丽工作忙得跟打仗似的，下班再让她绕那么远的道咋行。我看你准备在家吃，那你就给咱做饭，我和天涛现在就去接他，接过来正好你饭就做好了。"

"哈哈，你倒是会安排，把天涛带走陪你，我一个人做饭？"

"主要是不打扰你做饭，让你充分发挥才能。"说着，赵明辉拉着王天涛下了楼，拦了一辆出租，就奔祥和市场而去。

祥和市场是西郊一个较大的批发和零售市场，主要经销服装鞋袜和日用百货。赵明辉领着王天涛，在市场里左拐右转，寻找李云鹏爱人的铺面。而此时的王天涛反倒不着急，在不同的铺面前询问着商品价格和销路情况，他在一个卖儿童运动衣的商铺前，问赵明辉张仁俊的儿子有多高、几岁了，然后根据赵明辉说的情况，给嘟嘟买了一身运动装。赵明辉明白了情况后，拍了拍王天涛的肩膀，伸出了大拇指说："你想得周到。"

当他们来到李云鹏爱人铺面前的时候，只见李云鹏在里面用一只手吃力地整理着刚刚进的衣服，他爱人则招呼着一个顾客，介绍着衣服的款式和价格。

"我们买衣服，给我选一件男装，店铺里最好的男装。"王天涛对李云鹏的爱人说。

"好的，马上，你先看看款式。"女人热情而又大方地说，可回头一看是赵明辉，立马笑着说，"是你呀！云鹏，你看谁来了。"她转头要招呼王天涛的时候，发现王天涛早就和李云鹏抱在一起了。赵明辉急忙给她介绍说他就是王天涛。两个大男人拥抱后，眼里都盈满了泪水。

一番介绍后，李云鹏对爱人山菊说他们一起去张仁俊家，一会儿让她自己收拾回家。

王天涛对山菊说："嫂子，我还真要买一件衣服，刚从南方回来，没想到西京城还这么冷，你给挑一件衣服。"

山菊审视了一下王天涛的身材，然后拿出一件藏蓝色夹克让他试。王天涛穿上后很合身，李云鹏和赵明辉都说不错。

"那就是它了。"说着就要掏钱。

"天涛，如果你要给钱，我们的衣服就不给你。"李云鹏说。

"那好，我就不给钱了。"说着从口袋里掏出钱包，从一沓子钱里数出一千块钱交给山菊说，"你们结婚我不知道，你们生孩子我也不在，今天第一次见嫂子，算是我给嫂子和侄子的见面礼，如果你们不要，那我这衣服也就不要了。"

山菊不知道该咋办，看着丈夫和赵明辉。

"既然是给嫂子和侄子的见面礼，我看你就收着，你给他一件衣服，也算是回礼了。云鹏你就让嫂子收了。在这自由市场这么推来推去也不好。"赵明辉说。

"唉，行吧。天涛呀，你真是的。"李云鹏叹息道。

他们三个坐出租回到张仁俊家里，桌子上已经摆了几个凉菜，热菜就等着下锅了。

张仁俊招呼他们准备吃饭，赵明辉却说不着急，等亚丽和嘟嘟回来一块吃，李云鹏和王天涛也说等一会儿。于是四个人坐在客厅里开始聊着各自的情况。这是时隔十几年后四个人再次相聚。他们几个都问王天涛这些年干啥去了，一点消息都没有，王天涛就把自己这些年的坎坷经历给他们详细地说了一遍。几个人都是一阵叹息，都抱怨说那么困难了为什么不告诉一声，兄弟几个就是再穷，也能帮一把。

"唉，我不怀疑你们会全力帮我，但救急救不了穷。关键是我自己也觉得丢人，没有脸告诉你们。今天这也是咱们几个在一起我才说，有些人巴不得我倒霉呢。说实话，我当时也确实有些张狂，年轻得志，德不压财，想想也是人生的一课。"王天涛摇了摇头，笑着说。

"人生哪有一帆风顺的。咱们四个，除了明辉在学校还稳当点，其他人都是起伏不定。我们都生活在社会底层，社会的小小变迁，对我们而言都是大风大浪。这几年的工厂改革、教育制度改革、住房制度改革、医疗制度改革，都跟钱有关，也都让我们赶上了。"张仁俊说。

"想起来都是泪。"李云鹏说。

"那咱就不提这些不愉快的事。想当年，我们也曾经是家里人的骄傲，是村子里人人羡慕的高才生，是同学眼中的'四大才子'。如今虽然不如意，但我相信是龙总会腾飞，是金子在哪里都发光，咱们在哪里都能干好。不过天涛你不能老是单着，赶快找个媳妇给你管好后勤，这样你心里才会踏实，才能干得更好。"赵明辉说。

"明辉说得对，这是个大事。"张仁俊说。

"唉，再说吧，这事只能看缘分，再急也没用。我总不能看见一个女的就说'结婚没？和我结婚'吧？"

王天涛的话把几个人都逗笑了。

"你把南方的公司卖了，就是另有想法，这次回来有什么打算？"赵明辉问。

"余姚那里的公司虽然活很多，但竞争激烈，利润薄，全凭量大挣钱，干着太累，当地人吃苦耐劳的劲头咱根本就比不了。关键是我一个人，管销售、采购，管不了技术；雇用了几个人，你说啥他们干啥，都不操别的心，太累了。这次回来先休息一段时间，看看再说。"王天涛没有说实话，因为他还没有和张仁俊详细说咋办。在事情没有落实前，他不想让太多的人知道，这是十几年来商海磨炼出来的习惯，就是对赵明辉和李云鹏这样的好友也一样，况且分别这么长时间了，谁变成什么性情他还不清楚呢。

正当他们说得高兴时，罗亚丽领着嘟嘟回来了。赵明辉看见嘟嘟，一把拉过来让叫叔叔，然后又指着王天涛和李云鹏让叫叔叔，嘟嘟一一叫了。罗亚丽看见他们几个来家里也很高兴，换掉外衣，进厨房准备炒热菜。张仁俊要来掌勺，罗亚丽让他出去招呼客人。

王天涛拿出买的新衣服给嘟嘟，嘟嘟看见是一套运动衣，高兴地说谢谢叔叔。张仁俊则说："你这是干啥？都是自家兄弟，这么客气干啥！"

"正因为是自家兄弟，才给侄子买衣服。这可是咱们的未来和希望。"

罗亚丽从厨房出来说："你们几个别光喝茶。仁俊，招呼大家先吃着，热菜很快就好了。"

"不着急，你炒完了我们一块吃吧。"王天涛说。

"别等我了，我又不喝酒，你们快开始，热菜马上就好。"

张仁俊招呼着大家，他找了几个小茶杯，给每人倒了一杯酒。浓烈的西凤酒特有的香气立刻在小小的房子里弥漫开来。

"真是好酒呀！多少年都没有尝到西凤酒的味道了。"王天涛闭上眼睛，端着酒杯放到鼻子前贪婪地嗅着。

"你在浙江喝不到西凤酒？"赵明辉问。

"没有卖的。我几乎问遍了我住的那个小镇的商店，他们都卖当地酒或者高档酒，就是没有西凤酒。"

"不会吧，西凤酒也是八大名酒之一，咋会买不到？"张仁俊说。

"我们北方人，光知道低头做事，就不会宣传。你知道中央电视台新闻联播前的酒广告吗？拍卖出七个亿。那个酒能和我们的酒比吗？说到历史和文化底蕴完全不在一个水平，可全国人都知道有那个酒。西凤酒已经有多少年的历史了，是凤翔柳林镇这个地方特有的凤香型酒，其他地方的酒根本没有这种口感。曾经它可是全国的八大名酒之一，但现在几乎被人忘了，除了陕西，别的省很少有人知道，也买不到。唉，多可惜呀。"

"西凤酒太烈了，喝到嘴里辣。"李云鹏说。

"这就对了，这就是咱陕西人的性格，火爆、浓烈，但这酒后味却是甜的，而且越喝越甜。有一次在西宁，有个伙计说西凤酒喝到最后成糖水了。这也是咱陕西男人的德行，外表生冷噌倔，内心温柔多情，只有结交时间长了才能体会。就像我们四个，多少年不见也还是这副德行，狗皮袜子没反正。"王天涛说得几个人都笑了。

"所以说咱们要变一下，要宣传自己，现在干事，不是'谦虚使人进步，骄傲使人落后'，而是'谦虚没人知道，骄傲人人夸耀'。除了把事干好，还要能吹能说才行，否则，累死了事也做不大。"王天涛说完，转过头对赵明辉说，"你现在可是咱们班的骄傲，不过干事也是一样，太老实了不行，你光干事不说，别人会把你当驴一样使唤。"

"你说得对着呢。不过明辉可是个人精，比咱几个都强。"张仁俊说。

"那是，当年'四大才子'中的文艺天才，肯定不尿。"

"你们几个别光说话，快吃。"罗亚丽端着一盘红烧排骨出来了。

张仁俊给妻子和儿子倒了果汁，说："亚丽你先坐下吃两口再做，你不上桌子，他们也不好意思动筷子。"

罗亚丽和嘟嘟都坐下后，众人端起杯子，张仁俊说："为了友谊，为了'四大才子'再次相聚，干杯！"他们举杯一饮而尽。

这一顿，四个人喝光了两瓶酒，最后张仁俊和李云鹏都醉倒在桌子上呼呼睡着了，而王天涛和赵明辉还算清醒。张仁俊醒后，见二人硬是要拉着李云鹏走，便让他们别走了，就在客厅将就一晚上，因为已经半夜十二点了，外面又很冷。但赵明辉和王天涛说不要紧，他们清醒着呢，不把李云鹏送回去害怕他媳妇担心。

其实，二人并没有把李云鹏送回家，因为李云鹏一到外面就开始耍酒疯，一会儿哭，一会儿笑。王天涛一看这样不行，就和赵明辉把他连背带架地带到自己住的酒店，放到床上让他睡觉，让赵明辉也不要回家了，以免影响家人。他们三个衣服都没脱，稀里糊涂地在酒店里睡了一晚上。第二天还是王天涛的移动电话铃声把他们吵醒的，已经是九点多了。

他们洗了脸，又在下面街道的早点摊上吃了油条豆浆，赵明辉和李云鹏各自离开忙自己的事去了。王天涛和张仁俊昨天已经约好在酒店会合，不大一会儿，张仁俊就敲门来了。

他们拦了一辆出租车就开始跑钢材市场、加工工厂和热处理工厂。本来张仁俊说坐公交车就能到，可王天涛说，那样效率太低，一天下来干不了几件事，因此两人就把那辆出租车包了三天，马不停蹄地在西京市的东西南北到处跑，甚至跑到长安、户县、阎良、草滩等地。最后还给出租车加了钱，因为跑的路程太多了。

"我感觉在西京城办个模具公司应该没有问题，而且前景不会差。"王天涛在考察三天后对张仁俊说。

"我觉得材料和加工都没有问题，不过我没办过公司，市场情况我看不清楚。"

"开始还是需要开拓市场，但后面发展不会差。咋样，咱俩弄一个公司，甩开膀子干一场，有没有信心？"

"技术上没问题，经营的事我可是一点不懂。"

"你把技术上的事搞定就行，我要的就是这句话。"

"还有就是，我可是拿不出多少钱。"办公司不是容易的事，没有钱不行，张仁俊有点不好意思。

"这个问题你不用操心，钱的事我来解决。今天就把事说清楚，你回去也和亚丽商量一下，咱们弄个股份制公司。我想这样：我占百分之五十一股份；你一分钱不用出，负责技术上的事，占百分之三十股份，除了每月工资外，年终分红；其他股份我想将来分给底下的员工，让他们也有个归属感。你看还有啥不妥之处，明天晚上咱俩见面再商量。"

"我一分钱不出，给的股份有点多了。"张仁俊想了一下说。

"不多，我看中你的为人和能力，对其他人我还不放心。你回去先和亚丽商量。我等你回话。我也得在附近租一个房子。这几天光考察厂子了，既然要干，我也需要租一个房子，最好能和公司在一起，这样方便。"

"行，明天就干这事。"张仁俊说。回到家，他给田老板打了电话，推辞了田老板的聘请，准备开始他们自己的事业。

第二十三章　模具公司

　　经过紧张的筹备，在油菜花盛开的时候，王天涛和张仁俊的协力模具设计制造公司开业了。他们租赁了西郊汉城路附近一栋楼的一层，面积有五百平方米。前面是展厅，里面放了十几个货架：一些货架上摆着各式各样的模架，包括冷冲模、塑料模、热压模等；一些货架上摆放着模具配件，包括导柱、弹簧、垫板等；还有一些货架上摆放着模具材料，有板材，也有棒料，材料上用油漆写着名称，包括T8A、GrWMn、Gr12MoV等。展柜的前面，用几个文件柜隔开了一个办公区，放着几套办公桌椅和两台电脑。

　　后面的另一间房里，则有几台崭新的机床，有一台电火花线切割机、一台平面磨床、一台车床、一台万能工具铣床和一台试冲压模的冲床，还有一个大装配案，案上有一台台虎钳和两台钻床。他们聘请了车工、铣工、磨工、钳工和电火花线切割工各一名。这是一个初具规模的公司，公司的资金来源除了王天涛自己这些年的积蓄，还有从银行贷的一笔款。用王天涛的话说，不搞小打小闹，要干就要形成规模效应，这样才能让客户放心，才能有钱赚。

在开业的当天，他们把西京城里和业务有关的同学、校友、朋友，能邀请到的，都邀请过来参加他们的开业典礼。赵明辉邀请到了在省机械工业厅生产计划处任职的校友，并让该校友在典礼上做了讲话。该名校友看到模具设计制造公司的规模，也是赞不绝口。开业仪式中，业内最有权威的当属他们邀请到的西安交通大学李教授，他做了《当前我国模具市场发展的不平衡及其应对策略》报告，分析了北方和南方模具市场的不平衡原因和应该采取的对策，对于"协力模具设计制造公司"的成立给予了高度评价并提出了期望。

沈浩翔和刘娟也被邀请参加了他们的开业典礼。两口子送了八个花篮，摆放在门口两边，使得开业典礼喜庆的氛围更浓。沈浩翔一见到张仁俊就握住他的手说："我早就知道你小子不是池中之物。这个模具公司开得正是时候。恭喜你们！恭喜发财！"

在开业当天，一个校友就给他们送上了第一单生意。校友是一个国营厂的车间主任，他们厂原来的模具都是在南方定制，这次正好被邀请参加开业典礼，就顺手签订了合同。这是一套冲孔和落料一起的复合模具，虽然钱不多，但这是一个良好的开端。紧接着两天里，他们又接到了一套塑料成型模的订单和一个单位冷冲模维修的订单，模具很大，费用当然也不低。

这些事情，一下子让张仁俊忙碌起来。他不仅要设计图纸，而且还要诊断需要维修模具的问题所在。他以前主要设计夹具和刀具，对模具设计还不是很熟悉，对模具设计软件也不是很精通，因此经常加班加点，边熟悉软件边设计。

当第一套复合模设计好了以后，他去学校找赵明辉。

张仁俊上学那会儿，学校还没有开设模具专业，因此张仁俊并不认识学校里能设计模具的老师。通过赵明辉，他认识了学校里专门教授模具设计的简玉华老师。

简玉华比张仁俊年纪稍长，个子不高，说话慢慢悠悠，是在张仁俊毕业后来到学校教书的。他原来在工厂专门从事模具设计，现在是模具教研室主任。他看了张仁俊的设计后，认为并没有大问题，只是一些细节问题需要修改。这是张仁俊没有模具设计经验造成的，通过简老师的讲解，他恍然大悟，似乎一下子开了窍。为了表示对简老师的感谢，他请简老师在一个川菜馆吃饭，并请赵明辉作陪。

吃饭过程中，张仁俊邀请简玉华有空去他们公司看看，也顺便给他们公司做指导。赵明辉也说这是个好主意，让简老师去看看，给他们公司当个技术顾问。简玉华笑了笑没吭气，赵明辉和张仁俊也弄不清简老师到底是去还是不去。第二天早上，张仁俊刚上班不久，简玉华骑着自行车晃晃悠悠地来到门外，放好自行车，提着个装教案的人造革包，进了协力公司的门。他穿着软底鞋，走路无声无息，张仁俊正在全神贯注地修改图纸，因此没有注意。简玉华也不打扰他，把那一套套模架、各种模具配件、材料认真看了一遍，又走到后面的加工区，几个工人师傅都在忙碌着干活，他又仔细观看了设备和加工的工件，然后才走到张仁俊的办公桌前。

张仁俊一看是简玉华，急忙起身相迎，招呼坐下，倒了一杯茶，说：

"简老师来前也不告知一声，我去迎接你。"

"我又不是大领导还要你迎接呀。"简玉华喝了一口茶说，"我刚才看了一下，相当不错呀，不论是规模还是模具品种，都很齐全。我有个想法，想和你探讨一下。"

刚说到这儿，王天涛来了。这家伙不愧是做生意的料，他利用校友的关系，这几天铆着劲地在各工厂跑，找关系，拉人情，攒人脉，接触了不同工厂里各种领导层的人，想办法和人攀上关系，然后说明目的，很多人都答应有机会将照顾他们的生意。昨天白天，王天涛去东方仪器厂，找到了原来的很多熟人，和他们聊天吃饭。晚上，他特意买了一大堆东西去看姜小敏的父母。

姜小敏的父母年龄应该在六十岁左右，但面容显得比实际年龄苍老。他们慢慢明白了小敏的死是他们一手造成的，因此心里有着深深的悔意。他们没有和儿子住在一起，还住在原来的老房子里。狭小、凌乱的屋子里摆满了陈旧的物件，有破凳子、旧衣服、旧脸盆，厨房里到处是油腻腻的。王天涛无法把眼前的情景和十几年前的画面联系起来。

看到王天涛，两人也不是当年对待他那样的态度了，木然地让他进门，也不说啥。小敏父亲指了指饭桌旁的一个坏了靠背的凳子，示意王天涛坐下。王天涛坐下后也没有说话，他掏出烟给小敏父亲递了一支，自己也叼了一支，然后掏出打火机给老人先点着，再给自己点燃，深深吸了一口。

"阿姨叔叔，身体还好吧？"

"就这样了。"小敏父亲答道。小敏母亲给王天涛倒了一杯水。

王天涛在接水的时候，突然看见墙上的相框里姜小敏的照片，他一下子站起来，走到相框前，直愣愣地看着照片，那清纯的微笑、精致漂亮的五官，一下子勾起了他的回忆，泪水瞬间模糊了双眼。他转身掏出一张名片放到桌子上，对二老说："你们多保重，有什么事打这个电话给我。今后我还会来看你们。"然后低下头迅速离开了。他走出家属院，在一个没人的角落里放声大哭。

回到租住的屋子里，王天涛的脑子里全是姜小敏，她是他刻骨铭心的初恋，是他深深爱过的女孩。当听到她跳楼的那一刻，他恨死了姜小敏的父母，他甚至想姜小敏跳楼是对他们的惩罚，是报应，活该他们失去女儿，让他们受心理的折磨吧。如果他们答应了这门婚事，他们的孙子现在已经上中学了，自己的生活也许会是另一种颜色。

有人说时间是治疗心理创伤的灵丹妙药。这些年来，他逐渐放下了对她父母的恨。他常常想：为什么他们会反对自己和姜小敏在一起？如果自己是姜小敏的父母会咋办？最后他想通了，如果自己是姜小敏的父母，虽然不会像他们一样极端，大概也会反对。自己漂亮的女儿，生在城市，长在城市，凭什么嫁给一个毫无根基的农村娃？除了中专毕业还算一点优势，还有什么其他理由把女儿嫁给他？是啊，天下的父母，没有不希望子女有个好归宿的，在这一点上，他们永远都是一样的。

有了这样的想法，他慢慢地理解了二老，才有了关心二老的想法。小敏的离去，他们比自己更心痛。当他走进曾经让他受尽屈辱的房子，看到屋子里是那样凌乱不堪和缺少生气，看到曾经让他含恨的两个老人那跟年龄不符的满脸沧桑和木讷神情，他的心更有一种负罪感。王天涛想今后自己要多去看看他们，毕竟他们是自己至爱过的女人的父母。

由于晚上辗转反侧，胡思乱想，第二天早上王天涛起床有点晚，他在楼下胡乱吃了点东西，就来到公司。

张仁俊看见后忙叫："天涛，这是咱们母校的简玉华老师，是模具教研室主任。"又给简老师介绍了王天涛，说他也是校友，是公司董事长。

"简老师您好，欢迎您光临指导。我们都是外行，您可要不吝赐教呀。"

"言重了，看到你们公司的这个规模，我有个想法，刚准备和仁俊探讨一下，你是董事长，那正好一起听听。这些模具的配件、模具常用的材料和基本加工方法，都是很好的实物教材。我想把我们学校模具专业的学生拉过来在你们这里实习一周。你们利用这些模具，再找些典型的旧模具做教具，分门别类地给学生讲一讲。不知道行不行？当然，我们给实习费。"

张仁俊和王天涛一听，这可是个好事。张仁俊问："有多少学生？"

"每届有一百六十名学生，分成四批，这地方应该可以容纳下。但你们需要添些桌凳，如果可以我们就签订个长期协议，我们保证每年在这儿实习。每个学生每天实习经费是二十元，另外还有讲课费，全部给你们。"简老师慢腾腾地说完这些，看着王天涛和张仁俊。

王天涛心里盘算着，没有吭气。张仁俊问："有具体计划和安排吗？"

"没有，大纲有，但具体计划和安排需要你们根据情况定，只要能达到大纲的要求就行。"

"我们这里人都没有讲过课，怕讲不好。"张仁俊说。

"没有关系，第一次课我来上，你们派个人跟听，这样问题应该不大。其实主要是就模具讲模具，以学生参观、动手拆装为主，不牵扯到高深的理论知识。"简玉华喝了一口茶说。

"学生什么时候来？"

"要来的话，在两个月以后，也就是在放暑假期间。"

"我们下来再仔细研究一下，明天答复您。简老师您看这样行吧？"

他们又闲聊了一会儿，简老师要走，王天涛留他吃饭，简老师说今后有的是机会，今天下午他有课，不敢在外面耽搁时间。

送走了简玉华老师，王天涛和张仁俊开始商量和计划。这是一个很划算的事情，投资小，桌椅板凳要不了多少钱，实习耗材也不值钱，风险小，单就这一项收入，就够一年的房租水电费。唯一难办的是他们两个都太忙，不可能全天带学生实习，其他几个都是工人，干活行，但要讲课恐怕够呛，因为要讲解各类模具的用途、特点以及不同模具设计时应该注意的事项，对知识的要求还是比较全面的。

商量来商量去，最后王天涛说："干！明天你给简老师回话。我最近一直寻思着再招个人，不能让你一个人既当经理，又要做技术员画图，还要负责办公室的事。看着你这些天忙得四脚朝天，我觉得有点对不住你。现在就开始招人，你在西京的熟人比我多，你留心，尽快招人。"

正说着，罗亚丽打来电话，让他中午接嘟嘟吃饭时，把飞飞也接了一块吃饭。她还说李洁羽病了，今天中午可能回不去，具体情况她晚上回来再说。

张仁俊一听李洁羽的名字，心想咋把她给忘了，能把她招来，不但解决了她的经济问题，而且就她的技术水平和敬业精神来说，绝对会干好公司的事，就是不知道她有什么想法。张仁俊决定先问问再说。

下午放学后，张仁俊把嘟嘟和飞飞接到家里，安排他们写作业，自己则开始做晚饭。这时候罗亚丽回来了，身后跟着李洁羽。

李洁羽显得憔悴而疲惫，她谢过张仁俊，领着飞飞就要回家，被张仁俊叫住了。张仁俊把自己的想法告诉了李洁羽，罗亚丽在旁边听着，她知道李洁羽的状况，见李洁羽在犹豫，就在一旁劝说。李洁羽说她晚上考虑一下，明天答复他。罗亚丽和张仁俊留她和飞飞一起吃饭，省得回家再做。李洁羽说不用，家里还有中午做好的饭。

送走了李洁羽，罗亚丽告诉张仁俊说："洁羽今天下午去医院检查，发现乳房上有个肿瘤，做了活检，明天下午才能出结果，所以心情不好。"她劝说了一下午，这种病恶性程度不高，既使是恶性的，治愈率也很高，让李洁羽不要有思想负担，但看来劝说的效果有限。

劝人的话谁都会说，但被劝的人是不是能听进去，只有被劝的人自己知道。

李洁羽回到家里，给儿子弄好了饭，看着他吃完饭去写作业了。她躺在沙发上，浑身好像散了架一样，迷迷糊糊地睡着了。她做了一个梦，自己站在冰天雪地里，望着四周白茫茫的一片，没有路，没有人，甚至看不到任何有生命的东西，她的心里充满了恐惧。正当她不知所措的时候，有一个人从远处走过来，她一看好像是张仁俊，走近了又好像不是，她赶紧问："大哥，这是哪里呀？我想回家，找不到路。"

那个人对她说："你咋来的这里？这儿根本没有路。"

"你带我离开这里吧，我好害怕。"她哭着说。

"我还有事呢，你朝前面走就出去了。"那人丢下一句话就突然不见了。

突然她发现前面不远处有一个灰色的点在向她这边快速移动，她发现那好像是一只狗。当灰点移动到她面前时，她才发现那不是狗，而是一只大灰狼，因为她听说狗的尾巴是翘起来的，狼的尾巴是拖在地面上的。那只龇牙咧嘴的狼，看见她就直接扑过来，她吓得想大声呼叫，可是喉咙好像被人捏住一样，咋都发不出声音，她用手使劲推着、用脚踢着扑过来的狼……在挣扎中她睁开眼，发现自己躺在沙发上，头枕着扶手，脖子窝着，身上盖了一床厚厚的被子。她的心扑通扑通地跳，她用手捂着胸膛，平复着心情，定了定神，起身拿起茶几上的玻璃杯，准备去倒水。这时，儿子飞飞突然从他房子走出来。

"妈妈你醒了？我去给你倒水。"

"是你给妈妈盖的被子？"

"我看你睡着了，怕你受凉。"

李洁羽起身搂着儿子，亲了一下他的额头说："你去做作业，妈妈自己倒水。"

此时的窗外，灯火阑珊，春风习习，一只杜鹃鸟在窗外的大树上激情地叫着"算黄算割"。

她喝了一口水，又躺到沙发上，闭上眼睛，眼泪止不住地流下来。此刻她的心思全部都在儿子身上。她想，如果自己死了，儿子咋办？谁来照顾他的生活？交给他爸爸司马骏也不放心，他现在已经结婚了，能照顾好飞飞吗？后妈虐待娃的故事，戏曲、小说里处处可见，而且他现在在哪里都不知道。交给自己的父母也不放心，他们的年龄已经大了，飞飞已经被重点中学录取，眼看着就要上初中，他们自己都不适应城市的生活，如何照顾好飞飞？交给朋友，谁能用真心待他？思前想后，五内俱焚，她禁不住哭出声来。

"妈妈，你咋了？"飞飞站在她面前问。

看见儿子，她更加难过，放声大哭。飞飞不知道发生了什么事，看见妈妈这样，也吓得有点不知所措，递给妈妈几张擦眼泪的纸，嘴里问着："妈妈你咋了？你别哭呀妈妈，我害怕，你别哭。"

李洁羽止住了哭声，抚摸着儿子的头，说："没事，妈妈没事，就是希望你快点长大。"

她起身洗了一把脸，问："作业做完了吗？"

"做完了，等你签字。"

现在儿子的作业已经有难度了，很多题她看着也犯难，只能签签字。她给儿子的作业本上签完字，叮嘱他早点睡觉，自己则开始收拾沙发和家里。她要坚强起来，不管明天看到的结果如何，自己都不能倒下。大夫说了，这种肿瘤即使是恶性的，生存期也会很长。她要坚强地活着，儿子不能交给任何人，自己一定要亲手把他养成人，看着他上大学，看着他成家。

在工厂转型分流的这几年里，她看多了人们在生存面前的不择手段、尔虞我诈、两面三刀、欺软怕硬，这些人性的丑恶在关键时刻被展露得淋漓尽致。她虽然是本科毕业，但因为是后修的学历，是以工代干的身份进厂，还缺少庇护人，早就被挤出了技术科。不过她没有离开工厂，在她最困难的时候，张仁俊和潘安民求情让她留下来看守零件库房，工作算是很轻松，但收入没有增加。在物价飞涨的年代，收入不增加就等同于减少，虽然她生活节俭，但日子还是过得紧紧巴巴。要不是司马骏托张仁俊给了她一笔钱，儿子飞飞上中学的钱都不知道从哪里来。她之所以不离开单位，是想让儿子安稳上完小学、中学，她不能因为自己工作不稳定而让飞飞也不稳定，他是她现在全部的希望和精神寄托。

带着孩子的日子是难过的，一个年轻的离异妇女带着一个年幼的孩子，日子更难过。她有过儿子生病时身心的备受煎熬，也有过自己生病时无依无靠的纠结，最难熬的是漫漫长夜里一个人的孤独。她多想有一个肩膀可以依靠，缓解身心的疲惫；多想有一个胸膛可以依偎着倾诉，抒发积压在心底的苦愁。开始时，一想到司马骏，她就完全没有了再找男人的愿望，他婚前婚后的变化和婚内出轨的行为，伤透了她的心。但后来她也在慢慢找原因，也许自己对他太不在意了，对他的关心太少了，才造成后来的结果。当张仁俊把那一张银行卡给她的时候，特别是她知道了银行卡里的钱数时，她哭了。是啊，她本该有个幸福完整的家，可是自己没有经营好，没有珍惜，以致落到现在这样的地步。

她也时常想到张仁俊，这个男人是她心里永远的依恋，直到现在都是，但自己永远也不会向他诉说。他的家庭是幸福的，他的妻子是贤惠的。没有和他走到一起也许就是命。是啊，这是命，谁也抗不过命中注定。

窗帘上光影斑驳，她以为天亮了，一看表，才三点多。外面在干什么呢？哪个单位又在夜里施工了，这么亮的灯？她睡不着，下床拉开窗帘向外一看，只见一轮明月高高地挂在楼顶，在湛蓝深邃的夜空里肆意挥洒着皎洁的光芒。没有云彩，看不到星星，只有圆圆亮亮的月亮。李洁羽想：这月亮太孤独了，在孤独寂寞的夜晚，缺少陪伴，缺少烘托，只是发着惨淡凄凉的白光。此时此刻，在这世上还有多少人会像自己这样欣赏它？

她回到床上，睁着眼睛看着黑漆漆的天花板。她忽然想起昨天晚上张仁俊给她说的事，自己光想着病情和儿子了，忽略了他的话。要不要答应，还是等下午病理结果出来后再说吧。

第二天，在忐忑不安的等待中，李洁羽从罗亚丽手里拿到了自己的化验单，她不敢看化验单，只是盯着罗亚丽。

当罗亚丽告诉她说没事，是良性增生时，李洁羽一下子哭了。她趴在罗亚丽的肩膀上大声哭了，惹得医院门诊大厅里的人纷纷侧目，有的吃惊，有的疑惑，有的同情。罗亚丽急忙拍着她的后背小声说："没事了，没事了。别人都在看着你呢。"李洁羽抬起头，忽然又破涕为笑。她又在生死关口通关了。

第二十四章　有爱呵护

李洁羽穿着一件深蓝色的印花连衣裙，一张精致的脸上略施脂粉，虽然略显憔悴，但仍然掩盖不了她的美。她和张仁俊走进王天涛的办公室时，王天涛一眼就被她的气质深深吸引，张仁俊介绍完后，他仍然痴痴地看着她。

"天涛，天涛，这是我原来的同事。"张仁俊看王天涛的样子，有点想笑，再次介绍。

"哦，叫啥来着？"王天涛回过神后，有点不好意思。

"李洁羽。"

"李师傅你好。我想我们在哪里见过。"王天涛急忙用话打破尴尬。

"王总你好。我可能是长了一张大众脸，所以你才觉得我们见过。"李洁羽大方地说。

"这还真说不定，你过去来我办公室时有可能见过李洁羽，只是你那时候没有认真看而已。"张仁俊说。

"有可能，不过像这么漂亮的女人，我不可能不认真看呀。"王天涛开玩笑地说，把张仁俊和李洁羽都惹笑了。

"李洁羽的办事能力和为人我昨天已经和你说过了，你们聊一聊别的工作相关问题，比如工作职责、待遇或者其他问题，都是朋友，直接说到当面。我先到办公室去了，还有几份图纸着急要呢。"张仁俊说完后回到自己的办公室。

看着张仁俊离开，王天涛让李洁羽坐下，在饮水机倒了一杯水放到她面前说："我们是一个私营公司，具体业务我就不再多介绍。既然你来了，也算是创始人之一，我们就拧成一股绳，把这个公司做大做强。公司现在才开张不久，可能分工还不能太细，有什么事我们就干什么事。我负责市场营销，仁俊负责搞技术兼出纳，目前你的主要任务就是带好西京仪器工业学校的实习学生，另外还想让你兼办公室主任。咱们任务重，时间紧，七月份学生就要来，需要的东西，包括桌椅板凳、扳手、钳子、螺丝刀等，你都要准备。具体需要啥，你和学校的简玉华老师联系。"说完看着李洁羽。

"这个仁俊已经给我说过了，应该没有问题。多干活我不怕，就是讲课恐怕我还不行。"李洁羽说。

"没关系，简老师会带你一段时间。你的待遇是每个月一千五，年终奖金根据咱们公司的经营情况另外再算，你看行吗？"

"谢谢，谢谢。"昨天张仁俊没有给李洁羽说待遇问题，虽然他和王天涛商量过，但想着还是让王天涛亲口说，因为她毕竟是自己介绍的，而且两人是多年的同事。李洁羽的期望月薪是一千块钱，现在她在厂里的工资每个月六百块钱都不到。现在听到每个月工资这么高，她还是很意外的。

"既然没有意见，我看你今天就上班，仁俊已经忙得不可开交了。"他起身带着她到隔壁张仁俊所在的办公室，指着一张办公桌说，"那就是你的工位，现在我们公司才起步，今后发展了，再给你们安排独立的办公室。"王天涛转头又对张仁俊道："仁俊，你的老同事，你照顾好，工作的事已经谈好了，今后就是你的兵了。"

他们说笑了几句，王天涛告诉张仁俊说："我现在要去一趟北郊，前几天一个老板说要做几套吹塑模具，我去看看。"

王天涛走后，张仁俊帮着李洁羽收拾好办公桌椅。

李洁羽说："真心谢谢你。"

"谢什么呀，我们可是老同学、老同事、老朋友。我这两年也是到处飘荡，老觉得不踏实，没有归属感，现在可是咱自己的事。"

"是你们的事。"李洁羽瞟了张仁俊一眼，故意把"你们"两个字说得很重。

"不会吧，这么见外？这事可说不准哦。"张仁俊用夸张的语气说。

"不过你放心，我会好好干，不会让你在同学面前丢人的。"

"咱俩是同学，我和他也是同学，根据逻辑推理的结果，同学的同学也是同学，所以你俩也是同学。"张仁俊开玩笑地说。

"你这都是啥逻辑嘛。"

说笑归说笑，李洁羽的工作能力确实强，她和张仁俊一块到学校去找了简玉华老师，签订了学生实习合同，通过和学校老师的不断沟通，制订了一个详细的学生实习计划。根据计划，她开始安排场地，购置物品。

在学生到来前，十个工作台、十套拆装工具、十套不同形式的模具，还有四十个凳子，已经全部到位，场地布置得整整齐齐。在这期间，王天涛见识了李洁羽的干练和才能。

西京古城的夏天变得越来越热，而且是一种闷热，人似乎在蒸笼中一样，身上的汗永远也擦不干，黏黏糊糊的让人不舒服，给人的感觉就是热得憋屈，热得不畅快，人们戏谑地称这种天气叫"桑拿天"。这天下午，王天涛从外面跑业务回来，热得汗流浃背，浑身难受，再加上没有喝水，心理压力大，回到办公室刚坐下就觉得头有点晕，还有点想吐，浑身冒虚汗，肚子也不舒服。他以为自己昨天晚上睡得迟，今天早上起得早，没有休息好，刚准备起身去厕所，就一头栽倒，人事不省。

李洁羽整理好发票和清单，听见王天涛回来的动静，就敲门找他签字，门并没有关严，她敲了几下没有回应，就推门进去，发现王天涛倒在地上，浑身抽搐，脸色苍白，裤子潮湿并散发着尿臊味。李洁羽大吃一惊，急忙上前去扶，她大声呼喊着王总，可他依旧双眼紧闭，毫无回应。张仁俊出去办事，办公室没有别人，她放下他，先用办公室电话拨打了罗亚丽的电话，让罗亚丽安排医院的救护车来接王天涛，接着到后面喊那几个正干活的工人。干活的工人因为机床轰鸣，没有听到刚才李洁羽的呼喊。工人们过来一看，有一个老工人说王总可能是中暑了，几人连忙把王天涛抬到通风的地方，有人用湿毛巾给他擦了脸和身上的汗，他的症状才有点缓解。这时候罗亚丽跟着医院的救护车也赶到了，随车大夫下车检查了王天涛，说是中暑了，就给打了一针，几个人帮着将王天涛抬到救护车上，罗亚丽让李洁羽也跟着一块走。车开到医院的时候，王天涛已经醒过来了，当他明白咋回事后，不好意思地看着李洁羽道了谢。在罗亚丽的安排下，王天涛很快住进病房，李洁羽办了手续并交了住院押金。

安排好王天涛，罗亚丽招呼了几句就走了，剩下李洁羽陪着王天涛。王天涛看着李洁羽，不好意思地说："谢谢你。我想麻烦你给我买一条裤子，你看这……"说着指了指自己身上。

"好，我马上就去。你还要吃啥东西吗？我顺便都买来。"

"不想吃，先换下裤子再说吧。这是钱……哎呀！"王天涛说着去口袋里摸钱，发现一分钱没带，钱都在他的手提包里，而手提包放在办公室了。

"没事，我这里有。"李洁羽说着出门了。

她回来后，把手里的纸袋子给王天涛。这时王天涛已经换上了病号服，脱下来的衣服放在病床底下的一个塑料袋子里。王天涛看了一下纸袋子里李洁羽买的裤子，发现除了一条裤子外，还有一个裤头，他心里一阵感激，心想还是女同志心细。他刚要表示感谢，张仁俊推门进来了。

"老王，你这是咋了？"

"没事，今天太热，回来路上坐了个出租车空调坏了，中暑了。"

"听亚丽一说，吓得我赶紧往回赶。你没事就好。"

王天涛说："多亏李工，要不然可能就交代在公司了。"

"那你可要好好感谢李工哦！"

"那是必须的。"

"你准备咋感谢？"

"救命之恩，咋感谢都不为过。"王天涛说。

"我看就以身相许，这也算是美人救英雄。"

李洁羽听到这，笑着说："我可不要感谢。你们聊吧，我回家给飞飞做饭去了。嘟嘟仁俊你也不用管了，回来后到我家接他就行。"她走的时候，顺手拿走了床底下那包脏衣服。

李洁羽来公司不长时间，王天涛就发现她的身上散发着与别的女人不同的气质，高冷而又不失礼貌，漂亮而又不失妩媚。一种特殊的感觉，牢牢地吸引了他。刚见面时，他还只是为她的外貌所倾倒，后来非常欣赏她的才能。他常常在张仁俊面前提到李洁羽，言语中流露出对她的倾慕。张仁俊就试探着问是不是看上她了，王天涛没有否认。有天中午，他俩出去吃饭，王天涛特意要了两瓶啤酒，谈话间又提到李洁羽，张仁俊就挑明了话题，说如果真的看上她，他可以帮忙打探一下她的想法。王天涛借着酒劲说只要李洁羽愿意，他就娶她。

后来，张仁俊就让罗亚丽打探李洁羽的想法。开始时李洁羽并没有答应，觉得自己是一个带着孩子的女人，来公司就是为多挣点钱，不想考虑这些事。而且老板有钱还是个单身，从来没有结过婚，属于"钻石王老五"，要找个小姑娘还不是很容易的事？这条件，自己咋能和他相配？可慢慢她发现王天涛对自己很照顾，且为人处世低调沉稳，遇事灵活多变，做生意奇招频出，不像那些有钱的老板扎势摆谱，也不见他带别的女孩出入。后来在张仁俊家里，他们夫妻二人把王天涛的遭遇详细地告诉了她，这让她对他有了新的认识。

他们俩都在观察着对方，但谁也没有再提起此事。这次的事情给了他们一个机会。

夜晚的凉风清扫着留在水泥地上的余热，把一缕缕舒爽送给饱受酷暑煎熬的人们。在劳动公园的林荫道上，王天涛和李洁羽并排走着，享受着夜色中的安宁。

"谢谢你。"王天涛说。

"你已经谢过很多次了，不客气。"李洁羽说。

"人生在世真有很多想不到啊，其实我还真的很庆幸生了这一次病。"

"生病了还庆幸，怎么说？"

"嘿嘿，不生病的话，我们现在能在这里并肩散步吗？"王天涛歪头看着李洁羽。

"你就不怕别人看见说你勾引女员工？"李洁羽也看着王天涛。

"怕呀，怕他们看不见。"王天涛突然伸手抓住李洁羽的手。李洁羽身子一震，试图将手从那只宽厚的大手里抽出来，没有成功。

"我想一直牵着这只手，走完剩余的人生路，不知道手愿不愿意？"王天涛说。

李洁羽听完这话，犹豫了一会儿，没有说话，那只被攥着的手轻轻地回握了两下。

看没有得到回答，王天涛又停下来静静地看着李洁羽："咋不说话？"

"你问手愿不愿意，又没有问我，手回答了呀。"李洁羽调皮地看着他，手又动了两下。

"收到了。"说着，他一把搂住李洁羽，把她瘦小的身子紧紧地抱在怀里。李洁羽没有拒绝，静静地听着他急促的心跳。

过了一会儿，李洁羽仰起头说："你可想好了？我结过婚，有一个十几岁的儿子。"

"有儿子更好，一结婚我就可以当爸爸，我们共同抚养。"

听到这样的回答，李洁羽反过来搂住王天涛的腰，把头紧紧贴在他的胸膛上。

天空中露出半个月亮，静静地俯瞰着渐渐退去喧嚣的城市。公园的湖里，两只白色的鸭子在一块露出水面的石头上紧紧依偎着，不时有小鱼跃出水面。

就在李洁羽和王天涛在公园里浓情蜜意散步的时候，张仁俊却在焦急地看着墙上的挂钟，罗亚丽到现在还没有回来。他给她所在的神经内科打电话，是一个护士接听的，听说是护士长爱人打来的，就告诉张仁俊护士长现在正忙着呢，她会告诉护士长，等一会儿闲下来给他回电话。可是半个小时过去了，还不见回电话，他有点担心。自从当了护士长，她很少这么晚回家，今天这是个什么病人，让她这么重视？他安顿好儿子，跨上自行车径直向西京人民医院骑去。

此时的罗亚丽脱下白大褂，卸掉燕帽，坐在办公室里，微闭双眼，静静地平复悲伤的心情。刚才同事告诉她爱人来电话，可她不想回复，她什么也不想做。大约过了十分钟，她才站起来去洗手池边洗了手，打开衣柜，换上衣服和鞋，回手锁了门，穿过病房，朝门口走。几个年轻的护士和她打招呼。她又转过身，在护士站里给几个上夜班的人交代了几句，才转身出了病区的门。

走出医院大门，她还在盘算着去等公交车还是拦辆出租车，因为太晚了，公交车间隔时间长，她有点累了。

"亚丽，亚丽。"她听到有人喊她的名字，转头一看，是丈夫张仁俊正扶着自行车在叫她。

"你咋来了？"

"这么晚了，我不放心。今天是咋了？这么忙呀？"张仁俊骑上车。

罗亚丽也坐上车，双手抱着丈夫的腰说："你们厂的白主任刚刚去世了。"

"什么？你说谁？"张仁俊一只脚撑着地，停下了自行车，吃惊地问。

"白雪莲主任。"

"啊？她什么病？什么时候住的院？我咋一点都不知道。"

"走吧，明天早上就会让你知道。她是今天下午突发脑出血住进我们医院的。进来时就已经意识不清，我们抢救后病情基本稳定了，可是到快下班时，她的病情突然加重，虽然全力抢救，还是没有挽救回来。本来下班了我可以离开，有上班大夫和护士抢救，但我咋能看着对你、对我们家有恩的人在生死线上挣扎而不顾？所有的措施全都用上了，只是医学也没有办法医好所有的病，我只能眼睁睁地看着她离开。"罗亚丽说着眼泪流出来了。对她来说，见惯了生离死别，面对病人的死亡，应该不会有大的情绪起伏，但面对一个慈祥善良的、对张仁俊曾经照顾有加的人离世，她还是控制不住内心的悲伤。

"不行，我要去看看还有啥能帮着做的。"张仁俊说。

"现在她儿子和马老师都在那里处理后事，遗体可能已经送到太平间了，你去了什么意义都没有。回吧，我们一会儿去她家里，看有什么事需要帮忙。"

张仁俊带着妻子慢慢地骑行，可他脑子里满都是白主任。他能进特种油泵厂，是白主任的爱人马老师推荐的；第一天去厂里报到，晚上就去她家里吃饭，而且第一次喝了那么多酒。后来在工作中，白主任在各方面都帮衬他。在成立攻关小组时，她极力推荐他；在选用技术科长时，也是她动用了所有力量帮着他。在罗亚丽生了嘟嘟后，白主任像大姐一样经常照顾她，帮着带孩子。后来他离岗了，白主任也退休了，有时候来不及管嘟嘟，就交给她管。嘟嘟在她家吃饭的次数已经算不清楚了。这样一个善良的白主任，他们心里的老大姐，怎么会说离世就离世呢？

"我们下来走一会儿吧，我有点没力气了。"快到家时张仁俊说。

"你咋啦？生病了吗？"罗亚丽跳下自行车问。

"没有，心里不好受。"

他们并排走着，张仁俊抬眼看了看天空，灰暗的天空中，闪着并不明亮的星星。忽然一颗流星划过天际，闪过一道明亮的光。张仁俊想，那可能就是白主任白大姐吧。

协力模具设计制造公司的一项新业务开始了。张仁俊在给实习学生们讲完实习安全注意事项后，就开始去忙他的事了，还有几套模具等着他设计呢。李洁羽是这批实习学生的负责老师，但当学生叫她"李老师"时，她还有点反应不过来。听完了简玉华老师讲的课后，她心里才有了底。第一周五天的实习时间，每组学生要拆装五套典型模具，了解各种模具的基本特点，画出原理图和关键零件，还要观察模具常用的配件，熟悉常用的模具材料和模具制造中关键零件的加工工艺。

对学生来说，任务是繁重的；对李洁羽来说，压力就更大了。她本身对模具的设计制造也不熟悉，而且有几年时间没有搞过设计了，因此她要在简玉华老师的课堂中汲取知识，更要在课后学习各种模具的结构特点和设计注意事项，看不懂的再问简老师和张仁俊。李洁羽第一周的工作在匆匆忙忙中结束了。从第二周开始自己带学生的时候，她那些现学现卖的知识已经基本上能够应付这些实习学生了。

敞亮的车间里，放着十张大桌子，每张桌子上放着一套模具和一套拆装工具，每张桌子旁围着四个学生，他们都在静静地听着前面这个长得漂亮而且气质超群的女老师讲解。她那生动的表情、清晰的讲解、标准的操作，让在座的学生凝神静气，短短半个小时的讲解赢得了学生热情的掌声。当学生开始操作的时候，李洁羽用毛巾擦了擦汗，喝了几口水，怀着忐忑的心情，小声问听课的简老师，刚才讲的内容不知道学生能不能听明白。简老师对着李洁羽竖起大拇指，说她就是个当老师的料，不当老师可惜了。

第二天简玉华老师把学生领到公司就离开了，把学生交给李洁羽，他十分放心。到了这批学生实习结束时，很多学生给李洁羽留言表示感谢，这让她心里特别满足，因此也逐渐喜欢上和学生待在一起。到了接待第三批、第四批学生的时候，她已经成了一名合格的实习教师。这期间，西京仪器工业学校的教务处处长、教学校长都来看望过他们的学生，也听了李洁羽的课，他们对这样一个实习点非常满意，经过和王天涛等人商议，给公司挂了一个"西京仪器工业学校模具专业实习定点单位"的牌子，挂牌当天还举行了一个揭牌仪式，本年最后一批实习学生参加了仪式。

在学生实习任务结束后，张仁俊让李洁羽多休几天再来上班，但她周一就来上班了。她的心情是高兴的，似乎找到了生命的价值。几年来，她一直生活在压抑和苦闷中，家庭破碎，工作上不如意，让她没有一点生活的乐趣，要不是儿子飞飞，她不知道自己会成什么样子。现在不但工作舒心，王天涛那无微不至的爱和关心，也渐渐打开了她紧闭的心扉，他们开始在爱情的路上迈出了新的一步。她的脸上经常挂着笑容，走路的脚步变得轻快，昔日的自信又回到她身上。女人啊，她是需要有人疼爱、有人呵护的。有人呵护和爱的女人，会变得更加自信、美丽。

这次模具公司接待学生实习，打开了另一个创收的窗口。有几个中专学校模具专业的老师也联系他们，让学生开始在此实习，这让李洁羽一下子变得紧张而又忙碌。

第二十五章　左手右手

　　岁月的脚步从来不因人间的故事改变它的频率，四季更迭还是一如既往地进行。在这恒定延伸的时间长轴上，每一个人都在标注着自己人生的轨迹，留下一行行不同走向的脚印。

　　时间来到二〇〇四年，曾经年少英俊的赵明辉，如今已略显发福。此刻他坐在西京仪器工业学校副校长办公室里，认真地看着一份报告。现在，他是这所学校的副校长，主管实习和招生分配工作。这是一份关于学生到广州参加毕业实习的报告，报告中提到要组织毕业班的学生去广州的企业参加毕业实习。实习期间企业不仅会给学生发工资，实习结束后还可直接留在厂里工作，而毕业实习成绩可以替代学生毕业设计成绩。

　　从表面上看，这对于学生是一条不错的出路，可赵明辉总是觉得什么地方有问题。他打电话把模具教研室的简主任叫到办公室，问这样做对学生的培养有没有影响，影响有多大，值不值得这样做。简玉华是个有在厂工作经历的老师，对学生的培养有着独到的见解。他说话不紧不慢，但句句实话。他告诉赵副校长，从理论上讲，到工厂参加毕业实习，根本代替不了毕业设计。毕业设计是系统回顾、检验学生四年的学习成果和开展综合应用能力训练的关键环节，而毕业实习则是为了拓宽学生视野，增加学生见识。到南方的厂家实习可以，因为本地的工厂嫌学生实习影响生产，而且存在安全隐患，大多数都不愿意接待学生实习，找一个学生实习点很不容易。但毕业实习如何能替代毕业设计？

送走了简玉华主任，他又把招生与就业科的茅科长叫来，问如何才能保证去南方工厂毕业实习学生的学习质量，如何用毕业实习代替毕业设计。而茅科长的话却让他无法做出决定。茅科长告诉他，现在的毕业生面临的就业形势非常严峻，而且随着大学扩招和中专招生制度改革，现在的中专生已经不像以前那样吃香了，用人单位对中专生的期待值也不像从前那样高。过去对中专生的定位是"服务于生产一线的工艺和设计人员"，是技术干部，考入中专学校的学生也是百里挑一的尖子生。现在学校招生的生源质量早已经下降了不知多少个档次，高中考不上的学生才上中专，因此不能用过去的要求审视现在的学生。而中专生毕业后基本都是在车间里干活的工人，能掌握一门专业技能就算不错了。

茅科长还告诉赵明辉，其他中专学校都是这样干，这样不但给学校节省了一大笔费用，降低了办学成本，包括学生在学校的住宿、水电、上课的课时费、毕业实习费和毕业设计的费用等，学生也能提前进入工作岗位，提前挣工资，减轻家里负担，并且对工厂来说解决了招工困难的问题，是对各方面都有利的事。

其实这些情况赵明辉心里清楚，其他校领导也清楚。这几年形势的发展变化带来的招生就业形势变化，让人始料未及。他将了将自己的思路，仔细思考着这个问题。学校不但要控制办学成本，最主要的是要培养合格的人才，这是国家的学校，虽然生源质量下降，学校应该改变思路，因材施教，但不能唯利是图。到底咋办，需要慎重对待，这是一件大事，决定着办学方向和学校的定位，需要通过校长办公会研究才能最后决定。

他看了看表，现在距离下班还有一个小时，关掉电脑，收拾好办公室，朝学校的实习厂走去。这所学校有着不短的历史，是解放初由民主德国援建的。实习工厂就在校园后面，青砖建造的敞亮厂房，空间跨度大而且没有柱子，里面冬天不冷，夏天不热。厂房周围被高大的法国梧桐包围，在这春季，显得幽静而充满生机。他沿着厂房中间的大过道，分别察看了钳工车间、铣工车间、车工车间和数控车间。车间里学生都是统一着工作服，按照老师要求，认真做着各自的事。

赵明辉心里想，在他上学的时候，实习厂是这个样子，如今二十年过去了，社会对学生的要求发生了这么大的变化，可实习内容仍然没有太大变化，设施除了增加了一个数控车间，添了几台数控机床，其他都是老样子。应该改变了，变则生，变则通，故步自封是要被淘汰的。

正当他眼睛看着学生，心里想着如何改变时，忽然有人叫："赵校长你好。"他回头一看，是实习厂厂长周小军。

"周厂长，正要找你呢，走，去你办公室。"

"赵校长有什么指示？"到了办公室，周小军给赵明辉倒上水，坐下问。

"你来实习厂当厂长快一年了，感觉咋样？"

周小军也是一名留校的中专生，比赵明辉低一级，原来在实验室工作，后来去分校管理学生，去年被赵明辉提议当了实习工厂的厂长。

"谢谢赵校长对实习工厂的关心。我这些日子一直在想一个问题，就是如何改变我们的实习现状。有些不成熟的想法，还准备去给您汇报呢。咱们学生实习的主要目的是掌握技能，毕业以后能满足实际生产需求。我想能不能让学生在实习时，把精力集中到一种技能上，让他们熟练地掌握，不再平均分配各工种的时间。"周小军看着赵明辉。

"说下去。"赵明辉说。

"最近有一个新动向，有的学校实行学生毕业时要有双证，一个是毕业证，一个是职业技能等级证。我看这是一个方向。我们是职业学校，职业技能应该是第一位的。这是我个人的看法吧，最终需要你们领导层决定。"

"这确实是一个方向。你把这个情况详细了解一下，比如说学生如何取证，在什么地方取证，有哪些技能等级证适合我们的学生，费用多少，等等，给我写个报告，写好后尽快交给我，在校长办公会上研究研究。另外，我还有个想法，由实习厂组织一个学生技能大赛，先选择咱们实习厂最有优势的几个工种进行，我想办法让教务科协助你们。你看什么时间做合适，需要多少经费，也做个方案给我。这也要想办法在这个学期内完成。"

赵明辉从实习厂出来后，已经到了下班时间。他出校门后顺着大路朝玉祥门方向走，他要去参加王天涛和李洁羽女儿的满月宴。

王天涛和李洁羽是三年前结婚的，他们终于成了一家人。赵明辉清楚地记得那年冬天，他们举行婚礼的情形。那是一场简单而又充满欢乐的婚礼，没有专门的司仪，由他主持，没有华丽的婚庆场面，只是两桌朋友和一桌亲戚共三桌人在一起吃了一顿饭，那是最简单的一个婚礼仪式。婚礼上有两个环节最让大家感动，而且此后谈论了好长时间：第一个是王天涛讲述了他和李洁羽的恋爱过程。开始时，大家都想，这是一场没有故事的故事，仅仅是两个人相爱的过程，但是当王天涛说到自己在感情上的挫折，说到李洁羽如何说服儿子接受他时，人们才发现，他们的结合，不但有浪漫，更有相互理解、相互体谅的真感情。第二个就是在婚礼结束时，赵明辉唱了一支当时最流行的歌曲——《还珠格格》第一部的片尾曲《雨蝶》。那优美的词句和激情的曲调，让在座亲友的掌声几次淹没了他的歌声。

……

我破茧成蝶，愿和你双飞，

最怕你会一去不回，

虽然爱过我给过我想过我就是安慰。

我向你飞，雨温柔地坠，

像你的拥抱把我包围。

我向你飞，多远都不累，

虽然旅途中有过痛和泪。

我向你追，风温柔地吹，

只要你无怨我也无悔，

爱是那么美，我心陶醉，

被爱的感觉。

人们这时才记起他曾经是一位文艺天才。那时候他还不是学校副校长，只是招生就业科的科长。

时间过得真快，转眼间三年过去了，今天他们的女儿要过满月了。走到潘家村路口，赵明辉左右看了一下，没看见妻子程冬梅，他掏出烟点上，美美地抽了一口，等着妻子一块去参加满月宴。

看着大庆路中间的林带，他想起在这个林带里，有一个很大的商场，他和妻子的第一次约会就是在这个商场。他上学那会儿，学校是不准谈恋爱的，但他这个活跃的文艺天才，总是能吸引女孩的目光，文艺晚会上一曲高歌总能撩拨不少女孩的心弦。他曾经冒着被学校处分的风险，和一个全年级最漂亮的女孩偷偷地约会了几次，结果毕业分配时，女孩没有和他打招呼，直接去了天津，让他伤心了好一阵。毕业留校后，他被分在机关，在党办做宣传，兼做学校工会的事。那年冬天，学校要举办歌咏比赛，除了学生比赛，教职工也要组队参加，工会主席让他去租赁表演服装、采购道具，他说自己一个人怕弄不好，而且女同志的衣服、道具自己也拿不准，工会主席就派了程冬梅和他一块去办。程冬梅也是一个留校的中专生，不过和赵明辉不是一个班的，只是认识，她清秀姣好的脸庞和苗条玲珑的身材还是吸引了他的注意。但工作没有交集，打交道也就不多，正当他还想着如何接近她的时候，机会就来了。他们一起去商场购买道具，一起去租赁服装。

赵明辉清楚地记得他第一次牵她手的情形：那天他们从大庆路林带向商场走，下着大雪，路很滑，程冬梅穿着高跟鞋，走路战战兢兢，就怕摔倒，赵明辉就拉着她的胳膊一块走。走到商场时，他松开了胳膊直接牵着程冬梅的手，她抽了一下没抽出来，就红着脸看着他，他笑着说："怕你跟不上我，拉着你手一块走就能同步了。"

程冬梅再没有坚持，任凭他拉着手，直到买好道具，回到学校才松开。从那以后，他们牵着的手就连上了心，一直牵进婚姻的殿堂，牵到现在。后来他问妻子，在大庆商场牵手时，为什么没有坚持把手抽回去，她笑着说："你猜为什么？"到现在他也没猜透其中的原因，而现在回想起来，那时候他的胆子和勇气也是蛮大的。

其实，做任何事情都一样，不尝试一下，不努力争取一下，就永远也不会有结果，而努力了，尝试了，也许会有意想不到的收获。所以与其怨天尤人地抱怨命运，不如脚踏实地大胆做事。理想还是要有的，万一实现了呢？就像赵明辉，如果不大胆地去牵程冬梅的手，可能错过一段美好的姻缘。

想想那时候的自己，想想他牵她手那一刻的紧张心情，再想想他们牵着手购买道具付钱时，他都没松开那只手，而是用另一只手掏钱付的款，看得营业员也是会心一笑。

如今商场已经被拆除，栽种的雪松和白杨树已经长得有碗口粗了。再过几年也许就没有人能记起来这里曾经有一个大商场，更不会知道在大商场里，还留下过一对情人第一次牵手的甜蜜记忆。

他还沉浸在回忆中，一个温柔的声音唤醒了他："想什么呢，这么痴迷地看着那儿？"

赵明辉知道是妻子，就笑着说："想咱们第一次牵手的时候，那会儿多年轻啊！"

"时间过得真快。转眼就已经二十年过去了。走吧，迟到了可不好。"

赵明辉转身自然而然地拉起妻子的手。程冬梅笑着说："最近有个顺口溜，说'拉着小姐的手，全身细胞都颤抖，好像自己十八九；拉着情人的手，又爱又怕又难丢，酸甜苦辣啥都有；拉着老婆的手，好像左手拉右手，什么感觉都没有'。你拉我的手有啥感觉？"

"没感觉，好像左手拉右手。"

"那你还拉着干吗？"

"像左手拉右手有什么不对吗？自然而不别扭。平时各负其责，关键时刻拉在一起，相互关照，相互配合，能干所有难做的事情，不离不弃。就和两口子过日子一样，哪有那么多激情浪漫？大多数日子，离不开平常的柴米油盐酱醋茶，最亲的是孩子、父母和亲戚朋友。如果拉着老婆的手还激动，你说这人是正常人吗？"赵明辉说着，拉着妻子的手，和她一同过了马路。

听了丈夫的话，程冬梅感到心里暖暖的，她顺从地让丈夫牵着自己的手，走在大街上，穿梭在人来人往的城市，是那么自然，那么大方。

她出生在一个知识分子的家庭，母亲是小学教师，父亲是中学教师。在她和赵明辉谈恋爱前，母亲就告诉过她，找对象一定要找一个大学生。程冬梅上中专时，父亲是不同意的，而母亲坚持让她上了中专，但找对象必须找一个高学历的。她却找了一个自己的校友，当时父母并不愿意。当她第一次把赵明辉带回家里，他们才勉强不反对，但并不看好。后来赵明辉的发展也证明了她看人的眼光。在这个世风不古的年代，作为副校长的赵明辉，还像过去一样呵护她和家人。

她想，自己嫁对了人。

此刻的王天涛在和人热情地打着招呼。这一个月来，他一直沉浸在做父亲的喜悦之中。刚结婚那会儿，李洁羽并不想要孩子，因为她有儿子飞飞，她怕再要孩子会对飞飞造成影响。王天涛也就不再坚持，全心全意地对待她和儿子。飞飞开始对王天涛也很抵触，根本不叫他爸爸。他并不着急，除了公司里必要的应酬和出差，他下班就跟李洁羽一块回家，李洁羽做饭、做家务，他就陪飞飞玩，给飞飞辅导作业，这个上了中学的男孩慢慢地接受了他。

叛逆期的飞飞，经常和李洁羽顶嘴，让她不由得高声训斥，但王天涛经常巧妙地化解，他像润滑剂，有时候拉着飞飞离开去干别的，避开当下的事；有时候说两句幽默的话，逗笑他们娘儿俩。渐渐地，李洁羽感觉儿子对王天涛似乎有了一种依赖和崇拜，她明白这是一个男孩对父亲的依赖和崇拜。和司马骏离婚后，司马骏很快去了南方，十几年来从来没有回来看过娘儿俩，在飞飞的记忆里，父亲的形象是模糊的。如今王天涛的见识和阅历，很容易就俘获了少年的心。这让李洁羽既惊奇又高兴，对王天涛更是从心里感激，她决定给王天涛生一个孩子。

当王天涛听说李洁羽怀孕时，他搂着李洁羽哭出了声。女儿的出生给这个原本就充满欢乐的家庭更增添了喜庆。

今天，他们邀请了亲朋好友，分享他们的幸福。亲戚朋友、同学同事，基本到齐了，但李云鹏和他妻子却没有到。王天涛拨通了李云鹏的小灵通电话，通了但没有人接，他又拨了两次，还是同样的结果。他让张仁俊给拨，还是没有人接。他们想，可能是出去没有带电话，又或者是别的原因，说不定在路上呢。他们又等了一会儿，还是没等到，就开始了酒宴。

宴会眼看就要结束了，还不见李云鹏夫妇，张仁俊和赵明辉两个就把王天涛叫到一边商量，想去李云鹏家里看看。王天涛想了想同意了，但让罗亚丽和程冬梅留下，并让他们有消息第一时间告诉自己。

张仁俊和赵明辉两个人出门拦了一辆出租车，直奔阀门厂家属院。来到李云鹏家里，只有两个孩子在家。赵明辉问女孩爸妈在不在家，孩子认识他们两个人，说爸爸妈妈还没有回家，也不知道干啥去了。张仁俊问他们吃过饭没有，女孩说吃过了。张仁俊让他们在家好好写作业，让姐姐看好弟弟，说爸爸妈妈一会儿就回家。

他们俩出了家属院，已经是晚上九点多，市场肯定是关门了，一时间不知道去哪里找。赵明辉说还是去市场找，总会有线索。他们又赶到市场，市场确实关门了，里面黑乎乎的，一看就没有人。张仁俊找到看门的老人，问他知道不知道李云鹏，老头说不认识，并嘟囔着这市场里的商户有几百个，而且白天人流量那么大，他咋能认识。赵明辉掏出一支烟递给老头，告诉老头说就是那个只有一只手的人，他媳妇在这里卖衣服。老头接过烟，态度立马转变，问："你们是他什么人？"赵明辉说是同学。老头告诉两人，那个只有一只手的，他认识，只是不知道名字，而且在今天下午快下班时，门口这里发生了一起交通事故，就是那人的媳妇被一辆拉货的三蹦子（电动三轮车）撞了，而且撞得不轻，当时就被送到医院去了。赵明辉急忙问送到哪个医院去了，老头说可能送到西电医院去了，因为听他们说这里距离西电医院最近。他们俩道了谢，急忙赶到西电医院。

他们去急诊科一问，下班时确实送来一个车祸伤员，现在正在做手术。他们又赶到手术室外，只见李云鹏正在那里焦急地走来走去，看见他俩，点了点头没有说话。

"手术多长时间了？"赵明辉问。

"三个多小时了。你们咋知道的？"李云鹏问。

"快急死我俩了，打听到的。伤到哪里了？严重吗？"赵明辉问。

"医生说伤到肋骨了，还有可能伤及内脏，送进去的时候人已经昏迷了。"

"肇事司机人呢？"张仁俊问。

"交警队已经勘查了，司机被带走了，咋处理等消息，让我抽空去趟交警队。"

原来下午的时候，李云鹏和媳妇早早收拾关了铺面，准备先回家安排好孩子的晚饭和学习，再去参加王天涛女儿的满月宴。刚刚出大门，光注意左边的来车，一辆拉货的三蹦子从右边逆行过来，李云鹏看到后急忙用手去拉妻子，可是还是迟了一步，她被三蹦子的车头碰倒，左后轮从她身上轧过去。

"去交警队时你叫上我，我认识交警队的一个副大队长。"赵明辉说。

正在他们说话时，手术室的小窗口有人叫病人家属，告诉李云鹏说病人急需大量输血，但现在血库里血存量不够，正在想办法找血液中心协调。

"能不能抽我们的血？"张仁俊问。他们两个也看着里面的大夫。

"原则上这是不允许的。但现在情况紧急，你们谁是B型血？"

"我是B型。"张仁俊说。

"身体有没有其他疾病？"

张仁俊说自己没有任何疾病，最近也没有吃过任何药。一会儿，一个护士拿着一个采血包出来，把张仁俊领进另一个办公室，开始采血。王天涛和赵明辉一个是A型，一个是AB型，用不上。

很快一袋四百毫升的鲜血被送进手术室，张仁俊坐在旁边的长椅上休息，李云鹏此刻显得更加焦急。

赵明辉知道李云鹏还没有吃饭，就下楼去外边的小吃摊上买了两笼包子，在旁边的商店买了两盒牛奶提上来。此时的李云鹏才感到确实有点饿了，但他不想吃。在赵明辉的劝说下，他吃了一个小包子，喝了一盒牛奶，张仁俊也喝了一盒牛奶。

等待是漫长的，也是难熬的。等待的结果却是击垮李云鹏的一记重拳。虽然刚才给输了血，但还是没能留住山菊的生命。大夫告诉他，病人肋骨被撞断五根，脾脏破裂，肝脏也受伤，出血根本止不住。李云鹏无法承受这样的打击，昏死过去。张仁俊和赵明辉急忙过来扶着他，里面的大夫护士也出来帮忙，把他送到刚才张仁俊抽血的办公室，让他躺在一张病床上，用手指掐着他的人中、合谷穴。不一会儿，李云鹏醒了。他猛地坐起来，跳下床直冲到手术室门口，这时候妻子的遗体裹着白色的床单被推出来。李云鹏没有号啕大哭，只是用左手拉开床单，看着已经毫无血色的山菊的脸，用没有手的右臂，拨了拨一缕遮在她额头的头发，然后搂着妻子的身体，把脸贴在妻子的胸前，久久不愿放开。最后张仁俊和赵明辉硬是把他抓着病床的左手掰开，遗体才被推走。

张仁俊看着李云鹏，赵明辉帮着去办理手续。一直折腾到凌晨三点多，他们三个才回到阀门厂李云鹏的家。

这时赵明辉才想起来，急忙掏出小灵通给王天涛打电话。电话刚一接通，王天涛焦急的声音便响起："你们是咋回事，为什么不接我的电话？"赵明辉再一看小灵通，有六个未接电话，而自己的电话在静音状态。他和王天涛说明了情况，不一会儿王天涛就赶来了。他们帮着李云鹏收拾好布置灵堂的地方，而此刻的李云鹏早已麻木，他不知道家里东西放在什么地方，甚至家里有多少钱他都不知道，任凭张仁俊他们安排。吵吵声早把熟睡中的两个孩子惊醒，他们知道妈妈不在了，顿时放声大哭，哭声惊动了左邻右舍。邻里知道了情况后，都过来问候。一时间房子里人来人往，出出进进，找东找西，好在女儿已经大了，时常帮着妈妈干活，知道家里东西放的地方。这时天已经亮了，程冬梅来了，罗亚丽也请假来了。

第二十六章　同是中专

　　春天的雨下得淅淅沥沥，灰黑的天空让本就不宽敞的房间显得更加幽暗。窗外的法国梧桐树浓密硕大的叶子上唰唰的落雨声，增添了几分让人难以名状的忧伤。两个孩子都去上学了，李云鹏坐在客厅里直直地望着墙上妻子的照片，又一次陷入了回忆。

　　妻子山菊是老家邻村的姑娘。他失去右手后，在家里疗养，经人介绍和山菊认识。山菊长得并不漂亮，但身体结实，身材高大，个头和李云鹏差不多。她的大圆脸盘上总是挂着笑容，给人一种喜庆、乐观和豁达的感觉。他们的老家地处偏远山区，生活条件较差，她跟李云鹏结婚就能跳出山区，生活在大城市，最关键的是她看上李云鹏的聪明。在他们那个地方，每年能考上中专的人并不多，且考上的大都是地区的师范学校、农业学校或者卫生学校。能考上西京仪器工业学校的人，几年里也就李云鹏一个人。那可是中专学校里很难考上的，不是县里的前几名，根本没有希望。

后来他们结了婚，妻子在阀门厂做临时工，因为李云鹏是工伤造成的残疾，所以政策允许他们生二胎，妻子给他生了一女一儿。在计划生育的年代，这让周围的同事羡慕不已，特别是张仁俊和赵明辉常常在饭桌上用这事调侃李云鹏，让李云鹏幸福感满满。工作中，山菊的勤劳本分和乐观随和，在单位里名声很好，周围的人从来不拿她当临时工，而她自己则时刻记着自己的身份。多干活，少说话，是她的处事原则。回到家里，做饭洗衣，照管孩子的吃喝拉撒，把家里打理得井井有条。后来经同学朋友帮助，两人在单位集资建房时分得一套两居室，更让她对生活充满信心，和邻里之间更是和睦相处、相互关照。

这几年单位下岗分流，山菊是最后一个离开的临时工。下岗后，她先是摆地摊卖衣服，后来在市场上租了一个摊位，还是卖衣服。进货时李云鹏出不上力，就帮着照看铺面，她拉着小车车，大包小包地从康复路进货，起早贪黑，风雨无阻。她态度和善，面相实在质朴，服务热情大方，把生意经营得一直很好，一个月的收入要比李云鹏高得多。虽然李云鹏所在的阀门厂的工资多少年也不增加，但他们家里的生活水平却一点都没有下降。

如今妻子的离世给李云鹏的打击是致命的。不单是在生活上，更重要的是在精神上，他感觉对不起她。她嫁给他这个残疾人，吃苦受累，没有享过一天清福。原本说好等孩子们都大了，他们一起出去旅游。现在不是时兴旅游吗？她除了西京城，什么地方也没有去过。每每想到这里，他就不知不觉地潸然泪下。送走妻子虽然已经很长时间了，但他还没有从悲伤中走出来。

有时候他觉得妻子在叫他："老李，快来帮我一把，这包袱太沉了。"回过头一看什么也没有。一会儿好像又听见妻子说："老李，面给你擀好了，臊子也炒好了放在案上，等娃们回来你下面就行了，我去市场了。""老李，进来试一下衣服，咱们隔壁店面进的货，我给你买了一身，看合适不。""老李，爸后天过生日，东西我都买好了，你带着俩娃回去。我就不回了，周末关一天门我们损失太大，你回去给爸妈说一下，下次回去我给他们磕头祝寿。"

这亦真亦幻的声音，让李云鹏陷入了难以自拔的回忆中。

"老李，老李，开门。"是一个男人的声音。李云鹏奇怪地想，妻子的声音不是这样，这是谁呀。他没有理睬，以为又是幻觉。但叫门声再次响起，他起身开门，是科室的领导和两位同事来看望他。他已经好长时间都没有去上班了。他伤了手之后，先是在技术科，后来因工作起来实在不便，根据自身的情况，他去电视大学学了会计。那时候工厂正缺少财会人员，他就去了厂财务科。后来随着学习财会的人越来越多，厂里财务科进来了几个本科生，逐渐接替了他的工作，他是老员工，又有残疾，科室领导也就让他做一些简单的事。财务科几次想把他分流下岗，但厂领导考虑到实际情况，没有同意。

财务科领导和同事放下东西，询问他最近的情况，见他反应迟钝，思维混乱，根本无法继续在单位工作，说了一些宽慰的话就离开了。过了几天，厂领导人事科的科长也来了，名义上是来看他，但给他带了一份表，说实在上不成班就办个提前退休，这样能保证工资。如果他长期不上班的话，算作病休，那工资就很少，这样不划算。李云鹏稀里糊涂地把表填了，也就稀里糊涂地提前退休了，这时候他才四十多岁。

张仁俊、赵明辉和王天涛等人为了打开他的心结，想办法转移他的注意力，在山菊离开后不久，就劝他经营妻子留下的那间铺面。由于他不善经营，进货也不方便，很快那间铺面就入不敷出，他不得不转让了铺面。两个孩子，女儿上高中，马上要高考；儿子上初中，也面临中考。为了有一个好的前程，考上好一点的学校，他们都上了课外补习班。高昂的补习费很快就花光了李云鹏多年的积蓄，甚至连车祸赔付的死亡赔偿金也动用了。出去打工，力气活他干不了；想给人做会计，别人又嫌他一只手干活慢，他就到处找临时工作。曾给一个物业公司照看地下车库的大门，由于是两班倒，他要照看两个孩子，就只上夜班，每天晚上七点到第二天早上七点。后来发现儿子学习自觉性太差，成绩直线下滑，他辞去了工作。不久辗转到一家私人企业里看大门，也是因为时间关系，干了不长时间就辞职了。后来他又去试了几次工，不是他自己时间安排不开，就是别人看不上他。

这天他正在家里一筹莫展，张仁俊打电话找他，让他有空来协力模具公司一趟；如果他没空，张仁俊和王天涛晚上过来找他，有事商量。他不知道二人有啥事，想着自己反正闲着，就告诉张仁俊自己现在就过去。

在妻子刚去世不久，张仁俊和王天涛曾经让他去模具公司工作，但他没有答应。那时候他正在伤心难过，怕自己的情绪影响朋友，工作也干不好。后来他提前退休后，二人又叫他去公司，但他了解到模具公司近来也因为大环境影响，经营困难，自己去也创造不了什么价值，他可不想在好朋友的公司里混吃混喝，因为二人帮了自己太多太多，这情已经让他无法偿还了，所以还是没有去。

来到协力模具公司，张仁俊正在计算机上画图，见李云鹏来了急忙放下手中的事，和他来到王天涛办公室。王天涛一见李云鹏来了，笑着给他倒了一杯茶，告诉他因为李洁羽要看管小孩，还要带学生实习，办公室的事就管不过来，想请他来办公室坐镇，兼做公司的会计，不知道他有没有兴趣。

"来吧，来吧，我和仁俊也是下岗职工，知道找个合适的工作不容易，我们一起干。你不要有心理负担，如果你觉得不顺心，随时可以走，不影响我们哥们儿的感情。"王天涛说。

"我们三个，还有赵明辉，是当时班上最好的朋友，这份情谊我是永生难忘。你们叫了两次，我都没答应，不是我看不上这个公司，你们知道因为身体原因，有些事情我做不了，我是怕因为工作的事而失掉这份情谊。"李云鹏说得有点动情。

"你考虑的也不是没有道理。我和仁俊就怕这种事发生，因此我们把话说在前头，一切按说定的办就不会有问题。在有争执的问题上，我说了算。虽然我们是同学，是好朋友，但我是出资方，出了问题，损失的是我的钱，和你们没关系。这和我们的友情是两回事。"王天涛说。

"家有千口，主事一人嘛。"张仁俊说。

"好，我明天就来上班，谢谢你们俩。不管我能在公司干多长时间，哪怕是一天，我都非常感谢你们。有你们这样的朋友，我李云鹏这辈子值了。"

日出日落，时光匆匆，社会的变迁对每个人来说都可能是改变命运的契机。

赵明辉手里拿着电话，大声说："你们俩要想尽一切办法把学生全部安排好，每一个都要安排。万一学生不满意，你们带回来，我们再想办法。没有钱我让财务把钱打到你账号上。还要什么随时可以打电话找我。但是记住，把所有学生安排好。"赵明辉挂断电话，坐在那里想了想，还是不放心，就打电话叫团委书记过来，让他马上出发，坐火车到广州，找招生就业科茅科长，并把地址和联系电话给了他。然后又打电话让财务给广州的茅科长卡上汇钱。

　　做完这些，他坐在那里开始仔细思考是哪个环节出了问题。

　　一个月前，他把招生就业科的那份让学生到广州做毕业实习的报告提到校长办公会上，并提出了自己的意见，最后办公会通过决议，同意他的意见，让学生去广州参加毕业实习。实习结束后可以签订劳动合同，也可以不签合同。毕业设计可以回校做，也可以在实习单位做，只要实习单位的技术部门评定成绩，签字盖章后，就算作毕业实习和毕业设计的成绩。学校之所以同意这样做，首先是为了增加学生参加实际生产实习的机会，拓宽学生视野，而现在西京的国有企业都不愿意接待学生实习。其次是为了减轻学生就业的压力，现在的中专毕业生，国有企业已经不再接收，就业方向主要是私有企业，岗位定位是生产线上的熟练操作工，因此去南方打工成为主要的就业渠道。只要他们在实习单位里干够一定的时间，也从另一个方面证明他们是合格的学生。此外很多学生对毕业设计不感兴趣，以实习成绩替代毕业设计成绩，是他们求之不得的事，还能给家里省下一笔费用。因为自从教育产业化后，现在的学生上学要交学费，对于很多农村的学生来说，学费和生活费是他们家里一笔难以承受的开支。学校领导明白，这虽然不能摆在明面上讲，但不得不考虑。而这样做，给每个学生都留有选择的余地，给真正想扎实学习的学生也留下一个通道——实习后回校好好做毕业设计。

赵明辉让招生就业科和广州方面积极联系，广州方面也同意这样做。一个打前阵的老师，提前几周到了广州，找当地的人才交流公司签订了合同，谈好了条件。学生在学校结束了课程学习，通过自愿报名，最后愿意去南方实习的六十名学生，由学校掏钱，茅科长带队，领着他们去广州参加毕业实习。

这是一支人数较多的队伍，出发前校长还给他们做了动员，而赵明辉反复交代，一定要注意学生的安全，但还是出事了。

在学校派人来联系的时候，人才交流公司为了挣这一笔不小的中介费，满口答应学校的要求，还带领学校的人参观了几家工厂。茅科长把学生带到广州，交给人才交流公司。他们热情接待了茅科长，告诉茅科长，原来说好的工厂目前不需要学生，因此帮他们把学生安排在别的地方。茅科长一听不对劲，但也没有别的办法，总比把学生带回去好，就同意了。六十名学生被安排到三个单位。

安排完学生，他们在广州玩了一天，准备第二天回西京。结果下午有学生打电话告诉茅科长说，他们上当了，被安排在离广州市上百公里的一个小镇上，不但工资没有原来说的多，而且住宿条件很差，是一个简易的厂房，又热又潮湿，厂里还没有食堂，吃饭要去外面镇上买，工资估计刚够吃饭。茅科长大吃一惊，说明天去看看情况，让学生不要擅自行动。他联系原来的人才交流公司，对方不接电话。正在着急时，又有另一个地方的学生打电话向他诉苦，情况基本上类似。茅科长心里发毛，就联系第三批学生，接通电话还没有说话，学生先哭了，他安慰学生一番，并说明天就过去。挂断电话，茅科长彻底待不住了，他和另一名同事商量后向赵明辉汇报了情况，根据赵明辉的指示，决定立即行动去看学生，并说好随时沟通。

他们当即赶到长途汽车站，分别去不同的地点。当茅科长到镇上的时候，已经是晚上九点多。这确实是一个新开发的地区，他找到了学生实习的单位，但门卫不让进门，原因是茅科长不是单位职工，晚上不接待外来人员。茅科长就打电话给学生，让他们出来。学生出来后，他问了一下基本情况，告诉学生先回去休息，明天早晨他去找厂里再说。

茅科长在镇子上找了一家旅馆，然后给另一个老师打电话询问情况。老师说他已经见到了学生，情况不像学生说的那样糟糕，只是有些学生期望值太高，想象着广州是打工人的天堂，缺乏吃苦精神，他现在正给学生做思想工作。

第二天一大早，茅科长连饭都没吃就来到工厂，和人事部门取得联系。得到的答案是，新进人员不管是来实习的学生还是来打工的工人，第一个月都是这个工资，第二个月根据定岗的情况发工资，只会比原来说的多，不会少。宿舍湿热，他们已经知道，正在联系给每个宿舍装空调。至于吃饭没有食堂的问题，很快就会解决，并在窗口指给茅科长看，说那就是食堂，正在装修，再有两周就能开业。

他们还带领茅科长去了车间。这是一家生产电饭锅的企业，厂房和生产线都是新建不久的，还有的产线因没有员工而暂时没有开启。人事部门的人告诉茅科长，这是新建的厂子，虽然偏一点，但和广州通有公交车。学生在新建的工厂工作，将来就是工厂的元老，工厂不会亏待他们的。他们又来到宿舍，除了一间房子住八个人有点挤，其他方面如厕所、洗澡间都有，并不像学生说的那样差。茅科长知道，这些学生都犯了同样的毛病。茅科长苦笑着摇了摇头，心想现在的中专生真是和他们那个时候的中专生不一样了。

人事部门的人介绍，除了西京仪器工业学校的学生，生产线上正在干活的大部分都是来自全国各地的中专学校的学生。他们告诉茅科长，有学生只管送来，他们还需要大量学生，由学校直接送来，可以节省交给中介公司的中介费。

听了工厂人事部门说明的情况，茅科长见到学生后，给他们苦口婆心地做工作，大部分学生留下了，最后还是有两位学生要回西京。他和另一个老师通了电话，带着两个学生离开镇子。这时候团委书记也到了，三个老师同时向另一个学生实习点进发。那里的情况和这两个厂都差不多，最后的结果是有五名学生跟着一块回西京，其他都安排妥当了。

听了茅科长的汇报，赵明辉长长地出了一口气，拿出一支烟，窝在办公椅上，深深地吸了一口。

罗亚丽回到家里，见张仁俊还没有回来，就换上衣服开始做饭，在回来的路上，她买了儿子和张仁俊都爱吃的排骨。她今天特别高兴，护理部主任今天找她谈话，让她竞聘内科总护士长。作为一个护士，这几乎就是职业生涯的天花板。现在，全院护士有两千多人，护士长一百多人，而总护士长只有五个，总护士长上面就是护理部主任。要到护理部主任的位置，那简直太难了，必须是业务能力、管理能力和沟通能力样样都行，而且要有院领导欣赏。罗亚丽自认为目前还没有这个能力，但干好总护士长，她感觉自己不会有太大的问题。

她一边思考着今天和领导的谈话，一边做着饭。她想起自己这些年来的辛苦：为了申请科研项目，下班后抱着一大堆资料反复研读，找医院里科研能力强的医生指导，写好申报书后到处请人帮助修改。也曾经在医院申报的审批会上遭到反对，质疑她一个护士、中专毕业生如何搞科研。虽然她已经取得了本科文凭，但第一学历让一些人产生了偏见。后来项目批下来后，各种实验材料的整理、数据的统计分析、结论的总结，让她的业余生活枯燥而紧张。她不但要证明给别人看，也要证明给自己看。

　　她觉得这些年对不起丈夫和孩子。对他们关心得太少了，特别是丈夫，遭受了下岗，经历过打工，后来艰苦创业，这些人生中的坎坷遭遇，都缺失了她这个家人的关爱。反倒是在自己所有的关键节点上，都是丈夫在后面默默地付出。孩子从上小学到现在，基本都是丈夫在管，晚饭也都是他在做。自己太专注事业了，现在还要竞争总护士长。真当上总护士长，恐怕就更忙了，而家里的事又要指望他了。

　　当她胡思乱想的时候，张仁俊回来了。他看到妻子在做饭，放下包，脱了外衣，过来看妻子正在收拾排骨，就从后面抱住她的腰："今天有什么喜事，回来这么早？还买排骨了。"

　　"你猜猜看。"妻子笑着说。

　　"涨工资了？"

　　"再猜。"

　　"要当总护士长了？"

　　"你咋猜得这么准？两次就让你猜中了。不过还要经过竞聘上岗。"妻子嘴上说着，手下不停。

　　"哈哈，还真是。其实这很容易猜，你每天除了工作就是工作，这些天你总是说你们总护士长要退休了，不知道谁能当总护士长。我当时就想，像你这样在工作上、学术上拼搏的人不当总护士长，谁还能当？"

"我们医院的护士队伍里，能人多着呢，我算啥呀！"

"能人再多，看能在啥地方，如果能在吃喝上、穿戴上，能在投机钻营上，就是能不到工作上，哪个领导敢把这么重要的担子交给她们？你只管大胆去竞聘，肯定没问题。"

"我今天回来就在路上想这个问题，我一没有在医院当领导的亲戚朋友，二没有给人拍马溜须的习惯，三没有给任何人送过一分钱的礼。你说为啥领导能让我竞聘？和我一起竞聘的，她们都没有高级职称，所以我的优势很明显。"

"滴水穿石非一日之功。你把医院的事太当事了！有谁像你，娃在家里生病，你却怕领导为难不请假？有谁像你，当护士长七八年，每次过年不是年三十值班就是初一值班？还有谁像你，从来不考虑老公和娃在家咋样而只考虑工作？你看你工作了二十多年，请过几回假？"

"真是委屈你和嘟嘟了。"罗亚丽抱歉地说。

"习惯了，早就习惯了。要不然嘟嘟小时候半夜醒来从来不找妈妈，只找爸爸？你要是当了总护士长，估计我和嘟嘟就彻底吃不上你做的饭了。"

"对不起，仁俊。"罗亚丽突然哭了，她转过身来一把抱住张仁俊，眼泪长流。

第二十七章　购买新房

　　张仁俊坐在电脑前，仔细地检查完图纸上的细节，又把画图的小蒋叫过来，指着屏幕上的图说："这个地方的过渡应该是圆角而不能是直角。你想想，如果是直角，它的加工就不能采用铣加工，要采用电火花加工，成本要提高几倍且效率要降低几倍。还有这个地方，要采用直角而不是圆角，如果这个地方采用圆角，装配时两个接触面之间就会因为有间隙而无法很好结合。还有这里，不应该有螺纹，这儿应该是过孔。这里不需要精加工，没有必要标这么低的粗糙度……"小蒋听着张仁俊的讲解，感觉一阵阵脸热。小蒋是机械专业的本科毕业生，在学校同届学生里设计画图的成绩名列前茅，毕业后到模具公司工作已经快三个月了，设计的图纸里还是错误百出。

　　"张总，我再好好检查一下。"小蒋怯懦地说。

看着这个红着脸的朴实小伙子，张仁俊笑着说："你已经很不错了。有些设计错误你能检查出来，但有些错误你是检查不出来的，需要实际工作经验的积累。有的知识书本和课堂上是学不到的。作为一个好的设计师，设计过程中就要考虑加工方法、加工成本和选用材料，甚至要考虑使用过程中的维修、将来报废回收等。我给你说的这些你最好能记住，今后设计时注意这些细节。慢慢来，把这些先改过来。"小蒋一边改图一边想："张老师看着年龄不大，实践经验这么丰富呀，对人的态度还这么好，真是让人佩服。"

　　张仁俊又在电脑上打开另一份图纸，看了一会儿，又把设计的人叫到电脑跟前，指出其中的错误。因为错误不多，让设计者改正后马上打印出来，他签字后就要交给下面备料加工，这套模具别人要得急。

　　接着他又检查了几个人的进度，然后走到后面的加工车间。车间里增加了一台数控万能工具铣床，几个工人师傅都在忙碌着，他问了情况，做到心里有数就走出车间。他看了看表，已经下午五点了，想了想没有再回办公室，而是出厂门上了公交车，到玉祥门下了车。他想沿着环城公园走一走。

　　现在的环城公园已修成一个名副其实的公园，一边是城墙，一边是护城河，中间地带有弯弯曲曲的人行步道，旁边还有石头垒成的假山。步道两边是各种树木花草，造型独特，色彩缤纷，三季有花，四季常青。其中还建有不少小广场，装有很多健身器材。这里常年游人不断，有散步的，有打拳的，有跳舞的，还有打球的、跑步的、下棋的、遛鸟的和吹牛谝闲传的，更有一些秦腔爱好者，组成一个个像样的团队，吹拉弹唱，有板有眼，吸引着不少游人驻足观赏，掌声和喝彩声不时响起。这里简直成了西京古城的一道风景。

　　张仁俊走在人行道上，没有看其他人在干啥，他脑子里想着今天晚上的事。其实他最怕这样的应酬，可王天涛说今晚的饭局他必须参加。

　　如今的协力模具公司，已经发展到有三十多名员工的规模，工厂面积也扩大了不少。王天涛感觉接待学生实习挣钱太少，而且占用场地面积太大，在最近生产订单不断增加的情况下，就和张仁俊商量不再接待实习学生。张仁俊不好意思给学校说，王天涛就亲自和学校谈。简玉华老师觉得失去这样一个学生实习基地实在有点可惜，但也没有办法，于是就提议将学生拆卸过的模具卖给学校，王天涛一听就答应了。可张仁俊却不同意卖给母校，说："我们都是学校毕业的，这些模具本身也不值钱，学校这几年的实习费也没有少给，干脆连带桌椅、工具一起捐给学校，也算是给母校一点回馈。"王天涛听后也没有反对。既然是捐赠，那就要像样一点，除了模具和拆卸工具，他们还请人把有问题的桌椅全部修理好，并且刷了一遍油漆，看起来崭新亮丽。学校还举行了一个简单的捐赠仪式，并把实习的地方命名为"协力模具装拆实习室"。如今模具公司的三十几名员工中就有十几名是西京仪器工业学校的学生。

　　张仁俊实在是佩服王天涛，这家伙就像个陀螺一样，一天到晚忙个不停，特别是和李洁羽有了女儿后，更是干劲十足。为了拉客户，他几乎每天晚上都有活动，不是陪人喝酒，就是陪人唱歌消遣。这种风气现在越来越盛，弄得李洁羽对王天涛很有意见，但为了生意也无可奈何。张仁俊对这种吃吃喝喝的场面极为反感，一般应酬根本不去，王天涛也不叫他，但是今天却一定要让他参加，说这个客户和他是朋友，指名要让他参加。

　　张仁俊慢慢悠悠地走到饭店，刚好六点。推开包间的门，只见王天涛正和一个五十多岁的男人吞云吐雾。

"刘主任，是你呀！"张仁俊一看是原来特种油泵厂的三车间主任刘明进，急忙上前和他握手，那只手冰凉的触感和二十年前他刚进油泵厂时一模一样。

"山不转水转，城不转人转，转来转去，熟人再见。"刘主任绷着脸说，逗得张仁俊和王天涛都笑了。三个人坐定，要了一壶铁观音。王天涛开始点菜，张仁俊和刘主任一边喝茶一边聊天。

在聊天中，张仁俊才知道刘主任在工厂被兼并后也离开了。在外面给人打工，在几个企业干过，现在在咸阳给一个私人企业老板管理工厂。工厂主要做粉末冶金零件，给其他企业配套生产齿轮、平衡块和一些简单零件，需要冷压模具，而且数量比较多，因此就找上了协力模具公司。当他知道张仁俊在这个公司管技术时，就让王天涛设饭局，一块聚聚。

在特种油泵厂的时候，张仁俊说不上和他有多亲近，但因工作关系还是常常打交道。张仁俊作为技术科的科长，对刘明进的工作也是尽最大努力帮助，因此两个人从没有过摩擦，只是张仁俊不喜欢刘主任老是阴沉的表情。这次对作为协力模具公司的客户刘明进，张仁俊则表现出极大的热情。

这次饭局只有他们三个，菜上来后，就开始推杯换盏。三个人中张仁俊的酒量最差，但刘主任非要和他对着喝，一时间包厢内觥筹交错，可谓：酒香、烟香、茶香、菜香，香飘氤氲馥郁之味；杯盏碰撞声、喝酒咂嘴声、窃窃私语声、劝阻吆喝声，声传高兴愉快之情。

王天涛喝酒时仍不忘正事，因为都是熟人，他也就没有顾忌太多，直接对刘明进说："按照现在的行情，我们给的佣金通常都是百分之十。你是仁俊的朋友，我们就给你百分之十五，但你不能再给我压价，否则我们就亏本了。"

"王总真是太客气了。这么说我应该谢谢仁俊。仁俊来，咱俩干一个。"

"刘主任，我真的是不行了。"张仁俊醉眼蒙眬。

"男人不能说不行，女人不能说随便。男人不行都要硬撑。喝！"刘明进喝得有点多了。

"好，不能说不行。"说完，张仁俊端起酒杯一饮而尽，然后趴在桌子上昏昏欲睡。

"你小子真不行嘛，还不如一个老汉。王总，咱俩喝。"

"刘主任，我看咱先把合同签了，等一下喝醉了误事。"王天涛这些年那是在酒里泡着，这点酒根本不算啥。看着刘明进差不多了，他就拿出合同，让刘明进签字。刘明进虽然喝得有些醉了，但还是拿着合同仔细看起来。一来年纪大了眼花，房间灯光昏暗看不清；二来喝了不少酒，脑子有点转不过来，因此看了一两页，感觉没问题，就拿过王天涛递过来的签字笔，在合同上龙飞凤舞地签上名字。他还问王天涛，他的字咋样，王天涛当然是恭维说写得好。于是他放下笔，两人继续碰杯喝酒。两个人又喝了几杯，王天涛发现张仁俊不见了，以为是上厕所了，也就没在意；过了好大一会儿，还不见回来，他就去厕所寻找，听到一个关着门的便位里发出鼾声，他爬上门一看正是张仁俊，于是让饭店的人打开门。只见张仁俊在坐便器上呼呼大睡，涎水顺着嘴角一直流到衣服的前襟上。

王天涛笑着摇了摇头，想把张仁俊叫醒，可是他嘴里答应着就是不睁眼。王天涛架着他的胳膊，把他扶到包间椅子上。这时候王天涛发现刘明进也趴在桌子上睡着了，刚喝下去的酒和吃的食物，给桌子上吐了一大摊，像是下水道里的污物冒溢一样，让人恶心不已。好在王天涛见惯了这种情况，也就不以为意。他结了账，在酒店订了一间房，和服务员一块儿把两个醉鬼扶到房间。收拾餐桌的服务员看到桌子上的呕吐物，也是极为不满。

他们两个一倒在床上，就像上了天堂，鼾声如雷。王天涛翻开电话本，给罗亚丽打电话，说张仁俊喝多了，在酒店休息，让她放心。挂了电话，想着如何通知刘明进的家人。王天涛去摇了摇刘明进，问他家人的电话，给家里说一声晚上不回去了。刘明进嘴里不知道说的啥，翻身又睡过去了。王天涛问他家里装没装电话，刘明进不再吭气，只是呼呼大睡。正当王天涛一筹莫展之时，刘明进口袋的电话响了。王天涛想了想，管他谁，接了再说，能问到他家里的电话也行。刚一接听，里面传来了娇滴滴的声音，问："你干吗呢？说好晚上来，咋还不来？"王天涛说："刘主任喝醉了，在酒店休息，你是谁？"对方一听，立刻挂了电话。当王天涛回过味时，大吃一惊，连忙把手机塞进刘明进的口袋里。

这时候他也有点困了，给李洁羽打了个电话说明情况，想着如何在这里凑合一晚。这时候传来了敲门声，他打开门一看，见罗亚丽站在门外，便连忙让进来。罗亚丽走到床前，掀开被子，叫醒了张仁俊。张仁俊睡眼蒙眬，突然看见一个女人站在面前，吓得打了个激灵，仔细一看是妻子，问她咋来了，转过头又想睡了。罗亚丽笑了笑，拉起他，和王天涛扶着他出了酒店，打了一辆出租车回家了。王天涛回到酒店房间，脱了鞋躺在床上，想着刘明进刚才的电话，又想着罗亚丽和张仁俊，不一会儿就昏昏睡去。

却说罗亚丽扶着张仁俊回到家里，给他脱了鞋和衣服，本来还想让他洗洗脚，但看他走路东倒西歪，脚下绊蒜的样子，想想也就放弃了。她有事想和他商量，而且是大事，但看他睡得香甜，就没有打扰他。自己坐在他旁边，靠在床头上盘算着。

第二天早上，张仁俊睁开眼的时候，罗亚丽正直勾勾地看着他。

"你都是很有自制力的人，昨晚上咋喝成那个醉鬼样了？"罗亚丽笑着问。

"昨天碰见我们油泵厂的一个老主任，没按住，喝冒了。我记得王天涛扶我进的酒店，咋回到家的？"

"你光记得进酒店，没记得我接你回来？"

"你接我回来的？不记得了。"张仁俊不好意思地笑了笑，一把拉过妻子，紧紧搂在怀里，"还是老婆好。"接着一骨碌趴在她身上。

当张仁俊疲惫地再次躺下的时候，妻子在他耳边说："和你商量一下，我们医院组织职工团购房子，我想咱们是不是也跟着团购一套？"

"你们医院不是自己要盖房吗？"

"再别提了，整天讨论研究，两三年了，房价从两千多涨到五千多还没研究讨论出个眉眼。有几个热心职工自己去联系，联合了二百多个职工，跟我们医院旁边一个楼盘开发商谈判，最后谈的结果是按团购价购买。别人上周已经交了定金，昨天下午挑房了。"

"那咱还张罗个啥劲？你咋不早说？"张仁俊说。

"我也是昨天才知道。科里那帮年轻人昨天下午都请假说有事，我一问才知道是挑房。我还问他们咋不给我说一声，他们说以为咱有房，况且那是学区房，咱也没有需求，就没有告诉我。下班时我专门跑去问那个组织人，他说医院团购了一栋楼，现在还剩几套面积大的三室两厅，如果想要，他可以给开发商说一声，继续按团购价走。你说咱买不买？"

"剩下几套面积大的三居室是不是户型不好？"张仁俊担心地问。

"我昨天下班后，顺便看了一下，不是户型不好，而是面积大，很多人掏不起钱，算下来要七十多万呢。"

　　"那咱的钱够吗？"

　　"我昨天晚上仔细算了一下，要买的话，还有二十五万的缺口。"

　　"差这么多？"

　　"不过先交定金，交房时才交全款，还有一段时间，我们再想办法。我想咱俩今天早上去看看，带上钱，如果可以，就定下来。那里离我们单位很近，上下班就不用再着急了。"

　　"行，只要你上班方便就好。"

　　他们吃过早饭，张仁俊给王天涛打电话说迟到一会儿，就随妻子来到楼盘工地。这几天开发商为了销售房子，开放了一栋刚刚完成主体浇筑的楼，各种户型基本都能看到。他们看了剩余房子的户型，唯一不如意的是全屋只有一间向阳的房子，其他都好。楼层只剩下二十层和六层，张仁俊说六层太低，就选了二十层，户型已没有比较和挑选的余地。罗亚丽给她单位组织的人打了一个电话，让他给开发商说一声，他们就去销售部交钱。销售部的人说，刚才经理给他们说过了，于是两人按团购价交了定金。

　　两人刚交完定金出来，碰到了医院的另一个熟人，那人笑着问罗亚丽："你是不是买了二十层？本来我要买二十层，现在只能买六层了。"

　　当天晚上，一家人坐到饭桌前，张仁俊对罗亚丽说："是不是太仓促了？其他附近的楼盘我们看都没看，就直接交钱了。买房像是买了一棵白菜一样。"

　　罗亚丽笑着说："还真是的。不过我们医院那些人都是人精，比咱看得仔细。有人把周围的楼盘都调查了，而且是价格、户型、环境等都反复比较后才团购的，我们跟着搭顺车没有问题。"

"最近买房的人很多，王天涛和李洁羽就在曲江买了一套，也是三居室，价格比咱买的贵多了。"

"那可是好地方。我听科室人说，房子还会涨价呢。"

"就是的，我们几个同学都说等高考完他们家就要搬新房了。"嘟嘟说。

"现在不知道是咋回事，有房没房都买房。按说我不想买，嘟嘟马上就高考了，他一走，就我们两人，要那么大的房子干吗？但看王天涛买了房，周围的人都买了房，闹得人心神不宁的。"

"别人买房和你有啥关系？"

"别人都能让老婆跟着享福，住大房子，我张仁俊为啥就不能？况且这样你上班很方便，再不用起早贪黑挤公交车了。"

罗亚丽看着张仁俊，笑着说："攀比心作怪。"

"不攀比，生活就失去了滋味，人生就少了勇气，社会就缺乏前进的动力。只有不断比，人才会努力争取。只要是通过正常手段获取，让自己生活得更舒服，有什么不好？这样社会才能进步。现在让人们茹毛饮血、刀耕火种，谁愿意？都爱说回归自然，真让住惯了高楼大厦的人去住茅草棚，他们哪个能坚持过一年？"

"你哪里来的这些奇谈怪论？"罗亚丽问。

"难怪我们班很多同学穿运动服和运动鞋都不穿杂牌，要穿阿迪达斯或者耐克，这是在推动社会进步嘛。"嘟嘟笑了。

"你们现在要比的不是吃穿，而是学习。你们高三现在是两周一次模拟考试，考试后还要排名，这实际上就是一种攀比，是老师利用攀比心理，激发你们的学习潜能。"

"我看你没有当老师，可惜了。"罗亚丽笑着说。

"人常说，不怕别人比你强，就怕你身边的熟人比你强。我什么地方比别人差？我当年也是学霸。况且我们现在住的这小区，你看看成啥样子了？路不平，灯不明，暖气不热，天然气不通，周围的环境也不好。如今厂子被兼并，住宅区没人管，设施没有钱维护，我又不在厂里工作，住在这里也就没啥意思。我最近一直在想我们是不是也该改善一下住房，所以你昨天一说，我们就达成共识。"

就在张仁俊买了房子不久，医院的其他人想要买房的时候，房价已经比张仁俊买的时候每平方米贵了六百元。过了一年交房时，房价又涨了五百元。

在这个其他产业利润下滑的时期，房地产迅速崛起，西京市似乎在一夜间进入一个全民购房的时代。人们见面后问的不再是"你们厂的效益咋样"，而是"你买房了吗"。

也就在一部分普通老百姓掏空钱包买下第一套房的时候，聪明的投机者，早已用银行贷款作首付，在新开的楼盘里，挑选交通方便、户型好的房子，买下几套甚至几十套，然后再用这些房子做抵押，购买更多的房子。当大部分平民百姓回过味来要买房子的时候，房价已经开始成倍地涨，于是这些投机分子把买下的还没有盖好的甚至还没有盖的房子加价卖出，又用这些钱再投资购买新的楼盘，于是就有了一个词叫"炒房"。这些有钱人，看准了西京的发展潜力，就组成炒房团，直到把房价炒得老百姓只能望楼兴叹，而他们已经赚得盆满钵满。

就在张仁俊买房后不久，王天涛也动了心思，想要炒房。

第二十八章　经营公司

王天涛真的开始炒房了。

大多数人还在迷糊的时候，王天涛却嗅到了明显的商机。他的心思已经完全不在模具公司了，整天在各个新开的楼盘转悠，考察各处房子的价格和小区周围的环境。有一次他对张仁俊和李云鹏说："你们也在曲江那里买一套房，将来卖了肯定赚钱！"张仁俊和李云鹏淡淡一笑，并没有往心里去，可是不到三个月，曲江的房价每平方米就涨了五百元。王天涛又建议他俩在浐灞买房子，他俩还是没有买，不久浐灞的房子也涨价了。不是他俩不想买，而是他俩没有钱。妻子车祸后，李云鹏又病退，两个孩子要上学，家里没有多少存款。而张仁俊刚刚买了一套房，还有一个大窟窿不知道咋办，哪里还有钱再买房呀。

王天涛把模具公司的大部分流动资金抽出来做购房的首付，再利用购房合同做抵押，用银行按揭贷款的方式在曲江一下子买了十套房子。一年后，等到交房时，王天涛一下子把十套房全部出手，赚的钱是模具公司一年利润的几倍。他又用这些钱再去别的地方买房，不到半年，又让这笔钱翻了一番，这让他的心一下子膨胀起来。他已经好长时间不去模具公司了，李洁羽为了给上某区一中的女儿陪读，也不在公司上班了。

这天，王天涛来到模具公司，张仁俊和李云鹏就一同来到他的办公室。

"天涛，你总算来了，我们俩还准备今天晚上去找你呢。我们俩有些话想对你说。"

"哦，什么事这么严肃？"

张仁俊让李云鹏说，李云鹏让张仁俊说。

"有什么事这么扭扭捏捏的，忘了我们是啥关系了？仁俊你说。"王天涛喝了一口水说。

"那好吧，我来说。你看咱们公司也开办十几年了，中间也经过不少坎坷，从最初的连你我在内五个人，到现在几十号人，规模在不断扩大，业务也在不断地拓展。可是最近一年多你的心思完全不在公司，所以公司近来业务量急剧下滑，特别是资金方面紧张，拉来的合同没有办法按时完成，员工两个月都没有发工资了，已经有几个业务员走了，你再不来管管，公司就要停止运转了。我和李云鹏商量了一下，在公司吃闲饭也不是事，因此，我俩特地来请辞。我们是同学加朋友，而且我和李洁羽还是老同事，我们好聚好散，买卖不成仁义在，今后我们还是同学、朋友。"张仁俊一口气说了这么多，感觉轻松了不少。

"对不起你俩了。这是我的不是，这段时间我心思不在这里，也没有给你俩交代清楚。你俩就是这事吗？"王天涛问。

张仁俊和李云鹏点了点头。

"那好，我现在说我的事，今天来的主要目的就是处理这件事。前一段时间，我从模具公司提了一笔款，造成流动资金不足，公司经营困难。这样吧，你俩的意思也表达到了，我也知道了。今天咱就不再提这个事，等我晚上考虑一下，明天给你们回话，你们看咋样？"王天涛说。

张仁俊和李云鹏相互看了一眼，都点了点头。

"现在也快到吃中午饭的时间了，好长时间没和你们俩一起喝酒，今天中午咱喝一杯。走，现在就走。"

三个人出了门，打了一辆出租车，直奔土门的金华酒店。

晚上，在某区一中附近的出租屋内，李洁羽辅导女儿完成了作业，看着她上床休息后，就关好门退出房间，回到自己的卧室。

王天涛看她过来，放下手中的书，对李洁羽说："和你商量一件事。我这一年多光顾着买房卖房，没有精力管公司，公司目前经营困难，今天仁俊和云鹏向我提出辞职了，你说咋办？"

"你一年多不顾公司的经营，又没有向他们交代清楚，他们向你提出辞职，也可能是实在没有别的办法。"李洁羽坐在王天涛旁边想了想说，"都是你的同学，不可亏待他俩。张仁俊还是公司的大股东，辞职以后，股份怎么处理？他们是公司的骨干力量，没有他们两个，公司咋运行？"

"我有个想法，你看行不行？这些年仁俊一直负责公司的技术，对技术这块我几乎不用操心。特别是这几个月，我的心思就没在公司，光顾着房子的事，公司基本上是仁俊在操心。因此我想把公司让给仁俊，不知道你咋想的？"

李洁羽睁大眼看着王天涛："你发烧了？咋突然有了这个想法？炒房那就是个投机的事，模具公司才是实体。"

"这件事我考虑好长时间了。今年西京的机械加工业很不景气，很多私营企业都关门了，因此模具行业也受到很大影响，模具销售量比往年少得多，经营也逐渐变得困难。这一年多我在炒房上挣的钱比模具公司几年挣的钱都多，现在咱们挣的钱足够几辈子用了，我不想再劳心劳神了，想守着你和娃过安宁日子。整天在外面应酬，陪人喝酒、抽烟、打牌、唱歌，说实话我已经厌倦了，就想像现在这样，晚上像普通人一样搂着老婆，看书看电视。"

李洁羽不说话了，她舍不得模具公司，她在那里流下不少汗水，也付出了很多心血，更因为模具公司，她和王天涛才能认识并结婚。现在要送给别人，不说经济上的事，就是感情上她也舍不得。可是要送的人是张仁俊，她的心里又是一阵翻腾。张仁俊在她心里，那是一种特殊的存在啊。

王天涛继续说："仁俊是个很诚实的人，做事有板有眼，特别对技术的钻研达到痴迷的程度。他在模具设计上的造诣，不亚于很多大学的教授和工厂里的高工，这样的人才放在模具公司可惜了。"

"这有啥可惜的？"

"如果他在大学教书，早就是教授了。但现在他还在模具公司搞设计，终究吃的是辛苦饭。他是我最好的同学，所以我想把公司给他。"

"那你一点钱都不要吗？白给？"

"就送给他。如果卖给他，估计他现在没有钱。还有个办法就是先给他定个价，等到今后公司挣钱了再给，挣不到钱就算了。你说呢？"王天涛搂着妻子。

"还不知道他的想法呢。他是你的朋友，你说咋办就咋办。"李洁羽把头靠在丈夫的胸前。

"不过我担心以他的性格，不拉关系、不愿求人，能把公司经营好吗？而且现在公司账上已经没有一分钱了。"

"你还是请人算清楚，这不是小事，他在公司占有股份，就是送给他，也要把话说在明处。虽然我相信张仁俊不会斤斤计较，但亲兄弟明算账，做人情也做个明明白白。"李洁羽说。

"你说得对。先盘点一下公司的资产和账目，如果需要启动资金，咱可以先借给他一些，等他缓过来了还给咱。"

"你是个好男人。"李洁羽紧紧地搂着王天涛。

张仁俊做梦也想不到王天涛会把模具公司送给自己。他为之前的辞职行为感到羞愧，自己的格局明显要比王天涛的格局小。作为同学、朋友兼合伙人，在公司遇到困难的时候，应该积极想办法弥补、挽救，而自己居然想离职，这是逃避而不是一种合伙的态度。现在王天涛居然要把公司送给自己，这咋能要呢？虽说公司成立时自己占股是百分之三十，可自己没掏一分钱，所有资金是由王天涛筹集的。这些年，每年分红都不少，现在虽然公司经营困难，可估值是一百万元啊，这是一笔不小的资金，自己和王天涛关系再要好，也不能无故接受这么一大笔馈赠。

晚上，张仁俊在家吃饭，把这个情况给罗亚丽说了，她也是吃了一惊："你们还真是好朋友。不过我看还是不能白要，这个礼太大了。"

"我也是这样想。要不我们吃完饭去他家和他说一下？"

"他现在住在某区一中附近，我们咋去？"

"算了，我明天给他说。"张仁俊起身去盛了一碗饭。

"你只说不要了也不是办法，还是要想办法把公司盘活。难道你就说不要，然后辞职？那你成什么人了！"妻子说。

"你说得对，不能看着公司垮掉。"

"你对公司经营有没有把握？"妻子问。

"我也没试过呀，这些年主要是搞技术了，经营上没动过脑子。"

"那你可要想好了，真要接过来那可不是只有技术。"她给张仁俊的碗里夹了一筷子菜，看着他。

正当他俩商量时，门铃响了。张仁俊起身开门，一看是王天涛，高兴地说："真是说曹操，曹操就到。正想着去找你呢。吃过饭了？没吃正好坐下一起吃。"

"我就知道你两口子在说我，我这喷嚏打得就不停。这菜炒得真是不错，有酒吗？"王天涛坐下吃了一口菜，问张仁俊。

"我去拿。"罗亚丽起身拿来了一瓶洞藏太白酒和两个杯子，然后又转身去了厨房，在他俩喝得正高兴时，又端来了两个菜。

"谢谢罗总。你不用忙活了，过来一块吃。我还有话给你俩说呢。"王天涛对罗亚丽说。罗亚丽现在是总护士长，所以王天涛叫她罗总。

罗亚丽笑着坐下来："好好叫嫂子，叫啥罗总，别人还以为我也是做生意的。"

"好好，就叫嫂子。我今天来不只是来混饭的，主要还是想给你说一下公司的事。仁俊，你不是说要去找我吗？你先说找我是什么事。"王天涛看着张仁俊。

"天涛，公司我不能接受。这虽然是咱俩创办的，但你是全资，我一分钱也没出过，所以我不能接受。"

"那你的意思是要给钱？行呀，一百万总值，你能拿出来七十万吗？"王天涛看着张仁俊。

张仁俊端起酒杯一饮而尽，没有说话。

"既然你拿不出这么多钱，你辞职，我又不想再搞这事，就只能转让给别人，你愿意吗？这可是咱俩十几年的心血，虽说现在经营困难，可并不至于破产，给别人你舍得吗？当然你辞职了，凭你的能力和技术，找个工作不成问题，可再好也是给别人打工，要看别人的眉高眼低，你又不是没在外面打过工，这样值得吗？你说不想接受我这么大的馈赠，可仁俊啊，我这一辈子只有你这么一个真心朋友，明辉和云鹏在我心里也没法和你比。在我最无助的时候，是你和嫂子帮了我，我这一辈子都忘不了。说实话，钱现在对我来说不算啥，也不重要。我见过太多的无情无义，见过太多的尔虞我诈，像你这样诚实正直的人太少了。放在别人，这么长时间我没有去公司，不等我给，可能早就变着花样把公司掏空了，可你和云鹏却都在尽职尽责地看护着，我真的没看错人。"王天涛一口气说了这么多，让张仁俊和罗亚丽很感动，而且有点意外。

"钱对你不重要也是钱，而且这是一笔不少的钱，我真的有点承受不起。况且我也做不了啥，除了技术，我干不了别的，你把公司交给我，我怕是也搞不好。"

"你不是只会干技术，你是没有钻研经营之道，交给你我放心。"

"你要是白送，我真的不要。刚才我们商量，我可以全权承包经营，每年给你上交经营款。当然我要是经营亏损，你再找其他人，这样我心里踏实。"

"既然你认为这样好那就这样。等你经营上一年，承包款你说多少就是多少，你看这样行不行？"王天涛说。

张仁俊没有说话，他觉得这样似乎不太好，还是要先说明白为好。罗亚丽说："我家张仁俊有你这样一个同学，是他的福气，我还从来没有听说过谁有这么好的朋友呢。"

"李云鹏咋办呢？我俩承包还是……"张仁俊问。

"我只给你一个人。给不给他你决定，不用问我。我和洁羽商量过，想着你现在才买过房子，估计手里也没多少钱了，我再给一笔钱做启动资金，不过这笔钱你是要还的。不知道你需要不需要？"

听到这里，罗亚丽先站起来，去橱柜里又拿出一个酒杯，倒满酒端起来说："我从不喝酒，今天我就破例喝一杯，替我们家仁俊感谢你这位同学。"说着一仰脖子一杯酒喝下去，接着就咳嗽起来。

王天涛也喝了杯中酒，笑着说："也谢谢嫂子。"

不当家不知柴米贵，不经事不知世事难。张仁俊开始经营公司，才知道这里面有多少事需要他把控。他没有动公司现有的员工，只是把技术部门交给在公司干了近十年的小林。小林是西京工业大学毕业的学生，是张仁俊一手带出来的技术骨干。小林刚进公司时对业务也是一知半解，现在不但技术成熟，更重要的是有管理和组织能力。他让李云鹏继续负责财务和办公室，对外联络的业务部门他自己亲自负责，这是全公司最重要的部门，人员也较多，连他自己一共有四个人。

他重新调整了政策，对于在公司工作超过一年的，就开始给他们股份，但股份只能年终分红，股份多少按在公司工作的年限计算，离开公司，股权作废。对于对外联络的业务部门，他加大了员工的提成比例，找来的业务，成本由技术部门核算，按利润的百分之二十提成，在谈业务时留有足够的利润。这改变了原来按合同总额提成的做法，激发了业务员的积极性。而招待客户的费用也在提成之内，公司不再承担。因为模具的成本，特别是普通的冲压模，价格已经很透明，利润有限，故此，张仁俊决定业务也从模具的设计制造，扩展到非标机械的设计制造。

对于外联业务，张仁俊采取了和王天涛不同的做法，对原来公司的客户，他都分别拜访，承诺凡在协力公司有业务的，都将给百分之十的信息费，并在公司收到业务款后立即兑现。在当年年终，他召开了一次客户答谢会，在会上他宣布公司将拓展新业务。

非标机械设计制造是一个涉及面很广的领域。公司在开展新业务不久，就接到一家国有企业的设计制造任务，要对一台真空封罐装置进行改造。经过两天的实地观摩，张仁俊基本掌握了真空封罐机的基本原理和真空封罐过程。张仁俊决定接下这个订单。

这是张仁俊接管公司后接到的最大的一个订单。对张仁俊来说，这个领域他并不熟悉，但丰富的设计经验，让他很快就找到了思路，他和技术人员就设计的关键问题进行充分的交流和沟通，并取得了厂家的认可，剩余的事情就交给了技术员去设计、画图。接着张仁俊仍然采用在特种油泵厂时的做法，抽调几个人专门负责封罐机的改造，并给他们几个人提要求：必须在两个月内完成，提前完成有奖励，奖励的金额和提前的时间成正比。这样一个举措，让干活的师傅们有了精神头，而且他们和张仁俊共事多年，相信张仁俊说话算数，因此不用张仁俊督促，他们也是加班加点。

不久，又有一个单位要做一批工装，用来安装火车底盘下的刹车储气罐，这个设计制作并不难，但利润可观。

两个东西还都没有交工，又有厂家要做一台专门用于焊接圆管的焊接机床，而且要带有自动控制，这让张仁俊有点挠头。机械装置好设计，但公司没有搞自动控制的人，张仁俊不得不推掉。这提醒了张仁俊，现在纯粹机械的装置越来越少，机电一体化是发展的必然趋势，他打算招聘一个能搞自动化控制的人。

正好赶上春季校园招聘活动最多的时候，张仁俊就去参加了西京几个大学的校园招聘会，结果学生们一听是私营企业，再一问工资待遇，都纷纷摇头。这让张仁俊颇感尴尬。他又去了自己的母校，母校在几年前改为职业技术学院，只招收高职学生，中专生早就停招了。他去问赵明辉，赵明辉告诉他，现在的高职学生大多数搞不了设计，其培养目标是维修和生产。要设计的话，还需要培养很长时间。如果想要很快上手，恐怕还是有困难。协力模具公司不可能花长时间培养他们，而且很可能公司把他们培养好了，这些人转身就离开了。所以赵明辉建议张仁俊去人才公司找一些下岗人员或者退休人员，他们中间不少人有真才实学。

听了赵明辉的建议，张仁俊去了几家人才交流公司，还真的找到了一个原来在东方仪器厂工作过的工程师，名字叫冯立安，和张仁俊年龄相仿。问他能否设计机器的自动化控制，他说这个没有任何问题，不论是PLC控制还是单片机控制，都是他精通的，他原来负责的就是生产线的设计、维修，仅仅因为是中专毕业，公司裁员就有他的份；再仔细一问，还跟自己一个学校毕业的，比自己晚一年进校，学的是自动化专业。校友见面格外亲切。

有了冯立安的加入，协力模具公司的业务进一步拓展。

但接下来又出现了新的问题：业务太杂太多，人员明显不够。张仁俊又开始思考，公司应该有自己的主打产品，打造自己的品牌，这样才会有稳定的业务和稳定的收入，技术水平也才能居于行业的前端。总是为别人服务或者等米下锅，是很被动的。而且现在的业务，除了模具外，所有外接的设计，都是市场上没有的，也就是说每一个设计的装置或者机器，都是在创新，看上去利润很可观，但算上员工们花的心思和精力以及公司的支出，最后的利润也高不了多少。

经过半年实践，事实证明他的策略并不能很好地挽回公司亏损的局面，相反，亏损越来越严重。眼看着又要拖欠工人的工资，张仁俊感觉身上的担子越来越重，自己也有点焦头烂额。

这天，他下班后不想坐车，就顺着人行道慢慢向前溜达。秋风吹着他凌乱的头发，更是吹着他凌乱的心。

"张仁俊，什么事让你这么垂头丧气？"一个洪亮而又熟悉的声音，一下子把张仁俊从思索中唤醒。

"高厂长？您好！您好！"张仁俊扭头一看，又惊又喜，是原来齿轮厂的厂长高大山。

经过简单交流，张仁俊知道了高大山已经从市里某局局长的位子上退下来了，如今兼任一个大型公司的顾问。谈到原来特种油泵厂的结局，高大山苦笑着摇了摇头，没有发表意见。他问了张仁俊的情况，当得知张仁俊自己开办了一个公司，也是非常高兴。

"当年就看好你小子。现在虽然单位不行了，但像你们这样的年轻人，终非池中之物。好呀，好！"

张仁俊没有吭气，笑了笑。

"你爱人叫罗什么？"

"罗亚丽。"

"哦，对，当年还是咱们厂给你们办的婚礼。如今你儿子都快要大学毕业了，时间过得真快啊。"

"高厂长，你这是干啥去？"

"刚才接了孙子放学，送到他父母那里，这会儿正往回走呢。如今我成孙子了。"高大山虽这么说，但幸福挂在他脸上。

"明天中午不知道您有没有时间，我想请您吃个饭，一来感谢您当年的栽培，二来请您给我们公司出出主意。"张仁俊突然有了个想法。高厂长是他最敬重的老厂长，也是他成长路上的贵人。他站得高，看得远，请他给公司经营诊诊脉，说不定有好办法。

"吃饭就免了，明天我抽空去你们那里看看，我住的地方离你们公司不远。"

第二天早晨，张仁俊早早就来到公司，叮嘱办公室人员打扫干净卫生，静静等着高厂长。可眼看十二点过了，也不见高厂长的人，张仁俊也不好意思打电话问，就和李云鹏在外面胡乱吃了点饭，连忙赶回公司继续等待。直到下午两点半，只见高厂长站在公司门前，端详着公司的牌子。张仁俊急忙出来迎接。进门后，张仁俊请高大山到办公室坐，他说先参观参观再说。于是，张仁俊领着老领导看了设计室、加工车间、展示室、库房，然后才到办公室。坐下后，张仁俊给老领导倒了一杯茶。

"不错呀，张仁俊，很有规模呀！"高大山喝了一口茶，赞许道。

"不瞒高厂长，规模是不小，但现在也是举步维艰。请您来就是想让您给出出主意，我对经营实在是有点外行。"张仁俊就把公司的前后事情和现在的情况给高大山详细说了。

"既然模具干了这么长时间，而且有了很好的基础，为什么要把业务拓展得这么宽？"高大山问。

"就是想开展一些新业务，模具的需求量就那么多，养活不了公司这么多人。"张仁俊说。

"你说错了，模具的需求量非常大，特别是高端模具。你们现在做的都是普通的冷冲模、注塑模、折弯模，不但普通而且技术含量太低，附加值就少。"

张仁俊点点头。

"我给你个建议，不要拓展其他机电业务，就搞模具，承接大型模具、精密模具，这样才有你们自己的特色。你有在特种油泵厂开发油泵的精神和经验，还怕啥搞不成？"

"我想过这个问题，也想承接，但没有这方面资源，和厂家搭不上话。"

"我来给你介绍一个大客户，就是西安做汽车箱体的厂家，我和他们的厂长熟悉，姓顾，而且关系不错。你可以先负责他们公司的模具维修，再想办法承接他们公司的设计制造。他们公司每年的模具维修花费巨大，还费时费力。有一次顾厂长和我吃饭时还抱怨，西京城里咋没有大型模具的设计制造公司呢。"说着，就掏出电话本，给张仁俊说了顾厂长的电话号码，并当面给顾厂长打了一个电话，说明了情况。顾厂长当时就告诉高大山，让张仁俊第二天早上去找他。

张仁俊第二天去见了顾厂长，顾厂长当即决定让他们维修一套刚刚从机床上卸下来的模具。接到任务的张仁俊，亲自主持维修方案的讨论和制订。模具出毛病无非就是磨损或者零件损坏，因此维修的困难在于配件的制造，而这对于模具公司而言并不困难。

当模具在最短的时间内交到厂家的时候，顾厂长非常高兴："高局长介绍的人真是不一般啊。今后的维修，我会让手下人联系你们。"

"我们也可以设计制作。"张仁俊也很高兴。

"那就更好了。我让底下的人和你们联系。只要质量有保证，其他都好说。"

协力模具公司开始了转型升级，对内部的分工也做了适当的调整：减少其他非标机械设备制作的业务，集中力量专攻高端模具；在大型模具和精密模具方面，加大了研究开发的力度。

除了汽车车厢厂的业务外，张仁俊还想办法承接其他厂的大型模具和特殊模具相关业务。他的办法不是请人喝酒吃饭，也不是请人洗脚按摩，而是用实力说服别人把业务交给他们。

如今的张仁俊已经有了自己的经营理念。他认为这些旁门左道的办法，只能是短期行为，要想把公司做大做强，就要用质量做底气，用速度赢诚信，用实力树口碑。只有这样，公司才能在西京这个航空航天、国防军事工业重镇立足，才能办得更好，走得更远。他把公司的技术骨干送到大学里专门进修，并斥资购买了一台大型数控加工中心。

这期间张仁俊为了招揽业务，南访北问，东奔西跑，有被推出门的时候，有被热嘲冷讽的时候，也有被热情接待并最终达成合作的时候。张仁俊自我调侃道："我现在不是公司的董事长，而是一个孙子。"

第二十九章　人生无常

　　西京的房价在翻着筋斗地向上涨，哪里有新房发售，哪里就像逢集一样热闹，人们发了疯似的早早就去排队，等候交房款。似乎不是买房子，而是在自由市场排队买菜。买期房比买现房要便宜很多，于是开发商只要拿到开发的土地，用彩钢板围起来，仅仅是用挖土机挖一个大坑，就开始销售。他们策划宣传，大肆炒作，于是人们蜂拥而至，掏空家里多年的积蓄，毫不吝啬地抢购那还在图纸上的房子。这时候的买房者没有一个是穷人，都是出手大方的土豪和大款。

　　这些买房者，有的人确实是刚需，因为他们可能一直租住在别人的房子里，做着房子租金随时上涨的准备或者随时搬家的准备，买房已经是他们不得不做的抉择；也有些人是可以买也可以不买，他们有房住，但看着别人都买，手头还有一些余钱，把钱存在银行里，利息弥补不了物价上涨带来的资产缩水，买房子增值已经是全民共识，因此将钱拿出来买房子确保家里资产不缩水；还有一部分人则是把买房子当成产业，利用买的房子做抵押，在银行贷款做首付买更多的房，卖了房还贷款，再贷款买新房交买房首付，如此买了卖、卖了买，在不断地买卖中，利润越滚越大，钱也越积越多，钱多了就可以买更多的房，再卖了挣更多的钱。王天涛就是这种专门炒房的人。

在王天涛的炒房事业如日中天的时候，他名下有四十几套房产。这几年他和银行打交道最多，只要他去银行，进的都是VIP包间，有专门的业务员接待。银行里年轻漂亮的信贷员见了他就像见了亲人一样，又是"叔叔"，又是"哥哥"，倒水端茶，目的无非是让王天涛多贷款，只有多贷款，她们才能多挣钱。他是银行的贵客，他也真正体会到作为有钱人的优越感。

人生的路永远都不会平坦，当天上掉一个馅饼，地上就会有一个陷阱。随着国家对房地产的管控，王天涛渐渐发现房地产市场似乎变了，他买到手的期房，几乎都不能按时交付，这让他有些提心吊胆。

事情越来越糟糕。随着政策不断调整，政府对房地产开发商行为进行规范，银行开始限制房地产商贷款。房地产行业发生了变化，建设速度趋于缓慢，于是很多楼盘迟迟不能按时交房，有的开发商见状干脆拿着收来的房子首付款逃到国外，留下一个开挖了半拉子的大坑。凡此种种，使房地产市场很快回到理性的轨道，人们买房子的热情逐渐降低，从狂热地、毫无节制地追逐，开始变得冷静和理智。

对于王天涛来说，这可成了灭顶之灾。他手里的期房，交房日期有的一推再推，有的变成了遥遥无期的烂尾楼，有的虽然交了房，但迟迟出不了手。而银行里那些原来叫他"叔叔""哥哥"的业务员，马上换了一副面孔，"哥哥""叔叔"虽然还在叫，却是催收贷款。贷款自然是还不上，所以贷款时抵押的房子，银行是要收回的。此时的王天涛才真正理解了一个朋友曾经对他说过的话："有钱了你是贵人，没钱了你狗屁都不是。"银行也一样，你有钱的时候是座上宾，它会千方百计地给你贷款；当你没有钱，需要钱的时候，对不起，一分钱也不会贷给你。当王天涛陷入绝境的时候，还想去银行贷款，但一分钱也贷不出来。

没有办法，他只能用家里的存款来还银行的利息，但那是杯水车薪，根本撑不了多久，很快还贷的期限也到了，于是他的房子被一处处查封、拍卖，他又沦为一个不名一文的穷光蛋。

妻子的善良体贴是他这些日子的精神支柱。一天晚上，他和妻子谈了最近房地产的事："我真是对不住你们娘儿仨，原打算多挣些钱，让你和儿子、女儿过上好日子，谁知道人算不如天算。情况比我预想的还要糟糕，最后一套房也被银行收了。就是咱们现在住的房，弄不好也要卖掉来还账。还有一笔贷款马上到期了，可我现在一点钱也拿不出来。咱们家现在又是一穷二白了。"

李洁羽没有怪他："天无绝人之路。你再去找张仁俊想想办法。"

"算了，我前几天才从他那里借了一笔钱。他今年的承包费咱也预支了。最近公司的情况也不是很好，我看仁俊和云鹏也是焦头烂额的。我明天出去再找找原来的几个朋友。他们困难的时候，我都帮过他们。"

"咱不着急，着急也没有用，你明天先想办法，不行了就把咱们现在住的房子卖了。油泵厂分给我的那套房子虽然小，但还能住。"

"对不住，洁羽，对不住啊！都是我不好，要是不炒房守着模具公司，也不会到现在这个地步，让你跟着担惊受怕。我不是个好男人，我不是个好男人啊！"王天涛哭了，他在李洁羽的怀里哭得很伤心。

"没有啥对不起的，你在我眼里，就是一个好男人。有钱了我跟你享受荣华富贵，没钱了我和你吃糠咽菜。这次赔了，咱从头再来。我相信你！"李洁羽抚摸着王天涛的头，劝慰道。

可王天涛的心里却再也鼓不起在青海遭受损失后的勇气。他累了，身心疲惫。他咋也想不通，家财万贯的他，忽然之间又成了穷人。命运似乎又和他开了一个玩笑，自己又坐了一次人生的过山车。

在妻子的怀里哭着哭着，他睡着了。

李洁羽松开搂着王天涛的手，给他盖好被子。看着这个曾经在公司里意气风发、做生意时奇招频出的男人，此刻像一个受了委屈的男孩一样睡在那里，心里一阵难受。

她走到另一间房里，打开立柜，从立柜里的抽屉中拿出一个信封，掏出里面的一张银行卡，想了半天，最后毅然地拿到卧室，放在床头柜上，准备明天早上给王天涛。卡里虽然钱不多，但也能顶点用。

这是司马骏委托张仁俊交给她的那张银行卡，里面有二十五万。司马骏当时给她了十五万。十几年来，她一直保存着这张卡，中间因为飞飞上中学时学费凑不够，她从里面取了些钱，后来她又补上了。在和王天涛结婚后，家里经济情况好了，自己又给里面陆陆续续增加了十万，以备不时之需。她告诉过王天涛，他当时并不在意，让她自己保存着。

现在该是它发挥作用的时候了，虽然不多，但可以解燃眉之急。

第二天早上，李洁羽离开家的时候，让王天涛把这卡里的钱取出来用。王天涛笑了笑，说："如果男人开始用老婆的私房钱，那就证明这个男人废了。我还没有废呢。"

　　"这是什么逻辑呀？我们是一家人，我是你的妻子，是我给你用的。"

　　"谢谢你，我不能用，特别是这里面有飞飞爸爸给的钱，我更不能用。"说完他笑了笑，转身离开了家。可是刚刚走出大门，他的眼泪唰地流下来。一阵寒风扑面而来，他裹了裹衣裳，走进冷冽的寒风中。

　　天，阴沉沉的。

　　王天涛给做石材生意的秦经理打了一个电话，然后去办公室见他曾经帮助过的秦经理。知道了他的来意后，秦经理叹了一口气："唉，好我的王哥，咱兄弟俩陷到一个坑里去了，我也是栽到房子里去了，现在也欠着一屁股烂账。按说你老哥开口了，我应该帮，但我现在确实是自顾不暇，根本无法帮你呀。"他把自己近来倒霉的情况给王天涛说了。

　　看着昔日门庭若市的公司如今也是冷冷清清，王天涛无奈地摇了摇头："行吧，咱们都自求多福吧。"

　　他又到做钢材生意的翟经理那里。翟经理有一段时间债务缠身，王天涛经营的模具公司正火，他向王天涛借钱度过了危机。

　　听说王天涛是来借钱的，翟经理打着哈哈，让王天涛喝茶，然后借口出了办公室，就再也没有露面。王天涛等了一个多小时，喝了一个多小时的茶，知道没有希望了，起身走出翟经理公司，回头看了看挂在门口的牌子，苦笑一下，离开了。

　　他漫无目的地走着。眼看着已到吃中午饭的时候，可他一点胃口也没有，掏出烟，点着后狠狠地吸了一口。

　　他不知道该咋办，胡乱在街道上溜达。他突然看见东方仪器厂的家属楼。犹豫了一会儿，他买了一大堆东西，去看了姜小敏的父母。

两个老人在灰暗的房子里蜷缩着看电视，见王天涛进来，笑了笑，让开了沙发的一个位置，示意他坐下。他们对王天涛早已没有了恨，而王天涛经常来嘘寒问暖，也使他们渐渐从心里接受了这个没有成为他们女婿的小伙子。三人聊了一会儿，老两口还问到了王天涛最近公司的经营情况，他们不知道王天涛已经把公司转包给别人了。王天涛胡乱答应着。

从老两口那里出来后，他给李洁羽打了一个电话，告诉了李洁羽真实情况。

"没借到就没借到，先回来我们共同想办法。"李洁羽说。

"我想一个人走走，吃饭不要等我了。"

"这么冷的天，走啥呀？快回来吧！"李洁羽有点不放心地催促。

"没事，我就是想在外面透透气，一会儿就回来了。"他说完挂断了电话，眼泪再一次不争气地流下来。

擦了擦脸，他点着烟，沿着大路漫无目的地走着。天渐渐地黑了，冷风夹带着零零星星的雪花，在汽车灯的光柱里飞舞，渐渐地越来越稠密。

雪下大了。

王天涛走着，走着，看见一个小酒馆，走进去，一个人在酒馆里要了一碟花生米和一碟小葱拌豆腐，边喝边想。像过山车一样的人生，让他想哭又想笑。当一斤太白酒下肚，酒馆里只剩下他一个人了。他跟跟跄跄地走出酒馆，走在大街上，雪已经下得很大了。北风卷着大雪硬生生地吹在他脸上，他不知道要向哪里去。回家吗？咋面对李洁羽？咋面对女儿？这两个他最爱的人，自己是个男人，能拿什么给她们幸福？银行里还有一笔不小的贷款也要马上还，银行会不会把他们现在的住房也拍卖了？他不知道。

他的腿发软，胸口憋得难受，浑身没有劲，腿迈不开，模模糊糊地看见路边有一个台阶，他挣扎着走到台阶边，一屁股坐上去。虽然台阶也被雪覆盖，但他却一点也不感觉冷。他觉得有点喘不上气来，想着坐一会儿也许就会好，伸手从羽绒服的口袋里掏出烟和打火机，可是摸索了好半天也没有摸到烟。他艰难地喘着气，心里暗骂："烟也欺负老子。"他突然感觉胸腔里像是着了火一样难受，似乎要把他烧毁，他努力想把羽绒服的拉链拉开，可是手一点也不听使唤，咋也找不到拉链在啥地方。他仰卧在台阶上，想着闭眼休息一会儿就好了，可这一闭眼就再也没有睁开。

　　在这北风呼啸、大雪纷飞的晚上，王天涛死了。

　　天太晚了，路上几乎没有行人，当李洁羽看到王天涛时，已经是第二天凌晨一点多了。女儿学校放假，李洁羽最近住回新房子里。当天晚上七点多的时候，王天涛打电话说不回来吃饭，让她和孩子先吃不要等他，她就感觉他情绪不对，让他回家。十点多，女儿做完作业睡觉了，他还没有回来。她坐在沙发上看电视等着他，等着等着睡着了。她感觉有人敲门，她打开门，看见王天涛满身是雪，站在她面前，对着她笑了笑，转身走了。她大声说："你干啥去？到家了还不进门？"可是王天涛没有回头，她大声喊："你回来！"这一声喊，她自己惊醒了，一看墙上的挂钟，是十二点三十分。她赶紧用家里的座机打电话给他，电话响着就是没有人接。她心里发慌，想了想就给张仁俊打电话，张仁俊告诉她别着急，他马上就过来。

　　不到一会儿，张仁俊和罗亚丽两个人来到李洁羽家的楼下，李洁羽已经等在那里。听了简单的陈述，李洁羽和罗亚丽沿着门前的大路向东找，张仁俊沿着大路朝西找。他们在周围大大小小的路上叫着，喊着。大街上巡查执勤的警车看见张仁俊沿着路呼喊，问清了缘由，就开着警车也帮着找，在桃园路附近的路边，他们找到了已经僵硬了的王天涛。警察查看了尸体，确认不是他杀，也不是自杀，闻到那一股酒气，就判断是由于饮酒过量引发疾病，造成死亡。

李洁羽看到王天涛的尸体，一下子扑上去，哭得晕死过去。罗亚丽急忙上前扶起，摇喊着把她唤醒。罗亚丽刚放开她，准备叫医院的救护车，先把王天涛拉到医院的太平间，李洁羽却再次倒下去躺在雪地上。罗亚丽让张仁俊过来扶着李洁羽，自己掏出电话，协调着救护车。不一会儿，一辆救护车闪着蓝灯疾驰而至，下来两个人用担架把王天涛的尸体搬上救护车。罗亚丽跟着救护车走了，她要去办理各种手续。警察开着警车把李洁羽和张仁俊送到李洁羽家楼下也走了。张仁俊扶着李洁羽到了她家里，让她坐到沙发上，掏出电话给赵明辉和李云鹏打了电话。

李洁羽的女儿穿着睡衣出来了，看见张仁俊在不停地安慰着两眼发直的妈妈，她不知道发生了什么事。可李洁羽看见女儿，一把搂住，再次痛哭。

三天以后，王天涛被火化，骨灰送到老家，安葬在他父母坟茔的旁边。这是张仁俊和李洁羽以及王天涛的哥哥协商后决定的。王天涛的哥哥满脸悲伤，他只有这一个弟弟，他现在住的两层小楼，就是王天涛出资给他盖的。

王天涛走了，但留下的事却走不了，银行仍在催缴贷款。李洁羽准备把现在住的房子腾出来卖掉，还了银行的贷款，夫债妻还也是天经地义，她打算搬回原来特种油泵厂的房子。

这事让张仁俊知道了。他告诉李洁羽先不要卖房子，银行贷款他来想办法。话是这么说，可他也没有钱，家里的存款也因刚刚买房、装修房，用得差不多了。公司最近刚刚有了起色，并没有多少资金能抽出来。他想来想去，就和罗亚丽商量，想把刚刚装修好的新房子卖掉。罗亚丽当然不愿意，这套房是他们用二十几年的全部积蓄买的，地理位置和房子结构都是她最称心的，装修好后还没有住一天，就要卖掉，她如何舍得？她早就打电话告诉正在上大学的嘟嘟说，明年开春就能搬到新房里。现在把房子卖掉，他们的梦就要破灭，让她如何接受？难道还要在油泵厂那老旧的社区里继续住下去？李洁羽现在住的是三室两厅的大房子，难道她不能卖掉大房子住小房子？

但罗亚丽知道，如果让李洁羽搬回旧房子，估计她就再也没有住新房的可能了，而且王天涛在世时，他们两家关系密切，张仁俊和王天涛亲如手足，现在王天涛不在了，李洁羽遇到了困难，自己不帮她还算个人吗？光是这良心上也过不去呀！两天以后，罗亚丽同意张仁俊把房子卖掉替王天涛还银行贷款。

"你去办手续吧，我们应该帮她们娘儿几个。"罗亚丽流着眼泪说。

"我就知道你会同意的。"张仁俊伸手擦掉罗亚丽脸上的泪水，"不过我这几天想了想，这房子先不卖，把它抵押给银行，给天涛把贷款还了，这样我就有回旋的余地，再想办法凑钱。如果到时候还没有办法，再说。"

"真的？太好了，我也想办法向朋友借点。"罗亚丽破涕为笑。

"不用，我们再困难也没有向人借过钱。我是家里的男人，不会让你为难，就是借钱也是我去借，咋会让我们家罗总低三下四去借钱。"张仁俊搂着罗亚丽，逗她说。

"你那倔脾气肯向人低头借钱？我才不信。"

"我之前确实不肯向人低头借钱，但要看是什么事，该向人低头时，我会低头的。西京最近的工业开始复苏了，我们公司最近的业务也开始好起来了，这个难关很快会渡过的。一切都会好的，不用怕，有我呢。"

这是一个男人对妻子、对家庭的承诺，也是对朋友的承诺。罗亚丽将身子紧紧靠在张仁俊身上，任凭狂暴的冷风，使劲摇曳着窗棂，发出呜呜的声响。

李洁羽接到张仁俊的电话，让她来模具公司。见到李洁羽，张仁俊拿出一张银行卡，让她去还了银行的贷款。

"你哪里来的这么多钱？我不要。"当李洁羽问清卡里钱的数目，坚决不要。

"这是天涛原来放在我这里的，现在正是它发挥作用的时候。你赶紧去还贷款。从明天开始，你除了接送孩子上学，就来公司上班吧。"张仁俊说。

"他放到你这里的？他借给你的钱你早还了呀。他什么时候又给你钱了，我咋不知道？"李洁羽奇怪地问。

"这是男人之间的事，你不知道很正常。"

李洁羽盯着张仁俊的眼睛，不说话。

张仁俊被她看得有点发慌，急忙避开她的眼神，因为他实在不会撒谎。"真是他放在这里的，你就不要怀疑了。赶紧还了银行贷款，你现在住的房子坚决不能卖。飞飞现在可是个大人了，你如果住回咱厂里，他放假回来在哪里住？将来咋办？"他道。

李洁羽低下头，想了想说："好吧，钱我收了，上班我就不来了。"

"为什么？这可是我承包的天涛的公司。如果你需要，我还打算还给你呢。"

"我不需要，也不会经营，正因为是他让你承包的，我更不想要你的施舍，公司我也不会要。"李洁羽说。

"这不是施舍，这是你应得的。"

"公司是他给你的，承包也是你俩定的，这是他的决定，我坚决不要。"

"这个咱们以后再说，但你真的要来上班。公司最近业务还不错，而且看趋势，开春会有一个大发展，咱们人手也不够，反正要招人，你来我不是更放心吗？"张仁俊诚恳地说。

看着张仁俊真诚的脸，李洁羽犹豫了一会儿说："好吧，不过我想缓一段时间再来。"

"行，你啥时候想来就来。不过你不要老待在家里，出来走走有好处。你来上班，权当解闷，哪怕是在这里说说话、转一圈都行，不要闷在家里，对身体不好。"

"谢谢，我知道。"李洁羽说着转身走了，眼泪在她的眼眶里打转，看着公司里的一切，她忍不住想哭。

张仁俊把李洁羽送到门口，看着李洁羽一个人走远的落寞和孤寂，那消瘦单薄的身影让他心里有点不是滋味。他想起他们第一次相见时，她那一张青春洋溢的漂亮面容；想起他们一起上夜大学的日子，她书包里常常掏出的让他意想不到的小吃；想起那个大雪初降的晚上，她大胆抱住他的那一刻……埋藏在记忆深处一幕幕的过往，突然就这样清晰地浮现在他的脑海。

为什么总会有不幸遮盖她本应该快乐的底色，让她承受这样或者那样的痛苦？

赵明辉和妻子程冬梅吃过晚饭后，在环城公园里遛弯。冬夜的环城公园，游人很少，他俩并排走在步道上，说着近期各自碰到或者感慨的事。自从儿子上大学以后，他们已经形成了晚饭后散步的习惯。只要赵明辉晚上没有应酬，他们就会散步，散步的范围是他们住宅区周围东南西北的大小路段，有时候他们散步的距离足有十几里远。

他们散步的过程中，还经历过很多奇怪的事。

去年夏天的一个晚上，他们在路上走，从黑影里走出一个人。那人穿着脏兮兮的一件短袖，手里提着一个蛇皮袋和一杆秤，对他说："大兄弟，我是阎良的瓜农，进城卖白兰瓜被城管把瓜摊砸了，就剩下这两个瓜了，现在想回家就差十几块钱，你看能不能把这俩瓜给你，你给十九块钱，我好回家。"

程冬梅看着瓜农一脸憨厚，不像说谎，也没有仔细想，就掏出二十块钱给瓜农，说不用找了，顺手提过蛇皮袋。看着瓜农走了，赵明辉笑着说："恐怕你上当了。"

"能上啥当？不会吧？看着他挺老实的一个人啊。"程冬梅不相信。

赵明辉笑了笑不说话。他们走到环城公园，程冬梅看到有自来水，就想把刚才买的甜瓜取出来洗一下吃了，结果发现两个瓜没有一个好的，都坏了。程冬梅顿时感到像吃了苍蝇一样，问："你咋知道他是骗子？"

"阎良到西京的班车现在已经停运了，咋可能说路费差十九？白兰瓜是新疆产的，阎良产的是甜瓜。"

"你咋不早说？"

"不就是二十块钱嘛，只要你高兴就行。只是没想到这瓜是坏的。"

"唉，让人心里不舒服。他如果说差二十块钱，我直接给他钱都比拿了他两个坏瓜强。"

"你就权当给他二十块钱。"

"那不一样。"

还有一次，那是在不久前，他们走出小区不久，看见一个残疾人趴在一辆自制的小车上，看着像是双腿残缺，他一只手里拿着一个破饭盒，里面有几张零钱，另一只手戴着用轮胎做的手套在地上艰难地滑行。车上有一个音响，放着悲惨的曲子。程冬梅掏出十元零钱放进饭盒里，那残疾人说了声"谢谢"。

他俩在外面转了一圈，往回走的时候，只见那残疾人被一个年轻人从车上拉起来，年轻人拽掉轮胎，这人不但不残疾，而且手腕上戴着手表，再扒掉下身的裤子，居然是两条健康的腿，破毡包裹的两脚上穿着乌黑发亮的皮鞋。他俩看得目瞪口呆。

此刻，他们漫步在清冷的环城公园里，谈论着王天涛的事。

"生活中处处都是陷阱啊。王天涛如果不是陷在房地产危机中，是不会这么早就离开的。"程冬梅说。

"我们遇到的瓜农、假残疾人不过是小骗子，真正的大骗子是有些开发商。就这一轮的房地产泡沫，不知道有多少老百姓上当受骗，不知道有多少人想发财的梦破灭了。"

"有钱谁不想挣？放在你身上可能也一样。"

"也许吧，但要是我，就绝对不会放弃模具公司。"

"做人还是要稳妥一点。如果他下功夫经营好模具公司，也不会发生这样的事。"

"在金钱面前，很多男人就像见到松果的松鼠，不拉到洞里决不罢休。其实人这一辈子真正需要的并不多，日间三餐，夜里一眠。想到的人多，悟透的人少。"

"你悟透了？"程冬梅问。

"当然。如果我悟不透，也许早就是百万富翁了。还记得我多次给你说过的，任何陌生人到咱家，都不要开门吗？其实那些人很多都是送礼的。不是我不爱钱，只是收了钱，我晚上睡不着觉，我们家可能也就完了，也许我早被双规了。"

程冬梅深情地看着他，紧紧拉着他的手，没有说话。

"你看那被双规的干部，哪一个不是人中龙凤，哪一个是笨蛋？可被双规后又有哪一个不痛哭流涕？他们难道没有想到这后果？都是侥幸心理在作怪。我就是个从农村出来的穷人家的娃，为了有个铁饭碗早早上了中专，总算把自己奋斗成个吃商品粮的城里人，但骨子里还是农民。能有今天这样的成就，是我祖先积了德。我爸就给我说过，不要伸手拿不该拿的东西，说我现在是村里人的骄傲，人人都说咱赵家祖坟冒青烟，如果走错了路，那就是村里人的耻辱，人人都会嘲笑咱家。这是爸给我说的话里，最能让我时刻清醒的。如果拿了不该拿的钱，哪有现在这样活得坦然和轻松。我可不想让我漂亮的妻子没脸见人，让我儿子背着骂名走进社会。"

"有夫如此，夫复何求。"程冬梅幸福地说。

"其实，进了局子的人，就像被社会这锅温水慢慢煮死的青蛙，社会是个大染缸，不小心就着了道。金钱是最好的东西，也是最容易让人上头的东西，能让人幸福，也能让人痛苦。"赵明辉说。

"我就要你这样时刻清醒着，钱多钱少日子都能过。咱都是从农村来到城市的农村娃，平平淡淡才是真。"

"你给儿子这个月的伙食费转过去了吗？"赵明辉突然问。

"转过去了。咋啦？他给你打电话了？"

"没有，现在钱不要给得太多，要让他省着点花。下一学期开始再每月多给娃些钱。"

"咋啦？你不是说要让他节省花，学会理财吗？"妻子奇怪了。

"下一学期娃是大学最后一学期，他会有更多的开销。男孩要让他受苦但不能受穷，受苦能磨炼意志，受穷会让他缺乏自信，我爸从小就是这样对待我的。"

"好吧。"

冷风吹着，天空已经是寒星点点，半轮明月透过密密层层的树冠，把细碎的光投射在弯弯曲曲的公园小路上。程冬梅挽着丈夫的胳膊，慢慢地走着。

第三十章　岁月如歌

　　二〇一五年的春天来了，一切都开始变化。先是护城河边那一丛丛迎春花开得金灿灿的，婆娑的垂柳枝上萌发出嫩嫩的绿芽；紧接着，李花开了，细碎的小花在树枝上疙疙瘩瘩地竞相绽放；接着玉兰花开了，桃花开了，油菜花开了，各式各样的花纷纷亮相，争先恐后地装扮着西京城的春天。不同大小、各种颜色的树叶子也开始不甘寂寞地舒展着，一天一个样地变大自己的身体，以接受更多的阳光。但西京的春天除了和风细雨，也常常有冷空气来袭，天气阴晴不定。你看，昨天还是艳阳高照，着急的女孩已经穿上了裙装，今天却是雨夹雪，一下子仿佛又回到冬天。

　　张仁俊开着自己新买的轿车，把罗亚丽送到医院上班后，就开往模具公司。这几年的形势越来越好，特别是国家对私营企业的政策，让张仁俊感觉到公司的负担大大减轻。他不但替王天涛还清了银行贷款，而且还买了这辆小车，跑业务更方便了。妻子罗亚丽更忙了，她不单是内科的总护士长，而且兼任着神经内科的护士长，每天踏着星星出门，踩着月亮回家，回到家里还抱着各种文件、表格，常常是张仁俊已经睡一觉醒来了，她还坐在写字台前。

张仁俊来到公司，开始收拾办公室。这时候李云鹏拿着当月的报表进来请他签字，他看完后，签了字说："现在的餐费开支少了很多！还是国家的政策好啊。"

"自从国家的规定实施以来，餐费就不断地减少。"

"对咱们来说，是好事也是坏事。"张仁俊指着沙发示意李云鹏坐下，"你看最近的业务量，也在下滑。"

"是啊，过去咱们建立的那些关系，需要经常在酒桌上维护，现在这些人都叫不到酒桌上了，他们也开始公事公办。"李云鹏说。

"其实是一样的，过去的利润表面上看着大，但花费也大。"张仁俊说。

"那倒也是。"

"最近孩子学习咋样？"张仁俊问。

"还行，最近像是上道了。也得亏转了学，这个学校的老师还是认真，而且学校的学习风气浓，对娃影响蛮大。谢谢你。"李云鹏说。

"这话说得客气了。最近你把手头的事安排好就回去给娃做饭，马上高考了，不能因为吃饭影响娃的学习。"

"咱娃没那么娇气，从小就皮实。"李云鹏笑着说。

"现在是关键时期，不能马虎。你这也要熬出头了。女儿大学毕业考上研了，儿子一上大学，你就解放了。是不是得考虑找个老伴？"

"唉，这么大年纪了，把俩娃供上了大学，有了工作，我也算对山菊有个交代，以后下去见了她，也就问心无愧了。至于再找老伴的事，算了，没有那个心思了。"李云鹏有点感伤地说。

张仁俊知道不能再说这事了，他知道李云鹏心里一直放不下亡妻，虽说事情已经过去好些年了，但李云鹏一直没有考虑找个老伴。今天他试图劝解云鹏，看来还不到火候。

送走李云鹏，张仁俊端起茶杯喝了一口，仔细想着今后公司的发展方向。随着政策的改变，过去的经营方式也需要调整了。

手机铃声把他的思绪打乱了，是哥哥打来的。在电话里，哥哥急切地告诉他，父亲今早上突然离世，让他马上回家。张仁俊一下子蒙了，父亲的年龄虽然大了，但身体一直很好，他上周还和妻子一起回老家，并没有发现父亲有什么不对的地方，这是怎么了？他想问哥哥咋回事，哥哥哭着说父亲是突然走的，根本没有任何征兆。

他恍恍惚惚地和李云鹏打过招呼，给罗亚丽打了一个电话让她请假，便开着车去银行取了些钱，然后到医院接了妻子，急急忙忙朝老家赶。

再说在协力模具公司门口，刚进大门的李洁羽看着张仁俊神色慌张地走出门，她给打招呼他似乎也没有听见，不知道发生了啥事，就去问李云鹏，听说事情的原委，就问李云鹏什么时候去张仁俊老家，李云鹏说他正准备联系赵明辉和班里的其他同学，到时候一块去。

张仁俊的父亲走了，走得那样平静。人们说这是上辈子修来的福报，可张仁俊却感到自己背靠的山倒了。他想起那年父亲推着自行车，带着两袋子粮食把他送上公交车的情景，还有那句"一切都会好起来的"。

父亲的离世让张仁俊很长一段时间缓不过劲，因为父亲的身体一直很好，在他的记忆里连感冒都很少有，倒是母亲的身体时不时出现问题，腿疼、手指关节疼。父亲一生为人谦和，乐善好施，性子不急不躁，也不得罪人，而且写得一手好毛笔字，村子里只要谁家过红白喜事，他指定在礼房记账收礼，所有的抄抄写写都是他的事，在这个不大的村子算是有本事的好人。

人们在他的葬礼上，都念着他在世时的为人和好处，但谈论的更多还是他离奇的死亡。

那天早晨，父亲像往常一样，坐在小桌旁吃完早饭，然后起身走到厅房对仁俊的母亲说，把仁俊给他买的新衣服拿出来，他想试试咋样。母亲还笑着说："今天咋想着穿新衣服了？你之前老是让人哄着才穿。"父亲笑着说今天主动点，要不然今后没机会了。母亲去箱子里拿出张仁俊给买的一件灰色衬衣和一件蓝色的外衣。穿好后，他又说："你再把那条黑色裤子拿出来。"母亲问："今天这是咋了？"父亲说："我今天也想洋气一下，娃给买的衣服总要穿一下。"于是母亲去取了裤子，又拿出一双新买的黑色旅游鞋也让他换上，说他今天打扮得和新女婿一样。母亲一点也没往别处想，因为今天村子西边有家人给娃结婚，他要去执事。

父亲穿戴停当，出门到村子西头去帮忙，不一会儿就回来了，说感觉身体不舒服，便躺到炕上休息。母亲收拾完厨房，大儿子和儿媳妇准备出去，顺便问了她一句："刚还看见我爸穿新衣服呢，这会儿咋不见了？"母亲说："刚才去村西头了，说是不舒服。你们等等，我看看你爸咋了，不行就去叫大夫来看看。"她走进卧室，看见丈夫仰面躺在炕上，就问："你是哪里不舒服？要不要让娃给你把宏亮叫来看看？"宏亮是村子卫生室的大夫，在一队，距离他们村有二里路。见丈夫不答应，她觉得奇怪，就上前查看，发现丈夫已经没有了呼吸。

有人说昨天晚上听见张老汉家的房屋顶上有隐隐的音乐声，也有人说半夜里听见村里的路上有说话声，从窗子里看见张老汉穿着新衣服上了一辆小车走了，还以为是张仁俊回来了。种种说法都有，人们相信张老汉成仙了，被仙童接到天上去了。

安葬了父亲，张仁俊和哥嫂商量，把母亲接到城里和他一起住一段时间，但老太太勉强住了一周就要回乡下老家，说她住不习惯，特别是他们两口子一上班，母亲就不敢出门，错综复杂的城市道路和鳞次栉比的楼房，让她不辨东西南北，而且污浊的空气和各种噪声，让她浑身不舒服。吸取了父亲的教训，罗亚丽带着她在医院里做了一次全面的身体检查，除了退行性关节的老毛病，其他基本上正常，张仁俊也就没有再坚持，周末又把母亲送回老家。

他从老家开车沿着南关中环线朝西走，准备从子午大道返回西京城。这时候的交通道路状况相比他刚参加工作时，已经有了天翻地覆的改变。他一边开车，一边后悔，后悔没有抽时间带着父母亲到外面看看，最起码也应该去看看北京，去看看天安门城楼，去瞻仰毛主席的遗容。在他们那一辈人心中，毛主席是无法代替的存在。唉，一切都晚了，自己总是忙，忙孩子的事，忙公司的事，忙朋友的事，唯独没有时间陪父母，现在想陪父亲却再也没有机会了。他想，等过一段时间，一定要陪母亲去一趟北京，去看看北京天安门……

正当他胡思乱想的时候，突然发现前面是一个十字路口，前车停在那里，刹车灯亮着，他急忙踩离合，踩刹车，可是还是来不及了，只听见"咣"的一声，他的车头撞在前车的后保险杠上。出事故了，张仁俊吓得坐在车里不知道咋办，停了几秒钟，他熄火后拉起手刹，打开双闪，准备下车看看情况，这时前车的人已经在愤怒地敲着他的车窗。他刚打开车门，只听见一声："伙计，你是咋开车的？这是车屁股，不是姑娘脸蛋。"

"哈哈，要是姑娘的脸蛋，那麻烦就大了，那不是事故，那是有故事了。"张仁俊看清了外面的人，忽然变得高兴起来，边开车门边道。

那人看清车上下来的人，上前一把抱住张仁俊："是你老人家呀，怪不得亲我的屁股呢。"说话的人正是沈浩翔。这时刘娟也从副驾驶里出来。

刘娟看见是张仁俊说："长时间不见面，刚才还和老沈在车上说起你，没想到会以这种方式会面。亚丽没跟你一块？"

"亚丽今天出去开会了。我先通知保险公司，然后咱再慢慢聊。"张仁俊说着就给保险公司打了电话，自己当然是全责，等着保险公司的人来勘查事故现场，估算损失。

之后，张仁俊和沈浩翔、刘娟就在路边聊起来。他们两口子刚去陆军学院办完事。听说张仁俊父亲不在了，沈浩翔就抱怨说："这么大的事，你也不告诉我一声，真是不把我们当朋友。"

"不是不当朋友，而是我没有通知任何人，因为我父亲走得太突然了。"听完他的诉说，沈浩翔和刘娟也是一阵唏嘘。

张仁俊又问起他们最近生意的情况，沈浩翔说凑合能混个不饿肚子。因为前几年机床的销售利润大，所以销售公司一下子增加了很多，硬生生把利润压下去了。现在他们公司的业务重点已经不是销售，而是设备的维修和保养。这是需要技术人员的业务，能做的公司不多。

"浩翔的脑瓜子就是聪明呀，这还真是个偏门生意。你下个礼拜抽空来模具公司一趟，我们的机床，特别是数控机床，已经有几年都没有保养了，出了故障，叫厂家的人来修，吃住行都要管，费用太高，没办法也是到处求人。早知道你们有这业务，还胡撩乱啥呢。"张仁俊说。

"看来我们还是联系得少了，下周我去看看。"

"下周的事还早呢。今天晚上你们没事吧？我和亚丽请你俩吃饭。我的车亲了你的车屁股，算是赔罪。"张仁俊说。

"好呀，这算是对你车耍流氓的惩戒。"沈浩翔笑着说。

他们聊着天，说着彼此子女的情况，也说起过去特种油泵厂的很多老人以及他们现在的情况。等保险公司来人勘查完现场，办完手续，由于车子损坏得并不严重，他们就各自开车到修理厂去了。

晚上，沈浩翔和刘娟如约来到张仁俊订好的饭店。四个人吃得不多，话可没少说，老人、子女，工作、生活，人情、世故，一直到饭店的人催促要下班了，一看时间已经十点多，他们才离开。这期间，沈浩翔借着上洗手间的机会，打听了李洁羽的情况，听了后叹息了一声，苦笑着摇了摇头。

春去秋来，花开花落。李洁羽的心随着岁月的流逝，渐渐从失去王天涛的悲伤中恢复了平静。有人劝她再找个男人，毕竟她才五十多岁，可她笑笑没有回答。她不想找男人成家，至少目前她不想。她有儿有女，儿子飞飞已经研究生毕业参加了工作，女儿也快中考了。她在协力模具公司上班，是公司的股东，每个月有不菲的收入，为什么还要再找个人进入自己的生活？

两段婚姻，给了她两段难忘的记忆，也在她心里留下了两个不同的伤疤，每每想起来都在隐隐作痛，她再也经受不住打击了。

　　岁月的长河川流不息，政策的改变、调整和科技的发展，不断改变着人的思维方式，也改变着人们的观念。几十年前那个上了中专就等于端上铁饭碗的时代，早已成为一代人的记忆。如今大学毕业生也不再抢手，很多学生毕业后工作难找。虽然大学想尽各种办法，但学生就业情况依旧不好。在各种招聘会上，面对蜂拥而至的毕业生，一些收入高的用人单位，首先会问就读的学校是一本还是二本，二本学校毕业的大多数被拒之门外；再到后来，问毕业的学校是不是"985"或者"211"，否则连递上来的应聘书都懒得收。学生为了找到一份像样的工作，不得不花大量的精力。家里有关系的人，就动用各种社会关系。随着整个社会对就业人员需求的变化，这种情况变得愈来愈严重。

　　张仁俊、李云鹏和李洁羽在公司里接待了几位找工作的毕业生。这是李洁羽在招聘会上选出来的几位学生，看着他们一个个西装革履、干练精神的样子，以及不凡的谈吐，张仁俊不禁感叹，现在的学生真的和过去的学生不一样，现在的学生不但会推销自己，而且言辞间没有谦虚，似乎没有他们不懂的东西，即使问到一些他们不懂的问题，他们也会通过各种巧辩，让用人单位觉得这个工作非他们莫属。三人问过后，学生开始问公司的待遇问题，包括工资以及医疗保险、失业保险、养老保险和住房公积金，即所谓"三险一金"的缴纳情况，每周上班的时间，等等。这些问题在招聘会上李洁羽已经回答了他们，但他们此刻又提出了，张仁俊给他们一一做了回答。最后面试的四个学生，只有一个愿意留下来，而这个留下来的学生，毕业于本市一所不知名的大学。

回到办公室，张仁俊感到很疲惫，他仰着头靠在椅背上，想着今天的面试。他知道模具公司不会像国有企业一样对学生有吸引力，但他给的工资不低呀，为什么学生不愿意来呢？要说现在公司的规模已经不算小了，三四十名员工，几千平方米的车间，净资产已经过千万，可要招几个高素质的员工还是有困难。

正在他闭目思考的时候，有人敲门，是李云鹏带着税务局的两个人进来了，其中一个是税务局姓孙的科长，孙科长说是年底了，来检查一下公司的账目。他和孙科长认识，而且很熟。他转头对李云鹏说："让孙科长好好检查一下咱们的账目，也帮咱们公司把把关。顺便给李董说一下，让办公室中午安排工作餐。"李董就是李洁羽。

"咱们都是老熟人了，工作餐我们也不吃了。只要你给咱按规矩经营，我们就是公司的坚强后盾。"孙科长说着，和张仁俊打过招呼，然后转身跟着李云鹏出去了。

大概一个小时后，李云鹏带着孙科长返回到张仁俊办公室，孙科长说："张总，饭我们真的不吃了，局里有规定，不能骚扰下面的企业。我们来也就是抽查一下。刚才仔细看了看，公司账目没有大问题，但还是有一些小问题，已经给李董交流过了，能避税的地方我也交代过了，减轻企业负担，这也是我们工作的信条。谢谢你们的配合，有机会再聊，今天就不打扰了。"

"那好，既然上级有规定，咱也不能违反。今后再说。"

送走了孙科长二人，张仁俊对李洁羽说："你让办公室再联系一下工商局、环保局、供电局，对了，还有城管部门。年底了，让他们来给咱们指导工作，与其他们找来，不如我们主动邀请他们来，也能避免我们经营中犯错。"

如今的张仁俊，已经是一个成熟老练的企业负责人。

"什么时候能让一个企业把全部心思用在经营上，而不是用在应付各种检查上？有关部门什么时候能变成为企业服务，而不是主管？唉，这年头，干啥都不容易！"张仁俊想着。

晚上，张仁俊做好饭，等着妻子回来。他的手机响了，是儿子打来的。在电话里，儿子告诉张仁俊，他申请出国读博的学校给他回信了，同意了他的申请。这时，妻子也回家了，他打开手机免提，示意妻子过来听，一听儿子出国读博的录取通知来了，他俩都高兴得不得了。

"我们家终于要有一个留洋博士了，可惜我爸看不到了。"张仁俊说。

"下次回家在爸坟前烧几张纸，给爸说一声。"

"一个家族的兴旺，确实不是一代人努力就能实现的，而是需要几代人的努力。我们是从农村到城市，儿子是从中国到外国。"

"可惜我们没有上大学，否则我们这半辈子也不会这么辛苦。"妻子说。

"没有啥可惜的，我们曾经也是一代骄子，也是很多人羡慕的对象，为国家的建设和发展做过贡献。有人说我们是'青收的一代'，也就是没有成熟就被收割的庄稼，这也是国家建设的需要。一代人有一代人的使命，我们作为八十年代中专生的使命，就是承上启下。"

"话是这么说，但我们比别人要多付出太多的辛苦和努力。真的太难了！"

"但话又说回来，经常看书学习，也使我们养成了不断努力的良好习惯。就拿你来说，一个中专毕业生，现在有正高级职称，是医院的骨干，为啥？还不是不断努力的结果！"

"让你一说，中专毕业还有好处了。"罗亚丽笑着说。

"不是有好处，而是事物的正反两个方面，这就叫辩证地看待事物。"

"嘿嘿，你还说到哲学上去了。哎，刚才嘟嘟没说学校让啥时候报到？"

"最起码应该硕士论文答辩以后吧，这就不是你我关心的事了。你吃完了去换一下衣服，我把碗洗完，咱们出去遛遛弯。好长时间没出去遛弯了，整天都不知道忙啥呢。"

公司年底的事情确实多，对外是催账、要钱、联谊、答谢，对内是发奖金、总结会、联欢会、发年货。当这一切都办完的时候，一年也就忙完了，而新的一年又要开始了。日复一日，年复一年，岁月更迭，沧海桑田。

嘟嘟硕士毕业了，在等待去美国的这段日子里，罗亚丽尽量抽出时间和儿子在一起，她多次教儿子如何做菜，如何蒸米饭，如何包饺子，如何擀面条。这些家常饭是儿子最爱吃的，她一定要他学会几样拿手的饭菜。似乎学会了这些，在离开他们的这两年里，儿子才不会饿着。她想，到了美国，如果不自己动手，就很难吃到这些家乡的味道，只能吃肯德基、麦当劳，都是一些用面包夹生菜的难吃的食品。而张仁俊则反复向儿子强调完成学业后一定要回国，不要留在美国，咱的根在西京，在那个小山村。

终于到了嘟嘟要出国的时候，罗亚丽像是有强迫症一样，反复地检查儿子的箱子，生怕什么东西没有带够，直到走的那天。

他们想把儿子送到北京，但儿子说不用，北京有同学帮忙。看着儿子背着双肩包走进安检通道，罗亚丽靠在张仁俊的肩膀上哭了。张仁俊心里也不是滋味，但他还是劝妻子说："儿子大了，就要出去闯，咱们呵护不了他一辈子。他自己走出来的路，才是他走向成熟的路。你应该为他感到高兴和自豪。"

"道理我知道，但我就是舍不得他离开。"罗亚丽擦着眼泪说。

送走儿子，他们俩没有回家，而是开车出了西京市，往甘肃青海方向驶去。罗亚丽已经向单位请了假，虽然早就有年假制度了，但她还没有休过年假呢。张仁俊也把工作交给了单位的年轻人。工作是干不完的，钱也挣不完，人的一生，不光是工作和挣钱，还应该有对远方的憧憬和对沿途风光的欣赏。

整整十天，他们开车穿梭在高山峻岭之间，行走在草原戈壁之上，看不尽的奇峰异岭，赏不完的奇花异草，见到了白云蓝天的开阔壮美，观看了落日余晖下的湖光山色，见识了暴风骤雨的威猛狂虐。

他们在旅途中就接到了儿子已经到学校的信息，他们的旅行也就更加放松，没有固定的旅游目的地，没有预设的路线，随心所欲，随遇而安。张仁俊后来说，美景在心里，只要心有桃花源，到处都是水云涧。

当张仁俊结束了旅游，第二天早晨到公司上班时，远远听见有人在叫他，回头一看，只见一个人向自己招手。那人戴着遮阳帽和一副墨镜，张仁俊一下子没认出来是谁，走到他跟前问："你是哪位？"那人摘下墨镜，一下子握住他的手。

"司马骏？咋是你？"张仁俊惊奇地问。

一阵寒暄之后，司马骏把他拉到旁边的快餐店里，给每人要了一杯可乐，然后问："她咋样？还好吗？"

"你可以自己去问，一会儿她就上班了。你咋样？"

"上次碰见你后不久，我第二任老婆就跟一个台湾老板跑了。这些年，我一直一个人生活。我没脸去见李洁羽，愧对她。"司马骏有点消沉，卸掉遮阳帽后，只见他已是满头白发。

张仁俊没有说话，转脸看着窗外。太阳已经开始发挥它的威力，路上匆匆的行人来来往往，各式各样的衣服包裹着男男女女的躯体，在道路上一晃而过。张仁俊不想知道司马骏现在干啥，只是在纸上给他写下李洁羽的电话号码，然后起身告别。

张仁俊一边走一边想："上什么学不重要，不管是中专、大专还是本科，后面的路还是要一步一步地走。"

后 记

　　早就想写这样一部小说，但因能力和水平限制，一直不敢轻易动笔，怕辜负了那个时代，辜负了和我一样上中专的同龄人。2023 年 4 月我在忐忑中开始写作，今天终于完稿。这期间磕磕绊绊，一幕幕过往，一场场变革，一次次命运的起伏，伴随着文字在眼前晃过，真的怀念那个时代，怀念那时候人们的精神面貌。

　　那是一个积极向上的年代，是一个烟火与诗情迸发的年代，是一个开放包容的年代，是一个激情燃烧的年代，是一个充满情怀和理想的年代，也是一个思想自由翱翔、文艺百花争艳的年代。人们的心理是年轻健康的，感情是真诚朴实的，灵魂是浪漫单纯的，笑容是灿烂的，爱情是美好的。

　　那时候年轻人想的是如何学好科学知识。考上大学的人想的是如何不浪费大学时光，教室、图书馆、实验室和宿舍，几乎是他们全部的活动范围，他们对知识的渴求用"如饥似渴"形容毫不为过。没有机会进大学校门的，则是想着如何提升自己，于是年轻人对上电大、夜大和参加自考等趋之若鹜，"学好数理化，走遍天下都不怕"成了他们的座右铭。"攻城不怕坚，攻书莫畏难。科学有险阻，苦战能过关"激励了无数年轻人追求科学的意志和劲头。《爱拼才会赢》是唱遍大江南北的最流行的歌曲之一。

那时候谈恋爱找对象，更多的是看对方有没有理想和抱负，衡量爱情的标准是人品、人格和情投意合；婚礼上大多只有瓜子、烟、糖和茶水，仪式简单而喜庆。

在整个社会中，人们崇尚知识和文化，技术革新、科研攻关、发明创造是让人尊敬和佩服的事，职工是工厂真正的主人。"努力拼搏，早日建成社会主义现代化强国"不是空口号，而是大多数年轻人的心声和落在具体事情上的行动。

那时候有一批初中毕业的学生，为了摆脱穷困，早就业、早赚钱，上了中专学校，通过三年或者四年学习，在二十岁左右，就走上了工作岗位，在工业、农林、水利、交通、卫生、文化、教育等行业，发挥着各自的作用。

随着社会的变革，这批人中的大部分都通过上夜大、电大或参加自考等方法提升了学历，有的甚至读完硕士、博士。在工作单位，不少人顺应时代的变迁，不断学习、不断提升自己的能力，成了单位里的精英；也有部分人因第一学历问题，在职称评定、职位晋升等人生关键时刻，遭到了不公正的待遇；还有一部分人因单位的"关、停、并、转"而失去工作，提前离岗，开始了自谋职业的生活。现在回首看看，他们中很多也是当时学校里的"学霸"，是很多同学仰望的存在。毕业后他们满怀建设祖国的豪情壮志，奋斗在各条战线上。不论他们的结局如何，在当时的情况下，他们为国家的建设贡献了青春和热血，缓解了当时技术人才青黄不接的尴尬局面，社会不该忘记他们，历史不该忘记他们。

《青歌》描写了二十世纪八十年代中后期几个工科专业的中专毕业生的事业、生活、爱情，他们没有抱怨，没有叫屈，有的只是不断地奋斗、不断地拼搏。用这本书纪念那个时代，纪念那些被人们称作"青收"的中专生。

　　在书稿付梓之际，感谢肖云儒老师题写书名，感谢为此书作序的著名评论家李星老师和陕西省职工作家协会主席周养俊老师；感谢仵埂教授、王鹏程教授的题文推荐，感谢弋舟、周瑄璞、陈仓老师的推荐，感谢白玉稳老师和李夏龙老师的热心帮助，感谢文友郭发红先生、惠伟教授、王继英老师和惠艳女士对此书提出了宝贵的修改意见；感谢关心此书出版的李印功、李红、鹿丁联、李永刚、张娟、杭盖、徐喆、张诚、吴静、李文君、王心剑等老师；感谢西安仪表工业学校校友的关怀和支持；感谢太白文艺出版社编辑的辛勤付出；感谢亲戚朋友的关爱。特别感谢妻子惠蓉、儿子郑惠隆和儿媳王晓婷的大力支持！

　　谨以此书诚表心意。

2023 年 12 月 20 日星期三第一稿

2024 年 1 月 26 日星期五第一次修改

2024 年 3 月 2 日星期六第二次修改

2024 年 5 月 15 日星期三第三次修改

2024 年 6 月 11 日星期二第四次修改